KB245026

엠마

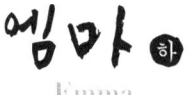

엠마 (하)
Emma

제인 오스틴 장편소설 이미애 옮김

EMMA
by JANE AUSTEN (1815)

이 책은 실로 꿰매어 제본하는 정통적인 사철 방식으로 만들어졌습니다.
사철 방식으로 제본된 책은 오랫동안 보관해도 손상되지 않습니다.

제11장

춤을 전혀 추지 않더라도 얼마든지 살 수 있을 것이다. 젊은이들이 여러 달 동안 어떤 종류의 무도회에도 가지 않고 보내더라도 몸과 마음에 심각한 해를 입지는 않는다고 한다. 그러나 일단 시작을 하고 나서 — 일단 빠른 동작의 즐거움을 조금이라도 맛보고 나서 — 더 이어지기를 바라지 않는다면 무척 둔한 사람임에 틀림없다.

프랭크 처칠은 하이버리에서 춤을 단 한 번밖에 추지 못했으므로 다시 춤추기를 갈망했다. 우드하우스 씨를 설득하여 딸과 함께 랜달스에서 저녁 시간을 보내도록 했던 어느 날 두 젊은이는 헤어지기 전에 30분간 그 계획을 세웠다. 프랭크가 먼저 그 이야기를 꺼냈고 열성적으로 추진하려 했다. 숙녀들은 여러 가지 어려운 사정을 잘 알고 있고 편리를 도모하거나 그럴듯한 외양을 갖추는 데 무척 신경을 쓰기 마련이다. 하지만 엠마는 자신과 프랭크 처칠이 우아하게 춤추는 모습을 다른 사람들에게 다시 보여 주고 싶은 마음이 없지 않았고 — 춤추는 데 있어서는 제인 페어팩스와 비교되어도 부끄럽지 않았으니까 — 그런 허영심의 불순한 도움이 없었더라도 춤

자체에 이끌리는 마음이 있었으므로, 그들이 앉아 있던 응접실에 사람들이 얼마나 들어설 수 있을지를 알아보려고 그의 걸음으로 재어 보도록 도와주었다. 그런 다음에는 다른 응접실이 조금 더 넓기를 바라면서, 웨스턴 씨가 그 응접실들의 크기가 정확히 똑같다고 말했음에도 불구하고, 그 크기를 재도록 도와주었다.

처음에 프랭크는 콜 씨의 집에서 시작된 무도회를 랜달스에서 마무리 지어야 한다고 제안했다. 동일한 사람들을 모으고 동일한 음악가가 연주해야 한다는 그의 제안은 쉽게 받아들여졌다. 웨스턴 씨는 무척 즐겁게 그 생각에 동의했고, 웨스턴 부인은 사람들이 춤을 추고 싶어 하는 한 얼마든지 피아노를 칠 용의가 있었다. 그런 다음 참석할 사람들을 정확히 세어 보고 각 커플에 필요한 공간을 나눠 보는 흥미로운 일이 이어졌다.

「당신과 스미스 양, 페어팩스 양이면 세 커플이고 콕스 양 자매가 오면 다섯 커플이 됩니다.」 프랭크는 몇 번이고 되풀이했다. 「그리고 길버트 형제 두 사람과, 젊은 콕스, 제 아버님, 저, 그리고 나이틀리 씨가 계시지요. 네, 그 정도면 즐거운 시간을 보내는 데 충분할 겁니다. 당신과 스미스 양, 페어팩스 양이면 세 사람이고 콕스 양 자매를 더하면 다섯이지요. 다섯 커플이라면 공간이 충분할 겁니다.」

하지만 곧 한쪽에서는 이렇게 말했다.

「그런데 다섯 커플에게 공간이 충분할까? 그럴 것 같지 않은데.」

또 다른 쪽에서는 이렇게 말했다.

「그런데 결국 다섯 커플로는 무도회다운 무도회를 열 수 없지. 무도회를 진지하게 생각한다면, 다섯 커플로는 너무 부족해. 다섯 커플을 초대하는 것으로는 안 된다고. 즉석에서 나온 생각으로나 봐줄 수 있지.」

누군가가 길버트 양이 오라버니의 집을 방문하기로 되어 있으므로 그 집안 식구들과 함께 초대해야 한다고 말했다. 또 다른 누군가는 길버트 부인이 전날 저녁에 요청을 받았더라면 춤을 추었을 거라고 말했다. 콕스 집안의 차남에 대한 말도 나왔다. 마침내 웨스턴 씨가 꼭 초대해야 할 어떤 친척 집안과 또 빼놓을 수 없는 아주 오랜 지인의 집안을 언급했을 때, 그 다섯 커플이 적어도 열 커플로 늘어날 것이 확실해졌고, 그들을 어떤 식으로 수용할지에 대한 매우 흥미로운 논의가 이어졌다.

두 응접실의 문들은 서로 마주 보고 있었다. 「두 방을 이용해서 복도를 가로지르며 춤을 출 수 있지 않을까요?」 그것이 최선의 계획으로 보였다. 하지만 그들 중 많은 이들이 더 나은 계획을 바라지 않을 만큼 썩 좋은 계획은 아니었다. 엠마는 그것이 불편할 거라고 말했다. 웨스턴 부인은 저녁 식사를 차리는 문제에 고충을 느꼈다. 우드하우스 씨는 건강에 대한 고려 때문에 진지하게 반대했다. 그가 그 제안에 너무 심란해했기 때문에 그 계획을 밀고 나갈 수 없었다.

「아, 안 될 일이오!」 우드하우스 씨가 말했다. 「그건 극히 경솔한 일이지. 나는 엠마 때문에 그 의견을 받아들일 수 없소! 엠마는 튼튼하지 않거든. 지독한 감기에 걸릴 수도 있소. 가엾은 해리엇도 그럴 테고. 당신들 모두 그럴 거요. 웨스턴 부인, 당신은 몸져누울 거라고. 그런 무모한 이야기는 하지 않도록 해요. 제발 그런 말은 하지 말라고. 저 젊은이는 (목소리를 낮추며) 무척 경솔하군. 그의 부친에게는 말하지 말아요. 그런데 저 젊은이는 그리 예의 바른 사람이 아니야. 오늘 저녁만 해도 문을 자주 드나들면서 매우 경솔하게도 문을 열어 두더군. 외풍이 들어오는 것을 생각하지 않고 말이지. 당신과 그의 사이를 틀어지게 할 생각은 없지만, 실로 그는 썩 바람직한 사람이 아니야!」

웨스턴 부인은 그런 질책에 심히 유감스러운 마음이었다. 그 질책이 중요하다는 것을 알고 있었으므로 그녀는 그런 생각을 떨쳐 내려고 할 수 있는 말을 다했다. 이제 문들이 모두 닫혔고, 그 복도에 대한 계획을 포기했고, 그들이 앉아 있는 응접실에서 무도회를 여는 첫 번째 계획으로 다시 돌아갔다. 매우 적극적인 마음으로 프랭크 처칠은 15분 전만 하더라도 다섯 커플에게 충분치 않다고 여겨졌던 공간이 이제는 열 커플에게도 충분하다고 주장했다.

「우리가 너무 거창하게 생각했어요.」 그가 말했다. 「불필요한 공간을 참작했거든요. 여기에 열 커플이 늘어서도 충분할 겁니다.」

엠마는 이의를 제기했다. 「혼잡할 거예요. 몹시 북적이겠죠. 몸을 돌릴 공간도 없는 곳에서 춤추는 것보다 더 나쁜 일이 뭐가 있겠어요?」

「맞습니다.」 그는 우울하게 대답했다. 「매우 고약한 일이죠.」 그래도 그는 길이를 재보고 여전히 이렇게 말을 맺었다.

「열 커플이 움직일 공간이 그럭저럭 될 거라고 생각해요.」

「아뇨, 아니에요.」 엠마가 말했다. 「당신은 온당치 못한 말을 하고 있어요. 그렇게 가깝게 붙어 있으면 끔찍할 거예요! 사람들이 붐비는 곳에서 춤추는 것처럼 불쾌한 일도 없어요.

게다가 좁은 방에서 붐빈다면!」

「그건 부정할 수 없습니다.」 그가 대답했다. 「당신의 말에 전적으로 동의해요. 좁은 방에서 붐비는 사람들이라…… . 우드하우스 양, 당신은 단어 몇 개로 생생한 이미지를 떠올리게 하는 재주가 있군요. 절묘하고, 대단히 절묘한 표현입니다! 하지만 여기까지 왔으니, 그 문제를 포기하고 싶진 않습니다. 저희 아버지도 실망하실 거예요. 그리고 전체적으로 보건대 — 잘 모르겠습니다만 — 그래도 열 커플이 여기서 충분히 춤을 출 수 있다는 생각입니다.」

엠마는 그의 말투가 사근사근하지만 약간 외고집을 부리려는 경향이 있고, 자기와 춤추는 기쁨을 놓치기보다는 차라리 상식에 어긋나는 쪽을 택하고 있다고 느꼈다. 하지만 그녀는 그것을 자신에 대한 흠모로 받아들였고 그 나머지를 다 용서했다. 그녀가 혹시라도 그와 결혼할 생각이 있다면 시간을 두고 천천히 그가 좋아하는 것의 가치와 그의 기질적 특성을 이해하려고 노력할 필요가 있었을 것이다. 그러나 현재의 친분만 놓고 보면, 그는 충분히 호감을 주는 사람이었다.

이튿날 정오가 되기 전에 그는 하트필드에 왔다. 방에 들어설 때 유쾌한 미소를 짓고 있는 것으로 보아 그 계획이 발전되었음을 알 수 있었다. 그가 더 나은 계획을 알려 주려고 왔음이 곧 드러났다.

「자, 우드하우스 양.」 그는 들어서자마자 즉시 말을 꺼냈다. 「저희 아버지의 좁은 방들을 생각하고 걱정스러워서 춤추고 싶은 마음이 다 사라지지 않았기를 바랍니다. 그 문제에 관해서 새로운 제안을 가져왔어요. 저희 아버지 생각이신데, 당신이 인정만 해주시면 실행에 옮길 겁니다. 지금 계획 중인이 작은 무도회의 처음 두 곡을 영광스럽게도 함께 춤춰 주시리라고 기대할 수 있을까요? 랜달스가 아니라 크라운 인에서 말이지요.」

「크라운 인이라고요!」

「네, 당신과 우드하우스 씨께서 반대하지 않으시면 말이지요. 당신은 반대하지 않으시리라고 믿습니다. 아버지께서는 벗들이 친절하게 그곳으로 방문해 주시기를 바라세요. 훨씬 더 나은 시설을 아버지께서 약속하실 수 있고, 랜달스에서와 마찬가지로 고마운 마음으로 환대해 주실 겁니다. 그건 아버지의 생각이세요. 당신이 승인하시면 웨스턴 부인은 반대하지 않으실 겁니다. 저희들 모두 그렇게 느끼고 있어요. 아, 당신 말씀이 전적으로 옳았어요! 랜달스의 응접실에서 열 커플이 춤추는 것은 참을 수 없었을 겁니다! 끔찍하지요! 저는 당신 말씀이 옳다고 계속 느끼고 있었어요. 하지만 뭐라도 붙잡고 싶어서 양보하지 않으려 했지요. 그 대신 이것은 좋은 생각 아닌가요? 동의하시겠죠? 동의해 주시기를 바랍니다만.」

「웨스턴 부부께서 반대하지 않으신다면, 누구도 반대할 수 없을 계획 같네요. 제가 보기에는 훌륭한 생각인 것 같아요. 저 자신에 대해서만 말씀드리자면, 무척 기쁠 거예요. 유일한 개선책인 것 같고요. 아빠, 훌륭한 개선책이라고 생각하지 않으세요?」

엠마가 반복해서 설명하고 나서야 우드하우스 씨는 그 이야기를 이해했다. 그런 다음에도 그 새로운 생각을 받아들일 수 있으려면 더욱 설명이 필요했다.

「아니, 그건 개선책이라고 할 수 없겠구나. 매우 나쁜 계획이야. 지난번 계획보다도 훨씬 더 나쁘지. 여관 방은 늘 축축하고 건강에 나쁘단다. 적절히 환기되는 경우도 전혀 없고, 거주하기에도 적합하지 않아. 춤을 춰야겠다면 랜달스에서 추는 편이 더 낫겠지. 나는 크라운의 실내에 들어가 본 적이 한 번도 없었어. 그곳을 운영하는 사람의 얼굴도 알지 못하고. 오, 아니야. 무척 나쁜 계획이야. 크라운에서는 그 어디에서보다도 더 지독한 감기에 걸릴 거야.」

「제가 말씀드리려던 참입니다, 어르신.」 프랭크 처칠이 말했다.「이 새로운 계획의 큰 장점들 중 하나는 누구도 감기에 걸릴 위험이 거의 없다는 것입니다. 크라운에서는 랜달스에서보다도 위험이 훨씬 적습니다! 페리 씨는 달라진 계획을 유감스럽게 여길 이유가 있을지 모르겠습니다만, 그 외에는 누구도 그렇게 생각할 수 없습니다.」

「만일 페리 씨를 그런 부류의 사람으로 생각한다면 매우 잘못된 생각이오.」 우드하우스 씨가 다소 흥분해서 말했다.「페리 씨는 우리들 중 누구라도 병에 걸릴까 봐 무척 염려하고 있소. 하지만 크라운 인의 방이 당신 부친의 방보다 어떻게 더 안전한지 이해할 수 없군.」

「그것이 훨씬 더 크다는 점에서 그렇습니다, 어르신. 그러니 창문을 열 필요가 전혀 없을 겁니다. 저녁 내내 단 한 번도 말씀이지요. (잘 아시듯이) 창문을 열어서 열이 난 몸에 차가운 공기를 쐬는 고약한 습관 때문에 해를 입으니까요.」

「창문을 연다고! 하지만 정말이지 처칠 씨, 랜달스에서 창문을 여는 것은 누구도 생각하지 않을 거요. 그렇게 경솔한 사람은 없을 테니까! 그런 얘기는 들어 본 적도 없소. 창문을 열고 춤을 추다니! 정말이지, 당신의 부친이나 웨스턴 부인

(가엾은 테일러 양이었지)은 그런 일을 허용하지 않을 거요.」

「그렇습니다, 어르신! 하지만 생각이 없는 젊은이가 때로 커튼 뒤로 들어가서 덧창을 열어 놓아도 알지 못합니다. 그런 일을 종종 직접 보았거든요.」

「그랬소? 맙소사! 그런 일은 생각할 수도 없었소. 하지만 나는 세상과 교류를 끊고 살고 있어서 들리는 얘기에 종종 놀라게 되지. 하지만, 이건 상당히 다른 이야기요. 어쩌면 그 점에 대해서 자세히 이야기를 나눠 보면……. 이런 종류의 일은 심사숙고해야 할 일이지. 성급히 결정할 수 없소. 웨스턴 부부가 어느 아침나절에 고맙게도 여기를 방문해 주면, 함께 얘기를 나눠 보고 어떻게 할 수 있을지 생각해 보겠소.」

「하지만 어르신, 불행히도 제가 머물 시간이 제한되어 있어서…….」

「아!」 엠마가 말을 가로막았다. 「모든 것에 대해서 충분히 얘기를 나눌 시간이 많이 있을 거예요. 서둘 필요는 전혀 없어요. 크라운 인에서 무도회를 열게 된다면, 아빠, 말들에게는 무척 편리할 거예요. 마구간에서 아주 가까이 있을 테니까요.」

「그렇겠구나, 얘야. 그건 아주 좋은 일이지. 제임스가 혹시라도 불평한다는 건 아니다만. 하지만 할 수 있을 때 말들의 고충을 덜어 주는 것은 옳은 일이야. 그 방들이 환기가 철저히 된다고 믿을 수 있다면……. 하지만 스토크스 부인이 믿을 만한 사람인지 의심스럽구나. 나는 그녀를 본 적이 없거든.」

「그런 일들은 모두 장담할 수 있습니다, 어르신. 웨스턴 부인께서 그런 일을 살피실 테니까요. 웨스턴 부인께서 전체를 도맡아서 관장하실 겁니다.」

「그것 보세요, 아빠! 이제 마음을 놓으셔야 해요. 사랑하는 우리의 웨스턴 부인은 신중하기 이를 데 없잖아요. 몇 년 전에 제가 홍역을 앓았을 때 페리 씨가 뭐라고 하셨는지 기억나지 않으세요? 〈테일러 양이 엠마 양을 돌보면서 감싸 준다면 걱정하실 일이 전혀 없습니다, 어르신.〉 아빠가 웨스턴 부인에 대해 칭찬하시면서 그 일을 자주 말씀하셨지요!」

「그래, 맞는 말이야. 페리 씨가 그렇게 말했지. 나는 그 일을 절대 잊지 않을 거란다. 가엾은 어린 엠마! 홍역을 무척 심하게 앓았지. 페리가 극진히 보살피지 않았더라면 네 상태가 매우 심각했을 거야. 일주일 동안 하루에 네 번씩이나 왕진을 왔었단다. 처음부터 네 병세가 그리 심각한 것은 아니라고 말하면서 우리를 안심시켜 줬지. 하지만 홍역은 무서운 병이란다. 가엾은 이사벨라의 어린애들이 홍역을 앓는다면 페리를 불러 가면 좋겠구나.」

「저희 아버지와 웨스턴 부인께서는 지금 크라운에 계세요.」 프랭크 처칠이 말했다. 「그 무도회장의 크기를 알아보고 계시죠. 저는 당신의 의견을 알고 싶고, 당신이 그곳에 가서 조언해 주셨으면 하여 두 분을 거기 계시게 하고 여기로 왔어요. 두 분이 그렇게 전해 달라고 하셨어요. 당신이 저와 함께 가신다면, 그분들은 기뻐하실 거예요. 당신이 없으면 흡족하게 결정하실 수 없으니까요.」

엠마는 그런 의논에 불려 가게 되어서 무척 기뻤다. 그래서 그녀가 없는 사이에 아버지가 그 문제에 대해서 생각해 보도록 하고 두 젊은이는 지체 없이 크라운으로 향했다. 그곳에서 웨스턴 부부는 엠마를 기쁘게 맞았고 그녀의 찬성에 기뻐했으며, 그들 서로 다른 식으로 마음이 바빴고 매우 기뻐했다. 웨스턴 부인은 약간 사소한 걱정거리가 있었던 반면, 그는 모든 점이 완벽하다고 생각했다.

「엠마.」 웨스턴 부인이 말했다. 「벽지가 기대했던 것보다 훨씬 더 나쁘구나. 봐! 어떤 곳은 몹시 더럽고. 징두리판벽은 상상할 수도 없이 누렇게 변해서 퇴락해 보여.」

「여보, 당신이 너무 까다로운 거요.」 그녀의 남편이 말했다. 「그것이 뭐가 중요하겠소? 촛불 빛으로 보면 아무것도 보이지 않을 텐데. 촛불 아래서는 랜달스처럼 깨끗해 보일 거요. 클럽에서 밤에 만날 때 우리는 그런 걸 전혀 보지도 않아요.」

이 부분에서 숙녀들이 나눈 눈길은 〈남자들은 무엇이 더러운지 아닌지 전혀 몰라〉라는 의미를 담고 있었을 테고, 신사들은 각자 속으로 〈여자들은 터무니없이 불필요하게 사소한 것들을 걱정한다니까〉라고 생각했을 것이다.

하지만 신사들도 무시할 수 없는 한 가지 난점이 있었다. 저녁 식사를 차릴 방이 문제였다. 무도회장이 지어졌을 때 저녁 식사에 대한 고려가 전혀 없었기 때문에 작은 카드놀이 방만 덧붙여 지어져 있었다. 어떻게 해야 할까? 카드놀이 방은 지금도 그 목적으로 필요할 것이다. 혹은 카드놀이가 필요하지 않다고 네 사람이 편리하게 결정하더라도, 편안하게 저녁 식사를 하기에는 방이 너무 작지 않을까? 식사를 위해 더 큰 방을 확보할 수 있다 하더라도, 그 방까지 가려면 길고 불편한 복도를 지나가야 했다. 웨스턴 부인은 복도에서 젊은이들이 외풍을 쐬게 될 것을 염려했고, 엠마와 신사들도 저녁 식사 시간에 혼잡하게 북적거릴 것을 참을 수 없었다.

웨스턴 부인은 일반적인 저녁 식사를 제공하지 말고 샌드위치 같은 것을 간단하게 그 작은 방에 차려 놓자고 제안했다. 그러나 그 제안은 불쾌한 것이라고 거부되었다. 사적인

가 아내에게 〈그 애가 그녀에게 춤을 신청했소, 여보, 좋은 일이야, 그렇게 할 줄 알았지〉라고 속삭이는 것을 곁귀에 듣지 않을 수 없었다.

약속해 주셨_____
관심을 느낄 때 _____
께서 모든 이야_____
는 다시 사랑_____

아주 다정하_____
말하고는 대화_____
닫혔다. 예고도 _____
다. 엠마는 작_____
교류하는 작은 _____
유감스러웠고 _____
작했다.

그것은 슬_____
은 거의 매일 _____
르면서 활력을 _____
다. 아침마다 _____
심을 받으리라 _____
복한 2주일이_____
상적인 나날도 _____
그는 그의 온갖 _____
사랑한다고 말_____
하게 변함없이 _____
가 분명 자신_____
있다는 것은 은_____
결합되면서 그_____
없다고 생각했_____
도 불구하고 _____

말이야. 그리고 ... ... 이렇게 무기력하고, ...기가 몹시 싫어지다니, ... 적지다니! 내가 사랑에 빠진 것이 억울해. ... ...말로 세상에서 가장 귀한 마음이지. 하지만, ...도 사랑에 빠지지 않는다면 어때? 어쩌면 새 ... ... 새로운 일이 다른 사람에게는 그 무엇과 같이 ... ...에 대해서 안타까워할지도 모르겠지만, ...에 대해서 안타까워하지는 않겠지. 그래도 그건 ... 즐거워하겠지. 어쨌든 오늘 밤에는 ... ...녁 시간을 보내야겠더라.

그렇게 이야기를 하고 나는 ... ... 하지 않았다. 그녀에게 ... ... 그렇게 말했더라면 ... ... 했을 것이다. 그녀는 ... ...이라고 분명히 ... ...었으니까.

그러나 그 ... ...로 운이 좋지 ... ...

따라서 ... ... 만나서 이 슬 ... ... 판단할 수 있 ... ... 태도는 밉살 ... ...서 몸이 특히 ... ...도 제인이 참 ... ... 냉담하기 짝이 ... ... 탓으로 돌리 ... ...

357

정을 조금이라도 느끼고 있다고 믿었더라면, 그렇게 낙심하
지 않았을 거야. 자신이 격려를 받고 있다고 생각할 수 있었
다면 헤어질 때 그의 표정과 말이 그렇지 않았겠지. 하지만
그래도 조심해야겠어. 그의 애정이 지금과 같은 상태로 지속
되리라고 가정할 때 말이야. 하지만 그렇게 지속되기를 기대
할 수는 없겠지. 그가 그런 부류의 남자라고는 생각할 수 없
으니까. 그가 감정이 확고하거나 한결같은 사람이라고 완전
히 믿을 수 없거든. 열렬한 감정을 품을 수는 있겠지만 좀 쉽
게 변할 거라고 상상하게 되니까. 그 문제를 모든 점에서 생
각해 보면, 간단히 말해서, 내 행복이 더 깊이 개입되지 않아
서 다행이야. 얼마간 시간이 지나면 나는 다시 잘 지낼 거야.
그런 다음에는 다 끝나서 좋을 테고, 사람은 누구나 일생에
한 번은 사랑에 빠진다고들 하니까. 나는 쉽게 빠져나올 판이
되겠지.

그의 편지가 웨스턴 부인에게 도착했을 때 엠마는 그것을
꼼꼼히 읽었다. 그 편지를 읽으면서 상당한 기쁨과 진단을 느
꼈으므로 처음에는 자기의 감정에 대해 악아채하면서 그 감
정의 강도를 과소평가했다고 생각했다. 그것은 길고 잘 쓰인
지였다. 그의 여행과 감정을 구체적으로 설명했고, 사연스럽
고 존숭할 만한 온갖 애정과 고마움과 존경심을 표현했으며,
매력적으로 보이는 외적 상황이나 지방의 풍경을 활기차고
정확하게 묘사했다. 이래는 수상쩍은 사과나 우리의 관심 관
심적으로 높아질 기도 않았다. 그 언어대는 웨스턴 부인에 대
한 진정한 감정이 너겨 있었다. 하이버리에서 랜소웅으로의
이동과 사교 생활의 가장 큰 축복 및 가치에 있어서 그 두 장
소가 얼마나 대조적인가에 대해서는 그 차이를 재미하게 느

겼음을 드러낼 정도로, 또한 예절에 맞게 억제되지만 않았더라면 더 많은 말을 할 수 있었으리라는 것을 드러낼 정도로만 언급했다. 엠마의 매력적인 이름에 대한 언급도 부족하지 않았다. 우드하우스 양이 한 번 이상 등장했고, 그녀의 취향에 대한 찬사나 그녀의 말에 대한 기억으로 기분 좋게 이어졌다. 그 이름이 마지막으로 등장한 곳에서는 그런 명료한 찬사로 장식되지 않았지만 그래도 그녀는 자신의 영향력이 미치는 효과를 알아볼 수 있었고, 지금까지 암시된 것보다 어쩌면 가장 큰 찬사를 찾을 수 있었다. 제일 밑의 빈 구석에 이런 말들이 촘촘히 적혀 있었다. 「화요일에, 아시다시피, 우드하우스 양의 아름답고 작은 벗에게 작별할 시간이 없었습니다. 그녀에게 사과와 작별 인사를 전해 주세요.」 이것이 오로지 자기에게 보내는 말임은 의심할 수 없었다. 해리엇은 그저 자기의 친구로만 기억되었던 것이다. 그가 엔스콤에 대해서 알려 준 사실과 전망은 예상보다 더 나쁘지도, 더 좋지도 않았다. 처칠 부인은 회복되고 있었고, 그가 다시 랜달스를 방문할 날짜를 잡는 일은 아직 꿈도 꿀 수 없었다.

그 편지는 정감이라는 중요한 부분에서 무척 만족스럽고 자극적이었다. 하지만 편지를 접어 웨스턴 부인에게 돌려주면서 엠마는 그 편지가 지속적인 온기를 남기지 못했고, 자신은 그 편지를 쓴 사람이 없어도 잘 지낼 수 있으며, 그는 그녀 없이 살아가는 법을 배워야 한다고 생각했다. 그녀의 의도는 달라지지 않았다. 그를 거절하겠다는 결심은 그가 나중에 얻을 수 있을 위안과 행복에 대한 계획이 더해지면서 더욱 흥미로워졌다. 그가 해리엇을 기억하고 〈아름답고 작은 벗〉이라는 말로 묘사한 대목을 보자 자신에 이어 해리엇이 그의 애정을 받으리라는 생각이 떠올랐던 것이다. 그것이 불가능한 일일까? 아니. 물론 해리엇은 이해력에 있어서 그보다 훨씬 열등했다. 하지만 그는 그녀의 사랑스러운 얼굴과 다정하고 소박한 매너에 깊은 인상을 받았었다. 그리고 사회적 상황과 인맥의 모든 가능성을 따져 볼 때 그녀에게 유리했다. 해리엇에게는 실로 유리하고 행복한 혼사가 될 것이다.

〈이런 생각에 빠져서는 안 돼.〉 그녀는 생각했다. 〈그 일을 생각하지 말아야 해. 마음대로 그런 추측에 빠질 때 위험하다는 것을 알고 있으니까. 하지만 더 이상한 일들도 일어났지. 우리가 지금처럼 서로를 사랑하는 감정이 사라질 때, 그 결합을 통해서 우리는 사심 없는 진정한 우정으로 확고하게 엮일 수 있을 거야. 이미 내가 기쁜 마음으로 고대할 수 있는 그런 우정으로 말이지.〉

그 일을 거의 상상하지 않는 편이 현명하겠지만, 해리엇에게 위안거리가 마련되어 있다는 것은 좋은 일이었다. 그녀에게 재앙이 임박했기 때문이다. 엘튼 씨의 약혼 소식에 이어 프랭크 처칠의 도착에 관한 이야기가 하이버리의 대화를 지배했듯이, 가장 최근의 흥미로운 사건이 먼저 일어난 사건을 완전히 압도해 버리므로 이제 프랭크 처칠이 떠나자 엘튼 씨에 대한 관심이 걷잡을 수 없이 커졌던 것이다. 그의 결혼 날짜가 거론되었다. 엘튼 씨와 그의 신부는 곧 돌아올 것이다. 엔스콤에서 온 첫 번째 편지에 대한 소문이 돌자마자 이내 〈엘튼 씨와 그의 신부〉 얘기가 모두의 입에 오르내렸고, 프랭크 처칠은 잊히고 말았다. 엠마는 그 소리가 지긋지긋했다. 엘튼 씨에게서 벗어나 행복하게 3주일을 보냈던 것이다. 해리엇이 최근에 기운을 차리고 있다고 그녀는 기대했었다. 적어도 웨스턴 씨의 무도회를 기다리고 있을 때는 다른 일들에 대해서 다분히 무감각했었다. 하지만 이제 새 마차와 딸랑거리는 벨 같은 것들이 실제로 접근하는 것에 대항할 수 있을 만큼 평온한 상태에는 이르지 못했음이 너무도 명백했다.

가엾은 해리엇이 안절부절못하고 있었기에 엠마는 최대한 합리적으로 설득하고 달래며 온갖 관심을 기울여야 했다. 엠마는 그녀를 위해서 아무리 위로를 해주어도 지나치지 않고, 온갖 재간과 참을성을 발휘해 그녀를 달래 줄 의무가 있다고 느꼈다. 그러나 달라지는 것이 전혀 없는데 끊임없이 설득하기란 무척이나 괴로운 일이었다. 해리엇은 늘 동의했지만, 엠마와 똑같이 생각하지 않았다. 해리엇은 유순하게 귀를 기울였고 이렇게 말했다. 「정말 맞아요. 우드하우스 양이 말씀하신 그대로예요. 그들에 대해서 생각할 만한 가치도 없어요. 그들에 대해서 더는 생각하지 않겠어요.」 하지만 화제를 바꿔 봐야 아무 소용도 없었다. 30분만 지나면 그녀는 여전히 엘튼 부부에 대한 생각으로 불안해하고 마음을 졸였다. 결국 엠마는 그녀를 다른 견지에서 공격했다.

「네가 엘튼 씨의 결혼에 대해서 그렇게나 신경을 쓰고 몹시 불행하게 느끼는 것은 나를 더없이 강력하게 비난하는 일이야, 해리엇. 내가 저지른 실수에 대해서 그보다 더 강력하게 비난할 수는 없을 거야. 그건 모두 내가 저지른 일이었다는 걸 알고 있어. 정말이지 조금도 잊지 않았어. 나 스스로도 속았고, 몹시 딱하게도 너를 속였지. 그건 내게 영원히 고통스러운 기억일 거야. 내가 혹시라도 그걸 잊으리라고는 생각하지 말아 줘.」

해리엇은 이 말에 몹시 충격을 받았으므로 몇 마디 탄성밖에 지르지 못했다. 엠마는 말을 이었다.

「하지만 날 위해서 분발하라고 말하는 건 아니야, 해리엇. 날 위해서 엘튼 씨를 생각하지 말고 이야기하지 말라는 것도 아니야. 너 자신을 위해서 그렇게 하기를 바라는 거지. 내 편 안함이 아니라 그보다 더 중요한 것을 위해서 말이야. 자제 하는 습관과 네 의무에 대한 고려, 예의에 대한 관심, 다른 이 들의 의심을 피하려는 노력, 건강과 명예를 지키고 네 마음의 평정을 회복하려는 노력이 더 중요하기 때문이지. 내가 강조 하고 있었던 것은 바로 그런 마음가짐이야. 이런 것이 매우 중요하니까. 네가 그런 마음가짐으로 행동할 수 있을 만큼 절 실히 느끼지 못하기에 나는 무척 유감스러워. 내가 고통에서 벗어나는 것은 그저 부차적인 문제에 불과해. 나는 네가 스 스로를 더 큰 고통에서 구해 내기를 바라고 있으니까. 어쩌면 나는 해리엇이 마땅히 해야 할 도리를, 아니 내게 친절히 대 할 것을 잊지 않을 거라고 때로 느꼈을 거야.」

이처럼 해리엇의 애정에 호소한 것은 다른 무엇보다도 효 과적이었다. 자신이 진심으로 사랑하는 우드하우스 양에 대 해서 고마움과 배려가 부족하다는 이 암시에 그녀는 잠시 괴 로워했다. 격렬한 슬픔이 위로를 받아 사라졌을 때도 여전히 강렬한 흔적이 남아서 올바른 행동을 촉구했고 그런 행동을 하도록 스스로를 꽤 지탱할 수 있었다.

「제 평생 가장 좋은 벗이었던 당신에게 고마움을 느끼지 않다뇨! 당신에게 버금가는 사람은 전혀 없어요! 제가 당신 만큼 좋아하는 사람은 없었어요! 아, 우드하우스 양, 저는 정 말이지 감사할 줄 몰랐어요!」

표정과 태도로 그 절실한 마음을 한껏 드러낸 이런 말을 들으면서 엠마는 해리엇을 이렇게 많이 사랑한 적이 없었던 것 같았고, 해리엇의 애정을 이렇게나 소중하게 여긴 적이 없었다고 느꼈다.

〈다정한 마음처럼 매력적인 것은 없어.〉 나중에 엠마는 혼자서 생각했다. 〈그 무엇도 그것과 비교될 수 없지. 애정이 넘치는 솔직한 태도와 결합된 따뜻하고 다정한 마음은 제아무리 명석한 두뇌보다도 더 매력적이야. 정말 그럴 거야. 아버지가 어디서나 사랑을 받으시고 이사벨라 언니가 인기가 있는 것도 그 다정한 마음 때문이야. 내게는 그런 마음이 없지. 하지만 나는 그런 마음을 소중히 여기고 존중하는 법을 알고 있어. 그런 마음이 일으키는 매력과 기쁨에 있어서 해리엇은 나보다 훨씬 더 우월해. 귀여운 해리엇! 이 세상에서 가장 명석하고 혜안이 있고 판단력이 뛰어난 여자라 하더라도 해리엇과 바꾸지 않겠어. 아, 그 냉정한 제인 페어팩스! 해리엇이 백배는 더 훌륭하지. 그리고 그것은 한 사람의 아내에게, 분별력이 있는 사람의 아내에게 무한히 귀중한 자질이야. 이름은 말하지 않겠지만, 엠마 대신 해리엇을 선택하는 남자는 행복할 거야!〉

제14장

    엘튼 부인은 처음 교회에서 모습을 드러냈다. 그렇지만 예배에 방해를 받으면서까지 신도석에 앉아 있는 신부에 대한 호기심을 채울 수는 없는 일이었다. 그러므로 그녀가 실로 대단히 예쁜지, 아니면 그저 예쁜 편인지, 아니면 전혀 예쁘지 않은지는 이후의 의례적인 방문을 통해서 판단해야 했다.

    호기심보다는 자존심이나 예의 때문에 엠마는 엘튼 부인을 되도록 빨리 방문하겠다고 결심했다. 그리고 가장 고약한 일을 가급적 빨리 치르도록 반드시 해리엇을 데리고 가겠다고 생각했다.

    목사관에 들어서면서 그녀는 석 달 전에 구두끈을 묶겠다는 헛된 술책을 부리며 들어갔던 그 방에서의 일을 떠올리지 않을 수 없었다. 수천 가지 불쾌한 기억들이 다시 떠올랐다. 입에 발린 말들과 수수께끼, 그리고 끔찍한 착각들. 가엾은 해리엇도 그런 생각을 떠올리지 않을 리 없었다. 그러나 그녀는 매우 잘 처신했고 그저 조금 창백하고 말이 없었을 뿐이다. 당연히 그 방문은 무척 짧았다. 너무 곤혹스럽고 다른 생각들에 빠져서 방문을 짧게 끝냈으므로 엠마는 그 숙녀에 대해서 평가하지 않았고, 〈우아한 차림새에 매우 기분 좋은〉 사람이라는 무의미한 말 외에는 의견을 제시하지 않으려 했다.

엠마는 엘튼 부인이 그리 마음에 들지 않았다. 그녀의 결함을 서둘러 찾아낼 생각은 없었지만 전혀 우아하지 않다고 생각했다. 느긋해 보이기는 했지만 우아하지는 않았다. 젊은 여자이자 낯선 사람이고 신부라는 점을 감안할 때 지나치게 느긋해 보인다고 엠마는 생각했다. 그녀의 외모는 괜찮은 편이었고 얼굴도 밉상은 아니었지만 생김새나 분위기, 목소리, 매너에 우아함이 없었다. 적어도 그렇게 드러나리라고 엠마는 생각했다.

엘튼 씨에 대해서 말하자면, 그의 매너는 그다지……. 아니, 엠마는 그의 매너에 대해서 성급한 말이나 재치 있는 말을 한마디도 하지 않을 것이다. 결혼 축하 방문을 받는 일은 언제나 어색한 의식이고, 남자가 그 의식을 잘 치르려면 대단히 우아해야 한다. 여자들의 경우는 훨씬 더 나았다. 여자는 멋진 옷으로 관심을 돌릴 수도 있고 수줍어하는 특권을 누릴 수도 있을 테니까. 하지만 남자는 자신의 양식 외에는 기댈 것이 없다. 그리고 가엾은 엘튼 씨가 바로 얼마 전에 결혼한 여자와 자신이 결혼하고 싶어 했던 여자, 그리고 결혼하리라고 기대받았던 여자를 한꺼번에 한방에서 만나야 하는, 특이하게도 불운한 상황에 처했음을 고려할 때 엠마는 그가 전혀 현명해 보이지 않았고 극히 가식적이며 실로 전혀 편안해 보이지 않았어도 그럴 만하다고 인정해 주어야 했다.

「저, 우드하우스 양.」 해리엇은 그 집을 나선 다음에 벗이 말을 꺼내기를 기다려도 소용이 없자 이렇게 말했다. 「저, 우드하우스 양, (조용히 한숨을 쉬고) 그녀를 어떻게 생각하세요? 무척 매력적이지 않아요?」

엠마는 조금 주저하며 대답했다.

「아! 그래, 무척, 매우 기분 좋은 젊은 여자야.」

「아름다운, 무척 아름다운 분이라고 생각해요.」

「매우 멋지게 차려입었더군. 아주 멋진 옷이었어.」

「그분이 사랑에 빠진 것이 전혀 놀랍지 않아요.」

「아, 그래, 놀랄 일은 전혀 없어. 재산이 웬만큼 있으니까. 그녀가 그의 수중에 떨어진 거지.」

「아마도.」 해리엇은 다시 한숨을 쉬며 대답했다. 「아마 그녀는 그분을 무척 사랑할 거예요.」

「어쩌면 그렇겠지. 하지만 모든 남자들이 자기를 가장 사랑하는 여자와 결혼하는 건 아니야. 호킨스 양은 아마 집이 필요했겠지. 그리고 자기가 받을 수 있는 청혼으로 그것이 최고라고 생각했겠지.」

「그래요.」 해리엇이 진심으로 말했다. 「그렇게 생각하는 것이 당연해요. 누구도 더 나은 청혼을 받을 수 없을 테니까요. 저는 그들이 행복하기를 진심으로 바라요. 그리고 이제는 그들을 다시 만나도 개의치 않을 거라고 생각해요, 우드하우스 양. 그분은 전과 다름없이 탁월한 분이세요. 하지만 결혼하셨으니까 이제는 전혀 다르지요. 아뇨, 우드하우스 양, 걱정하실 필요 없어요. 저는 이제 가만히 앉아 고통을 전혀 느끼지 않으면서 그분을 흠모할 수 있어요. 그분이 무모한 결혼을 하지 않았다는 것을 알게 되어 다행이에요! 그녀는 매력적인 여성으로 보이고 그분이 얻을 만한 사람이었어요. 그녀는 얼마나 행복할까요! 그분은 그녀를 〈오거스타〉라고 불렀어요. 얼마나 듣기 좋았던지!」

엘튼 부인이 답례 방문을 왔을 때 엠마는 그녀를 더 자세히 보고 더욱 잘 판단할 수 있었으므로 그녀에 대한 마음을 정했다. 마침 해리엇은 하트필드에 없었고, 아버지가 엘튼 씨를 15분간 상대하고 있는 동안 엠마는 그 숙녀와 단둘이 이야기를 나누면서 차분히 그녀에게 주의를 기울일 수 있었다. 단 15분만으로도 그녀가 허영심이 강하고, 스스로에 대해서 지극히 만족하고 있으며, 자신을 무척 중요한 인물로 생각하고 있고, 남들보다 돋보이고 잘난 체하려는 여자라는 것을 충분히 알 수 있었다. 그녀의 매너는 형편없는 학교를 다니면서 형성되었기에 건방지고 버릇이 없었으며, 그녀의 생각은 오로지 한 부류의 사람들과 한 가지 방식으로만 생활하면서 형성되었기에 어리석지는 않더라도 무지했다. 그녀와의 관계가 엘튼 씨에게 전혀 도움이 되지 않으리라는 것은 분명했다.

해리엇은 훨씬 더 나은 아내가 되었을 것이다. 그녀 자신이 현명하거나 세련되지는 못하더라도 그런 사람들과 그를 연결해 주었을 것이다. 하지만 호킨스 양은, 그녀의 느긋한 자만심을 보고 공정하게 평가할 수 있는바, 자기가 속한 무리에서 최고였다. 그 혼사의 자랑거리는 오로지 브리스틀 근방에 사는 그녀의 부유한 형부였고, 그 형부의 자랑거리는 그의 저택과 마차였다.

자리에 앉자마자 그녀가 제일 먼저 꺼낸 화제는 〈내 형부 서클링 씨의 저택〉인 메이플 그로브였고, 그곳과 하트필드를 비교하는 얘기였다. 하트필드의 대지는 작았지만 말끔하고 예쁘게 단장되어 있었고 저택은 현대적이고 견고하게 지어져 있었다. 엘튼 부인은 방의 크기와 현관, 그리고 눈에 보이거나 상상할 수 있는 모든 것에 더없이 호의적인 인상을 받은 것 같았다. 「정말이지 메이플 그로브와 똑같아요! 너무나 비슷해서 깜짝 놀랐어요! 이 방은 메이플 그로브의 거실과 모양과 크기가 똑같아요. 언니가 좋아하는 방이죠.」 그러고는 엘튼 씨에게 동의를 구했다. 「이 방이 놀랍게도 똑같지 않아요?」 정말이지 그녀는 지금 메이플 그로브에 있다고 상상하는 것 같았다.

「그리고 저 층계, 여기 들어서면서 저 층계가 무척 비슷하다고 느꼈어요. 정확히 같은 장소에 놓여 있고요. 정말이지 감탄하지 않을 수 없네요! 메이플 그로브처럼 특히 내가 좋아하는 곳을 떠올리는 것은 무척 즐거운 일이에요. (약간 감상적으로 한숨을 쉬면서) 그곳에서 행복하게 몇 달을 지냈거든요! 물론 매력적인 곳이지요. 그곳을 본 사람은 누구나 그 아름다움에 깜짝 놀라거든요. 하지만 내게 그곳은 집이나 다름없어요. 나처럼 다른 곳으로 옮겨 온 사람이 뒤에 두고 온 것과 조금이라도 비슷한 것을 보면 얼마나 기쁠지 이해하실 거예요, 우드하우스 양. 바로 그 점이 결혼의 해악들 중 하나라고 나는 늘 말하죠.」

엠마는 가급적 짧게 대답했다. 하지만 그것으로도 충분했다. 엘튼 부인은 오로지 자기가 말하는 편을 좋아했다.

「메이플 그로브와 너무 똑같아요! 그리고 저택뿐 아니라, 여기서 보기에는, 정원도 놀랍도록 비슷해요. 메이플 그로브의 월계수들도 여기처럼 풍성하고, 똑같은 방식으로, 바로 잔디밭을 가로지르며 서 있어요. 그리고 커다랗고 멋진 나무 위에 벤치가 있는 것을 얼핏 보았는데, 그것도 메이플 그로브를 연상시켜 주었죠. 제 형부와 언니는 이곳에 매료될 거예요. 넓은 뜰을 가진 사람들은 똑같은 양식으로 가꿔진 뜰을 보면 늘 즐거워하죠.」

엠마는 이 감정의 진실성이 의심스러웠다. 광대한 정원을 갖고 있는 사람들이 다른 사람들의 넓은 정원에 관심을 갖는 일은 거의 없으리라고 믿었다. 하지만 그렇게 깊이 물든 잘못된 생각은 비판할 가치가 없었으므로 그저 이렇게만 대답했다.

「이 지역을 더 많이 보시면, 하트필드를 과대평가했다고 생각하실 거예요. 서리 주에는 아름다운 곳이 많거든요.」

「아, 네. 그건 아주 잘 알고 있어요. 아시다시피, 영국의 정원이니까요. 서리 주는 영국의 정원이죠.」

「네, 하지만 그런 명예에 따라서 우리의 권리를 주장해서는 안 되지요. 서리 주 말고도 여러 주들이 영국의 정원이라고 불리니까요.」

「아뇨, 그렇게 생각하지 않아요.」 엘튼 부인이 매우 만족스러운 미소를 지으며 대답했다. 「서리 외에 다른 주가 그렇게 불리는 것은 들어 본 적이 없어요.」

엠마는 입을 다물었다.

「형부와 언니가 봄철에, 아니면 아무리 늦어도 여름에는 우리를 방문하기로 약속했어요.」 엘튼 부인이 말을 이었다. 「그 때 우리는 이 지역을 돌아볼 거예요. 언니 내외와 함께 지내는 동안 많은 곳을 구경할 수 있겠죠. 그들은 물론 대형 사륜 포장마차를 갖고 올 테고, 거기에 네 명이 넉넉히 탈 수 있어요. 그러니 우리 마차는 사용할 필요 없이, 경치 좋은 여러 곳들을 아주 편안하게 돌아볼 수 있을 거예요. 그 계절에 언니 내외가 이륜마차를 타고 오지는 않을 테니까요. 실은, 그 때가 가까워지면 대형 사륜 포장마차를 타고 오라고 분명히 언질을 줄 생각이에요. 그 편이 훨씬 더 나을 테니까요. 사람들이 이런 아름다운 지방에 오면, 우드하우스 양, 가급적 많은 곳을 돌아보기를 당연히 바라지요. 그리고 서클링 씨는 탐사하는 것을 무척 좋아하세요. 작년 여름에 처음 대형 사륜 포장마차를 구입하자마자 킹스 웨스턴까지 두 번이나 탐사하러 갔었는데 아주 즐거웠어요. 여기도 여름철마다 그런 종류의 파티가 많이 있겠지요, 우드하우스 양?」

「아뇨, 이 근방에는 없어요. 당신이 말한 그런 파티를 유혹하는 빼어난 장관은 여기서 좀 떨어진 곳에 있거든요. 그런데다 우리는 매우 조용한 사람들이에요. 즐거운 계획에 빠져들기보다는 집에 머물러 있는 편을 더 좋아하지요.」

「아, 진정한 안락함을 누리려면 집에 있는 것이 최고지요. 나만큼 집에 충실한 사람도 없을 거예요. 메이플 그로브에서 나는 그런 점으로 유명했다니까요. 셀리나 언니가 브리스틀에 가면서 여러 차례 말했어요. 〈난 어떻게 해도 이 애를 집밖으로 끌어낼 수 없어. 어쩔 수 없이 혼자 가야 한다니까. 동무도 없이 대형 사륜마차에 갇혀 있는 것이 몹시 싫지만 말이야. 하지만 오거스타는 자기 나름대로 굳은 의지가 있어서 파크 울타리 너머로는 절대 나오지 않으려고 한다니까.〉 여러번 그렇게 말했어요. 하지만 집에 완전히 갇혀서 사는 것을 찬성하는 건 아니에요. 아니, 사람들과 전혀 교제하지 않고 갇혀서 지내는 건 매우 나쁜 일이라고 생각해요. 세상과 적절히 섞이는 것, 너무 그 속에 파묻히지도 않고 너무 동떨어져 있지도 않는 편이 훨씬 더 바람직하다고 생각해요. 하지만 당신이 처한 상황은 충분히 이해할 수 있어요, 우드하우스 양. (우드하우스 씨 쪽을 바라보면서) 아버님의 건강 상태가 큰 장애가 되겠지요. 부친께서 바스에 가보시면 어떨까요? 정말이지 거기에 가셔야 해요. 바스에 가시는 걸 권해 드릴게요. 정말이지 우드하우스 씨에게 도움이 될 거라고 확신해요.」

「아버지께서 예전에 바스에 한 번 이상 가보셨지만 전혀 도움이 되지 않았어요. 그리고 페리 씨는, 아마 그분 이름을 알고 계실 텐데, 그곳이 지금 도움이 되리라고는 생각하지 않으세요.」

「아, 그건 무척 유감스러운 일이군요. 정말이지 우드하우스 양, 온천물이 몸에 맞으면 놀라운 효과를 볼 수 있거든요. 바스에 있을 때 그런 경우들을 보았어요! 그리고 그곳은 무척 즐거운 곳이라서 우드하우스 씨의 기분에도 틀림없이 도움이 될 거예요. 우드하우스 씨께서 때로 우울하시다고 들었거든요. 그리고 그곳을 당신에게도 권장할 만하다는 점에 대해서는 애써 설명할 필요도 없다고 생각해요. 바스에서 젊은이들이 어떤 혜택을 누릴 수 있는지는 꽤 잘 알려져 있으니까요. 너무나 격리된 채 생활해 온 당신에게 그곳은 매력적인 첫 경험이 될 거예요. 당신에게 그곳의 최고 상류층을 당장 소개해 드릴 수 있어요. 내가 한 줄만 써서 보내면 당장 당신에게 아는 사람들이 생길 거예요. 내 각별한 친구인 패트리지 부인은 내가 바스에 갈 때마다 머물렀던 집의 숙녀인데, 몹시 기뻐하며 당신에게 관심을 보여 줄 테고요. 당신이 공적인 장소에 갈 때 함께 가기에 딱 적합한 사람이죠.」

엠마가 무례하게 굴지 않고 참을 수 있는 한도는 거기까지였다. 자신이 소개라는 것을 받기 위해 엘튼 부인의 신세를 지고, 엘튼 부인 친구의 보호를 받으면서 공적인 장소를 걸어다닌다고 생각하니! 그 여자는 아마 천박하고 저돌적인 과부일 테고 하숙을 치면서 간신히 생계를 꾸려 갈 것이다! 하트필드의 우드하우스 양의 품위가 실로 땅에 떨어진 것이다!

하지만 엠마는 엘튼 부인에게 퍼부을 수 있었을 비난을 자제했고 그저 차갑게 고맙다고만 말했다. 「하지만 우리가 바스에 가는 것은 전적으로 불가능한 일이에요. 그리고 그곳이 아버지보다 내게 더 잘 맞으리라고 생각하지도 않고요.」 그런 다음에는 더 이상의 모욕과 분노를 느끼지 않도록 곧장 화제를 바꿨다.

「엘튼 부인, 당신이 음악을 좋아하는지 묻지 않았어요. 지금과 같은 경우에는, 어떤 숙녀의 성격이 대개 그 사람 자체보다 먼저 알려지니까요. 하이버리 사람들은 당신이 탁월한 연주자라는 것을 오랫동안 알고 있었어요.」

「아, 아니에요. 그런 말에는 반박해야겠어요. 탁월한 연주자라니! 전혀 그렇지 않아요. 그 정보가 얼마나 편애하는 마음에서 나왔을지를 생각해 보세요. 나는 음악을 무조건 좋아해요. 열정적으로 좋아하죠. 그리고 내 친구들은 내게 취향이 전혀 없는 것은 아니라고 말하지요. 하지만 다른 점에서 볼 때 맹세코 내 연주는 지극히 평범해요. 우드하우스 양, 당신이 연주를 매우 잘하신다는 것을 잘 알고 있어요. 내가 속할 집단이 음악적 소양이 풍부하다는 말을 듣고 얼마나 만족스럽고 위안과 기쁨을 느꼈는지 몰라요. 나는 음악이 없으면 절대로 살 수 없거든요. 음악은 내게 삶의 필수품이에요. 그리고 메이플 그로브와 바스에서 늘 음악을 좋아하는 사람들과 어울렸기 때문에, 그것을 누릴 수 없다면 가장 심각한 희생이었을 거예요. 엘튼 씨가 내 미래의 집에 대해 말하면서 그런 외진 곳이 무척 불쾌할 거라고 염려하고, 또 목사관이 열악하다고 염려했을 때 — 내가 어떤 저택에서 살아왔는지를 알고 있으니 물론 걱정이 전혀 없을 수야 없었겠죠 — 난 솔직히 그렇게 말했어요. 엘튼 씨가 그런 식으로 이야기했을 때 나는 파티나 무도회나 연극 같은 세속적인 것들은 단념할 수 있다고 말했어요. 세상과 동떨어져 사는 것이 전혀 두렵지 않았으니까요. 감사하게도 여러 가지 재주를 타고났기 때문에, 나는 세속적인 것들이 필요하지 않아요. 나는 그런 것 없이도 아주 잘 살아갈 수 있거든요. 재주가 없는 사람들이야 사정이 전혀 다르겠죠. 하지만 내 재주 덕분에 나는 완전히 독자적으로 살 수 있어요. 그리고 내게 익숙했던 방들보다 작은 방들에 대해서는 정말이지 단 한 번도 생각하지 않을 수 있어요. 그런 종류의 희생에 대해서는 다 감당할 수 있기를 바랐죠. 물론 나는 메이플 그로브에서 온갖 사치를 누리며 사는 데 익숙했지만요. 그렇지만 내 행복에 마차 두 대가 필요한 것도 아니고, 넓은 방이 필요하지도 않다고 그에게 장담했어요. 〈하지만 아주 솔직히 말하자면 나는 음악 모임 같은 것이 없으면 살 수 없어요. 그 밖에 다른 조건은 하나도 없어요. 하지만 음악이 없으면 내 삶이 텅 비어 버릴 거예요.〉」

「엘튼 씨가 하이버리에 음악을 대단히 좋아하는 사람들이 있다고 망설임 없이 장담하셨겠군요.」 엠마가 미소를 지으며 말했다. 「그리고 엘튼 씨가 그렇게 장담하신 이유를 참작하시고, 그가 진실을 넘어선 것을 용서할 수 없다고 생각하지 않으시길 바라요.」

「아뇨, 그 점에 대해서는 조금도 의심하지 않아요. 나는 그런 집단에 들어오게 되어서 기쁜걸요. 우리 함께 작고 아름다운 음악회를 많이 열면 좋겠어요. 우드하우스 양, 당신과 내가 음악 클럽을 만들어서 당신의 집이나 우리 집에서 매주 정기적으로 만나야 한다고 생각해요. 좋은 계획이라고 생각하지 않아요? 우리가 분발하면 오래지 않아 협조할 사람들이 적지 않을 거예요. 내게는 그런 모임이 특히 바람직할 거예요. 악기를 계속 연주하도록 자극이 될 테니까요. 아시다시피 기혼 여자들은…… 대체로 그들에 대해서 부정적인 슬픈 이야기가 들리죠. 그들은 너무나 쉽게 음악을 포기한다고요.」

「하지만 당신은 음악을 대단히 좋아하시니까 그럴 위험이 전혀 없겠지요.」

「그러기를 바라요. 하지만 내가 아는 사람들을 생각해 보면 몹시 불안해져요. 셀리나는 음악을 완전히 포기했거든요. 피아노에 손도 대지 않아요. 전에는 아름답게 연주했었는데 말이죠. 그리고 제프리스 부인, 즉 클라라 패트리지와 지금은 버드 부인과 제임스 쿠퍼 부인인 밀먼 자매를 생각해 봐도 똑같이 말할 수 있어요. 그런 여자들이 헤아릴 수 없이 많거든요. 맹세코, 간담이 서늘해질 정도예요. 나는 셀리나에게 무척 화를 내곤 했었죠. 하지만 지금은 기혼 여성이 관심을 쏟아야 할 일이 너무 많다는 것을 이해하게 되었어요. 오늘 아침에도 가정부와 30분은 방에 갇혀서 얘기를 해야 했거든요.」

「하지만 그런 종류의 일들은……」 엠마가 말했다. 「곧 일상으로 정돈이 되겠지요.」

「글쎄요.」 엘튼 부인이 웃으며 말했다. 「두고 봐야지요.」

엠마는 그녀가 연주를 소홀히 하는 문제에 대해서 확고하다는 것을 알고 더 이상 할 말이 없었다. 잠시 후에 엘튼 부인은 다른 화제를 꺼냈다.

「우리는 랜달스를 방문했어요. 그 부부 둘 다 집에 계시더군요. 아주 유쾌한 분들로 보였어요. 나는 그분들이 무척 마음에 들었어요. 웨스턴 씨는 아주 훌륭한 분이고, 벌써 내가 제일 좋아하는 사람이 되었어요. 그리고 부인은 정말이지 착해 보였어요. 그녀에게는 어머니처럼 다정한 데가 있어서 곧 마음을 끌더군요. 그녀가 당신의 가정 교사였다지요?」

엠마는 너무 놀라서 대답할 수 없었다. 하지만 엘튼 부인은 대답을 기다리지도 않고 말을 이었다.

「그걸 알고 있었기에 그녀가 너무나 교양 있어 보여 좀 놀랐어요! 그녀는 정말로 귀부인답더군요.」

「웨스턴 부인의 매너는.」 엠마가 말했다. 「언제나 특히 훌륭해요. 예의 바르고 소박하고 우아해서 그 어떤 아가씨의 모범으로도 손색이 없을 거예요.」

「그런데 우리가 그곳에 있을 때 누가 들어왔는지 아세요?」

엠마는 어리둥절했다. 그녀의 말투는 마치 예전부터 알던 사람을 가리키는 것 같았다. 그러니 그녀가 어떻게 짐작할 수 있겠는가?

「나이틀리였어요!」 엘튼 부인이 말을 이었다. 「바로 나이틀리였죠! 정말 운이 좋았지요? 일전에 그가 우리 집을 방문했을 때 내가 집에 없었기 때문에 만나지 못했거든요. 미스터 E의 각별한 친구니까 물론 그를 무척 보고 싶었어요. 〈내 친구 나이틀리〉라는 말을 자주 들었기에 몹시 보고 싶었죠. 나는 카로 스포소*caro sposo*[33]를 공정하게 평가해서, 그가 자기

---

33 〈사랑하는 남편〉이라는 뜻의 이탈리아어. 엘튼 부인의 과시적인 면을 드러낸다. 1816년 초판본에는 〈카라 스포소*cara sposo*〉라고 잘못 표기되어 있고 이것을 채프먼이 수정했는데, 원래 오스틴의 의도는 엘튼 부인의 무지를 드러내려는 것이었을 수 있다.

친구를 부끄러워할 필요가 없다고 말하겠어요. 나이틀리는 완벽한 신사예요. 나는 그가 무척 마음에 들어요. 분명, 아주 신사다운 사람이라고 생각해요.」

다행히도 그들이 돌아갈 시간이 되었다. 그들이 집을 나선 다음에야 비로소 엠마는 숨을 제대로 쉴 수 있었다.

「도저히 참을 수 없는 여자야!」 엠마는 즉시 소리를 질렀다. 「예상보다 더 고약해. 절대로 참아 줄 수 없어! 나이틀리라고! 도대체 생각할 수도 없는 일이야. 나이틀리라고! 전에 만난 적도 없으면서 그를 나이틀리라고 부른단 말이지! 그러고는 그가 신사라는 걸 알았다고! 건방지고 천박한 여자 같으니! 미스터 E라고! 카로 스포소! 그리고 자기에게 재주가 많다고? 시건방지게 허세나 부리고 본데없이 자라 잰 체나 하면서. 나이틀리 씨가 신사라는 걸 알아냈다고! 그 찬사에 대한 보답으로 그가 그녀를 두고 숙녀라고 생각할지 궁금하군. 이런 일은 도무지 믿을 수가 없어! 자기와 함께 음악 클럽을 만들자고 제안하다니! 사람들이 우리를 소꿉동무라고 생각하겠군. 그리고 웨스턴 부인에 대해서! 나를 키워 준 사람이 숙녀다워서 깜짝 놀랐다고! 더욱더 고약하기 짝이 없어. 그 여자와 비슷한 사람은 본 적도 없어. 정말 기대 이상이야. 해리엇을 혹시라도 그녀와 비교한다면 해리엇에게 모욕이지. 아, 프랭크 처칠이 여기 있다면 그녀에게 뭐라고 말할까? 그가 얼마나 화를 내고 얼마나 재미있어할까! 아, 이런, 곧바로 그를 생각하다니. 늘 첫 번째로 그를 생각하다니! 나 스스로 속내를 드러내다니! 프랭크 처칠이 마음에 늘 떠오르다니!」

이런 말들이 이미 머릿속에서 줄줄이 이어졌기에 엘튼 부부가 소란을 피우며 출발한 다음 아버지가 자리 잡고 앉아 말을 꺼냈을 때는 적절히 관심을 기울일 수 있었다.

「자, 애야.」 아버지가 신중하게 말을 꺼냈다. 「전에 본 적은 없지만 그녀는 아주 예쁘고 젊은 숙녀처럼 보이더구나. 아마 그녀가 너를 만나서 무척 즐거웠을 거야. 그녀는 말이 너무 빠르더구나. 재빨리 말하는 목소리를 들으면 귀가 좀 아프지. 하지만 내가 좀 까다로울 게야. 생소한 목소리를 좋아하지 않으니 말이지. 너와 가엾은 테일러 양처럼 말하는 사람은 다시없지. 하지만 그녀는 매우 사근사근하고 예쁘게 처신하는 숙녀 같더구나. 틀림없이 아주 좋은 아내가 될 거야. 그가 결혼을 하지 않았더라면 더 나았을 테지만 말이지. 내가 엘튼 부부에게 결혼 축하 방문을 할 수 없었던 점에 대해서 최대한 사과를 했단다. 여름철에 방문하게 되기를 바란다고 말했어. 그 이전에 방문해야겠지만. 신부를 방문하지 않는 것은 매우 태만한 일이거든. 아, 내가 얼마나 애처로운 환자인지를 드러내는 일이지. 하지만 나는 목사관 오솔길로 들어서는 모퉁이가 싫단다.」

「아마 아빠의 사과를 받아들였을 거예요. 엘튼 씨는 아빠를 잘 아시니까요.」

「그래, 하지만 젊은 숙녀에게는, 신부에게는 가능하면 경의를 표했어야 했을 텐데. 그건 큰 결례가 되는 일이었어.」

「하지만 아빠, 아빠는 결혼을 찬성하지 않으시잖아요. 그런데 왜 신부에게 경의를 표하려고 하세요? 그건 아빠가 권장하실 일이 아니잖아요. 아빠가 그것을 중요시한다면 사람들에게 결혼하도록 장려하는 셈이 되니까요.」

「아니, 애야, 나는 누구에게도 결혼하도록 권장한 적이 없었어. 하지만 숙녀에게는 늘 적절한 관심을 베풀어 주고 싶단다. 그리고 특히 신부를 소홀히 대접해서는 절대로 안 돼. 신부에게는 마땅히 더 많은 것을 베풀어 줘야지. 알다시피, 얘야, 신부는 무리에서 늘 첫 번째로 존중을 받아야 해. 그 나머지 사람들이 누구든 간에 말이지.」

「하지만 아빠, 이것이 결혼을 권장하는 일이 아니라면 대체 무엇인지 모르겠어요. 그리고 아빠가 가엾은 젊은 숙녀들의 허영심을 자극하는 미끼를 인정해 주실 줄은 전혀 예상하지 못했어요.」

「얘야, 네가 내 말을 이해하지 못하는 거야. 이건 그저 일반적인 예의범절과 훌륭한 교양의 문제이지, 사람들을 결혼하도록 장려하는 것과는 전혀 상관이 없단다.」

엠마는 입을 다물었다. 아버지는 불안해하고 있었고 그녀의 말을 이해할 수 없었다. 엠마는 엘튼 부인의 불쾌한 언사를 다시 떠올렸고, 그 생각이 오래, 아주 오래 마음에서 떠나지 않았다.

제15장

　이후에 새로운 사실들을 알게 되었어도 엠마는 엘튼 부인에 대한 나쁜 평가를 취소할 필요가 없었다. 그녀의 관찰은 꽤 정확했다. 엘튼 부인이 두 번째 만남에서 드러냈던 모습들은 다시 만날 때마다 그대로 드러났던 것이다. 자만심이 강하고, 건방지고, 스스럼없이 굴고, 무식하고, 본데없이 자라 버릇이 없었다. 약간의 미모와 약간의 소양은 있었지만 판단력이 거의 없어서 자기가 세상살이를 남들보다 월등히 잘 알고 있고 이 시골의 인근 지역을 활기차게 개선하고 있다고 생각했다. 그리고 호킨스 양이었을 때 자신의 사회적 지위가 무척 높았으며, 그것을 능가할 것은 엘튼 부인이라는 지위뿐이라고 생각했다.

　엘튼 씨의 생각이 자기 아내와 다르리라고 가정할 이유는 전혀 없었다. 그는 자기 아내와 더불어 행복해했을 뿐 아니라 그녀를 자랑스럽게 여기는 것 같았다. 우드하우스 양도 맞설 수 없는 그런 여자를 하이버리에 데려온 것에 대해서 자축하는 듯한 기미를 풍기고 있었다. 엘튼 부인의 새로운 이웃들은 거의 모두 그녀를 칭찬하거나 아니면 스스로 판단하는 습성이 없어서 베이츠 양의 호의적인 평가를 그대로 따르거나 혹은 신부란 스스로 내세우는 만큼 영리하고 유쾌한 사람인 것이 당연하다고 받아들이며 상당히 만족해했다. 그러므로 엘튼 부인에 대한 찬사는, 우드하우스 양의 방해를 받지 않은 채, 당연히 입에서 입으로 전해졌다. 우드하우스 양은 처음에 그 찬사에 기여하고는 엘튼 부인이 〈매우 유쾌하고 아주 우아하게 옷을 입는다〉고 선선히 말해 주었던 것이다.

한 가지 점에서 엘튼 부인은 처음보다 더 나빠졌다. 엠마에 대한 그녀의 감정이 달라졌던 것이다. 친하게 지내자고 제안했는데도 엠마가 시큰둥하게 반응했기에 화가 나서 자기도 물러났고, 점점 냉정해지면서 거리를 두었을 수도 있다. 결과에 대해서야 오히려 기분 좋게 받아들일 수 있었지만, 그 원인이 되었던 악감정은 점점 더 엠마의 혐오감을 일으키고 있었다. 해리엇에 대한 엘튼 부부의 태도는 불쾌하기 짝이 없었다. 그들은 해리엇을 조롱하고 무시했다. 엠마는 그들의 태도 덕분에 해리엇의 상사병이 속히 치유되기를 바랐지만, 그런 행동을 일삼는 그들의 감정을 생각하면 그 부부에 대한 평가는 형편없이 낮아질 수밖에 없었다. 의심할 바 없이 그 부부는 기탄없이 대화를 나누면서 가엾은 해리엇의 애정을 도마 위에 올렸을 테고, 그 일에서 엠마가 개입한 부분을 엠마에게는 가장 불리하게, 엘튼 씨에게는 가장 만족스럽게 윤색해서 언급했을 것이다. 당연히 그 두 사람은 엠마를 싫어했다. 다른 얘깃거리가 없을 때면 우드하우스 양을 비난하는 것이 늘 손쉬운 일이었으리라. 그리고 엠마에게는 감히 노골적인 경멸로 내보일 수 없었던 적대감이 해리엇을 무시하는 태도로 거침없이 배출되었다.

엘튼 부인은 제인 페어팩스를 무척 좋아했다. 처음부터 그랬다. 한 아가씨와의 전투 때문에 다른 아가씨를 두둔하게 되었기 때문만이 아니라, 처음부터 그랬다. 그리고 엘튼 부인은 제인 페어팩스에 대한 자연스럽고 당연한 찬사를 늘어놓는 데 그치지 않았다. 간청하거나 청원하거나 특별한 취급을 주장하지 않는다면 그녀를 도와주고 돌봐 주는 것으로 부족하다고 느꼈다. 엠마가 그녀의 신뢰를 잃기 전에, 대략 세 번째로 만나게 되었을 때, 엘튼 부인은 그 문제에 대한 자신의 의협심을 알려 주었다.

「제인 페어팩스는 절대적으로 매력적이에요, 우드하우스 양. 나는 제인 페어팩스에 대해서 정말이지 열광하고 있답니다. 예쁘고 흥미로운 아가씨이지요. 너무나 부드럽고 숙녀답고요. 게다가 그런 재능을 갖고 있고! 정말이지 그녀의 재능은 매우 특별하다고 생각해요. 그녀의 연주는 대단히 훌륭하다고 주저 없이 말할 수 있어요. 그 점에 관해서 분명한 판단을 내릴 수 있을 만큼 음악을 알고 있으니까요. 아! 그녀는 완전히 매력적이에요! 당신은 내 열광을 비웃겠지요. 하지만 맹세코 나는 오로지 제인 페어팩스 얘기만 한답니다. 그리고 그녀의 상황을 생각하면 측은한 마음이 들죠! 우드하우스 양, 우리는 그녀를 위해서 뭔가를 해주도록 분발하고 노력해야 해요. 우리가 그녀를 앞으로 끌어내야 해요. 그녀의 음악적 재능이 남들에게 알려지지 않게 그냥 내버려 둬서는 안 돼요. 아마 당신은 어느 시인의 매력적인 이 시를 들은 적이 있겠지요.

많은 꽃들이 보이지 않는 곳에서 붉게 피어나

황량한 대기에 그 향기를 헛되이 뿌린다.[34]

우리는 그 예쁜 제인 페어팩스에게 이런 일이 일어나도록 내버려 둬서는 안 돼요.」

「그럴 위험이 있으리라고는 생각할 수 없어요.」 엠마가 조용히 대답했다. 「당신이 페어팩스 양의 상황을 더 잘 알게 되고 그녀가 캠프벨 대령 부부와 어떤 가정에서 살아왔는지를 아시면 그녀의 재능이 알려지지 않았다고는 생각하지 않을 거예요.」

「아, 하지만 우드하우스 양, 그녀는 지금 너무 외진 곳에서 세상에 알려지지 못하고 버림받은 채 살고 있어요. 그녀가 캠프벨 부부와 살 때 어떤 혜택을 누릴 수 있었든 간에 그것이 끝났다는 점은 너무나 분명해요! 그리고 그녀가 그 점을 느끼고 있다고 생각해요. 정말로 확신해요. 그녀는 무척 수줍어하고 말이 없죠. 그녀가 격려를 받지 못하고 있다고 느낀다는 것을 난 잘 알 수 있어요. 그래서 나는 그녀를 더 좋아해요. 또 그래서 그녀가 더 호감이 간다고 솔직히 말해야겠어요. 나는 수줍어하는 사람을 무척 좋아하거든요. 그리고 그런 사람을 자주 만날 수 있는 건 아니에요. 하지만 어쨌든 신분이 낮은 사람들에게 그런 자질이 있으면 좋은 인상을 주지요. 아, 정말이지, 제인 페어팩스는 무척 기분 좋은 아가씨이고, 말로 다할 수 없으리만치 내 관심을 끌어요.」

34 토머스 그레이Thomas Gray(1716~1771)의 「시골 교회 묘지에서 쓴 비가Elegy Writtten in a Country Churchyard」 2연 55~56행으로, 약간 잘못 인용되어 있다. 엘튼 부인이 이 유명한 시에서 자주 인용되는 부분을 끌어들이면서 더욱이 잘못 인용한 것은 그녀의 문학적 둔감함을 드러낸다.

「부인은 큰 동정심을 느끼시는 것 같군요. 하지만 부인이
나 혹은 여기서 페어팩스 양을 부인보다 더 오래 알아 왔던
이웃들 중 누구라도 그녀에게 어떻게 달리 관심을 보여 줄 수
있을지 모르겠군요.」

「친애하는 우드하우스 양, 행동하려고 나서는 사람들은 아
주 많은 일을 할 수 있어요. 당신과 나는 두려워할 필요가 없
어요. 우리가 좋은 모범을 보이면 많은 사람들이 가급적 그
모범을 따를 거예요. 모두들 우리와 같은 지위에 있는 것은
아니지만요. 우리에게는 그녀를 데려오고 집에 실어다 줄 마
차가 있고, 우리는 제인 페어팩스가 언제 식탁의 한 자리를 차
지하더라도 전혀 불편하게 느끼지 않을 수준으로 살고 있어
요. 라이트가 내놓은 정찬 요리 때문에 제인 페어팩스 외에
더 많은 사람들을 식사에 초대한 것을 후회하게 된다면, 나는
몹시 불쾌할 거예요. 나는 그런 일을 겪어 본 적이 없거든요.
내게 익숙한 생활 방식을 고려해 보면, 내가 그런 것을 알 리
가 없죠. 아마 살림살이에 있어 내게 가장 위험한 일은 그 반
대의 경우일 거예요. 너무 많이 차리고, 비용에 대해서 너무나
신경을 쓰지 않는 거죠. 아마 내가 메이플 그로브를 모델로
삼고 좀 지나치게 따라하는지도 모르죠. 왜냐하면 수입을 놓
고 볼 때 우리가 형부인 서클링 씨와 같다고는 주장할 수 없
으니까요. 어떻든 나는 제인 페어팩스에게 관심을 기울이기
로 결심했어요. 그녀를 우리 집에 자주 오게 하고, 내가 가는
곳 어디에서나 그녀를 소개하고, 음악회를 열어서 그녀의 재
능을 보여 주고, 그녀가 갈 만한 가정 교사 자리를 찾아볼 거
예요. 아는 사람이 아주 많기 때문에 그녀에게 적합한 곳을
곧 찾아낼 거예요. 형부와 언니가 오거든 특별히 그녀를 소개

할 테고요. 그들이 그녀를 무척 좋아하리라고 믿어요. 그녀가 그들과 좀 친해지면 두려움을 전혀 느끼지 않을 거예요. 그들의 매너는 대단히 호의적이니까요. 언니 부부와 함께 지낼 때 그녀를 자주 방문하라고 할 거예요. 그리고 때때로 그들의 대형 사륜마차에 그녀를 태워 주고 주위를 돌아볼 수 있겠죠.」

〈가없은 제인 페어팩스!〉 엠마는 생각했다. 〈격에 떨어지는 이런 대접까지 받다니! 딕슨 씨와 관련해서 무슨 잘못을 저질렀는지 몰라도, 이건 당신이 받을 만한 벌이 아니야! 엘튼 부인의 친절한 보호를 받다니! 〈제인 페어팩스, 제인 페어팩스〉라고? 맙소사! 이 여자가 감히 나를 엠마 우드하우스라고 부르면서[35] 돌아다닐 거라고는 생각하지 말자. 하지만 이 여자의 방자한 혀는 끝이 없군!〉

엠마는 오로지 자기에게만 들려준, 그리고 〈친애하는 우드하우스 양〉으로 너무나 혐오스럽게 장식된 그런 과시적인 자랑을 다시는 들을 필요가 없었다. 이후 오래지 않아 엘튼 부인의 태도가 달라졌던 것이다. 엠마는 평화롭게 지낼 수 있었다. 엘튼 부인의 각별한 친구가 되도록 강요당하지 않았고, 또한 엘튼 부인의 지시를 받으며 제인 페어팩스를 적극적으로 후원하도록 강요당하지도 않았다. 그저 어떤 감정이 일어나고 어떤 일이 계획되었는지, 또 어떤 일이 이뤄졌는지를 다른 사람들과 함께 개략적으로 듣게 되었을 뿐이다.

엠마는 좀 재밌어하면서 지켜보았다. 베이츠 양은 제인에 대한 엘튼 부인의 관심에 전혀 가식 없이 소박하고 열렬하게

---

35 일반적인 예의범절로 볼 때 엘튼 부인은 제인 페어팩스를 〈페어팩스 양〉이라고 불러야 한다. 특별히 친하거나 아랫사람일 경우에만 성이 아니라 이름을 불렀다.

고마워했다. 엘튼 부인이야말로 정말이지 가장 소중한 사람들 중 하나이고, 더없이 상냥하고 친절하고 유쾌한 여자이며, (엘튼 부인이 그렇게 보이고 싶어 한 만큼) 교양 있고 겸손한 사람이라고 칭찬했다. 단 하나 엠마에게 놀라웠던 사실은 제인 페어팩스가 엘튼 부인의 관심을 받아들이고 그녀를 참아 주는 듯이 보였다는 점이다. 그녀가 엘튼 부부와 함께 산책하고, 식사하고, 하루를 보냈다는 이야기가 들려왔다. 이거야말로 놀라운 일이었다! 고상한 취향이 있고 자존심이 있는 페어팩스 양이 목사관에서 제공할 만한 그런 교제와 호의를 참아줄 수 있다는 것을 엠마는 도저히 믿을 수 없었다.

〈그녀는 정말 수수께끼야.〉 엠마는 생각했다. 〈여기서 온 갖 궁핍을 견디면서 여러 달을 지내려 하다니! 게다가 이제는 굴욕스럽게도 엘튼 부인의 관심을 받고 그녀의 한심한 얘기를 들어 주고 있다니! 자기를 늘 너그럽고 진정한 애정으로 사랑해 준 그 훌륭한 벗들에게로 돌아가지 않고 말이야.〉

제인은 하이버리에 왔을 때 석 달을 머물겠다고 공언했었다. 캠프벨 부부는 아일랜드에서 석 달을 보낼 생각으로 떠났지만 이제 적어도 한여름까지 더 머물겠다고 딸에게 약속했다. 그리고 제인에게 그곳으로 와달라고 다시 초대했다. 베이츠 양의 말에 의하면 ― 이 소식은 전부 그녀에게서 나왔는데 ― 딕슨 부인이 몹시 간절하게 초대하는 편지를 보냈다는 것이다. 제인이 갈 생각만 있다면 여러 수단을 강구해서 하인들을 보내고 벗들이 도와주도록 도모할 것이다. 여행하는 데는 조금도 어려움이 없을 것이다. 그런데도 그녀가 거절했다는 것이다.

〈그녀가 이 초대를 거절한 데에는 겉으로 드러나지 않는 어떤 이유, 확고한 이유가 있는 게 틀림없어.〉엠마는 이렇게 결론을 내렸다. 〈그녀는 캠프벨 가족이나 아니면 자기 스스로가 내린 고행을 겪고 있는 거야. 뭔가 큰 두려움과 강력한 경고와 확고한 결의가 있는 거지. 그녀가 딕슨 부부와 어울려서는 안 된다고 말이야. 누군가 그렇게 선고를 내렸을 거야. 하지만 대체 왜 엘튼 부부와 어울리는 데 동의한 거지? 이건 또 다른 수수께끼야.〉

엘튼 부인에 대한 자신의 평가를 알고 있는 몇몇 사람들에게 이 문제에 대한 의아한 마음을 털어놓았을 때 웨스턴 부인이 제인을 옹호하며 말했다.

「그녀가 목사관에서 매우 즐거운 시간을 보내리라고는 생각할 수 없어, 엠마. 하지만 늘 집에 있는 것보다는 낫겠지. 그 이모님이 무척 좋은 분이기는 하지만 언제나 같이 있으면 무척 지루할 테니까. 우리는 페어팩스 양이 어떤 곳에 간다고 해서 그녀의 취향을 탓하기보다는 그녀가 무엇에서 벗어나는지를 생각해야 할 거야.」

「맞습니다, 웨스턴 부인.」 나이틀리 씨가 열렬히 말했다. 「페어팩스 양은 우리들 중 누구 못지않게 엘튼 부인을 공정하게 평가할 수 있어요. 그녀가 친하게 어울릴 사람을 선택할 수 있다면, 엘튼 부인을 선택하지 않았을 겁니다. 하지만 (질책하는 듯이 미소를 띠고 엠마를 바라보면서) 그녀는 엘튼 부인의 관심을 받고 있고, 그 밖에 어느 누구도 그녀에게 관심을 기울이지 않으니까요.」

엠마는 웨스턴 부인이 잠시 자기를 바라보는 것을 느꼈고, 그녀 스스로도 그의 열렬한 대답에 조금 놀랐다. 살짝 얼굴을 붉히며 그녀가 곧 대답했다.

「엘튼 부인 같은 사람이 관심을 보여 준다면 페어팩스 양은 즐거움보다는 혐오감을 느낄 줄 알았어요. 엘튼 부인의 초대는 결코 매력적이지 않을 거라고요.」

「페어팩스 양이 엘튼 부인의 초대를 받아들였을 때 그 이모의 열성 때문에 원치 않는 정도로 끌려갔다 해도 놀랍지 않을 거야. 가엾은 베이츠 양은 아마 조카딸이 친한 관계를 맺도록 서둘러 이끌어 갔을 테니까. 그 조카딸에게 당연히 기분 전환을 하고 싶은 마음이 있었더라도 그녀의 분별력이 적절하다고 판단한 정도를 넘어서 더 친밀하게 보일 정도로 말이지.」

두 사람은 다시 그의 말을 듣고 싶었다. 그는 잠시 입을 다물고 있다가 말했다.

「또 다른 점도 고려해야 할 겁니다. 엘튼 부인은 페어팩스 양에게 말할 때 그녀에 대해서 말할 때와는 다른 방식대로 얘기할 겁니다. 우리 모두, 심지어 전혀 교양 없이 말하는 사람들도 그와 그녀, 그대*thou*라는 대명사의 차이를 알고 있어요. 우리는 누구나 직접 만나서 교류할 때 일반적인 예의를 넘어서는 뭔가의 영향력을 느낍니다. 그것은 마음에 일찌감치 주입되는 것이지요. 우리가 한 시간 전에 불쾌한 낌새를 확신하고 있었더라도 그것을 누구에게도 알려 줄 수 없어요. 상황이 달라졌다고 느끼니까 말이지요. 그리고 이런 심리가 일반적인 원칙으로 작용하는 것 말고도, 페어팩스 양은 그녀의 탁월한 마음과 매너로 엘튼 부인에게 두려움을 일으킨다고 확신할 수 있소. 그래서 엘튼 부인은 페어팩스 양을 대면할 때 그녀가 받을 만한 존중심을 다해서 대하리라고 믿을 수 있지. 그 부인은 제인 페어팩스 같은 여자를 예전에 만나 본 적이 없었을 거요. 그러니 그 부인이 아무리 허영심이 강한 여자라

389

하더라도, 자신이 비교적 하찮은 존재라는 것을 의식적으로는 아닐지언정 행동으로 인정하지 않을 수 없을 거요.」

「당신이 제인 페어팩스를 얼마나 높이 평가하는지 알고 있어요.」엠마가 말했다. 어린 헨리 생각이 떠올랐고, 두려움과 미묘한 마음이 뒤섞여서 다른 말을 하지 못하고 망설였다.

「그렇소. 내가 그녀를 무척 존중한다는 것은 누구나 다 알고 있소.」

「하지만.」엠마는 성급히 짓궂게 보이는 표정으로 말을 꺼냈다가 곧 멈추었다. 하지만 최악의 사실을 당장 알아내는 편이 더 나았다. 그녀는 서둘러 말을 이었다.「하지만 어쩌면 당신은 그 존중심이 얼마나 큰 것인지 스스로 깨닫지 못하고 있을 수도 있겠죠. 그 흠모하는 마음에 언젠가는 당신 스스로도 깜짝 놀랄지 모르지요.」

나이틀리 씨는 두꺼운 가죽 각반의 아래쪽 단추들을 끼우는 데 열중하고 있었다. 단추를 끼우려고 힘을 주고 있기 때문인지 아니면 다른 이유에서인지 붉어진 얼굴로 그가 대답했다.

「아, 그런 생각이 들었소? 하지만 유감스럽게도 당신이 뒤졌소. 콜 씨가 벌써 6주 전에 그런 암시를 했으니까.」

그는 말을 멈췄다. 엠마는 웨스턴 부인이 자기 발을 살짝 누르는 것을 느꼈고, 뭘 생각해야 할지 도무지 알 수 없었다. 잠시 후 그가 말을 이었다.

「하지만 그런 일은 절대 없을 거요. 내가 구혼하더라도 페어팩스 양은 나와 결혼하지 않을 거요. 그리고 나도 그녀에게 절대로 청혼하지 않으리라고 확신하고 있소.」

흥미진진한 마음으로 엠마는 친구의 발을 눌러 주었고, 즐겁게 큰 소리로 말했다.

「당신은 허영심이 없는 사람이에요, 나이틀리 씨. 당신에 대해서 그 점은 말할 수 있어요.」

그는 그녀의 말을 듣지 못한 것 같았고, 생각에 잠겨 있었다. 그러더니 그리 즐거워 보이지 않는 표정으로 곧이어 말했다.

「그래, 당신은 내가 제인 페어팩스와 결혼해야 한다고 결정했군.」

「아뇨, 그러지 않았어요. 내가 결혼을 주선한다고 당신이 너무나 심하게 꾸짖었기 때문에 당신에 대해서는 감히 그런 무례한 짓을 저지를 수 없지요. 제가 지금 한 말은 아무 의미도 없었어요. 사람들은, 물론, 진지한 의미가 전혀 없이 그런 종류의 말을 하잖아요. 아, 아니에요. 정말이지 당신이 제인 페어팩스건 제인 아무개건 그 누구와도 결혼하기를 바라지 않아요. 당신이 결혼하게 되면 이렇게 우리 집에 오셔서 우리와 함께 편안히 앉아 있지 않을 테니까요.」

나이틀리 씨는 다시 생각에 잠겼고, 그 생각의 결과는 이러했다. 「아니, 엠마. 그녀를 찬탄하는 정도에 나 스스로가 놀랄 일은 없을 거라고 생각해요. 그녀를 그런 식으로 생각해 본 적이 한 번도 없었소.」 그러고 나서 곧 다시 말했다. 「제인 페어팩스는 아주 매력적인 아가씨지. 하지만 제인 페어팩스도 완벽한 것은 아니오. 그녀에게도 결함이 있지. 남자가 자기 아내에게서 바랄 솔직한 기질이 그녀에게는 없소.」

엠마는 제인에게도 결함이 있다는 말을 듣고 기쁨을 느끼지 않을 수 없었다. 「글쎄요.」 그녀가 말했다. 「그렇다면 당신은 곧 콜 씨의 말을 가로막았겠군요?」

「그렇소. 곧 그렇게 했지. 그는 그저 은근히 암시했을 뿐이오. 그가 착각한 거라고 그에게 말했지. 그는 내게 사과했고 더는 말하지 않았소. 콜은 자기가 이웃들보다 더 현명하거나 더 재치가 있다고 나서는 사람이 아니오.」

「그런 점에서 친애하는 엘튼 부인과는 너무나 다르군요. 그녀는 온 세상 사람들보다 더 현명하고 더 재치 있기를 바라니까요! 그녀가 콜 씨 가족에 대해서 어떻게 말하는지, 뭐라고 부르는지 궁금하군요! 그녀가 그들을 부를 호칭을 어떻게 찾아낼까요? 무척이나 스스럼없이 대하는 천박한 호칭 말이에요. 그녀는 당신을 나이틀리라고 부르죠. 콜 씨에 대해서는 뭐라고 부를 수 있을까? 그런데도 제인 페어팩스가 그녀의 초대를 받아들이고 그녀와 함께 있는 것을 놀랍게 여기지 말라는 거죠. 웨스턴 부인, 부인의 주장이 내게는 더 설득력 있게 들려요. 페어팩스 양의 마음이 엘튼 부인의 마음을 압도했다고 믿기보다는, 베이츠 양에게서 달아나려는 유혹이 클 거라는 데 더 쉽게 공감할 수 있어요. 엘튼 부인이 사고나 언어, 행동에 있어서 자신의 열등함을 인정하리라고는 생각할 수 없어요. 그녀가 한심하기 짝이 없는 자기의 교양 수준을 넘도록 억제되리라고 믿을 수도 없고요. 또 칭찬이나 격려, 도와주겠다는 제안으로 자기 손님을 끊임없이 모욕하지 않으리라고 상상할 수도 없어요. 페어팩스 양에게 안정된 일자리를 얻어 주겠다는 것부터 시작해서 그 대형 사륜마차로 즐겁게 탐사하는 여행에 그녀를 끼워 주겠다는 데에 이르기까지 자기의 자비로운 의도를 끊임없이 과시할 테니까요.」

「제인 페어팩스는 감수성이 있는 사람이오.」나이틀리 씨가 말했다. 「나는 그녀에게 감정이 부족하다고 생각하지 않아요. 내가 생각하기에 그녀는 강렬한 감수성을 갖고 있고,

인내하고 참고 자제하는 능력이 탁월한 기질을 갖고 있지. 하지만 솔직함이 부족해요. 그녀는 과묵하고, 내가 생각하기로는 전보다도 더 마음을 털어놓지 않소. 그리고 나는 솔직한 기질을 사랑해요. 아니, 내가 애정을 느끼고 있을 거라고 콜 씨가 암시할 때까지 그런 생각은 한 번도 든 적이 없었소. 나는 제인 페어팩스를 만나서 이야기를 나누면 늘 찬탄하고 즐거웠지만, 그 이상의 생각은 전혀 없었소.」

「자, 웨스턴 부인.」 그가 나갔을 때 엠마가 의기양양하게 말했다. 「나이틀리 씨가 제인 페어팩스와 결혼하는 것에 대해서 이제 뭐라고 얘기하실래요?」

「글쎄, 엠마, 그분이 그녀를 사랑하지 않는다는 생각에 너무 몰두하고 있어서 결국 그가 사랑에 빠지는 것으로 끝나더라도 놀랍지 않을 거야. 나를 이기려고 하지 마.」

제16장

    하이버리와 그 인근에 사는 사람들 가운데 엘튼 씨를 방문한 적이 있는 사람이라면 누구나 그의 결혼에 관심을 보이려 했고, 그래서 그 부부를 위한 정찬 파티와 이브닝 파티를 계획하고 신속히 초대장을 보냈다. 오래지 않아 엘튼 부인은 기쁘게도 약속이 없는 날이 단 하루도 없으리라고 걱정하게 되었다.

    「어떻게 돌아가는지 알겠어요.」 그녀가 말했다. 「당신들 사이에서 내가 어떻게 살아갈지를 알겠어요. 정말이지 우리는 완전히 흥청망청 즐기면서 살 거예요. 실로 우리는 대단한 인기를 누리는 것 같아요. 시골에서 사는 것이 이런 거라면, 그리 무시무시한 일이 아니죠. 월요일부터 다음 토요일까지 정말이지 약속이 없는 날이 하루도 없어요. 나보다 재주가 적은 여자였더라도 시간을 어떻게 보낼 줄 몰라서 쩔쩔맬 필요가 전혀 없었을 거예요.」

    그녀가 받아들이기 어려운 초대는 단 하나도 없었다. 바스에서의 습관 때문에 이브닝 파티는 너무나 자연스러웠고, 메이플 그로브에서 그녀는 정찬 파티에 취미를 붙였던 것이다.

그녀는 응접실이 두 개가 아니라든가 야회용 케이크가 형편 없이 구워졌다든가 하이버리의 카드놀이 파티에 얼음이 없다는 사실에 약간 충격을 받았다. 베이츠 부인이나 페리 부인, 고다드 부인과 그 외의 다른 사람들은 세상 물정에 꽤 뒤떨어져 있었지만, 자신이 곧 그들에게 매사를 어떻게 준비해야 하는지를 보여 줄 것이다. 봄철에 성대한 파티를 열어서 그들의 친절에 답례할 것이고, 카드 테이블에 격식을 갖춰서 각각 촛대를 따로 놓고 개봉되지 않은 카드를 여러 벌 내놓을 것이며, 그 이브닝 파티를 위해 자기 집에서 제공할 수 있는 것보다 더 많은 웨이터를 고용하여 딱 적합한 시간에, 적합한 순서로 다과를 돌리게 할 것이다.

그동안 엠마는 하트필드에서도 엘튼 부부를 위한 정찬 파티를 열지 않고는 마음이 편할 수 없었다. 다른 사람들만큼 하지 않으면 안 된다. 그러지 않으면 불쾌한 의심을 살 테고, 딱하게도 적개심을 갖고 있다고 여겨지리라. 그러므로 정찬 파티를 열어야 한다. 엠마가 10분간 설득한 후에 우드하우스 씨는 파티에 대한 거부감을 떨쳐 냈고 다만 자신이 식탁의 말석에 앉지 않겠다[36]는 평소와 같은 조건을 내세웠을 뿐이다. 그래서 누가 그 일을 대신할지 결정해야 하는 여느 때와 같은 어려운 문제가 남았다.

초대할 사람을 정하는 것은 생각할 필요도 없었다. 엘튼 부부 외에 웨스턴 부부와 나이틀리 씨가 참석할 것이다. 거기까지는 당연했다. 그리고 가엾은 해리엇을 여덟 번째 사람으

---

36 사교의 에티켓에 따라서 집안의 주인은 식탁의 말석에 앉아 주요리의 고기를 잘라 나눠 주는 등의 의무를 행해야 한다. 우드하우스 씨는 자신이 환자라고 생각하므로 이런 의무를 피하려 한다.

로 포함하는 것도 그 못지않게 불가피한 일이었다. 하지만 해리엇을 초대할 때의 마음은 똑같이 편치 않았고, 해리엇이 거절할 수 있게 해달라고 간청했을 때 엠마는 여러 가지 점에서 마음이 놓였다. 「피할 수만 있다면 그분과 같은 장소에 있지 않겠어요. 그분과 그 매력적이고 행복한 아내가 함께 있는 모습을 보면 아직은 불편한 마음을 느끼지 않을 수 없거든요. 우드하우스 양께서 불쾌하게 여기시지만 않는다면 저는 집에 있는 편이 더 좋겠어요.」 사실 바랄 수만 있다고 생각했더라면 엠마가 가장 원했을 대답이 바로 그것이었다. 그녀는 친구의 의연한 마음에 기뻤다. 사람들과 어울리기를 포기하고 집에 있겠다는 것이 해리엇에게는 대단한 결심이라는 사실을 알고 있기 때문이다. 이제 엠마는 실로 여덟 번째 사람으로 초대하고 싶었던 사람, 제인 페어팩스를 초대할 수 있었다. 지난번에 웨스턴 부인과 나이틀리 씨와 대화를 나눈 이후 그녀는 제인 페어팩스에 대해서 전보다 더 양심의 가책을 느꼈다. 제인 페어팩스가 엘튼 부인의 관심을 받아들이는 것은 그녀밖에 아무도 관심을 기울이지 않기 때문이라는 나이틀리 씨의 말이 마음에 계속 남았던 것이다.

〈그건 맞는 말이야.〉 그녀는 생각했다. 〈적어도 나와 관련해서 볼 때는 그래. 그 말의 의도가 바로 그것이었지. 무척 부끄러운 일이야. 같은 나이인 데다 늘 그녀를 알고 있었으면서……. 좀 더 그녀와 친하게 지냈어야 했는데……. 그녀는 이제 날 절대로 좋아하지 않을 거야. 내가 그녀를 너무 오랫동안 소홀히 대했어. 하지만 지금까지보다 더 관심을 기울일 거야.〉

초대는 모두 받아들여졌다. 그들 모두 약속이 없었고 모두 기뻐했다. 하지만 이 정찬을 준비하는 흥미로운 일이 아직 끝나지 않았을 때 다소 불운한 상황이 벌어졌다. 존 나이틀리의 큰아들 둘이 봄철에 할아버지와 이모를 방문해서 몇 주일을 지내기로 되어 있었는데 이제 그들의 아버지가 아이들을 하트필드에 데리고 와서 하루를 머물겠다고 통고한 것이었다. 그날이 바로 이 파티가 열리는 날이었다. 그는 업무상의 약속 때문에 날짜를 미룰 수 없었고, 일이 이렇게 되자 부녀는 심란해지지 않을 수 없었다. 우드하우스 씨는 정찬 식탁에서 자신의 불안한 신경으로 견딜 수 있는 최대한의 인원이 여덟 명이라고 생각했다. 그런데 이제 아홉 번째 사람이 생기려는 것이다. 게다가 그 아홉 번째 사람이 기껏해야 48시간을 하트필드에서 지낼 예정인데 정찬 파티에 참석해야 한다면 무척 언짢아하리라고 엠마는 걱정하지 않을 수 없었다.

엠마는 형부 때문에 정찬 인원이 분명 아홉 명으로 늘어나기는 하겠지만 워낙에 말이 없는 사람이라서 소음이 커지더라도 대단치 않을 거라고 아버지를 위로했다. 하지만 정작 자신의 심정은 그리 편안해질 수 없었다. 줄곧 침울한 표정을 짓고 대화를 꺼리는 그 사람이 자기 형 대신 그녀의 맞은편 자리에 앉는 것은 자신에게도 안타까운 일이라고 생각했다.

그 사건은 엠마보다 우드하우스 씨에게 더욱 순조롭게 풀렸다. 존 나이틀리가 도착했지만 웨스턴 씨가 갑자기 볼일이 생겨서 바로 그날 런던에 가야 했던 것이다. 저녁에는 그 모임에 합류할 수 있겠지만 정찬에는 참석할 수 없었다. 그러므로 우드하우스 씨는 마음이 놓였다. 아버지가 편안해하는 것을 보고, 또 어린 조카들이 도착하고, 형부에게 앞으로 겪을 불운한 일을 알려 주었을 때 달관한 듯이 평정한 태도로 받아들였기에 엠마도 가장 애를 태웠던 문제를 떨쳐 낼 수 있었다.

그날이 왔고, 시간에 맞춰 사람들이 모였다. 존 나이틀리는 일찌감치 사람들을 기분 좋게 대하려고 작정한 것 같았다. 정찬을 기다리는 동안 자기 형을 창가로 끌어가서 얘기를 나눈 것이 아니라 페어팩스 양에게 말을 걸고 있었다. 그는 레이스와 진주로 최대한 화려하게 차려입은 엘튼 부인을 아무 말 없이 바라보았고, 이사벨라에게 얘기해 주려고 필요한 정도로만 관찰하는 것 같았다. 하지만 페어팩스 양은 오래전부터 알고 있었고 조용한 아가씨였으므로 그녀에게는 말을 걸 수 있었다. 그는 아침 식사 전 아이들과 산책에서 돌아오는 길에 그녀를 만났는데 그때 막 비가 내리던 참이었다. 그 점에 대해서 예의 바르게 인사치레를 하는 것이 당연한 일이었으므로 그가 말했다.

　「오늘 아침에 멀리 나가지 않았기를 바랍니다, 페어팩스 양. 그렇지 않았으면 틀림없이 비를 맞았을 거예요. 우리도 간신히 집에 도착했거든요. 당신도 곧장 돌아갔기를 바랍니다.」

　「저는 그저 우체국까지만 갔었어요.」 그녀가 말했다. 「빗줄기가 굵어지기 전에 돌아왔어요. 매일 하는 일이거든요. 여기 있는 동안에는 제가 늘 편지를 가져와요. 그렇게 하면 노고도 줄어들고 또 제가 밖으로 나갈 이유가 되기도 하고요. 아침 식사 전의 산책은 제게 도움이 되거든요.」

　「빗속에서 걷는 것은 그렇지 않겠지요.」

　「네, 하지만 제가 출발했을 때는 비가 내리지 않았어요.」

　존 나이틀리 씨는 미소를 짓고 대답했다.

　「말하자면, 당신은 산책하기로 마음먹었다는 것이지요. 기쁘게도 당신을 만났을 때 당신은 집에서 6미터도 떨어지지 않은 곳에 있었으니까. 그보다 한참 전에도 헤아릴 수 없이 빗방울이 많이 떨어진다고 아이들이 말했었소. 우리 일생에서 어떤 시절에는 우체국이 큰 매력을 갖고 있지요. 하지만 당신이 내 나이가 되면, 편지라는 것이 빗속을 뚫고 가지러 갈 만한 가치가 없다고 생각하게 될 겁니다.」

그녀는 약간 얼굴을 붉히더니 이렇게 대답했다.

「제가 당신처럼 소중한 친척들에 둘러싸여서 살게 되리라고는 기대할 수 없을 거예요. 그러니 나이가 들어 간다고 해도 제가 편지에 무관심해질 것 같지 않아요.」

「무관심해진다고! 아, 아니오. 무관심해질 수 있다고 생각한 건 아니지. 편지는 무관심해질 수 있는 문제가 아니니까. 편지란 대체로 매우 확실한 저주지.」

「사업상의 편지에 대해서 말씀하시는 것이겠지요. 저는 우정의 편지를 말하고 있고요.」

「우정의 편지가 둘 중에서 더 나쁘다고 종종 생각했었소.」 그가 냉랭하게 대답했다.「사업이란 알다시피 돈을 갖다 주지만, 우정이란 그런 일이 거의 없지.」

「아, 진담이 아니시겠지요. 저는 존 나이틀리 씨를 잘 알고 있기에, 우정의 가치를 누구 못지않게 이해하신다고 생각해요. 당신에게는 편지가 매우 하찮다는 것을 잘 이해할 수 있어요. 제가 생각하는 것보다 훨씬 더 보잘것없게 여기시겠지요. 하지만 그 차이는 당신이 저보다 열 살이 더 많다는 사실 때문에 생기는 게 아닐 거예요. 나이가 아니라 상황 때문이겠지요. 당신에게는 소중한 사람들이 모두 늘 가까이 있지만, 제게는 아마 다시는 그렇지 못할 거예요. 그러니 제가 오래 살아 애정을 모두 잃어버릴 때까지는 우체국의 매력이 사라지지 않아서 오늘보다 더 궂은 날씨라도 저를 밖으로 끌어낼 거예요.」

「세월이 흘러 시간이 지남에 따라 당신이 달라질 거라고 말했을 때…….」 존 나이틀리가 말했다. 「나는 흔히 시간이 일으키는 상황의 변화를 의미하려 했소. 전자가 후자를 포함한다고 생각하니까. 시간이 흐르면 대체로 매일 접촉하는 교제 범위를 벗어난 애정에 대해서는 관심이 줄어들 거요. 하지만 내가 당신에 대해서 염두에 둔 변화는 그런 것이 아니에요. 앞으로 10년 후 당신에게 나처럼 집중적으로 관심을 기울일 대상이 많이 있기를 옛 벗으로서 바랍니다, 페어팩스 양.」

이 말에는 친절한 의미가 담겨 있었고, 조금도 불쾌감을 주지 않을 말이었다. 페어팩스 양은 쾌활하게 〈고맙습니다〉라고 대답하면서 그 말을 웃어넘기려는 것 같았지만 얼굴의 홍조와 떨리는 입술, 눈에 고인 눈물은 그 말을 그저 웃어 버릴 이야기로 느끼지 않았음을 드러냈다. 이제 그녀는 우드하우스 씨에게로 관심을 돌려야 했다. 그는 이런 파티에서 자기 나름의 습관에 따라 손님들에게 한 사람씩 돌아가면서 인사를 했고, 숙녀들에게 특별히 찬사를 표하면서 이제 마지막으로 그녀에게 말을 걸고 있었다. 더없이 온유하고 품위 있게 그가 말했다.

「오늘 아침 빗속에 외출했다니 무척 유감이구려, 페어팩스 양. 아가씨들은 스스로를 잘 보살펴야 해요. 젊은 아가씨들은 가냘픈 식물과 같으니 말이지. 건강과 안색에 유의해야지. 그래, 양말을 갈아 신었소?」

「네, 그랬어요. 친절하게 염려해 주셔서 감사합니다.」

「친애하는 페어팩스 양, 젊은 숙녀들은 보살핌을 잘 받아야 해요. 바라건대 훌륭하신 할머님과 이모님은 건강하시겠지. 그분들은 아주 오랜 내 벗들이오. 내 건강이 더 좋아져서 더 나은 이웃이 될 수 있으면 좋으련만. 오늘 이렇게 와주어서 우리에게 큰 기쁨을 주었소. 내 딸과 나는 아가씨의 미덕을 아주 잘 알고 있고, 하트필드에 아가씨가 와주어서 더없이 흐뭇하다오.」

마음씨가 친절하고 예의 바른 이 노인은 이렇게 말한 다음 이제 자기 의무를 다했고 예쁜 숙녀들을 환영해서 편안하게 해주었다고 느끼며 자리에 앉았다.

이때쯤에야 빗속을 산책한 이야기가 엘튼 부인의 귀에 들어갔고, 그러자 그녀는 제인을 나무라기 시작했다.

「사랑하는 제인, 내가 들은 이 얘기가 무슨 말이지? 빗속에 우체국에 걸어가다니! 정말이지 이건 안 될 일이야. 이 딱한 아가씨, 어떻게 그런 일을 할 수 있지? 이건 내가 너를 돌봐주지 않았다는 증거야.」

제인은 감기에 걸리지 않았다고 매우 참을성 있게 말했다.

「아, 바보 같은 소리 하지 마. 넌 정말로 딱한 아가씨고, 스스로를 어떻게 돌봐야 하는지 모르니까. 아니, 우체국이라고! 웨스턴 부인, 이런 얘기를 들어 본 적이 있으세요? 당신과 내가 적극적으로 권위를 발휘해서 이런 행동을 막아야 해요.」

「확실히.」 웨스턴 부인이 친절하게 설득하듯 말했다. 「나도 충고하고 싶은 마음이 드는군요. 페어팩스 양, 그런 위험을 무릅쓰면 안 돼요. 당신은 독감에 걸리기 쉬우니까, 정말이지 각별히 조심해야 해요. 특히 이런 계절에는 말이죠. 봄철에는 늘 더욱 조심해야 한다고 생각해요. 다시 기침감기에 걸릴 위험을 무릅쓰는 것보다는 한두 시간이나 반나절을 기다렸다가 편지를 받는 편이 더 낫죠. 그런데 감기에 걸린 것 같지 않아요? 그래, 당신은 분별력이 강한 사람이라고 믿어요. 다시는 그런 일을 하지 않을 것 같군요.」

「오, 그녀가 다시는 그런 일을 하지 못할 거예요.」 엘튼 부인이 열렬히 대답했다. 「우리가 다시는 그렇게 하도록 내버려 두지 않을 테니까요.」 그러고는 의미심장하게 고개를 끄덕이며 말했다. 「어떤 계획이라도 세워야겠어. 정말이지 무슨 수가 있어야 해. 미스터 E에게 말하겠어. 아침마다 편지를 가져오는 사람에게 (하인들 중 하나인데 이름이 생각나지 않네) 네게 온 편지를 찾아보고 갖다 주라고 하겠어. 그러면 모든 문제가 해결되겠지. 정말이지, 사랑하는 제인, 우리에게서 그런 도움을 받는 건 전혀 망설이지 않을 테지.」

「무척 친절하세요.」 제인이 말했다. 「하지만 저는 아침 산책을 포기할 수 없어요. 될 수 있는 대로 밖에서 많이 걸어다니라는 권고를 받았기에 어딘가를 걸어야 하고 우체국이 그중 한 곳이에요. 정말이지 전에는 날씨가 나빴던 적이 거의 없었어요.」

「사랑하는 제인, 그 문제에 대해서는 더 이상 말하지 마. 이 일은 이미 결정 난 거야. 말하자면 (가식적인 웃음을 지으며) 내가 내 주인님의 동의 없이 감히 어떤 일을 결정할 수 있는 한에 있어서는 그렇다는 말이야. 아시다시피 웨스턴 부인, 우리 같은 기혼 여성들은 자기 생각을 표현할 때 조심해야 하지요. 하지만 내 영향력이 전혀 없는 건 아니라고 장담할 수 있어, 제인. 그러므로 내가 넘을 수 없는 장애를 맞닥뜨리는 경우가 아니라면 그 문제가 결정되었다고 생각해.」

「죄송합니다만.」 제인이 진지하게 말했다. 「저는 그런 계획에 절대로 동의할 수 없어요. 부인의 하인에게 불필요하게 성가신 일이기도 하고요. 제가 그 일을 즐겁게 여기지 않으면, 제가 여기 없을 때 늘 그렇듯이 할머님의 하녀가 그 일을 대신할 수 있어요.」

「아, 하지만 패티는 할 일이 너무 많잖아! 그리고 우리 하인들을 부리는 건 오히려 친절한 일이야.」

제인은 양보할 생각이 없는 듯이 보였다. 그러나 대답을 하지 않고 다시 존 나이틀리 씨에게 말하기 시작했다.

「우체국은 참으로 놀라운 기관이에요! 조직적으로 우편물을 신속히 처리하는 것을 보면! 우체국에서 처리해야 하는 그 많은 일을 생각하면, 그리고 그 일을 아주 잘하고 있는 것을 생각하면 정말 놀라워요!」

「우체국은 확실히 잘 운영되고 있소.」

「부주의로 인한 과실이나 실수가 일어나는 일도 거의 없고요! 온 나라에서 끊임없이 오가는 수천 통의 편지들 가운데서 한 통이라도 잘못 배달되는 일이 없고, 백만 통 가운데 하나도 분실되는 일이 없을 거예요! 게다가 다양한 필체와 또 악필을 해독해야 하는 것을 생각하면 더더욱 경이롭게 느낄 수밖에 없어요!」

「그 직원들은 습관에 의해 전문가가 되는 거요. 그들은 예리한 시력과 재빠른 손놀림으로 시작해야 하고 훈련하면서 점점 더 나아지겠지. 그 외에 다른 설명이 필요하다면……」 그는 미소를 지으며 말을 이었다. 「그들은 그 일에 대한 보수를 받는다는 거요. 그것이 놀라운 능력을 설명해 주는 관건이지. 돈을 지불하니까 좋은 서비스를 받아야 하는 법이오.」

그런 다음에 다양한 필체에 대한 이야기가 이어졌고, 흔히 하는 말들이 오갔다.

「한 가족 내에서 동일한 필체가 종종 나타난다는 이야기를 들은 적이 있어요.」 존 나이틀리가 말했다. 「동일한 교사가 가르치는 곳에서는 아주 자연스러운 일이지. 그런 경우가 아니라면, 그 유사성은 주로 여자들에게서만 찾아볼 수 있다고 생각해요. 사내애들은 어린 시절 이후로는 습자 교육을 받는 일이 거의 없고 익숙해진 필체로 아무렇게나 쓰게 되니까. 이사벨라와 엠마의 필체는 아주 비슷해요. 그 두 사람의 글씨체를 구별할 수 없는 때가 많았지.」

「그래.」 그의 형이 주저하듯 말했다. 「비슷한 점이 있지. 무슨 뜻인지 알겠어. 하지만 엠마의 필체가 더 강하지.」

「이사벨라와 엠마 둘 다 아주 예쁘게 글씨를 쓰지.」 우드하우스 씨가 말했다. 「늘 그랬었지. 가엾은 웨스턴 부인도 그렇고.」 그러면서 한숨과 미소가 섞인 얼굴로 그녀를 바라보았다.

「나는 어떤 신사의 필체도 본 적이……」 엠마 역시 웨스턴 부인을 보면서 말을 꺼냈지만, 부인이 다른 사람의 말에 귀를 기울이고 있기에 중단했다. 그리고 잠시 멈춘 동안 그녀는 생각했다. 〈이제 어떻게 그 사람의 이야기를 꺼낼 수 있을까? 이 사람들 앞에서 그의 이름을 단도직입적으로 말하는 것이 부적절할까? 완곡한 표현을 사용할 필요가 있을까? 당신의 요크셔 친구…… 요크셔에서 당신과 편지 왕래를 하는 사람…… 아니, 잘하지 못할 것 같으면 차라리 그편이 더 낫겠어. 아니, 그의 이름을 조금도 곤혹스러워하지 않고 발음할 수 있어. 확실히 나는 점점 더 나아지고 있어. 자, 때는 지금이야.〉

웨스턴 부인이 관심을 돌렸고 엠마가 다시 말을 꺼냈다. 「프랭크 처칠 씨는 내가 지금껏 본 가장 멋진 신사의 필체로 쓰시는 분들 중 하나예요.」

「나는 그 글씨체에 감탄할 수 없소.」나이틀리 씨가 말했다.「너무 작고, 힘이 부족해요. 여자들의 글씨체 같지.」

두 숙녀는 그 말을 받아들이지 않았고, 그런 비방에 대해서 프랭크 처칠을 옹호했다.「아뇨, 그분의 필체는 힘이 부족하지 않아요. 글씨체가 크지는 않지만 매우 명료하고 확실히 힘이 있어요. 웨스턴 부인은 보여 줄 편지가 없으신가요?」지금 부인은 편지를 가지고 있지 않았다. 최근에 그의 편지를 받았지만 답장을 보내고 나서 치워 두었기 때문이다.

「우리가 다른 방에 있으면.」엠마가 말했다.「옆에 책상이 있으면 실례를 보여 드릴 수 있을 텐데. 그분의 쪽지를 갖고 있거든요. 언젠가 당신이 쪽지를 보내도록 시키신 것을 기억하세요, 웨스턴 부인?」

「내가 그에게 시켰다고 그가 말했었지.」

「그래요, 어떻든 그 쪽지를 갖고 있거든요. 정찬이 끝난 후에 나이틀리 씨한테 보여서 확인시켜 드릴 수 있어요.」

「아, 프랭크 처칠 씨처럼 여성에게 친절한 젊은이가 우드하우스 양처럼 예쁜 아가씨에게 편지를 쓸 때면……」나이틀리 씨가 냉담하게 말했다.「그는 물론 최선을 다할 거요.」

정찬이 준비되었다. 엘튼 부인은 누가 뭐라고 말하기도 전에 앞장설 준비가 되어 있었다. 우드하우스 씨가 그녀에게 다가가서 식당으로 인도하도록 요청하기도 전에 그녀는 이렇게 말했다.

「제가 제일 먼저 가야 하나요? 항상 앞장을 서는 것이 정말 부끄러워요.」

엠마는 제인이 편지를 직접 가져오는 것에 대해서 드러낸 우려를 놓치지 않았다. 그녀는 그 장면을 모두 듣고 보았고,

오늘 아침에 비를 맞고 산책한 일이 어떤 결과를 낳았을지 약간 궁금했다. 어떤 결과가 있었으리라고 생각했다. 매우 소중한 누군가에게서 소식을 들으리라는 확실한 기대가 없었더라면 그렇게 궂은 날씨에 결연히 맞서지 않았으리라. 그 산책은 헛되지 않았을 것이다. 제인에게 평소보다 더 행복한 기색이 감돌고 있었고, 그녀의 얼굴과 정신 둘 다 빛을 발하는 것 같았다.

엠마는 아일랜드 우편물의 신속한 배달이나 비용에 관해서 한두 가지를 물어볼 수도 있었고 그 말이 혀끝에서 뱅뱅 돌았지만 자제했다. 제인 페어팩스의 마음을 상하게 할 말은 하지 않겠다고 결심했다. 그 두 아가씨는 각자의 아름다움과 우아함에 아주 잘 어울리는 호의적인 표정으로 팔짱을 끼고 다른 숙녀들을 따라서 식당으로 걸어갔다.

제17장

　식사가 끝난 후 숙녀들이 응접실로 돌아왔을 때 엠마는 그들이 두 무리로 나뉘는 것을 막을 수 없음을 알았다. 엘튼 부인은 제인 페어팩스와만 이야기하고 엠마를 무시하면서 끈질기게도 그릇된 판단과 그릇된 행동을 고집했다. 엠마는 웨스턴 부인과 둘이서 이야기를 나누거나 아니면 둘 다 침묵할 수밖에 없었다. 엘튼 부인이 그들에게 다른 여지를 남기지 않았던 것이다. 제인이 그녀를 잠시 억제하면, 그녀는 곧 다시 시작했다. 그 두 사람은, 특히 엘튼 부인이 속삭이며 얘기했지만 그 대화의 골자가 무엇인지를 알아듣지 못할 수는 없었다. 우체국, 감기, 편지를 가져오는 일, 우정에 대한 얘기가 한참 이어졌다. 그런 다음에는 제인에게 적어도 똑같이 불쾌할 다른 이야기가 이어졌다. 그녀에게 적합한 일거리에 대한 소식이 있었는지를 묻고는 엘튼 부인이 계획한 일을 선언한 것이었다.

　「이제 4월이잖아!」 그녀가 말했다. 「난 너를 생각하면 무척 걱정이 돼. 6월이 곧 올 테니 말이지.」

　「하지만 6월이나 어느 달이라고 확실히 정한 건 아니에요.

막연히 여름철이라고 생각한 거지요.」

「그런데 정말 아무 소식도 듣지 못했다고?」

「실은 알아보지도 않았어요. 아직은 알아보고 싶지 않아요.」

「아, 이런, 아무리 일찍 시작해도 이르지 않은데. 너는 매우 훌륭한 일자리를 구하기가 어렵다는 것을 알지 못하는 거야.」

「제가 알지 못한다고요!」 제인은 고개를 저으며 말했다. 「친애하는 엘튼 부인, 누가 저만큼 그 문제에 대해서 많이 생각할 수 있겠어요?」

「하지만 너는 나만큼 세상을 많이 보지 못했잖아. 최고 상류층 가정에서 일자리를 얻으려는 사람들이 언제나 바글거리는 걸 모르는 거야. 나는 메이플 그로브 주변에서 그런 것을 아주 많이 봤거든. 서클링 씨의 사촌인 브래그 부인 집에 지원한 사람들이 무수히 많았어. 그 부인이 최고 상류층의 사람들과 어울리기 때문에 모두들 그녀의 집에 가고 싶어서 안달이었지. 교실에 양초가 다 있다니까! 얼마나 근사할지 상상할 수 있겠지! 네가 그 어느 집보다도 브래그 부인의 집에 가게 되면 제일 좋겠어.」

「캠프벨 대령 부부께서는 한여름에 런던에 돌아오실 거예요.」 제인이 말했다. 「저는 그분들과 얼마간 함께 지내야 해요. 그걸 바라실 거예요. 그런 다음에는 제가 기꺼이 준비할 거예요. 현재로는 부인께서 수고스럽게 알아보시지 않으면 좋겠어요.」

「수고라니! 아니, 난 네가 망설이는 까닭을 알고 있어. 내게 불편을 끼칠까 봐 걱정하는 거지. 하지만 정말이지 캠프벨 부부도 나만큼 너에 대해서 관심을 갖고 있지는 않을 거야. 내가 하루 이틀 내로 패트리지 부인에게 편지를 써서 바람직한 일자리가 있는지 찾아보라고 확실하게 말하겠어.」

「고맙습니다만 제 문제를 그 부인께 언급하지 않으시면 좋겠어요. 좀 더 시간이 가까워질 때까지 누구에게도 폐를 끼치고 싶지 않아요.」

「하지만, 아가씨, 시간이 가까워지고 있다니까. 지금이 4월인데, 6월은, 아니 7월이라 해도, 그런 일을 알아보려면 금방 다가온다고. 네가 너무나 경험이 없어서 어처구니가 없을 정도야! 네게 적합하고 또 네 벗들이 너를 위해서 바랄 만한 일자리가 매일 있는 것도 아니고, 의사를 밝힌다고 해서 바로 얻을 수 있는 것도 아니야. 정말이지 지금 당장 알아보기 시작해야 해.」

「죄송하지만 저는 그럴 의도가 전혀 없어요. 저 스스로도 전혀 알아보지 않았고요. 그러니 제 벗들이 대신 알아보신다면 무척 유감스러울 거예요. 제가 그 시기에 대해서 마음을 확실히 정하고 나면, 일자리를 오랫동안 구하지 못하리라는 걱정은 하지 않아요. 문의를 하면 곧 결과를 알려 줄 그런 사무소들이 런던에 있거든요. 판매를 하는 사무소들인데, 인간의 육체가 아니라 지성을 파는 곳이지요.」

「아, 맙소사, 인간의 육체라니! 네 말은 너무 충격적이야. 네가 노예 매매에 대해서 빈정거리고 있다면 말이지, 정말이지 서클링 씨는 늘 노예제도 폐지를 지지하는 쪽이었어.」[37]

「전 노예 매매를 뜻한 것이 아니었고, 그걸 생각하고 있지

---

37 영국에서는 1807년에 노예 매매가 법으로 금지되었지만, 해외 식민지에서의 노예제 철폐 운동은 1833년까지 이어졌다. 엘튼 부인이 이 부분에서 과민하게 반응하는 것은 자신의 부친과 형부인 서클링 씨가 재산을 모은 브리스틀이 노예 무역의 중심지였기 때문이다.

도 않았어요.」제인이 말했다.「제가 생각한 것은 오로지 가정 교사 매매예요. 그런 일을 자행하는 사람들의 죄의식에 있어서 확실히 상당한 차이가 있겠죠. 하지만 어느 쪽의 희생자들이 더욱 비참한지는 모르겠어요. 어떻든 제가 하려는 말은, 런던에 광고를 내주는 사무소들이 있고, 그곳에 신청서를 내면 틀림없이 신속하게 괜찮은 일자리를 얻을 수 있을 거라는 거예요.」

「괜찮은 일자리라고!」엘튼 부인이 반복했다.「아니, 그건 스스로에 대해서 겸손한 네 생각에나 어울릴 일이겠지. 난 네가 얼마나 겸손한지 알고 있어. 하지만 네가 나오는 대로 아무 일자리나 받아들인다면 네 벗들에게는 만족스럽지 않을 거야. 어떤 사교 집단에 속하지도 않고 우아하게 생활하지도 못하는 집에서 제공할 만한 저급하고 평범한 일자리겠지.」

「무척 감사해요. 하지만 그런 것들에 대해서 저는 전혀 아랑곳하지 않아요. 저는 부자들의 집에서 살고 싶은 생각이 없어요. 굴욕감이 더 커질 뿐이라고 생각하니까요. 제 상황과 대조되기 때문에 더 고통스러울 거예요. 제가 조건으로 삼는 것은 오로지 신사의 집안이라는 거예요.」

「난 널 알아. 잘 알고 있어. 너는 어떤 일자리든지 받아들이려는 거야. 하지만 난 좀 더 까다롭게 굴어야겠어. 그리고 훌륭하신 캠프벨 부부도 내 생각에 동의하실 거라고 믿어. 재능이 탁월하기 때문에 너는 최고 상류층에서 대접받을 권리가 있어. 네 음악 재능만으로도 너 나름의 조건을 제시하고, 원하는 만큼 방들을 많이 소유하고, 내키는 만큼만 그 집안 식구들과 어울릴 수 있는 자격이 있어. 말하자면 — 잘은 모르겠지만 — 네가 하프를 연주할 수 있으면, 그렇게 할 수 있을 거야. 하지만 네가 피아노 연주뿐 아니라 노래도 잘하니까…….
그래, 하프를 연주할 줄 모르더라도 네가 원하는 조건을 요구
할 수 있을 거라고 믿어. 네가 즐겁고 명예롭고 편안하게 정착
해야지 그렇지 않으면 캠프벨 가족이나 나는 마음이 편치 못
할 거야.」

「부인께서는 당연히 그런 일자리의 즐거움과 명예와 편안
함을 다 같은 것으로 생각하시겠지요.」 제인이 말했다. 「그것
들은 분명 동등한 것이지요. 하지만 현재로는 저를 위해서 아
무것도 하시지 않기를 진심으로 바라요. 부인께 무척 감사드
려요. 저에 대해 동정심을 느끼시는 분 누구에게나 감사드리
지만, 여름까지는 아무 일도 없기를 진심으로 원하고 있어요.
저는 지금 있는 곳에, 현재 상태로 두세 달 더 머물 거예요.」

「나도 진심이야.」 엘튼 부인이 명랑하게 대답했다. 「나무랄
데 없는 기회를 놓치는 일이 없도록 늘 주의 깊게 찾아보고
내 친구들에게도 그렇게 시키려고 결심한 것 말이야.」

이런 식으로 그녀는 계속 말을 이어 갔고, 우드하우스 씨가
방으로 들어온 다음에야 말을 멈췄다. 그런 다음에는 화제를
바꿔서 허세를 부렸다. 엠마는 그녀가 제인에게 똑같이 속삭
이는 소리를 들을 수 있었다.

「저기 저 친절한 멋쟁이 노인께서 들어오시는군! 다른 남
자들보다 먼저 오시다니 여자들에게 얼마나 친절하신지 생각
해 봐! 무척 호감이 가는 분이야. 정말이지 저분이 무척 마음
에 들어. 좀 묘하게 구식으로 예의를 차리시는 태도가 감탄스
럽거든. 요즘의 격의 없는 태도보다는 내 취향에 훨씬 잘 맞
아. 난 격의 없는 태도에 종종 혐오감을 느끼거든. 그런데 이
훌륭한 노인께서 정찬 식탁에서 내게 얼마나 정중하게 말씀

하셨는지 네가 들었으면 좋았을걸. 아, 정말이지, 내 카로 스포소가 질투심을 느낄 거라고 생각할 정도였다니까. 내가 마음에 드신 모양이야. 내 옷에 대해서 말씀하시더라고. 내 옷이 마음에 들어? 셀리나가 골라 준 거야. 멋지다고 생각하긴 하는데 장식이 너무 많은 게 아닌지 모르겠어. 지나친 장식만큼 싫은 것도 없으니까. 화려한 장식은 소름이 끼치도록 싫어. 지금은 장신구를 몇 개 달아야 했지. 내가 그렇게 하기를 남들이 기대하니 말이야. 알다시피 신부는 신부답게 보여야 하거든. 하지만 내 원래 취향은 오로지 소박한 것을 추구해. 소박한 스타일의 옷을 화려한 장식보다 무한히 더 좋아하지. 하지만 나 같은 취향을 가진 사람들은 극히 적을 거야. 소박한 옷을 가치 있게 생각하는 사람들이 거의 없으니까. 그저 과시하듯이 차려입고 화려하게 장식하려 들지. 이런 장식을 흰색과 은색이 어우러진 포플린 드레스에 달아 볼까 생각하고 있어. 그것이 잘 어울릴까?」

　사람들이 응접실에 다시 다 모였을 때 웨스턴 씨가 들어왔다. 그는 늦은 저녁 시간에 집에 돌아와서는 식사를 마치고 하트필드로 걸어오는 길이었다. 판단력이 있는 사람들은 그가 올 것을 예상하고 있었기에 놀라지 않았지만 그래도 무척 반가워했다. 우드하우스 씨는 조금 전에 식탁에서 그를 보았더라면 퍽 유감스러웠겠지만 이제는 그를 보아서 무척 반가워했다. 존 나이틀리만이 놀라서 아무 말도 하지 못했다. 하루 종일 런던에서 일한 후 집에서 편안히 저녁 시간을 보낼 수 있었을 사람이 다시 집을 나서서 반 마일을 걸어 다른 사람의 집에 와서는 잠잘 시간이 될 때까지 그저 다른 사람들과 어울리면서 시끌벅적한 가운데 예의 바르게 처신하며 하루를 마감하려 한다는 것은 그에게 참으로 인상적인 장면이었다. 아침 8시부터 움직였으니 지금은 가만히 있을 수도 있고, 하루 종일 말해 왔으니 지금은 침묵할 수도 있고, 이미 여러 사람을 만난 뒤이니 지금은 혼자 있을 수도 있었을 텐데! 그런 사람이 안락한 자기 집의 난롯가를 두고 진눈깨비가 날리는 4월의 추운 밤에 다시 밖으로 돌진하다니! 그가 그저 손짓 한 번으로 자기 아내를 데려갈 수 있었다면, 그럴 만한 이유가 있다고 말할 수 있으리라. 하지만 그가 왔기 때문에 파티가 끝나기는커녕 더 길어질 것이다. 존 나이틀리는 놀란 눈으로 그를 바라보았고 어깨를 으쓱하며 중얼거렸다. 「아무리 저 사람이라도 그렇게까지 할 줄은 몰랐어.」

그동안 웨스턴 씨는 자신이 일으킨 분노를 전혀 의식하지 못한 채 즐겁고 쾌활한 기분으로, 하루 종일 집에 없었기에 당연히 말을 많이 하면서 사람들 사이에서 유쾌하게 대화를 이끌어 가고 있었다. 저녁 식사에 대한 아내의 물음에 답하고 그녀가 하인들에게 신중하게 남긴 지시들이 모두 이루어졌다고 안심시킨 후 자기가 들은 공적인 소식들을 전부 알려 주고는 이제 부부간의 대화로 나아가고 있었다. 주로 웨스턴 부인에게 말한 것이었지만 그 이야기에 그 방에 있는 모든 사람들이 큰 관심을 느끼리라는 것을 그는 의심하지 않았다. 그는 아내에게 편지 한 통을 주었다. 프랭크가 아내에게 보낸 편지였는데, 그는 오는 길에 그 편지를 보고는 마음대로 뜯어 보았던 것이다.

「어서 읽어 봐요. 읽어 보라고.」 그가 말했다. 「당신에게 기쁜 일일 테니까. 몇 줄밖에 안 되니 오래 걸리지 않을 거요. 엠마에게 읽어 줘요.」

두 숙녀는 함께 그 편지를 읽었다. 그동안 그는 내내 미소를 지으며 좀 나직하지만 그래도 누구에게나 들릴 만한 목소리로 말했다.

「그래, 그 애가 온다는군. 좋은 소식이지. 자, 당신은 뭐라고 하겠소? 그 애가 곧 다시 올 거라고 내가 늘 말했었지. 앤, 당신에게 늘 그렇게 말하지 않았소? 그런데 당신은 내 말을 믿지 않으려 했지. 다음 주에 런던에 도착할 거라오. 아무리 늦어도 말이야. 그 외숙모가 뭐든지 해야 할 일이 있을 때는 악귀처럼 서둘러 대거든. 아마 내일이나 토요일에는 런던에 도착할 거야. 그녀가 아프다는 건 물론 다 꾀병이지. 하지만 프랭크가 다시 우리들 가운데, 우리들 가까이 런던에서 머문다는 건 아주 좋은 일이오. 런던에 도착하면 꽤 오래 머물 테고, 그 시간의 절반은 우리와 함께 지낼 거요. 내가 바라는 건 바로 그거요. 자, 아주 좋은 소식이지, 그렇지 않소? 다 읽었소? 엠마도 읽었고? 자, 그럼 접어 둬요. 그 얘기는 나중에 천천히 하기로 합시다. 지금은 그만 하고. 다른 분들께는 그저 간단히 상황을 알려 드려야지.」

　웨스턴 부인은 그 소식이 무척 반갑고 즐거웠다. 그녀의 표정과 말은 억제되지 않은 기쁨을 드러냈다. 그녀는 행복했고, 자신이 행복하다는 것을 알고 있었고, 또 행복해야 한다는 것을 알고 있었다. 그녀는 솔직히 열렬하게 기쁨을 표현했다. 하지만 엠마는 그렇게 거침없이 말할 수 없었다. 그녀는 자기 감정을 가늠해 보고 자신이 흥분한 정도를 알아내는 데 몰두하고 있었다. 자신이 상당히 들떠 있다고 생각했다.

　하지만 웨스턴 씨는 너무나 정신이 팔려서 세밀히 관찰하지 못했고, 또 자기가 말하는 데 급급해서 남의 말을 들으려

하지 않았기에 엠마의 대답에 그저 흡족해했다. 그러고는 이내 다른 곳으로 자리를 옮겨 이미 방 안의 사람들이 모두 들은 이야기를 되풀이하면서 나머지 벗들도 기쁘게 해주려 했다.

다행히도 그는 모두들 당연히 기뻐하리라고 생각했다. 그렇지 않았더라면 우드하우스 씨나 나이틀리 씨가 특히 즐거워하지는 않는다고 생각했을 것이다. 이 두 사람이야말로 웨스턴 부인과 엠마 다음으로 가장 기쁘게 해줘야 할 사람들이었다. 그들 다음에 그는 페어팩스 양에게로 갔지만 그녀는 존 나이틀리 씨와 이야기를 나누는 데 열중하고 있어서 방해가 될 것이 너무나 분명했다. 바로 옆에 엘튼 부인이 있었고 그녀는 다른 곳에 정신을 팔고 있지 않았으므로 부득이 그녀와 이야기를 시작했다.

제18장

「오래지 않아 내 아들을 부인에게 소개해 드릴 수 있기를 바라오.」 웨스턴 씨가 말했다.

엘튼 부인은 그런 소망이 자기에 대한 각별한 존중심을 표하는 것이라고 기꺼이 생각하면서 아주 우아하게 미소를 지었다.

「아마도 프랭크 처칠에 대한 이야기를 들으셨겠지.」 그가 말을 이었다. 「그 애가 내 성을 이어받지는 않았어도 내 아들이라는 사실을 아실 거요.」

「아, 네, 아드님을 만나게 되면 무척 기쁠 거예요. 틀림없이 엘튼 씨는 지체 없이 그를 방문할 거예요. 그리고 그를 목사관에서 만나게 되면 우리 둘 다 무척 기쁠 거예요.」

「무척 고맙소. 프랭크도 매우 기뻐할 거요. 프랭크가 늦어도 다음 주에는 런던에 올 거라오. 오늘 편지에서 그 소식을 들었소. 오늘 아침 나가는 길에 편지를 받았는데, 내 아들의 필체인 것을 보고는 대담하게 뜯어보았지. 내게 온 것이 아니라 웨스턴 부인에게 온 편지였지만 말이오. 그 애는 주로 내 아내에게 편지를 보내지. 내가 편지를 받는 일은 거의 없소.」

「그래서 부인께 온 편지를 무조건 뜯어보셨군요! 아! 웨스턴 씨, (가식적으로 웃으며) 그런 일에 대해서는 항의해야겠어요. 정말이지 무척 위험한 본보기예요! 이웃들이 당신의 선례를 따르지 않게 해주시기를 간청해요. 정말이지 이런 일까지 예상해야 한다면, 우리처럼 결혼한 여자들은 분발해야 한다고 생각해요! 아, 웨스턴 씨, 당신이 그런 일을 하실 거라고는 생각도 못 했어요!」

「아, 우리 남자들은 딱한 사람들이오. 당신도 스스로를 잘 보살펴야 해요, 엘튼 부인. 이 편지에 뭐라고 써 있느냐면……. 짧은 편지인데, 그저 우리에게 알려 주려고 서둘러 썼고, 그들이 처칠 부인 때문에 곧바로 런던에 올 거라고 전하고 있소. 그 부인이 겨우 내내 몸이 좋지 않았고 엔스콤이 너무 춥다고 생각한다고, 그래서 시간을 허비하지 않고 그들 모두 남쪽으로 이동할 거라는군.」

「그렇군요! 요크셔에서. 엔스콤은 요크셔에 있지요?」

「그렇소. 런던에서 약 190마일 떨어져 있소. 상당히 먼 여행이지.」

「네, 정말 상당한 거리군요. 메이플 그로브에서 런던까지보다 65마일이 더 멀어요. 하지만 재산이 많은 사람들에게 거리가 무슨 대수겠어요, 웨스턴 씨? 제 형부 서클링 씨가 때로 얼마나 빨리 여행을 다니는지 아시면 놀라실 거예요. 제 말을 믿지 못하시겠지만, 형부와 브래그 씨는 사두마차를 타고 일주일에 두 번이나 런던을 왕복한다니까요.」

「엔스콤과의 거리가 고약한 것은 처칠 부인이 ― 우리가 들은 바로는 ― 일주일 내내 소파에서 일어날 수 없었기 때문이오. 프랭크의 마지막 편지를 보면, 그 부인은 프랭크와 남편의 부축을 받지 않고는 온실에도 갈 수 없을 만큼 기운이 없다고 불평했소! 이거야말로 아주 쇠약하다는 것을 드러내는 증거지. 그런데 지금은 런던에 빨리 도착하려고 조급해하면서 도중에 이틀 밤만 묵을 생각이라는 거요. 프랭크가 그렇게 썼더군. 확실히, 허약한 숙녀들은 매우 특이한 체질을 갖고 있소, 엘튼 부인. 당신도 그것을 인정해야 해요.」

「아뇨, 저는 아무것도 인정하지 않겠어요. 저는 늘 저와 같은 성(性)을 편드니까요. 정말이에요. 미리 알려 드리죠. 그 점에 있어서는 제가 강력한 적수라는 걸 알게 되실 거예요. 저는 언제나 여자들을 옹호해요. 그리고 정말이지, 여관에서 숙박하는 일에 대해서 셀리나가 어떻게 느끼는지를 아신다면, 처칠 부인이 그걸 피하려고 믿을 수 없을 정도로 분발하는 데 대해 놀라지 않으실 거예요. 셀리나는 여관에서 숙박하는 일이 소름 끼치게 싫다고 하거든요. 제게도 언니의 까다로운 버릇이 조금 배었다고 생각해요. 언니는 여행할 때 늘 시트를 갖고 다니죠. 아주 좋은 예방책이라고 생각해요. 처칠 부인도 그렇게 하시나요?」

「틀림없이 처칠 부인은 다른 귀부인들이 하는 일이라면 뭐든지 다 할 거요. 처칠 부인은 이 나라의 어떤 귀부인에게도 뒤지지 않을 테니까……」

엘튼 부인이 열렬히 말을 가로막았다.

「아, 웨스턴 씨, 제 말을 오해하지 마세요. 셀리나는 귀부인은 아니에요. 그런 식으로 지레짐작하지 마세요.」

「그렇소? 그렇다면 언니 되시는 분은 처칠 부인에 대한 기준은 안 되겠군. 그 부인은 누구도 본 적이 없을 철저한 귀부인이니까.」

엘튼 부인은 그렇게 강력하게 부인한 것이 잘못이었다고 생각하기 시작했다. 자기 언니가 훌륭한 숙녀가 아니라고 믿게 할 생각은 전혀 없었다. 어쩌면 그 주장에 진정성이 부족했을 것이다. 그녀가 어떻게 해야 그 말을 잘 철회할 수 있을지를 생각하는 동안 웨스턴 씨는 말을 이었다.

「짐작하겠지만, 처칠 부인은 그리 내 마음에 들지 않소. 하지만 이건 우리끼리의 이야기요. 그녀는 프랭크를 무척 좋아하고, 그러니 나는 그녀에 대해서 나쁘게 말하지 않겠소. 게다가 그녀는 지금 건강이 좋지 않아요. 하지만 그녀의 말에 의하면 사실 그녀는 늘 몸이 안 좋았지. 누구에게나 이런 이야기를 하는 건 아니지만, 엘튼 부인, 나는 처칠 부인의 병을 그리 신뢰하지 않아요.」

「처칠 부인이 정말로 아프시다면, 바스에 가시는 게 어떨까요, 웨스턴 씨? 바스나 클리프턴[38]에요?」

「처칠 부인은 엔스콤이 너무 춥다고 한다는데, 내 생각으로는, 실은 엔스콤에 싫증이 난 거요. 부인은 전번보다 이번에 그곳에서 더 오래 머물렀고, 이제 변화를 바라게 된 거지. 그곳은 한적한 장소요. 멋진 곳이기는 하지만 무척 외진 곳이지.」

「네, 메이플 그로브 같겠군요. 메이플 그로브보다 더 한길에서 멀리 떨어져 있는 곳은 없을 거예요. 사방에 온통 방대한 농장들뿐이거든요! 모든 것으로부터 단절되어 있어서, 완전히 은거하는 느낌이죠. 그리고 처칠 부인은 아마도 그런 식의 은둔 생활을 즐길 만큼 셀리나처럼 건강과 활기가 넘치지 않겠지요. 아니면 시골에서 생활하기 위해 필요한 내적인 재간을 충분히 갖추지 못하셨을 수도 있고요. 저는 여자들에

38 브리스틀 서쪽의 온천 휴양지.

게 아무리 재주가 많아도 부족하다고 늘 말하죠. 그리고 저 자신은 재주가 아주 많기 때문에 사람들과 어울리는 것과 상관없이 독자적으로 잘 지낼 수 있음을 매우 고맙게 느끼고 있어요.」

「프랭크는 2월에 2주일간 여기 머물렀소.」

「그렇게 들었던 기억이 나는군요. 그가 다시 오면 하이버리의 사교계가 확대되었음을 알게 되겠군요. 저 자신에 대해서 그렇게 말할 수 있다면 말이죠. 어쩌면 세상에 그런 사람이 있다는 것조차 알지 못하겠지만요.」

이 말은 너무나 노골적으로 찬사를 요구하는 것이었기에 그냥 넘어갈 수 없었다. 웨스턴 씨는 선뜻 큰 소리로 말했다.

「아니, 마담! 당신 말고 그런 일이 가능하다고 생각할 사람이 누가 있겠소. 당신에 대해서 들어 보지도 못하다니! 최근 웨스턴 부인의 편지는 온통 엘튼 부인에 관한 이야기뿐이었다고 믿소.」

그는 의무를 다했으므로 이제 자기 아들 이야기로 돌아갈 수 있었다.

「프랭크가 떠났을 때 그 애를 다시 볼 수 있을지 무척 불확실했소. 그래서 오늘 받은 소식이 두 배로 반가운 거지. 전혀 예상치 못했으니 말이오. 사실 나는 그 애가 곧 돌아오리라고 늘 굳게 믿고 있었소. 뭔가 유리한 상황이 벌어질 거라고 확신했지. 하지만 아무도 내 말을 믿지 않았어요. 그 애와 웨스턴 부인 둘 다 몹시 낙담하고 있었소. 〈프랭크가 여기 올 구실을 어떻게 마련할 수 있겠어요? 외삼촌 내외가 그를 다시 보내 주실 거라고 어떻게 생각할 수 있겠어요?〉 이런 식이었거든. 하지만 나는 늘 뭔가 우리에게 유리한 일이 있을 거라고 느꼈지. 나는 살아오면서 계속 겪어 봤소, 엘튼 부인. 어느 달에 형편이 안 좋으면, 그다음 달에는 반드시 호전된다는 것을 말이오.」

「맞는 말씀이에요, 웨스턴 씨. 더없이 옳은 말씀이에요. 제가 구애를 받던 시절 함께 있던 신사에게 바로 그렇게 말하곤 했었죠. 일이 제대로 풀리지 않고 만족할 만큼 신속히 진척되지 않자 절망하면서 그가 이런 식으로 가면 히멘[39]의 샛노란 의복을 걸치기도 전에 5월이 될 거라고 탄식하곤 했을 때 말이죠! 아, 그 우울한 생각들을 떨쳐 내고 쾌활한 생각들을 심어 주느라 제가 얼마나 고생했는지! 그 마차만 하더라도…….마차 때문에 우리는 무척 실망했었는데, 어느 날 아침엔가 그가 완전히 절망에 빠져서 제게 왔더라고요.」

그녀는 발작적인 가벼운 기침에 말을 멈췄고, 웨스턴 씨는 즉시 그 기회를 잡아서 말을 이었다.

「5월이라고 했소? 5월은 바로 처칠 부인이 엔스콤보다 더 따뜻한 곳에서, 간단히 말해 런던에서 지내기로 결정된, 아니스스로 결정한 달이오. 그래서 우리는 봄철 내내 프랭크가 우리를 자주 방문할 거라고 즐겁게 기대할 수 있지. 1년 중 방문하기에 가장 적합한 시기로 고를 만한 철이지. 낮이 가장 길고, 날씨는 따뜻하고 쾌적해서 밖으로 나가고 싶은 마음을 일으키고 말이오. 산책하기에 너무 덥지도 않고. 그 애가 전에 여기 왔을 때 우리는 최선을 다했지만 비가 오거나 축축하고 음산한 날씨가 대부분이었소. 아시다시피 2월의 날씨는 늘 그러니까. 그래서 우리가 의도했던 것의 절반도 할 수 없었거든. 이제는 딱 좋은 계절이라서 완벽하게 즐길 수 있을

39 고전 신화에 나오는 결혼의 신.

거요. 그리고 이처럼 그 애를 만나는 일이 불확실해서 오늘이나 내일이나 혹은 언제라도 도착할 거라고 끊임없이 기대하는 쪽이 그 애가 늘 집에 있을 때보다 더 큰 행복을 느끼게 해줄지도 모르겠소. 나는 그렇다고 생각해요. 그런 기대가 더 활기와 즐거움을 준다고 말이오. 부인이 내 아들을 보고 기뻐하면 좋겠소. 하지만 비범한 사람을 기대해서는 안 돼요. 대개들 그 애를 훌륭한 청년이라고 여기기는 하지만, 그래도 비범한 사람이라고는 기대하지 마시오. 웨스턴 부인이야 그 애를 몹시 편애하고 있지만 말이오. 짐작하겠지만, 그래서 나는 몹시 흐뭇해요. 아내는 그 애에게 견줄 만한 사람이 없다고 생각하지.」

「정말이지, 웨스턴 씨, 저도 분명히 아드님을 호의적으로 생각할 거예요. 프랭크 처칠 씨에 대한 찬사를 무척 많이 들었거든요. 하지만 솔직히 말씀드리면, 저는 늘 스스로 판단하는 사람이고, 절대로 다른 사람들의 의견을 맹목적으로 따르지 않아요. 미리 말씀드리면 저는 아드님을 보고 제 생각대로 판단하겠어요. 저는 아첨꾼이 아니거든요.」

웨스턴 씨는 생각에 잠겨 있었다.

「바라건대……」 이내 그가 말을 꺼냈다. 「내가 가엾은 처칠 부인에 대해서 가혹하게 말하는 게 아니라면 좋겠소. 만일 그 부인이 정말로 아프다면, 그녀를 부당하게 평가하는 것이 유감스러울 거요. 그런데 그 부인의 어떤 특이한 성격 때문에 그녀에 대해서는 내가 바라는 만큼 참을성을 갖고 말하기가 어렵소. 내가 그 집안과 맺은 관계나 내가 어떤 대접을 받았는지를 모르실 리 없겠지요, 엘튼 부인. 그리고 우리끼리 얘긴데, 그 일은 죄다 그녀 때문에 일어난 것이었소. 그녀가 부추겨서 일으킨 거였지. 그녀만 아니었더라면 프랭크의 생모가 그렇게 무시되지 않았을 거요. 처칠 씨도 자만심이 있는 사람이지만 그 아내의 자만심에 비하면 아무것도 아니었거든. 그의 자만심은 그저 조용하고 나태하고 신사들에게 어울리는 것이라서 누구에게도 해를 끼치지 않고 그저 스스로를 좀 무기력하고 지루한 사람으로 만들 따름이었지만, 그녀의 자만심은 오만하고 거만했소! 그리고 더욱 참아 주기 어려웠던 것은 그녀가 내세울 만한 가문이나 혈통도 없었다는 점이오. 처칠 씨가 그녀와 결혼했을 때 그녀는 아무것도 아닌 여자였고, 간신히 신사의 딸이라고 할 수 있었지. 그런데 처칠 집안에 들어간 다음 그녀가 매우 교만하고 강력하게 권리를 주장한 것을 보면 처칠 집안 식구들 저리 가라였지. 하지만 그녀의 본분에 비추어 보면 정말이지 그녀야말로 벼락출세한 사람이지.」

「아니, 저런! 그건 너무나 짜증스러운 일이에요! 저는 벼락부자들을 몸서리치게 싫어하거든요. 메이플 그로브에서 그런 부류의 사람들을 끔찍하게 혐오하게 되었죠. 그 근방에 어떤 가족이 있었는데 얼마나 거드름을 피우는지 제 언니 부부에게 너무나 골칫거리였어요! 처칠 부인에 대한 얘기를 듣자니 당장 그 사람들이 생각나네요. 성이 텁맨이라는 사람들이었는데 최근 그곳에 정착해서는 거치적거리는 비천한 친척들이 많이 있는데도 불구하고 굉장히 잘난 척하면서 유서 깊은 가문들과 대등하게 지내기를 기대했죠. 그들은 웨스트 홀에서 산 지 기껏해야 1년 반밖에 되지 않았어요. 그들이 어떻게 재산을 모았는지는 아무도 모르죠. 그들은 버밍엄[40] 출신인데,

<hr>

40 19세기 초에 버밍엄은 상업과 제조업의 중심지였다.

아시다시피, 웨스턴 씨, 그곳은 그리 유망한 도시가 아니죠. 버밍엄에 대해서는 별로 기대할 게 없으니까요. 그 도시의 이름은 뭔가 불길한 느낌을 준다고 저는 늘 말했어요. 그리고 텁맨 가족에 대해서 확실히 알려진 것은 그것밖에 없었지만, 장담컨대 수상쩍은 점들이 아주 많았죠. 그런데 그들의 매너를 보면 자기들이 제 형부 서클링 씨와 대등하다고 생각한 것이 분명했어요. 우연히도 그들의 가장 가까운 이웃이 바로 형부네 집이었는데, 너무나 고약한 일이었죠. 서클링 씨는 메이플 그로브에 거주한 지 11년이 되었고, 그 이전에는 그 부친이 그 집을 갖고 계셨는데, 제 생각에는 적어도 그 부친께서 돌아가시기 전에 그 저택을 구입하신 것이 거의 확실해요.」

그들의 대화가 중단되었다. 차를 마실 시간이었고, 웨스턴 씨는 하고 싶은 말을 다 했으므로 곧 기회를 잡아서 다른 곳으로 갔다.

차를 마신 후에 웨스턴 부부와 엘튼 씨는 우드하우스 씨와 카드놀이를 하려고 앉았다. 남은 다섯 사람은 각자 재간에 따라 시간을 보내게 되었고, 엠마는 그들이 과연 잘 어울릴 수 있을지 의심스러웠다. 나이틀리 씨는 대화를 할 기분이 아닌 것 같았고, 엘튼 부인은 주목받고 싶어 했지만 아무도 관심을 기울여 주지 않았고, 엠마 자신은 걱정스러운 기분이라서 입을 떼고 싶지 않았다.

결국에는 존 나이틀리 씨가 그의 형보다도 더 말을 많이 했다. 그는 다음 날 일찍 떠날 예정이었으므로 곧 이렇게 말을 꺼냈다.

「자, 엠마, 애들에 대해서는 더 이상 할 말이 없어요. 언니가 보낸 편지도 있고, 거기에 틀림없이 모든 내용이 상세히 적혀 있을 테니까. 내 부탁은 언니의 부탁보다 훨씬 더 간결할 테고. 아마 그 취지가 같다고는 할 수 없겠지. 내 부탁을 단적으로 요약하자면, 아이들 버릇을 망가뜨리지 말고, 애들에게 약을 먹이지 말라는 거요.」

「저는 오히려 두 분 모두 흡족하게 해드리기를 바라요.」 엠마가 말했다. 「조카들을 행복하게 해주도록 제가 할 수 있는 일을 전부 다 할 테니까요. 그러면 이사벨라 언니에게는 충분할 테고, 행복하게 해주려면 응석을 지나치게 받아주거나 약을 먹이는 일이 없어야겠죠.」

「그리고 아이들이 성가시게 여겨지면, 애들을 다시 집으로 보내요.」

「참으로 그럴 일이 있겠군요. 정말 그렇게 생각하세요?」

「애들이 너무 시끄럽게 굴어 장인께서 견디기 어려우시거나 혹은 최근에 그랬듯이 처제의 방문 약속이 점점 많아져서 애들이 거추장스럽게 여겨지면 내게 알려 주고.」

「약속이 많아진다고요!」

「물론이지. 지난 반년 동안 처제의 생활에 큰 변화가 있었다는 것을 잘 알고 있겠지.」

「변화가 있었다고요! 아뇨, 전혀 모르겠는데요.」

「처제가 전보다 더 자주 사람들과 어울린다는 것은 의심할 수 없는 일이지. 지금도 보라고. 내가 단 하루를 머물려고 내려왔는데 처제는 정찬 파티를 열고 있으니 말이지! 전에 이런 일이 한 번이라도 있었소? 이와 비슷한 일이라도? 처제의 이웃이 늘어나고 있고, 처제는 그들과 더 많이 어울리고 있어요. 바로 얼마 전에도 이사벨라가 받는 편지마다 새롭고 떠들썩한 모임들이 적혀 있었지. 콜 씨 집에서의 정찬이니, 크라운에서의 무도회니. 랜달스, 랜달스 하나만으로도 처제의 일상에 엄청난 변화를 일으키고 있지.」

「맞아.」그의 형이 재빨리 말했다.「그 모든 일을 일으키는 게 랜달스야.」

「그렇지. 그리고 랜달스의 영향력이 앞으로 줄어들 것 같지 않으니 헨리와 존이 때로 방해가 될 수도 있겠다는 생각이 들어요, 엠마. 그러니 만일 그렇다면 애들을 집으로 보내 달라고 청하는 거요.」

「아니.」나이틀리 씨가 큰 소리로 말했다.「그럴 필요 없어. 애들을 돈웰로 보내요. 나는 틀림없이 한가할 테니까.」

「정말이지.」엠마가 큰 소리로 말했다.「아주 재미있는 말씀이군요! 제가 참석한 그 많은 모임 중에서 당신이 참석하지 않은 경우가 몇 번이나 있는지 알고 싶네요. 그리고 제가 왜 어린 조카들을 돌봐 줄 여유가 없을 거라고 생각하시는지도 궁금하고요. 놀랍게도 많다는 그 약속들이 대체 무엇이었죠? 콜 씨 집에서 한 번 식사한 것과 무도회에 대해 의논한 게 전부예요. 그 무도회는 열리지도 않았고요. (존 나이틀리 씨에게 고개를 끄덕이며) 형부의 심정은 충분히 이해할 수 있어요. 운 좋게도 여기서 많은 벗들을 한꺼번에 만나게 되어 너무 기쁘신 나머지 그것을 언급하지 않을 수 없는 거죠. 하지만 당신은 (나이틀리 씨를 바라보면서) 제가 하트필드를 두 시간 이상 비우는 일도 거의 없다는 걸 아시면서 왜 제게 그런 유흥이 이어질 거라고 예상하시는지 이해할 수 없네요. 귀여운 조카들에 대해서는 이렇게 말해야겠어요. 엠마 이모가 아이들을 봐줄 시간이 없다면, 아이들은 나이틀리 삼촌에게서도 더 나은 대접을 받지 못할 거라고요. 이모가 두 시간 집을 비운다면, 삼촌은 다섯 시간 집을 비우니까요. 그리고 그 삼촌은 집에 있을 때도 혼자서 책을 읽거나 장부 정리를 하고 있을 테니까요.」

　나이틀리 씨는 웃지 않으려고 애쓰는 것 같았고, 엘튼 부인 이 말을 걸었기에 큰 어려움 없이 그렇게 할 수 있었다.

제3권

제1장

조금만 차분히 생각해 보니 엠마는 프랭크 처칠이 돌아올 거라는 소식을 듣고 자신이 흥분했던 까닭을 알 수 있었다. 약간이라도 걱정스럽거나 당황했다면 그것은 자기 때문이 아니라 그 사람 때문이라고 곧 확신하게 되었다. 자신의 애정 은 실로 차분하게 가라앉아서 그저 아무것도 아니었고, 생각 할 만한 가치도 없었다. 하지만 두 사람 중에서 더 열렬한 사 랑에 빠져 있던 그가 떠날 때와 똑같이 열렬한 감정으로 돌아 온다면 무척 곤혹스러울 것이다. 두 달간 떨어져 있어도 그의 감정이 식지 않았다면 앞으로 위험하고 불행한 일이 일어날 것이다. 그러므로 그를 위해서나 자신을 위해서 조심할 필요 가 있었다. 엠마는 다시 애정에 휘말려 들어갈 생각이 없었고, 그러므로 그의 애정을 절대로 고무하지 않아야 할 의무가 있 었다.

그녀는 그가 명확히 사랑을 고백하지 않도록 막을 수 있기 를 바랐다. 그런 일이 벌어지면 현재의 친분은 무척 고통스럽 게 끝나고 말 것이다. 하지만 그녀는 뭔가 결정적인 일이 일 어나리라는 예감을 지울 수 없었다. 이 봄철이 지나기 전에 현재 차분하고 평화로운 그녀의 마음을 뒤흔들어 놓을 어떤 위기나 사건이 일어날 거라고 느꼈다.

웨스턴 씨의 예상보다는 다소 오래 걸렸지만 그리 오래지 않아 그녀는 프랭크 처칠의 감정을 어느 정도 판단할 수 있었다. 엔스콤 가족이 런던에 오는 것은 프랭크 처칠의 생각보다 더 오래 걸렸지만, 도착한 후 곧바로 그는 하이버리에 왔던 것이다. 그는 단 두 시간을 보내기 위해 말을 달려 왔다. 그 이상은 시간을 낼 수 없었다. 그가 랜달스에 도착하자마자 곧장 하트필드에 왔기 때문에 엠마는 예리한 관찰력으로 그가 어떤 감정에 휘둘리고 있는지, 자신이 어떻게 행동해야 할지를 신속히 결정할 수 있었다. 그들은 더없이 반갑게 만났다. 그가 그녀를 만나서 무척 기뻐한 것은 의심의 여지가 없었다. 그러나 거의 동시에 그녀는 그가 예전처럼 자기를 좋아하는지, 똑같은 애정을 똑같이 열렬하게 느끼고 있는지 의심을 품게 되었다. 그녀는 그를 면밀히 관찰했다. 그가 전처럼 사랑에 빠져 있지 않다는 것은 분명했다. 한동안 떨어져 있었고 아마도 그녀가 자기에게 무관심하리라고 확신하면서 이러한 매우 자연스럽고도 바람직한 결과가 빚어졌을 것이다.

그는 무척 기분이 좋았고 여전히 말도 잘하고 잘 웃었으며 예전 방문에 대해서 이야기하고 예전에 나눈 이야기들을 떠올리며 즐거워하는 것 같았다. 그가 비교적 무관심하다는 사실을 그녀가 알아낸 것은 그의 차분함 때문이 아니었다. 그는 차분하지 않았다. 그는 분명 들떠 있었다. 침착하지 못하고 들뜬 기분에 싸여 있었다. 활기가 넘쳤지만 스스로에게 만족스럽지 못한 활기인 것 같았다. 그러나 그 문제에 대해서 확실한 판단을 내릴 수 있게 해준 것은 그가 단 15분만 앉아 있다가 서둘러 다른 곳을 방문하러 갔다는 사실이었다. 「오는 길에 옛 지인들을 만났습니다. 제가 걸음을 멈추지 않아서 얘기를 한마디 이상 나누지 못했는데, 제 허영심 때문인지 몰라도 그분들을 방문하지 않으면 그분들이 실망하시리라는 생각이 드는군요. 하트필드에서 더 오래 있고 싶지만 급히 가봐야겠습니다.」

그의 사랑이 전보다 식었다는 점에 대해서는 의심의 여지가 없었다. 하지만 그의 흥분한 상태나 서둘러 가버린 정황을 보면 그가 완전히 치유된 것 같지도 않았다. 그래서 그녀는 그가 자신의 매력을 다시 느낄 것이 두렵고 자기와 만나는 시간이 길어지면 스스로를 믿을 수 없다고 신중하게 결심했기 때문이라고 생각하려 했다.

열흘이 지나도록 프랭크 처칠이 방문한 것은 그때뿐이었다. 그는 종종 오기를 바랐고 그럴 작정이었지만 계속 방해를 받았다. 그의 외숙모는 그가 자기를 두고 떠나는 것을 견딜 수 없어 한다고 그는 랜달스에 설명했다. 만일 그의 말이 사실이라면, 그가 정말 오려고 노력했다면, 처칠 부인이 런던으로 옮겨 온 것이 그녀의 변덕스러운 병이나 신경성 질환에 전혀 도움이 되지 않았다고 짐작할 수 있었다. 그녀가 아프다는 것은 확실했다. 그는 그 점을 확신한다고 랜달스에서 말했다. 비록 많은 부분이 상상에 의한 꾀병일지라도, 과거를 돌아볼 때 그녀가 반년 전보다 더 약해졌다는 점은 의심할 수 없었다. 그렇지만 그 병이 치료와 약으로 나을 수 없는 것이라든지 혹은 외숙모가 앞으로 몇 년 살지 못하리라고는 믿지 않았다. 하지만 그녀의 질병이 그저 상상에서 비롯된 꾀병이라거나 그녀가 예전처럼 튼튼하다는 자기 아버지의 주장에 그는 동의하지 않았다.

오래지 않아 런던이 그녀에게 적합하지 않다는 점이 분명해졌다. 그녀는 런던의 소음을 견딜 수 없었고, 끊임없는 신경불안 증세로 고통을 겪었다. 그래서 열흘이 지나자 그녀의 조카는 랜달스로 편지를 보내서 계획이 바뀌었음을 알려 주었다. 그들은 곧바로 리치몬드[41]로 옮겨 갈 것이다. 처칠 부인은 그곳에서 어떤 탁월한 의사의 치료를 받도록 위탁되었고, 다른 점에서도 그곳을 좋아했다. 이제 그들은 그녀가 좋아하는 지역에 가구가 구비된 집을 얻었고, 그 변화로 많은 혜택을 얻으리라고 기대했다.

프랭크가 이런 결정에 대해서 더없이 유쾌한 기분으로 편지를 보냈으며 이제 앞으로 두 달간 — 그 집은 5월과 6월 두 달간 임대되었으므로 — 사랑하는 벗들과 아주 가까이에서 지내게 된 것을 진정 고마운 축복으로 여긴다는 것을 엠마는 알게 되었다. 또한 이제 그는 원하는 만큼 자주 벗들과 함께 지낼 수 있다고 확신하고 있다는 것이었다.

엠마는 웨스턴 씨가 이 즐거운 전망을 어떻게 생각하고 있는지 알고 있었다. 그는 장차 다가올 온갖 행복의 원천이 바로 그녀라고 간주하고 있었다. 그녀는 그렇지 않기를 바랐다. 앞으로의 두 달이 그것을 입증하리라.

웨스턴 씨가 행복하게 느낀 것은 두말할 나위도 없었다. 그는 무척 기뻐했다. 그가 바라 마지않던 상황이었던 것이다. 이제는 실로 프랭크가 바로 이웃에 있는 거나 마찬가지였다. 젊은이에게 9마일이 무슨 대수이겠는가? 한 시간만 말을 달리면 되는 거리였다. 프랭크는 언제라도 올 수 있을 것이다.

41 런던의 남서쪽으로 8마일 떨어진 곳에 있는 템스 강변의 도시.

그 점에서 리치몬드와 런던의 차이는, 그를 늘 볼 수 있는 것과 전혀 볼 수 없는 것의 차이만큼 엄청난 것이었다. 런던의 맨체스터 가(街)까지는 16마일 아니, 18마일이 족히 될 텐데 그 거리는 만만치 않은 장애였다. 그가 떠나올 수 있더라도, 오가는 데 하루가 꼬박 걸릴 것이다. 그가 런던에 있어 봐야 즐거울 일이 전혀 없었다. 차라리 엔스콤에 있는 편이 더 나았다. 하지만 리치몬드는 수월하게 왕래하기에 적합한 거리였다. 더 가까운 거리보다도 오히려 더 나았다!

이렇게 리치몬드로 이주함으로써 한 가지 좋은 일을 즉시 결정할 수 있었다. 바로 크라운 인에서 열릴 무도회였다. 이전에도 잊은 것은 아니었지만 날짜를 잡으려 해봐야 소용없는 일이라고 생각했었다. 하지만 이제는 확실히 무도회를 열 수 있었다. 갖가지 준비가 다시 시작되었다. 처칠 가족이 리치몬드로 옮긴 직후에 프랭크는 외숙모가 벌써 훨씬 더 좋아졌으므로 언제라도 정해진 때에 그들과 함께 스물네 시간을 지낼 수 있을 거라고 몇 줄 적어서 알려 주었다. 그래서 그들은 되도록 일찌감치 날짜를 잡았다.

웨스턴 씨의 무도회가 정말로 열릴 것이다. 며칠 밤만 더 자면 하이버리의 젊은이들은 행복을 맛볼 수 있을 것이다.

우드하우스 씨는 체념했다. 계절 덕분에 그가 우려했던 해로울 일이 많이 줄었고, 어떤 점에서 보아도 2월보다는 5월이 나았다. 베이츠 부인은 하트필드에서 그날 저녁을 보내기로 약속했고 제임스에게 적절한 주의를 주었으므로, 그는 사랑하는 엠마가 집을 비운 사이에 귀여운 헨리와 존에게 아무 문제도 없으리라고 낙관할 수 있었다.

제2장

　무도회를 또다시 방해할 불행한 사건은 일어나지 않았다. 그날이 가까워졌고 마침내 그날이 되었다. 약간 불안하게 지켜보면서 아침 시간을 보낸 후 프랭크 처칠은 스스로에 대한 확신을 갖고 정찬 시간이 되기 전에 랜달스에 도착했으며, 그래서 모든 일이 무사히 진행될 수 있었다.

　그와 엠마는 아직 두 번째로 만나지 못했었다. 크라운의 무도회장에서 그 만남이 이뤄질 것이다. 하지만 많은 사람들 속에서 평범하게 마주치는 것보다는 나으리라. 웨스턴 씨가 자기들이 도착한 직후에 그곳으로 와달라고 엠마에게 간곡히 청했기 때문이다. 웨스턴 씨는 다른 사람들이 오기 전에, 그 방들이 적절하고 편안하게 꾸며져 있는지 그녀의 의견을 듣고 싶어 했고 그녀는 그의 청을 거절할 수 없었으므로 이제 그 젊은이와 조용한 틈새 시간을 보내게 될 것이다. 그녀는 해리엇을 태우고 적절한 시간에 크라운으로 갔다. 랜달스 가족은 먼저 와 있었다.

　프랭크는 기다리고 있었던 것 같았다. 비록 말을 많이 하지는 않았지만 그의 눈빛은 즐거운 저녁 시간을 보내려는 의도를 드러내고 있었다. 그들은 다 함께 돌아보면서 모든 준비가 제대로 갖춰져 있는지를 확인했다. 그런데 몇 분 지나지 않아 다른 마차를 타고 온 사람들이 합세했다. 엠마는 처음에 그 마차 소리에 놀라지 않을 수 없었다. 〈이렇게 터무니없이 일찍 오다니!〉 그녀는 이렇게 소리치려 했지만, 이내 그들이 오랜 벗들이라는 것을 알았다. 그들은 그녀와 마찬가지로 웨스턴 씨의 특별한 청을 받고 조언을 해주려고 온 것이었다. 곧이어 또 다른 마차에 탄 친척들이 합세했다. 그들 역시 같은 용건으로 똑같이 각별한 간청을 받고 일찍 온 것이었으므로, 무도회장을 미리 점검하기 위해서 모일 사람이 무도회에 참석할 인원의 절반은 될 것 같았다.

엠마는 웨스턴 씨가 오로지 자신의 취향만 믿은 것이 아니었음을 알아차렸고, 절친한 친구가 많은 사람의 가까운 벗이라는 사실은 허영심을 대단히 만족시켜 주는 뛰어난 명예가 되지 못한다는 사실을 깨달았다. 그녀는 웨스턴 씨의 소탈한 매너를 좋아했지만, 누구에게나 격의 없이 대하는 면이 좀 적었더라면 그는 더 고상한 인물이 되었을 것이다. 사람은 모름지기 어디에서나 관대하게 처신해야 하지만 어디에서나 우정을 맺어서는 안 된다. 그녀는 바로 그런 사람을 생각해 낼 수 있었다.

모인 사람들은 무도회장을 돌아보면서 바라보고 또다시 칭찬했다. 그런 다음에는 달리 할 일이 없었으므로 난로 주위에 반원 형태로 둘러서는, 다른 화제로 들어가기 전에, 5월이지만 저녁에 난롯불을 피워 놓은 것이 무척 기분 좋다고 각자 나름대로 이야기를 했다.

엠마는 이 조언자들의 숫자가 더 늘어나지 않은 것이 웨스턴 씨의 태만 때문이 아니라는 사실을 알게 되었다. 웨스턴 씨 부부는 베이츠 양의 집에 들러서 자기들의 마차를 이용하도록 제안했지만 그 이모와 조카딸은 엘튼 부부의 마차를 타고 오기로 되어 있었다는 것이다.

프랭크는 그녀의 옆에 서 있었지만 안절부절못했다. 그의 들뜬 기색은 편치 않은 마음을 드러냈다. 그는 주위를 둘러보거나 문간으로 걸어가려 했고, 다른 마차들의 소리에 신경을 곤두세웠다. 파티가 시작되기를 조급하게 기다렸고, 아니, 그녀의 옆에 계속 서 있기를 두려워하는 것 같았다.

엘튼 부인에 대한 이야기가 나왔다. 「그 부인이 곧 도착하겠지요.」 그가 말했다. 「엘튼 부인을 무척 보고 싶어요. 그 부인에 대한 이야기를 너무 많이 들었거든요. 오래지 않아 그녀가 오겠지요.」

마차 소리가 들렸다. 그는 즉시 걸어가다가 되돌아오며 말했다.

「제가 아직 그녀와 친분을 맺지 못했다는 것을 잊고 있었어요. 엘튼 부부를 한 번도 본 적이 없거든요. 제가 주제넘게 나설 이유가 없겠지요.」

엘튼 부부가 들어왔고, 미소와 적절한 인사가 오갔다.

「그런데 베이츠 양과 페어팩스 양은!」 웨스턴 씨가 주위를 둘러보며 말했다. 「당신들이 그분들을 데려오는 줄 알았는데.」

사소한 착오 때문이었다. 이제 그들을 실어 오도록 마차를 보냈다. 엠마는 엘튼 부인에 대한 프랭크의 첫인상이 어떤지 알고 싶었다. 잔뜩 꾸며서 우아하게 차려입은 그녀의 옷과 우아한 미소를 그가 어떻게 받아들였을지 궁금했다. 소개가 끝나자 그는 즉시 그녀에게 적절한 관심을 보이며 나름대로 평가할 준비를 갖추고 있었다.

몇 분이 지나자 마차가 돌아왔다. 누군가 비가 온다고 말했다.「우산이 있는지 찾아봐야겠어요.」프랭크가 아버지에게 말했다.「베이츠 양을 소홀히 대접하면 안 되니까요.」그리고 그는 걸어갔다. 웨스턴 씨도 따라가려 했지만 엘튼 부인이 그의 아들에 대한 자기 생각을 늘어놓으며 그를 기쁘게 해주려고 붙잡았다. 그녀가 너무 큰 소리로 말을 꺼냈기에, 그 젊은이의 걸음이 느린 것은 아니지만 아직 그 말이 들리는 곳에 있었다.

「정말이지, 매우 훌륭한 젊은이예요, 웨스턴 씨. 아시다시피 저는 제 나름대로 판단한다고 솔직히 말씀드렸지요. 기쁘게도 아드님이 무척 마음에 든다고 말할 수 있어요. 제 말을 믿으셔도 돼요. 저는 결코 칭찬을 하지 않거든요. 아주 잘생긴 젊은이라고 생각해요. 제가 특히 좋아하고 훌륭하게 생각하는 그런 매너를 갖고 있고요. 자만심이나 건방진 구석이 하나도 없이 참으로 신사다워요. 아시다시피, 저는 건방진 사람들을 몹시 싫어하거든요. 그런 사람들을 소름 끼치게 싫어해요. 메이플 그로브에서는 그런 사람들이 절대로 용납되지 않았죠. 서클링 씨나 저나 그런 사람들을 참아 줄 수 없었어요. 우리는 이따금 그런 사람들을 아주 신랄하게 빈정거리곤 했었죠! 셀리나는 성격이 너무 부드러워서 탈이라고 할 정도였는데, 그런 사람들을 훨씬 더 잘 견뎠어요.」

웨스턴 씨는 그녀가 자기 아들에 대해 말하는 동안에는 관심을 기울였지만, 그녀의 얘기가 메이플 그로브로 나아가자 방금 도착한 숙녀들을 환영해야 한다는 생각을 떠올릴 수 있었다. 그래서 행복한 미소를 지으며 서둘러 가봐야 했다.

엘튼 부인은 웨스턴 부인에게 말했다. 「틀림없이 베이츠 양과 제인을 태운 우리 마차일 거예요. 우리 마부와 말들이 무척 빠르거든요! 우리 마차는 어느 누구의 마차보다도 더 빠를 거예요. 벗을 위해서 마차를 보내는 것이 얼마나 즐거운 일인지! 당신이 친절하게도 태워 주겠다고 제안하셨다는 말을 들었어요. 하지만 다음번에는 그렇게 할 필요가 전혀 없어요. 제가 늘 그들을 돌보리라고 믿으셔도 돼요.」

베이츠 양과 페어팩스 양이 두 신사의 호위를 받으며 방으로 들어왔다. 엘튼 부인은 그들을 환영하는 것이 웨스턴 부인의 의무라기보다 자기의 의무라고 여기는 듯했다. 엠마처럼 그녀를 바라본 사람이라면 누구나 그녀의 제스처와 동작의 의미를 이해할 것이다. 그러나 그들을 환영하는 그녀의 말은 다른 사람들의 말과 마찬가지로 이내 끊임없이 흐르는 베이츠 양의 말에 묻혀 버렸다. 베이츠 양은 말을 하면서 들어왔고, 난롯가에 둥글게 모인 사람들 사이에 낀 후에도 몇 분간 말을 끝내지 못했다. 문이 열렸을 때 그녀의 목소리가 들려왔다.

「너무나 감사해요! 이건 비가 온다고 할 수도 없어요. 전혀 문제될 것 없죠. 저 자신에 대해서는 전혀 신경 쓰지 않아요. 신발이 아주 두껍거든요. 그리고 제인 말로는…… 아니! (안에 들어서자마자) 아니! 여긴 정말이지 화려하군요! 정말 놀라워요! 정말이지 멋지게 꾸며 놓았군요. 부족한 점이 하나도 없어요. 이런 건 상상도 못 했어요. 휘황찬란하게 불이 밝혀져 있고요. 제인, 제인, 여길 좀 봐. 이런 걸 본 적이 있어? 아, 웨스턴 씨, 당신은 정말 알라딘의 램프를 갖고 계신 게 분명해요. 스토크스 부인이 자기 방을 알아보지 못하겠어요. 들어오는 길에 그 부인을 보았죠. 현관에 서 계시더라고요. 〈아, 스토크스 부인〉 하고 제가 말했죠. 하지만 더 이상 말할 시간이 없었어요.」 이제 그녀는 웨스턴 부인과 인사를 나누었다. 「매우 좋아요, 고마워요, 부인. 부인도 건강하시길 바라요. 그 말을 들어서 무척 기쁘네요. 당신이 두통을 앓을까 봐 걱정이었어요! 너무나 자주 지나가시는 걸 보았고, 골치 아픈 일이 얼마나 많을지를 알고 있으니까요. 정말 그 말을 듣게 되어 반가워요. 아, 친애하는 엘튼 부인, 마차를 보내 주셔서 정말 감사해요! 아주 적절한 시간이었어요. 제인과 나는 준비가 되어 있었거든요. 말들은 조금도 기다리지 않았어요. 마차가 무척 편안했어요. 아, 그리고 그 점에 관해서 당신께 감사드려야지요, 웨스턴 부인. 엘튼 부인이 매우 친절하게도 제인에게 쪽지를 보내셨어요. 안 그랬으면 그렇게 했을 텐데요. 하지만 하루에 그런 제의를 두 번이나 받다니! 이런 이웃은 어디에도 없을 거예요. 어머님께 말씀드렸죠. 〈정말이지, 어머니……〉 고맙습니다, 어머니께서는 무척 건강하세요. 우드하우스 씨 댁에 가셨어요. 어머니께 숄을 가져가시도록 했죠. 저녁나절에는 쌀쌀하니까요. 커다란 새 숄이에요. 딕슨 부인의 결혼 선물이죠. 그녀가 너무나 친절하게도 어머니까지 배려해 주었어요! 아시다시피 웨이머스에서 산 것이죠. 딕슨 씨가 골랐대요. 제인 말로는, 세 가지 다른 색깔이 있어서 그분들이 한참 망설였대요. 캠프벨 대령은 올리브색을 더 좋아하셨고요. 제인, 정말로 발이 젖지 않았니? 고작해야 빗방울이 하나둘 떨어졌지만 너무 걱정스러워서…… 그런데 프랭크 처칠 씨가 너무나도…… 그리고 매트가 깔려 있어서 신발을 닦을 수 있었고…… 너무나 친절한 그분의 태도를 잊지 않을 거예요. 아,

441

프랭크 처칠 씨, 어머니의 안경이 그 후로 아무 탈도 없었고, 리벳이 다시 빠져나오지 않았다는 걸 알려 드려야겠어요. 어머니께서는 당신의 훌륭한 성품에 대해서 종종 말씀하시죠. 그렇지 않아, 제인? 우리가 프랭크 처칠 씨에 대해서 종종 얘기를 나누지 않았어? 아, 우드하우스 양이시군요. 친애하는 우드하우스 양, 어떻게 지내셨어요? 아주 좋아요, 감사합니다. 아주 건강해요. 꼭 요정 나라에서 만나는 것 같아요! 너무나 달라졌으니까요! 찬사를 드려서는 안 된다는 걸 알고 있어요. (은근히 엠마를 바라보면서) 그건 무례한 일일 테니까요. 하지만 우드하우스 양, 정말이지, 당신의 모습은…… 제인의 헤어스타일이 어떻게 보이세요? 당신은 판단력이 뛰어나시니까. 제인이 머리 손질을 혼자서 다 했어요. 그 애가 손질하는 걸 보면 정말로 놀라워요! 런던의 미용사라도 그렇게 하지는 못할 거예요. 아! 정말이지, 휴스 박사님께서 오셨군요. 그 부인도요. 휴스 박사님 부부에게 가서 잠시 말씀을 나눠야겠어요. 안녕하세요? 어떻게 지내셨어요? 아주 건강하답니다. 감사해요. 무척 즐거운 파티죠. 그렇지 않아요? 친애하는 리처드 씨는 어디 계신가요? 아, 저기 계시는군요. 방해하지 마세요. 젊은 아가씨들과 얘기를 나누는 편이 훨씬 더 낫죠. 안녕하세요, 리처드 씨? 얼마 전에 당신이 말을 타고 지나가시는 것을 보았어요. 아니, 오트웨이 부인이시군요! 오트웨이 씨와 오트웨이 양, 캐롤라인 양…… 벗들이 이렇게 많이 오셨군요! 그리고 조지 씨와 아서 씨! 안녕하세요? 잘 지내셨지요? 아주 좋답니다. 무척 감사해요. 더할 나위 없이 좋아요. 또 마차 소리가 들리네요. 이번엔 누구일까요? 아마도 훌륭하신 콜 씨 가족이겠죠. 정말이지 이런 분들과 어울리다니 너무나 즐거워요! 게다가 난롯불이 활활 타고 있고요! 더울 지경이에요. 고맙습니다만 커피는 괜찮아요. 커피를 마시지 않거든요. 괜찮으시면 나중에 차를 조금 주세요. 서두르실 필요 없어요. 아, 차를 주시는군요. 모든 것이 너무나 완벽해요!」

프랭크 처칠은 엠마의 옆자리로 돌아왔다. 베이츠 양의 말이 잠시 중단되자, 약간 뒤에 서 있던 엘튼 부인과 페어팩스 양의 대화가 피할 도리 없이 엠마의 귀에 들려왔다. 프랭크는 생각에 잠겨 있었다. 그 역시 듣고 있는지는 알 수 없었다. 엘튼 부인은 제인의 드레스와 차림새에 대해서 칭찬을 늘어놓았고 그 칭찬이 매우 차분하고 적절하게 받아들여지고 난 후 자기도 칭찬을 받고 싶어 하는 것이 분명했다. 「내 옷이 마음에 들어? 이 옷의 장식은 어때? 머리를 라이트가 손질했는데 어떻다고 생각해?」 이렇게 물어보면서 이와 비슷한 질문들을 계속 늘어놓았고, 각 질문에 대해 모두 끈기 있고 공손한 답변을 받았다. 그런 다음에 엘튼 부인이 말했다.

「나처럼 옷에 대한 관심이 없는 사람도 없을 거야. 하지만 지금처럼 모두들 나를 많이 쳐다보는 때에는, 그리고 틀림없이 내게 경의를 표하려고 이 무도회를 주최한 웨스턴 부부에게 존중심을 보여 주려면, 내 차림새가 남들보다 못하지 않기를 바라거든. 그런데 이 방에 나 말고는 진주를 달고 있는 사람이 거의 없구나. 그래, 프랭크 처칠이 아주 춤을 잘 춘다는 말이지. 우리 스타일이 맞을지 알게 되겠지. 분명 프랭크 처칠은 멋진 젊은이야. 나는 그가 무척 마음에 들어.」

이 순간 프랭크가 큰 소리로 말을 꺼냈기에, 엠마는 그가 자기에 대한 찬사를 듣고는 더 이상 그 얘기를 듣지 않으려는 거라고 생각하지 않을 수 없었다. 그 숙녀들은 잠시 조용해졌지만 엘튼 부인의 목소리가 곧 다시 튀어나왔다. 엘튼 씨가 그들에게 다가왔고 그의 부인이 큰 소리로 말했던 것이다.

「아, 숨어 있는 우리를 마침내 찾아내셨군요? 당신이 우리에 대해서 궁금해하리라고 지금 제인에게 말하려던 참이었어요.」

「제인이라고!」 프랭크 처칠은 놀랍고 불쾌한 표정으로 그 말을 따라했다. 「너무 스스럼없이 말하는군. 하지만 페어팩스 양은 그것을 개의치 않는 모양이지요.」

「엘튼 부인이 마음에 드세요?」 엠마가 속삭이며 물었다.

「전혀 마음에 들지 않습니다.」

「당신은 고마움을 모르는군요.」

「고마움을 모르다니! 무슨 뜻입니까?」 그러고 나서 그는 찌푸린 인상을 풀고 미소를 띠면서 말했다. 「아니, 말씀하지 마세요. 당신 말이 무슨 뜻인지 알고 싶지 않아요. 아버지가 어디 계시지요? 춤을 언제 시작할까요?」

엠마는 그의 말을 이해할 수 없었다. 그는 변덕스러운 상태인 것 같았다. 그는 아버지를 찾으러 갔다가 곧 웨스턴 부부와 함께 돌아왔다. 그 부부는 약간 난처한 일로 곤혹스러워하고 있었고, 그것을 엠마에게 털어놓아야 했다. 웨스턴 부인에게 엘튼 부인을 무도회의 선두에 서도록 청해야 한다는 생각이 방금 들었던 것이다. 엘튼 부인은 그것을 기대할 것이다. 그러므로 엠마에게 그 특별한 영예를 주고 싶은 그들의 소망이 어긋날 수밖에 없었다. 엠마는 꿋꿋하게 그 슬픈 소식을 들었다.

「그리고 그녀에게 적절한 파트너로 누가 좋겠소?」 웨스턴 씨가 말했다. 「그녀는 프랭크가 자기에게 춤을 신청해야 한다고 생각할 거요.」

프랭크는 즉시 엠마를 바라보면서 그녀가 전에 약속했다고 주장했고, 자기는 이미 선약이 있다고 큰소리쳤다. 그의 부친은 그 광경을 더없이 흐뭇하게 받아들였다. 그러자 웨스턴 부인은 자기 남편이 직접 엘튼 부인과 춤을 추기를 바랐다. 그들은 그렇게 그를 설득하기만 하면 되었고, 곧 설득할 수 있었다. 웨스턴 씨와 엘튼 부인이 선두에 섰고, 프랭크 처칠 씨와 우드하우스 양이 그 뒤에 섰다. 엠마는 늘 그 무도회가 특별히 자기를 위해서 열리는 것이라고 생각했었지만, 엘튼 부인의 뒤에 서는 수밖에 없었다. 결혼하겠다는 생각을 불러일으키기에 족한 상황이었다.

엘튼 부인은 이제 허영심을 완전히 채웠기에 물론 더 유리했다. 그녀는 프랭크 처칠과 무도회를 이끌어 갈 생각이었지만, 파트너가 달라졌다고 해서 손해 볼 것은 없었다. 웨스턴 씨는 그의 아들보다 윗사람이니 말이다. 하지만 이 사소한 고충에도 불구하고 엠마는 즐겁게 미소를 지었고, 춤출 사람들이 꽤 길게 늘어서는 것을 보면서 즐거웠고, 이제 특별한 축제 기분에 들떠서 몇 시간을 보내리라고 느꼈다. 그러나 나이틀리 씨가 춤을 추지 않는 것이 가장 마음에 걸렸다. 저기, 구경꾼들 사이에 그가 있었다. 그는 거기에 있어서는 안 되고 춤을 취야 한다. 그가 남편들이나 아버지들, 그리고 카드놀이가 마련될 때까지 춤에 관심을 느끼는 척하고 있는 사람들의 무리에 끼어서는 안 된다. 그는 너무나 젊어 보였다! 어쩌면 지금 있는 곳이 아닌 다른 곳에서라면 더 두드러지게 보이지 않을 수도 있다. 몸집이 크고 어깨가 구부정한 노인들 사이에 서 있는 키가 크고 단단하고 곧은 그의 몸은 틀림없이 모두의 시선을 끌 거라고 엠마는 느꼈다. 그리고 그녀의 파트너를 제외하면, 늘어선 젊은이들 중에서도 그와 견줄 만한 사람도 없었다. 그는 몇 발자국을 앞으로 내디뎠는데, 그 몇 걸음만 보아도 그가 약간 수고를 들이기만 하면 얼마나 신사답게, 얼마나 자연스럽고 품위 있게 춤을 출 수 있을지를 족히 짐작할 수 있었다. 그녀와 눈이 마주칠 때마다 나이틀리 씨는 억지로 미소를 지었지만 대개는 침울하게 보였다. 그가 무도회를 더 좋아할 수 있기를, 프랭크 처칠을 더 좋아할 수 있기를 그녀는 바랐다. 그는 종종 그녀를 관찰하는 것 같았다. 그가 그녀의 춤에 대해서 생각하고 있을 거라고 우쭐해해서는 안 된다. 하지만 만일 그가 그녀의 태도를 흠잡으려 한다면, 겁날 것이 없다고 느꼈다. 그녀와 그녀의 파트너 사이에 불장난 같은 것은 전혀 없었다. 그들은 연인이라기보다는 유쾌하고 편안한 친구 사이로 보였다. 프랭크 처칠이 그녀를 전처럼 중요하게 생각하지 않는다는 것은 의심의 여지가 없었다.

무도회는 유쾌하게 진행되었다. 웨스턴 부인의 끊임없는 배려와 염려가 헛되지 않았던 것이다. 모두들 즐겁게 보였다. 보통 무도회가 끝나고 나서야 쏟아지는 즐거운 무도회라는 찬사가 처음 시작할 때부터 계속 들려왔다. 흔히 있는 그런 모임들보다 이 무도회에서 기록해 둘 만한 중요한 사건들이 더 많이 벌어진 것은 아니었다. 하지만 엠마에게 매우 중요하게 여겨진 한 가지 사건이 있었다. 저녁 식사 전 마지막 두 번의 춤이 시작되었을 때 해리엇에게 파트너가 없었던 것이다. 젊은 아가씨들 중 자리에 앉아 있는 사람은 그녀뿐이었다. 지금까지 춤추는 쌍의 숫자가 같았기 때문에 어떻게 파트너가 없는 사람이 나올 수 있는지 놀랍기 그지없었다! 그러나 엘튼 씨가 어슬렁거리며 다니는 것을 보았을 때 어리둥절한 마음은 당장 사라졌다. 그는 피할 수만 있다면 해리엇에게 춤을 청하지 않을 것이다. 그가 청하지 않을 거라고 그녀는 믿었다. 그리고 춤을 신청하지 않으려고 곧 카드놀이를 하는 방으로 달아날 거라고 그녀는 예상했다.

그러나 그는 달아날 생각이 없었다. 그는 구경꾼들이 모여선 곳으로 다가가서 몇 명에게 말을 걸었고, 자기가 한가하다는 것을 과시하면서 계속 그럴 작정이라는 것을 보여 주려는 듯이 그들 앞에서 서성였다. 그는 때로 바로 해리엇의 앞까지 걸어가서, 그녀의 옆에 있는 사람들에게 말을 거는 것도 빼놓지 않았다. 엠마는 그 장면을 보았다. 아직 춤이 시작되지 않았고, 말석에서 위쪽으로 걸어가고 있었기에 주위를 돌아볼 여유가 있었다. 그리고 고개를 약간 돌려 그녀는 그 장면을 전부 다 목격했다. 사람들이 조를 이루고 서 있는 줄의 절반까지 걸어갔을 때 구경꾼들이 바로 그녀의 뒤쪽에 있었기에 더는 고개를 돌려 바라볼 수 없었다. 그러나 엘튼 씨가 가까이 있었기에 바로 그때 그가 웨스턴 부인과 나눈 대화를 똑똑히 들을 수 있었다. 그리고 바로 그녀의 앞에 서 있던 그의 아내도 듣고 있을 뿐 아니라 의미 있는 눈짓으로 그를 고무하고 있음을 알아차렸다. 친절하고 다정한 웨스턴 부인이 자리에서 일어나 그에게 다가가서 말했던 것이다. 「엘튼 씨, 춤을 안 추실 건가요?」 그 말에 그는 즉시 대답했다. 「기꺼이 추겠습니다, 웨스턴 부인. 부인께서 저와 추시겠다면요.」

「저라고요? 아, 아니에요. 저보다 더 나은 파트너를 구해 드릴게요. 저는 춤을 추지 않거든요.」

「길버트 부인께서 춤추고 싶어 하신다면······.」 그가 말했다. 「무척 기쁠 겁니다. 제가 다소 늙은 유부남이라고 생각하

447

고 있고, 제가 춤을 출 시절은 지나갔다고 느끼고 있지만, 길버트 부인 같은 옛 벗과 춤을 춘다면야 제게는 언제라도 큰 기쁨일 겁니다.」

「길버트 부인은 춤출 생각이 없으세요. 하지만 춤추고 있지 않은 아가씨가 있어서, 그 아가씨가 춤추는 것을 보면 기쁠 거예요. 스미스 양이요.」

「스미스 양이라고요! 아, 저런, 못 봤군요. 정말이지 고맙습니다. 제가 늙은 유부남이 아니라면……. 하지만 제가 춤을 출 시절은 지났어요, 웨스턴 부인. 저를 봐주시겠지요. 그 밖의 다른 일이라면 당신이 원하는 것을 무엇이든 기꺼이 들어드리겠습니다만, 저는 춤출 때가 지났어요.」

웨스턴 부인은 더 이상 아무 말도 하지 않았다. 엠마는 웨스턴 부인이 얼마나 놀랍고 굴욕적인 기분으로 자기 자리에 돌아가고 있을지를 상상할 수 있었다. 엘튼 씨는 바로 이런 사람이었던 것이다! 그 상냥하고 사근사근하고 친절한 엘튼 씨가. 엠마는 잠시 뒤를 돌아보았다. 그는 약간 떨어진 곳에 있던 나이틀리 씨에게 다가가서 대화를 나누려 하고 있었고, 그와 그 아내 사이에 희희낙락한 미소가 오가고 있었다.

엠마는 다시 바라보지 않을 것이다. 마음에 불길이 치밀어서 얼굴이 빨갛게 달아올랐을 것이 걱정스러웠다.

그다음 순간에 더 다행스러운 광경이 그녀의 눈길을 사로잡았다. 나이틀리 씨가 해리엇을 이끌고 쌍쌍이 늘어선 사람들에게로 오고 있었던 것이다. 엠마는 이 순간보다 더 놀랐던 적도, 더 기뻤던 적도 없었다. 해리엇을 위해서, 그리고 자신을 위해서, 그녀는 너무나 기쁘고 고마웠고, 그에게 이 고마운 마음을 전하고 싶었다. 말을 하기에는 너무 멀리 떨어져 있었지만 그와 눈길이 마주쳤을 때 표정으로 많은 것을 전했다.

나이틀리 씨는 엠마의 예상대로 춤을 무척 잘 추었다. 해리엇은 바로 조금 전의 그 잔인한 일만 아니었더라면, 그리고 완벽한 기쁨과 영광스러운 대접을 받았다는 흥분을 그 행복한 얼굴로 드러내지만 않았더라면, 너무나 운이 좋은 아가씨로 보였을 것이다. 그녀가 얻은 명예는 허사가 되지 않았다. 그녀는 전보다 더 높이 뛰어올랐고, 줄의 중앙 아래로 날듯이 달려갔고, 연방 미소를 짓고 있었다.

엘튼 씨는 (엠마가 생각하기에) 바보처럼 보이는 얼굴로 카드놀이 방으로 물러났다. 그가 자기 아내와 무척 비슷해지고 있지만 그녀처럼 전적으로 냉혹한 사람은 아니라고 엠마는 생각했다. 그의 아내는 큰 소리로 자기 파트너에게 말하면서 감정을 일부 드러냈다.

「나이틀리가 불쌍한 스미스 양을 동정했군요! 아주 선량한 성품이죠.」

저녁 식사가 준비되었고, 사람들이 움직였다. 바로 그 순간부터 식탁에 앉아서 숟가락을 들 때까지 베이츠 양의 목소리가 쉴 새 없이 들려왔다.

「제인, 제인, 어디 있니? 여기 네 스카프가 있단다. 웨스턴 부인은 네가 스카프를 두르기를 바라서. 복도에 바람이 들어올까 봐 걱정스럽다고 하시고, 모든 것을 완벽하게 준비하셨지만 말이야 — 문짝 하나는 못질해서 고정시켰고 매트도 무척 많이 깔아 놓았고 — 얘야, 제인, 정말이지 스카프를 둘러야 해. 처칠 씨, 아, 고맙기도 하셔라! 정말 잘 둘러 주셨어요! 너무나 흡족해요! 실로 멋진 춤이었어요! 그래, 얘야, 아까 말했듯이 할머니께서 잠자리에 드시도록 도와 드리려고 집에

449

달려갔다가 돌아왔단다. 아무도 나를 찾지 않았겠지. 이미 말했듯이, 입도 뻥끗하지 않고 갔었어. 할머니께서는 아주 편안하시단다. 우드하우스 씨와 저녁 시간을 즐겁게 지내셨고 말씀도 많이 하시고 주사위 놀이도 하셨단다. 돌아오시기 전에 아래층에서 차와 비스킷과 구운 사과와 포도주를 드셨단다. 주사위 놀이에서 어쩌다 무척 운이 좋으셨다는구나. 할머니께서 너에 대해 많이 물어보셨어. 네가 얼마나 즐겁게 지내는지, 네 파트너가 누구인지. 〈아, 제인보다 제가 먼저 말씀드리지는 않겠어요. 제가 나올 때 그 애는 조지 오트웨이 씨와 춤추고 있었어요. 내일 어머니께 죄다 직접 말씀드리고 싶어 할 거예요. 그 애의 첫 번째 파트너는 엘튼 씨였어요. 그다음에는 누가 청할지 모르겠어요. 아마 윌리엄 콕스 씨겠지요.〉 아, 당신은 너무나 친절하세요. 도와 드릴 다른 분이 없을까요? 저는 혼자서 잘 걸을 수 있어요. 더없이 친절하세요. 맹세코, 한쪽 팔로 제인을 부축하고 또 다른 팔로 저를 부축해 주시다니! 잠깐, 잠시만요. 조금 뒤로 물러날게요. 엘튼 부인이 저기 가시거든요. 친애하는 엘튼 부인, 너무나 우아하게 보이세요! 레이스도 아름답고! 자 이제 우리 모두 부인을 따라가기로 하죠. 정말이지 오늘 저녁의 여왕이시군요! 자, 여기서부터 복도예요. 계단 두 개, 제인, 층계 두 개를 조심해라. 아니, 이런, 하나밖에 없군. 나는 두 개가 있는 줄 알았는데. 정말이지 이상한 일이야! 두 개가 있다고 믿고 있었는데 하나밖에 없다니. 안락함으로 보나 품위로 보나 여기와 견줄 만한 곳은 본 적이 없어. 어디에나 촛불이 있고. 네게 할머니 이야기를 하고 있었지, 제인. 그런데 좀 실망스러운 일이 있었단다. 구운 사과와 비스킷은 그 나름대로 물론 훌륭했지. 하지만 처음에 송아지 고기와 아스파라거스로 만든 맛있는 프리카세가 들어왔단다. 그런데 그 훌륭하신 우드하우스 씨께서는 아스파라거스가 충분히 삶아지지 않았다고 생각하시고는 그것을 모두 내보내셨다는 거야. 그런데 할머니께서는 무엇보다도 송아지 고기와 아스파라거스를 좋아하시거든. 그래서 조금 실망하셨지. 하지만 이 얘기는 누구에게도 말하지 않겠다고 약속했어. 친애하는 우드하우스 양이 이 이야기를 들으면 몹시 미안해하실 테니 말이야! 아, 여기는 휘황찬란하구나! 온통 놀랍기만 하네! 이런 건 생각도 할 수 없었어! 이렇게나 우아하고 풍요롭다니! 이런 것은 본 적이 없었어. 자, 우린 어디에 앉을까? 제인이 바람을 쐬지 않을 곳이라면 어디라도 괜찮지. 내가 어디 앉을지는 하나도 중요하지 않으니까. 아, 이쪽을 권하시겠어요? 글쎄요, 정말이지, 처칠 씨, 다만 너무 좋아 보여서요. 하지만 좋으신 대로 하세요. 이 집에서 당신이 알려 주시는 거라면 잘못된 것일 리가 없으니까요. 사랑하는 제인, 우리가 어떻게 이 요리들의 절반이라도 기억해서 할머니께 알려 드릴 수 있을까? 수프도 있고! 이런! 이렇게 빨리 먹어서는 안 되겠지만, 냄새가 너무 좋아서 먹지 않을 수 없구나.」

식사가 끝날 때까지 엠마는 나이틀리 씨에게 말을 걸 기회를 얻을 수 없었다. 하지만 그들 모두 다시 무도회실로 돌아갔을 때 그녀는 그가 가까이 오지 않을 수 없도록 눈빛으로 청했고 고마운 마음을 표현했다. 그는 엘튼 씨의 행동을 격렬하게 비난했다. 그 행동은 용서할 수 없이 무례했다. 엘튼 부인의 표정도 적절한 질책을 받았다.

「그들의 목적은 해리엇을 모욕하려는 것만이 아니었소.」

그가 말했다. 「엠마, 어째서 그들이 당신의 적이 된 거요?」

그는 미소를 지으며 꿰뚫는 시선으로 바라보았고, 아무 대답도 없자 덧붙여 말했다. 「엘튼이야 어떻든 간에 그 부인은 당신에게 화를 낼 이유가 없소. 이런 추측에 대해서 당신은, 물론, 아무 대답도 하지 않겠지. 하지만 고백해요, 엠마. 엘튼이 해리엇과 결혼하기를 바랐다고 말이오.」

「그랬어요.」엠마가 대답했다. 「그래서 그들은 나를 용서할 수 없는 거예요.」

그는 고개를 가로저었다. 하지만 그러면서도 너그러운 미소를 짓고 그저 이렇게 말했다.

「당신을 꾸짖지 않겠소. 그저 스스로 반성하도록 내버려 두겠소.」

「우쭐해하기 잘하는 제 성격을 믿을 수 있으세요? 제 허영심이 언제 한 번이라도 제가 잘못했다고 말한 적이 있던가요?」

「당신의 허영심이 아니라 당신의 진지한 마음에 맡기는 거요. 허영심이 당신을 그른 길로 이끌어 가면 틀림없이 진지한 마음이 그것을 일러 줄 거요.」

「엘튼 씨에 대해서는 내 생각이 완전히 틀렸다는 것을 인정해요. 그에게는 비열한 구석이 있는데 그걸 당신은 알고 있었고 나는 몰랐죠. 나는 그가 해리엇을 사랑한다고 철석같이 믿고 있었어요. 이상하게도 계속해서 엄청난 착각을 해온 거예요.」

「당신이 그 정도로 인정하니까 그에 대한 보답으로 나도 당신을 공정하게 대하면서 이렇게 말해 주겠소. 당신이 그에게 골라 준 사람이 그가 스스로 고른 사람보다 훨씬 더 나았을 거라고 말이오. 해리엇 스미스가 갖고 있는 어떤 최고의 자질들이 엘튼 부인에게는 전혀 없으니까. 해리엇은 허세를 부리지 않고 마음이 한결같고 가식이 없는 아가씨지. 분별력과 취향이 있는 남자라면 엘튼 부인보다는 그런 아가씨를 훨씬 더 좋아할 거요. 해리엇이 내 예상보다는 훨씬 더 대화를 나눌 만한 상대라는 것을 알았소.」

엠마는 무척 기뻤다. 웨스턴 씨가 다시 춤을 시작하자고 큰 소리로 사람들을 부르는 바람에 그들의 대화가 중단되었다.

「자, 우드하우스 양, 오트웨이 양, 페어팩스 양, 모두들 무엇을 하고 있어요? 자, 엠마, 벗들에게 본보기를 보여 줘야지. 모두들 게으름을 피우고 있군! 모두들 잠자고 있다고!」

「저는 준비되었어요.」 엠마가 말했다. 「제가 필요하다면 언제든지.」

「누구와 춤을 출 거요?」 나이틀리 씨가 물었다.

그녀는 잠시 주저하다가 대답했다. 「당신하고요. 당신이 내게 청한다면 말이죠.」

「춤추겠소?」 그는 손을 내밀며 말했다.

「물론이에요. 당신이 춤을 출 줄 안다는 것을 보여 주었고, 알다시피 우리가 함께 춤추는 것이 부적절한 남매 사이는 아니니까요.」

「남매라고! 물론 아니지.」

453

제3장

나이틀리 씨와 나눈 이 짧은 대화는 엠마를 무척 기쁘게 해주었다. 다음 날 아침에 잔디밭을 거닐면서 무도회를 되돌아보면서도 그 대화를 생각하면 기분이 좋았다. 엘튼 부부에 대한 자신들의 생각이 일치했다는 것과 그 남편과 아내에 대해서 아주 비슷한 견해를 갖고 있다는 것도 즐거웠고, 그가 해리엇을 칭찬하고 그녀의 미덕을 인정한 것은 더욱 기분 좋은 일이었다. 엘튼 부부의 무례한 행동 때문에 잠시 엠마는 남은 저녁 시간을 엉망인 기분으로 보낼 것 같았지만 오히려 더없이 만족스러운 시간을 보낼 수 있었다. 그리고 엠마는 또 다른 바람직한 결과를 기대했다. 바로 해리엇의 열렬한 감정이 치유되기를 말이다. 무도회장을 나서기 전에 해리엇이 그 사건에 대해서 말한 태도로 미루어 보아, 그것을 기대할 소지가 다분히 있었다. 해리엇은 갑자기 눈을 뜨고, 엘튼 씨가 자신이 생각했던 탁월한 사람이 아니라는 사실을 볼 수 있게 된 것 같았다. 열병이 사라진 것이다. 엠마는 모욕적인 대접을 받고 맥박이 빨라질 것을 다시는 염려하지 않아도 되었다. 악의적인 감정으로 엘튼 부부가 앞으로도 더 필요할 갖가지 멸시하는 행동을 보여 주리라고 예상할 수 있었다. 하지만 이제 해리엇은 제정신을 차렸고, 프랭크 처칠은 자신을 지나치게 사랑하고 있지 않고, 나이틀리 씨는 자신과 다투기를 바라지 않으므로 엠마 앞에는 매우 행복한 여름날이 전개될 것이다!

이날 아침에 엠마는 프랭크 처칠을 만나지 못하리라고 생각했다. 그는 정오까지는 돌아가야 하므로 하트필드에 들를 수 없다고 말했었다. 그녀는 그것이 조금도 유감스럽지 않았다.

이런 문제들을 모두 정리해 보고 깊이 생각해 보고 바로잡은 후에 그녀는 상쾌해진 기분으로 두 어린 조카들뿐 아니라 그 할아버지의 요구를 들어주며 돌봐 주도록 집으로 돌아가려 했다. 바로 그때 커다란 대문이 열리더니, 함께 있으리라고는 전혀 예상치 못했던 두 사람이 들어섰다. 프랭크 처칠이 해리엇을 팔로 부축하고 있었고 ― 정말로 해리엇이었다! ― 그 순간 뭔가 특별한 일이 일어났음에 틀림없다고 엠마는 확신했다. 해리엇의 얼굴은 하얗게 겁에 질려 있었고, 그는 그녀를 정신 차리게 하려고 애쓰고 있었다. 그 철문과 현관문 사이의 20미터가량 되는 길을 지나 그들 세 사람 모두 곧 집 안으로 들어갔고 해리엇은 쓰러지듯 의자에 앉자마자 기절해 버렸다.

기절한 아가씨는 정신을 차려야 하고, 질문들에 대해서는 답변이 있어야 하고, 놀라운 일들에 대해서는 설명이 있어야 한다. 그런 사건들이 매우 흥미롭기는 하지만, 그 긴장감이 오래갈 수는 없다. 몇 분 만에 엠마는 사건의 전모를 알 수 있었다.

스미스 양은 고다드 부인의 집에 기숙하는 학생으로, 전날 무도회에 참석했던 비커튼 양과 함께 산책을 나와서는 리치몬드 로드에 들어섰다. 그 길은 사람들의 왕래가 많아서 안전하기는 했지만 좀 으스스한 곳이었다. 하이버리를 벗어나서 반 마일 정도 지났을 때 돌연히 굽어진 길을 돌자 양쪽에 느릅나무들이 늘어선 어두침침하고 호젓한 길이 뻗어 있었다. 그 아가씨들이 그 길에 들어서서 약간 걸어갔을 때, 조금 떨어진 옆쪽의 넓은 잔디밭에 있던 집시[42] 일행이 갑자기 눈에 들어왔다. 망을 보던 아이가 다가와서 그들에게 구걸하자, 비커튼 양은 너무 겁에 질린 나머지 큰 소리로 비명을 지르고는 해리엇에게 따라오라고 소리치면서 가파른 언덕을 뛰어 올라가 꼭대기의 작은 산울타리를 넘어갔다. 그러고는 지름길을 통해서 다시 하이버리를 향해 온 힘을 다해 달려갔다. 그러나 가엾은 해리엇은 따라갈 수 없었다. 전날 무도회가 끝난 뒤 다리에 쥐가 나서 고생했는데, 이제 언덕을 오르려니 다시 쥐가 나서 꼼짝달싹할 수 없었던 것이다. 이런 상태에서 극도로 겁에 질려 그녀는 조금도 움직이지 못하고 가만히 있었다.

그 아가씨들이 더 용감했더라면 부랑자들이 어떻게 행동했을지 알 수 없는 일이지만, 이처럼 공격을 유발하는 상황에서는 그 유혹을 뿌리칠 수 없었을 것이다. 곧 건강한 여자와 큰 소년이 이끄는 여섯 명의 아이들이 해리엇을 공격했다. 그들 모두 떠들썩하게 소리를 질렀고, 말이 꼭 그렇지는 않더라도 표정이 뻔뻔스러웠다. 해리엇은 점점 더 겁에 질려서 곧 돈을 주겠다고 약속했다. 지갑을 꺼내서 1실링을 주고는 더 이상 바라지 말라고, 자기에게 고약한 짓을 하지 말라고 사정했다. 이제는 걸음을 옮길 수 있었지만 발을 천천히 뗄 수밖에

---

42 유랑 민족*Romany people*를 뜻할 수 있지만, 연이은 전쟁과 시골의 경제적 변화로 시골에서 터전을 잃고 방랑하는 걸인들을 가리키기도 했다.

없었다. 그러나 겁에 질린 그녀의 지갑이 너무나 유혹적이었으므로 그 무리는 그녀를 따라오면서, 아니 그녀를 둘러싸고, 돈을 더 요구했다.

이런 상황에 처한 그녀를 프랭크 처칠이 발견한 것이다. 그녀는 떨면서 애걸하고 있었고 집시들은 큰 소리로 거칠게 굴고 있었다. 매우 다행히도 프랭크 처칠은 우연히 하이버리에서 늦게 출발하는 바람에 이 결정적인 순간에 그녀를 도와줄 수 있었다. 그날 아침 공기가 상쾌해서 좀 걸어가려는 생각이 들었으므로 하이버리에서 1~2마일 떨어진 다른 길에서 만나도록 말들을 미리 보냈다. 그리고 우연히 전날 밤 베이츠 양의 가위를 빌리고는 돌려주지 못했기에 그녀의 집에 잠시 들러야 했다. 그래서 출발이 예상보다 늦어진 것이었다. 그리고 걸어갔기 때문에 집시들에게 가까이 다가갈 때까지 그의 모습이 보이지 않았다. 그 여자와 소년은 자신들이 해리엇에게 일으켰던 공포를 이제 직접 경험하게 되었다. 프랭크는 집시들을 겁에 질려 달아나게 했다. 해리엇은 말할 힘도 없이 그에게 필사적으로 매달렸고 하트필드까지 간신히 걸어와서는 기운이 다 빠져 버린 것이다. 그는 그녀를 하트필드로 데려오려고 생각했다. 다른 곳은 생각할 수 없었던 것이다.

이것이 사건의 전모였다. 그가 들려준 이야기와, 해리엇이 정신을 차리고 말을 할 수 있게 되었을 때 들려준 이야기 전부였다. 프랭크는 그녀가 정신을 차릴 때까지만 머물러 있었다. 이미 몇 가지 사건으로 늦어져서 더 지체할 시간이 없었던 것이다. 엠마는 그녀를 안전하게 고다드 부인의 집에 데려다 주겠다고 약속하고 또 인근에 그런 사람들이 배회하고 있다는 사실을 나이틀리 씨에게 알려 주기로 약속했다. 그 후에 그는 엠마가 친구와 자기 자신을 위해서 표현할 수 있는 온갖 감사와 축복을 받으며 출발했다.

이런 특별한 사건, 멋진 젊은이와 사랑스러운 아가씨가 그런 식으로 우연히 마주친 사건은, 아무리 마음이 냉정하고 두뇌가 투철한 사람에게라도 어떤 생각을 일으키지 않을 수 없을 것이다. 적어도 엠마는 그렇게 생각했다. 언어학자나 문법학자, 심지어 수학자라도 그녀가 본 광경을 보고 그들이 함께 들어선 모습을 목격하고 그들의 이야기를 들었더라면, 그 상황이 그들에게 서로 특별한 관심을 느끼도록 작용했다고 느끼지 않을 수 있었을까? 그렇다면 그녀처럼 상상력이 풍부한 사람은 얼마나 더 많은 것을 열렬히 추측하고 예상할 것인가! 더욱이 그녀의 마음에 이미 그러한 기대가 자리 잡고 있었으니 말이다.

그것은 매우 특별한 일이었다! 그녀가 기억하기로는, 예전에 그런 일이 그 지역의 아가씨들에게 일어난 적은 없었다. 그런 조우(遭遇), 그런 식의 놀라운 만남이 있었던 적이 없었다. 그런데 이제 바로 그 사람에게 그런 일이 일어난 것이다. 그 사람이 우연히 지나가다가 그녀를 구할 수 있었던 바로 그 시간에. 그것은 정말이지 범상치 않은 일이었다. 그리고 이 시기에 두 사람의 마음이 아주 적합한 상태에 있음을 알고 있었기에 엠마는 더욱 특별한 사건이라고 느꼈다. 프랭크는 자신에 대한 애정을 극복하려고 애쓰고 있었고, 해리엇은 엘튼 씨에 대한 열광적인 감정에서 벗어나고 있었다. 모든 것이 잘 맞아떨어져서 더없이 흥미진진한 결과를 낳을 것 같았다. 그 사건으로 인해서 서로가 서로에게 강렬한 호감을 품게 되지 않을 리 없었다.

해리엇이 의식을 완전히 차리지 못하고 있었을 때 그는 엠마와 몇 분간 대화를 나누면서 해리엇이 공포에 질려 순진하고 열렬하게 자기 팔을 붙잡고 매달렸던 일을 재미있어하면서 즐거운 듯이 말했다. 그리고 해리엇이 정신을 차려서 사건을 설명한 다음에는 비커튼 양의 가증스러운 어리석음에 대해 열렬히 분개했다. 하지만 재촉하거나 도와주지 않고 자연스럽게 모든 일이 진행되도록 내버려 두어야 한다. 엠마는 한 발자국도 나서지 않을 것이고, 한마디도 암시하지 않을 것이다. 아니, 그녀의 중재는 이미 충분했다. 계획을 세우는 것, 그저 소극적인 계획을 세우는 것은 해롭지 않으리라. 그것은 그저 소망에 불과할 것이다. 무슨 일이 있어도 그녀는 그 이상으로 나아가지 않을 것이다.

제일 먼저 엠마는 그 일이 불안과 공포심을 일으킬 터이므로 아버지에게 알리지 않겠다고 결심했다. 하지만 숨기는 것이 불가능함을 곧 깨달았다. 채 30분도 지나지 않아서 그 사건은 하이버리 전역에 알려졌다. 그것은 가장 말이 많은 사람들, 즉 젊은이들과 하층민들의 관심을 끌 만한 사건이었으므로, 그 지역의 젊은이들과 하인들은 곧 그 무시무시한 소식을 듣고 흥미로워했다. 어젯밤의 무도회에 대한 이야기는 집시들에 대한 이야기에 묻혀 버린 것 같았다. 가엾은 우드하우스 씨는 앉아서도 몸을 떨었고, 엠마가 예상했던 대로, 아가씨들이 다시는 관목 숲 너머로 산책을 나가지 않겠다는 약속을 받지 않고는 안심할 수 없었다. 스미스 양뿐 아니라 우드하우스 씨와 우드하우스 양의 안부를 염려하는(그의 이웃들은 그가 안부 인사를 받기 좋아한다는 것을 알고 있었으므로) 문의가 하루 종일 이어졌기에 그는 약간 위안을 얻었고, 즐거운 마음으로 자기들 모두 그리 좋지도 나쁘지도 않다는 답장을 보냈다. 그 답장은 엄밀히 말해서 사실이 아니었다. 엠마는 더할 나위 없이 건강했고 해리엇도 별반 다르지 않았으므로. 하지만 엠마는 그 답장에 참견하려 들지 않았다. 그런 아버지의 자식치고 불행히도 엠마는 늘 지극히 건강했다. 그녀는 몸이 불편하다는 것이 어떤 것인지를 거의 알지 못했으니까. 그래서 아버지가 그녀를 위해 병명을 꾸며 내지 않으면, 그녀는 그가 보내는 전갈에 낄 수 없었을 것이다.

그 집시들은 법의 집행을 기다리지 않고 급히 도망쳐 버렸다. 하이버리의 아가씨들은 갑자기 무시무시한 일이 일어나기 전에 그랬듯이 다시 안전하게 산책했고, 오래지 않아 그 사건은 거의 중요하지 않은 문제로 차차 잊혔지만, 엠마와 그녀의 조카들에게는 그렇지 않았다. 그 사건은 그녀의 상상에 뿌리를 내렸고, 헨리와 존은 여전히 해리엇과 그 집시들의 이야기를 매일 물어보면서 엠마가 처음에 들려준 이야기와 조금이라도 다르게 얘기하면 끈질기게 틀린 것을 바로잡곤 했다.

제4장

이 예사롭지 않은 사건이 일어나고 며칠 지난 어느 아침에 해리엇은 조그만 꾸러미를 들고 엠마를 찾아왔고, 망설이면서 이야기를 꺼냈다.

「우드하우스 양, 지금 한가하시면 말씀드리고 싶은 것이 있어요. 일종의 고백이에요. 그러고 나면, 다 끝날 거예요.」

엠마는 깜짝 놀랐지만 말해 보라고 청했다. 해리엇의 말뿐 아니라 태도가 무척 진지했기에 엠마는 심상치 않은 일을 예상했다.

「이 문제에 대해서 당신에게 숨김없이 말씀드리는 것이 제 의무이고, 제가 바라는 일이라고 믿어요. 다행히도 제가 한 부분에서 완전히 달라졌기 때문에 마땅히 그 점을 알려 드려야겠지요. 꼭 필요한 것만 말씀드리겠어요. 제가 깊이 빠져들었던 일이 너무 부끄러워요. 제 말씀을 이해하시겠지요.」

「그래, 이해해.」 엠마가 말했다.

「어떻게 그리 오랫동안 터무니없는 공상에 빠져 있었을까요!……」 해리엇이 큰 소리로 열렬하게 말했다. 「제정신이 아니었던 것 같아요. 이제는 그분에게서 특별한 점을 전혀 볼 수 없으니까요. 그분을 마주치든지 말든지 전혀 상관없어요. 마주치지 않는 편이 더 낫겠다는 것만 빼고요. 그리고 정말이지, 그분을 피하기 위해서라면 아주 먼 거리라도 돌아갈 거예요. 그분의 아내가 조금도 부럽지 않아요. 전처럼 그녀에 대해서 경탄하지도 않고, 부러워하지도 않아요. 그녀가 매우 매력적이라거나 그런 말을 할 수는 있겠죠. 하지만 그녀는 성질이 몹시 나쁘고 불쾌한 사람이라고 생각해요. 전날 밤에 보았던 그 부인의 표정을 절대로 잊지 못할 거예요! 하지만, 정말이지 그 부인에게 나쁜 일이 있기를 바라는 건 아니에요. 아뇨, 두 분이 함께 늘 행복하게 사시라고 하죠. 그래도 저는 한순간도 고통스럽지 않을 거예요. 제 말이 진실이라는 것을 알려 드리기 위해서 이제 이것들을 없애 버리려고 해요. 오래전에 없애야 했던 것들이죠. 갖고 있지 않았어야 하는 것이고요. 이제는 그걸 아주 잘 알겠어요. (이렇게 말하면서 얼굴을 붉히며) 하지만 이제 다 없애 버리겠어요. 제가 정신을 차렸다는 것을 당신이 알 수 있도록 특별히 당신 앞에서 이것들을 없애고 싶어요. 이 꾸러미에 무엇이 있는지 짐작하실 수 없으세요?」 그녀는 겸연쩍은 표정으로 말했다.

「전혀 모르겠어. 그가 혹시 네게 선물을 준 적이 있었어?」

「아뇨, 이것들은 선물이라고 부를 수 없어요. 하지만 제가 무척 소중히 여겼던 것들이에요.」

그녀는 꾸러미를 앞으로 내밀었고, 엠마는 〈가장 소중한 보물〉이라고 적힌 글자를 보았다. 엠마의 호기심이 일었다. 해리엇은 꾸러미를 풀었고, 그녀는 조급하게 바라보았다. 꾸러미 안에는 은색 종이들이 잔뜩 들어 있는 가운데 예쁘장하고 작은 장식용 나무 상자가 있었고, 해리엇은 그 상자를 열었다. 그 가장자리에 부드러운 목화솜이 둘러져 있었지만 그걸 제외하면 조그만 반창고 조각밖에 보이지 않았다.

「이제, 기억나시겠지요?」 해리엇이 말했다.

「아니, 정말이지 모르겠어.」

「맙소사! 바로 이 방에서 반창고 때문에 일어났던 일을 잊으실 줄은 몰랐어요. 이 방에서 마지막으로 만났던 때 말이에요! 제가 심한 목감기에 걸리기 바로 며칠 전이었어요. 존 나이틀리 씨 부부가 오시기 직전에요. 제 생각에는 바로 그날 저녁에 그분이 당신의 새 주머니칼로 손가락을 베었던 것을 기억하지 못하세요? 당신이 반창고를 붙이라고 권하셨죠? 그런데 당신에게 반창고가 없었고 제게 있다는 것을 아셨기 때문에 저더러 드리라고 하셨죠. 그래서 제 반창고를 가져다가 한 조각을 잘라 드렸어요. 그런데 그것이 너무 커서 그분이 더 작게 잘라서는 남은 조각을 얼마간 만지작거리다가 제게 주셨어요. 그때 그 어리석은 생각에 저는 그것을 소중히 간직하지 않을 수 없었어요. 그래서 그것을 절대 사용하는 일이 없도록 따로 보관하고는 이따금 특별한 기쁨을 느끼며 바라보았어요.」

「사랑하는 해리엇!」 엠마는 얼굴을 손으로 가리고 벌떡 일어서며 큰 소리로 말했다. 「정말 견딜 수 없이 부끄럽게 만드는구나. 그걸 기억하느냐고? 그래, 이제 모두 다 기억나. 네가 이 기념품을 간직한 것만 빼고 말이지. 지금까지 그건 전혀 몰랐어. 하지만 손가락을 베고, 내가 반창고를 붙이라고 말하고, 내게 반창고가 없다고 말했던 일! 아, 다 내 잘못이었어! 내 주머니에 반창고가 잔뜩 있었는데! 내 어리석은 속임수 중 하나였어! 난 평생 얼굴을 붉히고 살아야 마땅해. 그런

데 (다시 자리에 앉으며) 계속 얘기해 봐. 다른 것은?」

「그런데 정말로 반창고를 갖고 계셨단 말씀이세요? 저는 그런 줄 몰랐어요. 당신이 너무나 자연스럽게 행동했거든요.」

「그래, 너는 정말로 그를 위해서 이 반창고 조각을 간직했단 말이지!」 수치심에서 벗어나며 엠마는 놀라움과 재미를 반반씩 느꼈다. 속으로는 자기 말에 이렇게 덧붙였다. 〈맙소사! 내가 혹시라도 프랭크 처칠이 만지작거린 반창고 조각을 목화솜 안에 간직하려는 생각을 하게 될 때가 있을까! 난 이런 일을 절대로 할 수 없어.〉

「여기 있는 건 더 귀중한 것이에요.」 해리엇이 다시 상자를 보며 말했다. 「제 말은, 더 귀중했다는 뜻이에요. 이것은 한때 실제로 그분의 것이었으니까요. 반창고는 그렇지 않지만요.」

엠마는 더 우월한 이 보물을 열심히 바라보았다. 그것은 닳은 몽당연필로 심이 없는 부분이었다.

「이것은 정말로 그분의 것이었어요.」 해리엇이 말했다. 「어느 날 아침이 생각나지 않으세요? 아니, 기억 못 하실 거예요. 하지만 어느 날 아침에 — 정확한 날짜는 잊었어요 — 어쩌면 그날 저녁 이전의 화요일이나 수요일이었을 거예요. 그분이 수첩에 메모를 하려고 하셨죠. 가문비나무 술에 관해서요. 나이틀리 씨께서 가문비나무 술을 발효하는 방법에 대해서 말씀하셨는데 그분이 받아 적으려고 하셨어요. 그분이 연필을 꺼냈는데, 남은 심이 거의 없어서 다 부러졌죠. 그것으로 안되겠어서 당신이 새 연필을 빌려 드렸어요. 그래서 이 몽당연필이 쓸모없이 탁자 위에 남아 있었죠. 하지만 저는 그걸 눈여겨보고 있다가 용기를 내서 집어 들었고, 그때부터 늘 몸에 지니고 다녔어요.」

「그건 기억해.」엠마가 큰 소리로 말했다. 「완벽하게 기억해. 가문비나무 술에 대한 이야기며 — 아, 그래! — 나이틀리 씨와 내가 그 술을 좋아한다고 말했고, 엘튼 씨는 그걸 좋아하겠다고 작정한 것 같았어. 완벽하게 기억해. 가만, 나이틀리 씨가 바로 여기 서 계셨지. 그렇지 않아? 나이틀리 씨가 바로 여기 서 계셨어.」

「아, 그건 모르겠어요. 기억할 수 없어요. 참 이상한 일이지요. 하지만 기억이 나지 않아요. 엘튼 씨는 여기 앉아 계셨어요. 그건 기억해요. 제가 지금 앉아 있는 바로 이 자리에.」

「그래, 계속 얘기해 봐.」

「아, 이게 전부예요. 더 이상 보여 드리거나 말씀드릴 것이 없어요. 이제 이것 둘 다 불 속에 내던질 거라는 말씀만 빼고는요. 제가 그렇게 하는 걸 봐주시면 좋겠어요.」

「가엾은 해리엇! 이것들을 보물처럼 간직하면서 정말로 행복을 느꼈다고?」

「네, 저는 바보 천치였어요. 하지만 지금은 그것이 정말 부끄러워요. 이것들을 태워 버리면서 그처럼 쉽게 잊을 수 있기를 바라요. 아시다시피, 그분이 결혼한 후에도 기념품을 간직한 제가 잘못이었어요. 잘못이라는 것은 알고 있었지만, 그것들과 헤어지겠다고 결심할 수가 없었어요.」

「하지만 해리엇, 그 반창고를 태울 필요가 있을까? 닳은 몽당연필에 대해서는 아무 말도 하지 않겠어. 하지만 그 반창고는 쓸모가 있잖아.」

「태워 버리면 더 행복할 거예요.」해리엇이 대답했다. 「불쾌하게 보이거든요. 모두 다 태워 버려야겠어요. 자, 이제 사라졌어요. 고맙게도 이제 엘튼 씨는 끝난 거예요.」

〈그럼 처칠 씨는 언제 시작하게 될까?〉엠마는 생각했다.

그 후 오래지 않아 엠마는 이미 시작했다고 믿을 만한 근거를 알게 되었고, 비록 자신이 예측한 바는 없었지만 그 집시들이 해리엇의 운명을 결정지었음이 밝혀지리라고 기대하게 되었다. 그 놀라운 사건이 일어난 지 약 2주일이 지난 후 그들은 서로의 심중을 충분히 이해하게 되었고, 그것도 사전 계획 없이 우연히 그렇게 되었다. 사소한 잡담을 나누다가 엠마는 이렇게 말했다.「자, 해리엇, 네가 결혼할 때면 이러저러한 일을 하라고 충고할 거야.」그러고는 그것에 대해서 더 이상 생각하지 않았지만, 해리엇이 잠시 입을 다물고 있다가 진지한 목소리로 대답했다.「저는 절대로 결혼하지 않을 거예요.」

엠마는 그때서야 그녀를 올려다보았고, 어떤 상황인지를 즉시 깨달았다. 그 문제에 대해서 언급하지 말고 그냥 넘어가야 할지 아닐지에 대해서 한순간 고민하다가 대답했다.

「결혼을 하지 않겠다고! 이건 새로운 결심이구나.」

「하지만 그 결심은 결코 변하지 않을 거예요.」

잠시 망설이다가 엠마가 말했다.「그 결심이 엘튼 씨에 대한 경의에서 비롯된 것이 아니기를 바라.」

「엘튼 씨라고요!」해리엇은 분개한 듯 소리쳤다.「아! 아니에요.」그다음에 간신히 알아들을 수 있게 단어들이 들려왔다.「엘튼 씨보다는 너무나 탁월한 분이에요.」

엠마는 더 한참 동안 심사숙고했다. 더 이상 나아가지 말아야 할까? 그냥 내버려 두고, 아무것도 모르는 척해야 할까? 만일 그런다면 해리엇은 자기를 냉정하다거나 화가 났다고 생각할 것이다. 자기가 완전히 입을 다물어 버린다면, 결국에는 해리엇으로 하여금 너무 많은 이야기를 들어 달라고 요청하게 만들 뿐인지도 모른다. 그리고 자신은 예전처럼 거리낌 없이 속내를 털어놓거나 소망들과 우연한 기회에 대해서 빈번히 솔직하게 언급하는 일은 하지 않겠다고 확고하게 결심했었다. 그녀는 자기가 말하고 싶고 알고자 했던 것을 당장 말하고 알아내는 편이 더 현명하리라고 믿었다. 솔직한 태도가 언제나 최선인 것이다. 그녀는 이런 요청을 받을 때 자신이 어느 정도까지 나아갈 것인지를 이미 결정했었다. 그러므로 자기 두뇌가 현명하게 내린 판단을 신속히 드러내는 편이 두 사람에게 더 안전하리라. 엠마는 이렇게 결심하고서 말했다.

「해리엇, 네 말뜻을 못 알아듣는 척하지 않겠어. 네가 절대로 결혼하지 않겠다고 결심했거나 아니면 그러기를 바라는 것은, 네가 좋아할 사람이 너보다 월등히 높은 분이라서 너를 고려하지 않으리라고 생각하기 때문이겠지. 그렇지 않아?」

「아! 우드하우스 양, 제가 감히 그런 생각을 할 만큼 주제넘지는 않다는 것을 믿어 주세요. 정말이지 제가 그 정도로 정신 나간 것은 아니에요. 다만 멀리서 그분을 흠모하고, 이 세상 누구보다도 탁월한 분을 감사하고 찬탄하고 존경하는 마음으로 생각하는 것이 제게는 큰 기쁨이에요. 그런 감정이 특히나 제게는 매우 적절하고요.」

「네가 그런 감정을 품은 것은 전혀 놀랍지 않은 일이야, 해리엇. 그분이 네게 베풀어 준 도움은 네 마음을 끌기에 충분했으니까.」

「도움이라고요! 그분은 이루 말할 수 없는 큰 은인이세요! 그 일을 떠올리기만 하면, 그리고 제가 그 순간에 느꼈던 감정을 생각하기만 해도……. 그분이 다가오는 것을 보았을 때, 그 고귀한 표정과 그 이전의 제 참담한 심정을 생각해 볼 때……. 완전히 달라졌어요! 한순간에 모든 것이 달라졌어요! 더없이 비참한 마음에서 완벽한 행복으로 바뀌었으니까요.」

「그건 매우 자연스러운 일이야. 자연스럽고, 고귀한 일이야. 그래, 그렇게 감사하는 마음으로 잘 선택했으니 고귀한 일이지. 하지만 그 애정이 운 좋게 잘 풀릴 거라고는 장담할 수 없어. 그리고 그 감정에 빠져들라고 충고하지 않겠어, 해리엇. 그 애정이 보답을 받으리라고는 절대로 장담할 수 없으니까. 네가 무엇을 추구하고 있는지를 생각해 봐. 어쩌면 할 수 있을 때 네 감정을 억누르는 것이 가장 현명한 일일 거야. 어떻든 간에, 그분이 너를 좋아한다고 확신할 수 없다면, 그 감정에 너무 휘둘리지 않도록 해. 그분을 잘 관찰해. 그리고 그분의 행동에 따라서 네 감정을 조절하도록 해. 지금 네게 이런 주의를 주는 것은, 이 문제에 대해서 다시는 네게 말하지 않을 생각이기 때문이야. 나는 절대로 중재하지 않겠다고 결심했거든. 그러니까 이 문제에 대해서 앞으로 나는 아무것도 모르는 거야. 어떤 이름도 우리 입에서 새어 나오지 않도록 하자. 전에 우리는 무척 큰 잘못을 저질렀어. 이제는 신중하게 처신할 거야. 그분은 물론 너보다 훨씬 우월한 분이지. 그러니 매우 심각한 장애나 반대가 있을 거야. 하지만 해리엇, 세상에는 그보다 더 놀라운 일들도 일어났고, 차이가 더 큰 혼사도 있었어. 하지만 너 스스로를 잘 보살피도록 해. 네가 너무 낙관하지 않기를 바라. 그렇지만, 그 일이 어떻게 귀결되더라도, 네가 네 생각을 끌어올려서 그분을 향하는 것은 네 분별력이 훌륭하다는 것을 드러내고 있고, 내가 그 점을 언제나 소중하게 여기리라고 믿어도 좋아.」

해리엇은 말없이 순종적으로 고마워하며 엠마의 손에 키스했다. 엠마는 그 애정이 친구에게 결코 나쁜 일이 아닐 거라고 확신했다. 그 애정은 해리엇의 마음을 고양시키고 세련되게 만들어 줄 것이며, 지위가 낮아질 위험에서 그녀를 지켜 줄 것이다.

제5장

이처럼 계획을 세우고 바라고 묵인하는 상태에서 하트필드는 6월을 맞았다. 하이버리는 6월이 되었어도 큰 변화가 없었다. 여전히 엘튼 부부는 서클링 부부가 방문할 것이며 그들의 대형 사륜마차를 어떻게 이용할 것인지를 얘기하고 있었다. 제인 페어팩스는 아직 할머니의 집에 머물고 있었다. 캠프벨 부부가 아일랜드에서 돌아올 때를 또다시 연기하여 하지가 아니라 8월로 정했으므로, 그녀는 앞으로도 꼬박 두 달을 더 머물 것 같았다. 적어도 그녀가 자기를 도와주려는 엘튼 부인의 행동을 억제할 수 있다면, 자기 뜻과 달리 재촉을 받아서 즐거운 일자리로 떠나는 일이 없다면 말이다.

나이틀리 씨는 그 자신 외에는 아무도 모르는 어떤 이유 때문에 처음부터 프랭크 처칠을 싫어했고, 점점 더 싫어하는 것 같았다. 그는 프랭크가 엠마에게 관심을 보이는 데 뭔가 수상쩍은 점이 있다고 의심을 품게 되었다. 프랭크가 엠마를 얻으려 한다는 것은 의심의 여지가 없어 보였다. 매사에 그 점이 분명히 드러났다. 그 자신이 드러내는 관심과 그의 부친의 암시, 그의 양어머니의 신중한 침묵, 이런 것들이 모두 일치했다. 말과 행동, 신중함이나 경솔함 모두 동일한 사실을 가리키고 있었다. 그러나 모두들 그가 엠마에게 관심을 쏟는다고 생각하고 있고, 엠마 자신은 속으로 그를 해리엇에게 양보하고 있었을 때, 나이틀리 씨는 그가 제인 페어팩스와 불장난을 벌이려 한다는 의심을 품게 되었다. 그는 도무지 그것을 이해할 수 없었다. 하지만 두 사람 사이에는 서로 뭔가를 알고 있는 듯한 기미가 있었고 ─ 그는 적어도 그렇게 생각했다 ─ 그 신사 쪽에서는 흠모하는 징후가 역력했다. 일단 이런 점들을 알아차리자 그것이 무의미한 일이라고는 생각할 수 없었다. 엠마처럼 상상력의 과오를 저지르는 일은 절대 없기를 바랐지만 말이다. 나이틀리 씨가 처음 그런 의심을 품게 되었을 때 엠마는 그 자리에 동석하지 않았었다. 그는 엘튼 부부의 집에서 랜달스 가족 및 제인과 함께 식사를 하고 있었다. 그때 제인 페어팩스를 바라보는 어떤 시선, 한 차례 이상의 시선을 목격했는데, 그 시선은 우드하우스 양을 흠모하는 사람에게는 좀 어울리지 않는 것이었다. 또다시 그들과 어울리게 되었을 때 그는 예전에 본 것을 떠올리고 자세히 관찰하지 않을 수 없었다. 그 관찰이 황혼 녘 난롯가에 앉은 쿠퍼처럼 〈스스로 내가 본 것을 창조하는〉[43] 것이 아니었다면, 프랭크와 제인 사이에 은밀한 호감이나 심지어 은밀한 묵계가 있다는 의심을 더욱 굳히지 않을 수 없었다.

어느 날 정찬 후에 그는 종종 그랬듯이 하트필드에서 저녁 시간을 보내려고 걸어갔다. 엠마와 해리엇이 산책을 나가려는 길이었기에 그는 그들과 함께 걸었고, 돌아오는 길에 더

---

43 윌리엄 쿠퍼William Cowper(1731~1800)의 시집 『임무*The Task*』 (1785) 제4권, 「겨울 저녁」, 1연 290행.

많은 일행과 마주쳤다. 비가 내릴 것 같았기에 마찬가지로 일찌감치 산책하는 편이 좋겠다고 생각했던 웨스턴 부부와 그 아들은 베이츠 양과 조카딸을 우연히 만났던 것이다. 이제 그들은 다 함께 걸었다. 하트필드의 정문에 이르렀을 때 엠마는 아버지가 이런 방문을 특히 반가워하리라는 것을 알고 있었기에 그들 모두에게 안으로 들어가서 아버지와 함께 차를 마시자고 권했다. 랜달스 가족은 즉시 동의했다. 베이츠 양은 아무도 듣지 않는 말을 한참 길게 늘어놓은 다음에 친애하는 우드하우스 양의 고마운 초대를 받아들일 수 있다고 말했다.

그들이 함께 하트필드의 경내로 들어서려는 순간, 페리 씨가 말을 타고 가다가 자기 말에 대해서 잠깐 이야기하고 지나갔다.

「그런데.」 곧 프랭크 처칠이 웨스턴 부인에게 물었다. 「페리 씨가 마차를 마련하려던 계획은 어떻게 되었지요?」

웨스턴 부인이 놀란 얼굴로 대답했다. 「나는 그분에게 그런 계획이 있었는지 몰랐는데.」

「아뇨, 어머니께서 알려 주셨어요. 석 달 전에 그 이야기를 써 보내셨어요.」

「내가 그랬다고! 그럴 리가!」

「정말로 그렇게 하셨어요. 정확히 기억해요. 분명히 곧 일어날 일이라고 말씀하셨어요. 페리 부인이 누군가에게 얘기해 주었는데, 그 일에 대해 무척 기뻐했다고요. 그 부인이 남편을 설득한 덕분에 그렇게 되었다고요. 궂은 날씨에 페리 씨가 왕진을 다니는 것이 건강에 무척 해롭다고 생각했기 때문에 그렇게 설득했었다지요. 이제 기억하시겠어요?」

「정말이지, 이 순간까지 그런 이야기는 들어 본 적도 없었어.」

「전혀 없었다고요! 정말로 없었다고요! 맙소사! 그럼 어떻게 된 일일까요? 그럼 제가 꿈을 꾸었음에 틀림없어요. 하지만 저는 확신하고 있었는데……. 스미스 양, 무척 지친 것 같군요. 빨리 집에 도착하고 싶으시겠어요.」

「이게 무슨 얘기냐? 무슨 일이지?」 웨스턴 씨가 소리쳤다. 「페리와 마차라니? 페리가 마차를 마련할 거라고, 프랭크? 그가 마차를 장만할 여유가 생겼다니 기쁘구나. 그 말을 그에게서 직접 들었겠지?」

「아니요.」 그의 아들이 웃으며 대답했다. 「누구에게서도 듣지 않은 것 같아요. 참 묘한 일이에요! 어머니께서 여러 주 전에 엔스콤에 보내신 편지에서 그 일에 대해 구체적으로 말씀하셨다고 믿고 있었거든요. 하지만 어머니께서는 그런 일을 전혀 들어 본 적이 없다고 하시니까, 제가 꿈을 꾼 것이 틀림없어요. 저는 꿈을 많이 꾸거든요. 떠나 있을 때는 하이버리의 주민들 모두에 대해서 꿈을 꿉니다. 각별한 벗들에 대한 꿈을 꾸고 나면 그다음에 페리 씨 부부에 대해서 꿈꾸기 시작하지요.」

「하지만 이상한 일이구나.」 그의 아버지가 말했다. 「네가 엔스콤에서 그리 생각할 것 같지 않은 사람들에 대해서 그렇게 조리 있는 꿈을 꾸다니 말이야! 페리가 마차를 장만한다고! 게다가 그의 아내가 그의 건강을 염려해서 그렇게 하도록 설득했다고! 물론 언젠가는 일어날 일이지. 다만 좀 시기상조일 뿐이야. 때로는 실현될 듯이 보이는 일들이 꿈속에서 떠다니곤 하지! 다른 때에는 허무맹랑한 것투성이고 말이야! 자, 프랭크, 이 꿈은 네가 떠나 있을 때도 늘 하이버리를 생각한다는 것을 분명히 알려 주는 거야. 엠마, 당신도 꿈을 많이 꾸는 편이겠지?」

엠마는 그 말을 듣지 못했다. 손님들보다 먼저 들어가서 아버지에게 그들의 방문을 알려야 했기에 웨스턴 씨의 말이 들리지 않는 곳에 있었다.

「저, 솔직히 말하자면……」 지난 2분간 말을 하려고 부질없이 애를 썼던 베이츠 양이 큰 소리로 말했다.「이 문제에 대해서 말하자면, 의심할 바 없이 프랭크 처칠 씨는 아마도……. 꿈을 꾼 게 아닐 거라고 말할 생각은 없어요. 저도 때로 희한한 꿈을 꾸니까요. 하지만 이 일에 대해서 누가 물어본다면, 지난봄에 그런 이야기가 실제로 있었다고 인정해야겠어요. 페리 부인이 직접 어머님께 말씀하셨고, 우리뿐 아니라 콜 씨 가족도 알고 있었어요. 하지만 그건 완전히 비밀이었죠. 그 외에는 아는 사람이 없었고, 딱 사흘간 생각했던 일이었고요. 페리 부인은 페리 씨가 마차를 장만하기를 무척 바라고 있었는데 남편을 설득했다고 생각했기에 어느 날 기분이 무척 좋아서 어머님을 방문했었어요. 제인, 우리가 집에 도착했을 때 할머니께서 그 이야기를 들려주신 일이 기억나지 않니? 우리가 어디를 산책했는지는 잊었어요. 아마도 랜달스에 갔겠죠. 네, 랜달스였다고 생각해요. 페리 부인은 늘 어머님을 각별히 좋아하셨어요. 사실 제가 알기로는, 어머님을 좋아하지 않는 사람이 없지만요. 그리고 그 이야기를 비밀이라고 어머님께 말씀하셨어요. 물론 우리에게 알려 주시는 거야 괜찮지만, 그 이상 새어 나가면 안 된다고요. 그날부터 여태껏 저는 제가 아는 누구에게도 그 얘기를 하지 않았어요. 물론, 입도 뻥끗하지 않았다고 장담할 수는 없어요. 때로 나도 모르게 어떤 말들이 입에서 튀어나오는 걸 알고 있으니까요. 아시다시피 저는 말이 많잖아요. 좀 수다쟁이죠. 제인과는 달라요. 제인을 닮았으면 좋으련만. 제인은 그 어떤 얘기도 전혀 누설하지 않았다고 장담할 수 있어요. 제인이 어디 있지? 아, 바로 뒤에 있군. 페리 부인이 방문했던 일을 똑똑히 기억해요. 정말이지 특이한 꿈이로군요!」

그들은 현관에 들어서고 있었다. 나이틀리 씨는 베이츠 양보다 먼저 제인을 바라보았다. 당황한 기색을 억누르거나 웃어 버리려는 듯이 보이는 프랭크의 얼굴에서 시선을 돌려 무심결에 제인의 얼굴을 찾았다. 하지만 그녀는 바로 뒤에 서서 고개를 푹 숙이고 숄을 만지작거리고 있었다. 웨스턴 씨가 들어갔고, 다른 두 신사는 그녀가 들어가도록 문간에서 기다렸다. 나이틀리 씨는 프랭크가 그녀와 눈길을 마주치려고 결연히 애쓰고 있다고 생각했다. 프랭크는 그녀를 뚫어지게 바라보는 것 같았다. 하지만 실로 그랬더라도 아무 소용도 없었다. 제인은 아무도 바라보지 않고 그들 사이를 지나서 홀로 들어갔다.

더는 그 꿈에 대해서 언급하거나 설명할 시간이 없었다. 그 일은 그냥 넘어가야 했다. 다른 사람들과 함께 나이틀리 씨는 엠마가 하트필드에 들여놓은 현대식의 큰 원형 탁자 주위에 자리 잡고 앉아야 했다. 그녀의 아버지가 40년간 하루에 두 번씩 음식을 빽빽이 차려 놓고 식사했던 작은 펨브로크[44] 탁자 대신 그 큰 탁자를 들여놓고 아버지로 하여금 그것에 익숙해지도록 설득할 수 있는 사람은 엠마밖에 없었다. 유쾌한 분위기에서 차를 건넸고, 누구도 서둘러 일어설 생각이 없는 것 같았다.

[44] 작은 현수식(탁자 옆에 경첩으로 매달아 접어 내릴 수 있는) 탁자.

475

「우드하우스 양.」 프랭크 처칠이 앉아 있던 곳에서 손을 뻗어 뒤에 있는 탁자를 살펴보고 말했다. 「조카들이 알파벳 상자를 가지고 갔나요? 그것이 여기 있었는데, 어디 있지요? 날이 궂은 저녁 시간이라서 여름보다는 겨울처럼 보내야 할 것 같군요. 어느 날 아침엔가 그 글자들을 가지고 재미있게 놀았지요. 다시 퍼즐 놀이를 하고 싶군요.」

엠마는 그 제안에 즐거워하며 상자를 내놓았고, 탁자 위에 곧 알파벳들이 흩어졌다. 그들 둘과 달리 다른 사람들은 그 놀이를 할 마음이 없는 것 같았다. 그 두 사람은 금세 글자를 만들어 내서 서로에게나 문제를 풀 생각이 있는 다른 이들에게 보여 주었다. 그 게임은 시끄럽지 않았으므로 우드하우스 씨에게 특히 적절했다. 그는 웨스턴 씨가 이따금 도입하는 더욱 활기찬 게임 때문에 종종 괴로웠으므로 지금은 다행스럽게도 가만히 앉아서 그 〈가엾은 어린 소년들〉이 떠난 것을 다 감하고 우울하게 한탄하거나 자기 앞으로 굴러 온 글자를 집어 들고 엠마가 얼마나 아름답게 글씨를 썼는지를 다정하게 언급하는 데 전념할 수 있었다.

프랭크 처칠은 어떤 단어를 페어팩스 양에게 내밀었다. 그녀는 탁자 주위를 살짝 돌아보고는 그 글자를 맞추기 시작했다. 프랭크는 엠마 옆자리에 앉아 있었고, 제인은 그들의 맞은편에 있었다. 그리고 나이틀리 씨는 그들 모두가 보이는 곳에 자리 잡고 있었다. 겉으로는 가급적 관찰하지 않는 듯이 보이면서 될 수 있는 대로 많이 볼 생각이었다. 제인은 그 단어를 알아냈고, 살짝 미소를 지으며 밀어 놓았다. 만일 그 단어를 남들에게 보이지 않도록 다른 알파벳들과 뒤섞어 놓을 생각이었다면 그녀는 탁자 건너편 사람을 볼 것이 아니라 탁자 위를 주시했어야 했다. 그 글자들이 아직 섞이지 않았던 것이다. 그런데 새 단어가 나올 때마다 모두 알아맞히고 싶었지만 아직 하나도 알아내지 못한 해리엇이 즉시 그 글자들을 잡아서 맞추기 시작했다. 그녀는 나이틀리 씨 옆에 앉아 있었고 도와 달라고 청했다. 그 단어는 〈실수〉였다. 해리엇이 기뻐하며 그 단어를 크게 외쳤을 때 제인의 뺨이 붉어졌고, 이로써 그렇지 않았더라면 드러나지 않았을 의미를 그 단어에 부여했다. 나이틀리 씨는 그 단어와 그 꿈을 연결해서 생각했다. 하지만 그것이 어떻게 관련되었을지 도무지 이해할 수 없었다. 그가 좋아하는 그 아가씨의 섬세한 마음과 판단력이 어떻게 이다지도 마비될 수 있을까! 뭔가 복잡하게 연루되어 있음이 분명하다는 걱정이 들었다. 도처에서 부정직한 속임수와 맞닥뜨리는 것 같았다. 이 글자 맞추기는 여자의 호감을 사려는 속임수의 수단에 불과했다. 이 어린애 같은 놀이는 프랭크가 교활한 계략을 숨기려고 선택한 것이었다.

무척 화가 나서 그는 프랭크를 계속 관찰했다. 또한 매우 놀라서 경계하고 불신하는 마음으로 그는 맹목적인 두 사람을 관찰했다. 프랭크는 짧은 단어를 만들어서 교활한 표정으로 점잔을 빼며 엠마에게 주었다. 엠마는 그것을 곧 알아내고는 무척 재밌어했지만, 질책하는 듯이 보이는 게 적절하다고 판단한 것 같았다. 그녀가 〈말도 안 돼요! 부끄러운 줄 아세요!〉라고 말했던 것이다. 그러자 프랭크 처칠이 제인 쪽을 흘끗 쳐다보면서 〈이걸 그녀에게 주겠어요. 그럴까요?〉라고 엠마에게 말했고, 엠마가 웃으면서 열렬히 〈아뇨, 그래서는 안 돼요. 그러지 마세요〉라고 항의하는 소리가 똑똑히 들려왔다.

하지만 그는 그렇게 했다. 아무 감정도 느끼지 않으면서 사랑하는 척하고, 정중하게 대하지 않으면서 호감을 사려는 듯한 이 젊은이는 여자들과 희롱하기를 즐기면서 그 글자를 페어팩스 양에게 내밀었고, 특히나 침착하고 정중한 태도로 그 글자를 맞춰 보라고 요청했다. 이 단어가 무엇일지 몹시 궁금했으므로 나이틀리 씨는 기회가 있을 때마다 그쪽을 재빨리 바라보았고 오래지 않아 그것이 〈딕슨〉이라는 것을 알았다. 그와 마찬가지로 제인 페어팩스도 그 단어를 알아차린 것 같았고, 그렇게 배열된 다섯 글자[45]의 숨은 의미, 보다 깊은 뜻을 더 잘 이해한 모양이었다. 그녀는 화가 난 것이 분명했다. 고개를 들고 자신을 관찰하는 시선이 있음을 알아차리자 유례없이 얼굴을 붉히면서 그녀는 〈이름도 허용이 되는지 몰랐어요〉라고만 말했다. 그러고는 더 화가 난 기색으로 그 글자들을 밀어 버렸고, 더 이상 글자 맞추기를 하지 않겠다고 결심한 듯이 보였다. 그녀는 그렇게 자기를 공격한 사람들로부터 얼굴을 돌리고 이모 쪽을 바라보았다.

「아, 그래 맞아, 얘야.」 제인이 한마디도 말하지 않았지만 베이츠 양은 큰 소리로 말했다. 「나도 막 같은 말을 하려던 참이었어. 돌아갈 시간이 되었지. 저녁이 되어서 할머니께서 우리를 찾으실 거야. 우드하우스 씨, 정말 감사합니다. 안녕히 주무시라고 인사를 드려야겠어요.」

제인이 신속히 움직인 것으로 보아 그 이모의 예상대로 일어날 준비가 되어 있었다. 그녀는 곧장 일어섰고 그 탁자에서 벗어나고 싶어 했다. 하지만 다른 사람들도 움직이고 있었으므로, 그녀는 곧 나올 수 없었다. 또 다른 글자들[46]이 간절하

---

45 Dixon은 다섯 글자로 되어 있다.
46 오스틴 가족의 관습적인 전통에 의하면 그 단어는 용서*pardon*였으리라.

게 그녀 쪽으로 내밀어졌지만 그녀가 살펴보지도 않고 단호하게 치워 버리는 것을 나이틀리 씨는 본 것 같았다. 그녀는 숄을 찾고 있었고 프랭크 처칠도 함께 그것을 찾고 있었다. 점점 어스름이 내려앉았고, 방 안은 혼란스러웠다. 그들이 어떻게 작별했는지 나이틀리 씨는 알 수 없었다.

그는 남들이 다 떠난 뒤에도 하트필드에 남아서 자기가 목격한 것들을 생각했다. 그 생각에 너무 몰두하고 있었기에, 하인들이 불 켜진 촛불을 갖고 들어와서 사물이 잘 보이게 되었을 때 그는 친구로서, 걱정해 주는 벗으로서 엠마에게 넌지시 암시하고, 물어보아야 했다. 그녀가 그토록 위험한 상황에 빠져 있는 것을 보면서 그녀를 구하려고 애쓰지 않을 수는 없었다. 그것은 그의 의무였다.

「자, 엠마.」 그가 말했다. 「당신과 페어팩스 양에게 준 마지막 단어가 왜 그렇게 재미있고 날카로운 공격이었는지 물어봐도 되겠소? 나도 그 단어를 보았는데, 그것이 왜 한 사람에게는 무척 재미있고, 다른 사람에게는 몹시 고통스러울 수 있는지 무척 궁금하니 말이오.」

엠마는 몹시 곤혹스러웠다. 그에게 사실을 설명하는 것은 참을 수 없는 노릇이었다. 비록 자신의 의혹이 해소된 것은 아니었지만, 그 의혹을 다른 사람에게 알려 주었다는 점이 정말로 부끄러웠다.

「아!」 엠마의 당황한 기색이 역력했다. 「아, 아무 뜻도 없었어요. 그저 우리들 사이의 농담이에요.」

「그 농담은 당신과 처칠 씨에게만 국한된 것 같군.」 그는 진지하게 대답했다.

그는 엠마가 대답하기를 바랐지만, 그녀는 아무 말도 하지 않았다. 말을 하기보다는 뭐라도 다른 일에 몰두하려 했다. 그는 의혹에 잠겨 잠시 더 앉아 있었다. 여러 가지 고약한 일들이 그의 머리에 스쳤다. 간섭, 무익한 간섭. 엠마가 당황해하면서 두 사람만의 친밀한 관계를 인정한 것은 그녀가 이미 애정을 약속했음을 알려 주는 것 같았다. 하지만 그는 말할 것이다. 달갑지 않은 간섭으로 어떤 불쾌한 일을 겪더라도 그녀의 안위를 위한 것이라면 그런 위험을 무릅쓰는 것이 그녀에 대한 도리였다. 이런 문제에서 의무를 소홀히 했음을 기억하게 되기보다는 그 무엇에든 맞서야 한다.

「엠마.」 마침내 그는 진지하고 친절한 목소리로 말했다. 「당신은 우리가 이야기한 그 신사와 숙녀의 친분이 어느 정도인지 정확히 알고 있다고 생각해요?」

「프랭크 처칠 씨와 페어팩스 양요? 아, 네, 잘 알고 있어요. 왜 그것을 의심하세요?」

「그가 그녀를 연모하거나 혹은 그녀가 그를 연모한다는 생각이 들 때가 한 번도 없었소?」

「전혀 없었어요!」 그녀는 아주 솔직하고 열렬하게 대답했다. 「한 번도, 단 한 순간도 그런 생각이 든 적이 없었어요. 그런데 당신은 왜 그런 생각을 떠올리셨죠?」

「최근에 그 두 사람 사이에서 애정을 드러내는 조짐을 보았다고 생각했소. 내 생각으로는, 남들에게 보이지 않으려는, 어떤 표정이 담긴 시선 같은 것 말이오.」

「아, 무척 재미있는 이야기군요. 당신이 상상력을 마음대로 발휘할 수 있다니 즐거운 일이에요. 하지만 그래서는 안될 거예요. 당신의 첫 번째 시도를 가로막아서 무척 죄송해요. 하지만 정말이지 그런 상상은 곤란해요. 그 두 사람 사이에 연모하는 마음은 전혀 없어요. 당신의 시선을 끌었던 그 일은 좀 특별한 사정에서 나온 것이었어요. 전혀 다른 성격의 감정이죠. 그걸 정확히 설명할 수는 없어요. 터무니없는 것들이 많이 끼어 있거든요. 하지만 말로 전달할 수 있고 올바로 분별할 수 있는 것은, 그들이 이 세상의 누구보다도 서로에 대한 애정이나 연모와 무관하다는 거예요. 말하자면, 그녀 쪽에서는 그럴 거라고 가정해요. 그리고 그는 분명히 그렇다고 장담할 수 있어요. 그 신사는 무관심하다고 장담하겠어요.」

엠마의 자신 있는 말에 나이틀리 씨는 망설였고, 그녀의 만족감에 그는 입을 다물었다. 그녀는 명랑한 기분이었다. 그러므로 대화를 계속 나누면서 그가 의심을 품게 된 구체적인 경위를 듣고 싶었다. 온갖 표정에 대한 묘사와 어디서, 어떻게, 어떤 상황이 벌어졌는지를 죄다 들었더라면 무척 즐거웠을 것이다. 그러나 그는 그녀만큼 명랑한 기분이 아니었다. 자신이 도움이 될 수 없다는 것을 알았고, 너무나 초조한 기분이었기에 말을 할 수 없었다. 추위를 잘 타는 우드하우스 씨를 위해서 1년 내내 저녁마다 피워 놓는 난롯불로 짜증스러운 기분이 더욱 고조되지 않도록 그는 곧 서둘러 작별했고, 돈웰 애비의 차갑고 고적한 집으로 걸어갔다.

제6장

서클링 씨 부부가 곧 방문하리라는 희망을 오랫동안 품어 온 하이버리 사람들은 그들이 가을이 되어야 올 수 있다는 소식을 안타깝게도 견뎌야 했다. 현재로는 색다른 사람들이 유입되어 그들의 지적 대화를 넓혀 줄 가능성이 전혀 없었다. 매일매일 소식을 나누면서 그들은 얼마간 서클링 씨 부부의 방문에 관한 얘기와 섞여 있던 다른 화제들에 국한될 수밖에 없었다. 가령 매일매일 변화하는 듯한 처칠 부인의 건강 상태에 대한 최근 소식과, 웨스턴 부인의 상태와 같은 이야깃거리 말이다. 웨스턴 부인은, 바라건대, 아이가 태어나면 더욱 행복해질 테고, 그녀의 이웃들도 그 일이 가까워지면서 더욱 행복해질 것이다.

엘튼 부인은 무척 실망했다. 의기양양하게 과시할 수 있는 기회가 미뤄진 것이다. 소개하고 추천하는 일도 모두 기다려야 한다. 계획했던 파티는 여전히 얘기만 무성한 채 미뤄야 했다. 처음에 그녀는 그렇게 생각했다. 그러나 조금 더 생각해 보자 모두 다 미룰 필요는 없다고 확신하게 되었다. 서클링 부부가 오지 않는다고 해서 박스 힐을 둘러보지 못할 이유가 어디 있는가? 가을에 그들과 함께 다시 가면 될 것이다. 그들은 박스 힐에 가기로 결정했었다. 그 소풍 계획은 오랫동안 널리 알려져 있었기에 또 다른 생각을 일으키기도 했다. 엠마는 박스 힐에 가본 적이 없었기에 모두들 구경할 만하다고 찬탄하는 그곳에 가보고 싶었다. 그래서 그녀와 웨스턴 씨는 어느 맑은 날 아침에 그곳으로 마차를 타고 가기로 약속했다. 각별한 벗 두세 명만 더해서 허세를 부리지 않고 조용히 우아하게 나들이를 갈 것이다. 엘튼 부부나 서클링 부부처럼 요란스럽게 준비하고 흔히 그렇듯 먹고 마시고 과시하듯이 소풍가는 것보다 훨씬 더 우월한 방식으로 말이다.

이 점에 대해서 웨스턴 씨와 의견의 일치를 보았기에, 웨스턴 씨가 엘튼 부인에게 언니 부부가 방문하지 않았으므로 두 파티를 합쳐서 함께 가자고 제안했다는 이야기를 들었을 때 엠마는 놀랍기도 하고 불쾌한 기분이 들지 않을 수 없었다. 엘튼 부인이 기꺼이 동의했으므로 엠마가 반대하지만 않는다면 그렇게 하기로 되었다는 것이다. 그런데 엠마가 반감을 갖는 이유는 엘튼 부인을 몹시 싫어한다는 것이었고 그 점에 대해서는 웨스턴 씨가 익히 잘 알고 있었으므로 그 말을 다시 꺼낼 만한 가치가 없었다. 그 이야기를 꺼내려면 웨스턴 씨를 비난하지 않을 수 없고, 그렇게 되면 그의 아내에게 고통을 줄 것이다. 그러므로 엠마는 어떻게 해서든 피하고 싶었을 계획에 동의하지 않을 수 없게 되었다. 그 소풍 계획 때문에 자기가 엘튼 부인의 파티에 끼었다는 수치스러운 말까지 듣게 될 것이다! 어느 모로 생각해 보아도 불쾌했다. 그녀는 꾹꾹 참으면서 겉으로는 동의했지만 속으로는 아무도 못 말리는 웨스턴 씨의 호의적인 성격을 가혹하게 비난했기에 무거운 앙금이 남았다.

「내가 세운 계획을 당신이 인정해 줘서 즐겁소.」 웨스턴 씨가 태평하게 말했다. 「하지만 당신이 그러리라고 생각했었지. 이런 나들이 계획은 사람들의 숫자가 중요하거든. 일행이 많아야 그 나름의 재미가 있으니까. 그런 데다 엘튼 부인은 알고 보면 성격이 좋은 여자라오. 그러니 그녀를 빼놓을 수 없었지.」

엠마는 한마디도 부정하지 않았지만, 속으로는 그 어떤 말에도 동의하지 않았다.

이제 6월 중순이었고, 날씨가 화창했다. 엘튼 부인은 날짜를 정하고 싶어서 안달이었고 웨스턴 씨와 비둘기 파이와 차가운 양고기에 대해서 결정하려 했다. 그러나 바로 그 즈음에 마차를 끌어야 할 말이 다리를 절게 되자 안타깝게도 모든 일이 불확실해지고 말았다. 그 말이 나으려면 몇 주일이 걸릴 수도, 단 며칠이 걸릴 수도 있었다. 그러니 과감히 준비를 할 수도 없었기에 모두들 슬프게도 활기를 잃고 말았다. 엘튼 부인의 재간은 그런 불운에 대해서는 속수무책이었다.

「이건 무척 약 오르는 일 아니에요, 나이틀리?」 그녀가 큰 소리로 말했다. 「답사하기에 딱 좋은 날씨인데! 이렇게 미루면서 실망하다니 정말 불쾌해요. 우리가 뭘 해야 할까요? 이런 식으로 한 해가 흘러가는데 한 일이 아무것도 없다니. 작년 이맘때까지 정말이지 우리는 메이플 그로브에서 킹스 웨스턴까지 즐겁게 답사 여행을 다녔어요.」

「돈웰까지 답사하는 것이 좋겠군요.」 나이틀리 씨가 대답했다. 「그건 말을 타지 않아도 할 수 있으니까. 와서 딸기를 드시지요. 딸기가 금세 익어 가고 있거든요.」

진지한 의도가 없이 말했더라도 나이틀리 씨는 어쩔 수 없이 진지하게 진척시켜야 했다. 그의 제안이 열렬한 환영을 받았던 것이다. 〈아, 제일 마음에 드는 제안이에요〉라는 대답은 말과 태도로 명확히 드러났다. 돈웰은 딸기 밭으로 유명했고, 그것이 초대의 구실이 될 것 같았다. 하지만 실은 구실이 전혀 필요하지 않았다. 그 숙녀에게는 양배추 밭이라도 충분히 유혹적이었을 것이다. 그녀는 그저 어디든지 가고 싶어 했으니까. 그녀는 가겠노라고 거듭거듭 약속했고 ─ 그가 도저히 의심할 수 없을 정도로 되풀이해서 약속했으며 ─ 그 초대가 친밀한 관계를 입증하고 자기에게 특별한 경의를 표하는 것이라고 여기면서 대단히 기뻐했다.

「나에 대해서는 걱정 마세요.」 그녀가 말했다. 「틀림없이 갈 테니까요. 날짜만 정해 주세요. 그러면 가겠어요. 제인 페어팩스를 데리고 가도록 허락해 주시겠죠?」

「부인뿐 아니라 초대하고 싶은 몇 분의 의향을 물어보기 전까지는 날짜를 정할 수 없어요.」

「아, 그런 일은 전부 내게 맡기세요. 내게 백지 위임장을 주기만 하면 돼요. 아시다시피, 나는 후원하는 레이디가 되는 거예요. 그건 내 파티예요. 내가 친구들을 데리고 가겠어요.」

「당신은 엘튼을 데려오기 바랍니다.」 그가 말했다. 「하지만 다른 분들을 초대하는 일로 성가시게 해드릴 수는 없어요.」

「아! 매우 교활한 표정을 짓고 계시는군요. 하지만 생각해 보세요. 당신은 그 권한을 내게 위임하는 걸 겁낼 필요가 없어요. 나는 사람들을 어떻게 골라야 하는지를 모르는 철부지 아가씨가 아니에요. 결혼한 부인에게는 권한을 줘도 안전해요. 그건 내 파티예요. 내게 모든 것을 맡기세요. 내가 당신의 손님을 초대하겠어요.」

「아뇨.」 그는 조용히 대답했다. 「자기가 원하는 사람을 돈 웰에 초대하도록 내가 허락해 줄 수 있는 기혼 여성은 세상에 단 한 사람뿐입니다. 그 여성은⋯⋯.」

「웨스턴 부인이겠지요.」 엘튼 부인은 다소 기분이 상해서 말을 가로막았다.

「아뇨, 나이틀리 부인입니다. 그리고 그녀가 존재할 때까지는 내가 그런 일을 직접 처리할 겁니다.」

「아, 당신은 정말이지 묘한 사람이에요!」 그녀는 자기보다 우선권을 가진 여자가 없다는 사실에 만족해서 소리쳤다. 「당신은 익살꾼이에요. 마음 내키는 대로 말하고요. 정말이지, 익살꾼이에요. 자, 그럼 나는 제인을 데리고 가겠어요. 제인과 그 이모를. 나머지는 당신에게 맡기고요. 난 하트필드 가족을 만나는 데 전혀 반감이 없어요. 망설이지 마세요. 당신이 그들을 좋아한다는 것을 알고 있으니까요.」

「내가 하트필드 가족을 설득할 수 있다면, 당신은 분명 그분들을 만나게 될 겁니다. 그리고 집에 가는 길에 베이츠 양을 방문하겠어요.」

「그럴 필요는 전혀 없어요. 나는 매일 제인을 만나니까요. 하지만 좋을 대로 하세요. 오전에 만나는 파티가 되겠군요, 나이틀리. 아주 간소한 파티가 될 거예요. 나는 큰 보닛을 쓰고 조그만 바구니를 팔에 걸고 오겠어요. 여기, 분홍색 리본이 달린 이 바구니를요. 이보다 더 소박한 것은 없을 거예요. 그리고 제인도 바로 이런 것을 들고 올 거예요. 격식을 차리거나 과시할 것도 전혀 없고, 집시들의 파티와 비슷하죠. 우리는 당신 정원을 거닐고 딸기를 따고 나무 그늘 아래 앉을 거예요. 그 밖에 당신이 제공하고 싶은 것이 있다면 모두 밖에 차려 놓아야겠지요. 그늘진 곳에 식탁을 펼쳐 놓고요. 최대한 자연스럽고 소박하게 말이에요. 당신도 그렇게 생각하지 않아요?」

「꼭 그런 것은 아닙니다. 소박하고 자연스러운 것이란 식당에서 식탁을 차려 놓는 것이라고 생각하니까요. 신사 숙녀의 본성과 소박함을 지키려면, 실내에서 하인들과 가구들이 있는 곳에서 식사를 해야 한다고 생각해요. 정원에서 딸기를 먹다가 싫증 나면, 집 안에 들어와서 차가운 고기를 먹을 수 있을 겁니다.」

「글쎄요, 좋으실 대로 하세요. 다만 식탁에 너무 많이 차려 놓지는 마세요. 그런데 나와 내 가정부의 의견이 도움이 될 수 있을까요? 솔직히 말하세요, 나이틀리. 만일 내가 호지스 부인에게 조언을 하거나 무엇이든 감독하기를 바라신다면…….」

「고맙습니다만, 그런 건 조금도 바라지 않아요.」

「글쎄요, 하지만 좀 어려운 일이 생길 경우에, 우리 가정부는 아주 영리하거든요.」

「틀림없이 우리 집 가정부도 스스로를 그 못지않게 영리하다고 생각할 테고, 그 누구의 도움이라도 퇴짜를 놓을 거라고 장담해요.」

「우리에게 당나귀가 있으면 좋겠어요. 그러면 나와 제인, 베이츠 양은 당나귀들을 타고 가고, 내 카로 스포소는 옆에서 걸어가는 거예요. 정말이지 당나귀를 구입하는 일에 대해서 남편과 상의해 봐야겠어요. 시골에서 생활하는 데는 그것이 필수품이라고 생각하거든요. 아무리 재주가 많은 여자라도 늘 집에 갇혀 있을 수는 없으니까요. 게다가 아주 먼 곳을 산책할 때, 여름에는 먼지가 많고 겨울에는 진창이거든요.」

「돈웰과 하이버리 사이의 길에서는 그 무엇도 볼 수 없을 겁니다. 돈웰 레인에는 먼지가 전혀 없고 지금은 땅이 완전히 말랐어요. 하지만 원한다면 당나귀를 타고 오세요. 콜 부인의 당나귀를 빌릴 수 있을 겁니다. 모든 것이 가급적 부인의 취향에 맞기를 바랍니다.」

「그러실 거라고 믿어요. 실로 당신에 대한 내 평가가 옳았어요. 당신의 태도가 겉으로는 특이하게도 냉담하고 무뚝뚝하지만 그 밑에는 더없이 따뜻한 마음이 있다는 것을 알고 있었거든요. 내가 미스터 E에게 말했듯이, 당신은 진짜 익살맞은 사람이에요. 정말이지, 내 말은 진담이에요, 나이틀리. 나는 이 계획이 나에 대한 당신의 배려라는 것을 아주 잘 알고 있어요. 당신은 내게 기쁨을 주려고 이 계획을 생각해 낸 거죠.」

나이틀리 씨가 그늘진 곳에 식탁을 차리지 않으려고 생각한 데는 또 다른 이유도 있었다. 그는 엠마뿐 아니라 우드하우스 씨도 파티에 참석하도록 설득할 생각이었다. 누구라도 야외에서 식사를 하게 된다면 우드하우스 씨의 마음이 어쩔 수 없이 편치 않으리라는 것을 알고 있었다. 아침에 드라이브를 하고 한두 시간을 돈웰에서 보낸다는 그럴듯한 구실로 우드하우스 씨를 설득해서 초대한 다음 참담한 기분을 느끼게 해서는 안 된다.

그는 진심 어린 마음으로 우드하우스 씨를 초대했다. 뭔가 끔찍한 일을 숨겨 두어서, 남을 잘 믿는 그의 고지식한 마음에 혐오감을 일으켜서는 안 된다. 우드하우스 씨는 동의했다. 돈웰에 가보지 않은 지 2년이나 되었던 것이다. 「날씨가 아주 좋은 날 아침에 나와 엠마, 해리엇이 갈 수 있겠지. 귀여운 아가씨들이 정원에서 거니는 동안 나는 웨스턴 부인과 실내에 가만히 앉아 있을 수 있을 거요. 한낮에는 축축하지 않을 테니까. 그 고택을 다시 보고 싶은 마음이 간절하군. 그리고 웨스턴 부부와 다른 이웃들을 만날 수 있으면 매우 기쁠 거요. 나와 엠마, 그리고 해리엇이 아주 맑은 날 아침에 그곳에 가는 데 반대할 이유는 전혀 없겠소. 나이틀리 씨가 우리들을 초대한 것은 아주 좋은 일이라고 생각해요. 매우 친절하고 분별력이 있는 일이고. 바깥에서 식사하는 것보다야 훨씬 더 현명한 일이지. 나는 야외에서 식사하는 것을 좋아하지 않으니까.」

다행히도 모두들 나이틀리 씨의 초대를 신속히 수락했다. 모두들 그 초대를 흔쾌히 받아들였고, 엘튼 부인이 그랬듯이 그 초대가 자기들에 대한 특별한 존중심을 표하려는 계획이라고 여기는 것 같았다. 엠마와 해리엇은 그 나들이가 매우 즐거울 거라고 말했다. 웨스턴 씨는 요청을 받지 않았는데도 될 수 있으면 프랭크를 데려가겠다고 약속했다. 그런 식의 수락과 의견 표시는 없어도 되었을 것이다. 나이틀리 씨는 그를 만나면 즐겁겠다고 말하지 않을 수 없었다. 웨스턴 씨는 뜸 들이지 않고 곧바로 아들에게 편지를 썼고, 그를 오도록 하기 위해 온갖 말들을 늘어놓았다.

그사이에 절뚝거리던 말이 빨리 나았으므로 다행히도 박스 힐을 답사하려는 파티 계획을 다시 세울 수 있었다. 마침내 돈웰을 방문할 날짜가 정해졌고, 바로 그 이튿날에 박스 힐을 가기로 결정되었다. 날씨가 안성맞춤인 것 같았다.

하지에 가까운 어느 날 아침 화창한 햇살을 받으며 우드하우스 씨는 안전하게 마차에 올랐고, 한쪽 창문을 닫고는 이 나들이에 나섰다. 그리고 그를 위해 아침 내내 난롯불을 피워 두었던 돈웰 애비의 가장 안락한 방에서 아주 편안하게 자리를 잡고는, 편안한 마음으로 어떤 일이 있었는지를 이야기하고 모두에게 너무 더운 곳에 나가 있지 말고 들어와서 앉으라고 충고할 수 있었다. 지친 몸으로 우드하우스 씨와 함께 계속 앉아 있으려고 일부러 걸어온 듯이 보였던 웨스턴 부인은 다른 이들이 설득이나 권유를 받아서 모두 밖에 나가 있는 동안 그의 말을 참을성 있게 들어 주면서 공감을 표했다.

엠마는 돈웰 애비에 와본 지 아주 오래되었으므로 아버지가 편안하다는 것을 확인하자마자 즐거운 마음으로 밖으로 나와서 주위를 둘러보았다. 그녀와 온 가족에게 늘 지대한 관심사인 그 저택과 대지를 더욱 세밀히 관찰하고 보다 정확히 이해하려고 하면서 과거의 기억을 되살리고 바로잡았다.

저택을 바라보면서 엠마는 그 집의 현재 및 미래 주인과의 인척 관계로 인해 으레 정당화될 수 있는 정직한 자부심과 만족감을 한껏 느꼈다. 대단히 크고 훌륭한 양식으로 지어진 건물, 바람을 막아 주는 나지막한 곳에 적절히 어울리도록 자리 잡은 특징적인 위치, 목초지로 이어져 내려간 넓게 펼쳐진 정원 — 목초지 옆에 강이 흐르고 있었지만 예전에는 전망을 고려하지 않았기에 저택에서는 그 강이 거의 보이지 않았다 — 그리고 유행이나 방종한 기분에 따라서 잘라 내지 않은[47] 많은 나무들이 줄지어 늘어선 가로수 길. 그 저택은 하트필드보다 훨씬 더 컸고 전혀 달랐으며, 대지가 더 넓었고 불규칙하게 뻗어 나간 형태로 안락한 방들이 많이 있는 데다 호화로

47 18세기 말과 19세기 초 영국에서는 전통적으로 나무들을 줄지어 심은 방식보다 더 자연스럽게 보이도록 불규칙하게 조경을 가꾸는 방식이 유행했고 따라서 기존의 나무들을 잘라 내기도 했다.

운 방들도 한두 개 있었다. 돈웰 애비는 으레 갖추어야 할 것을 다 갖추고 있었고 유서 깊은 가문의 저택으로 보였다. 엠마는 혈통에 있어서나 분별력에 있어서나 오점 하나 없이 참으로 점잖은 집안의 저택으로서 돈웰 애비에 대한 존중심이 점점 더 커지는 것을 느꼈다. 형부 존 나이틀리에게 기질적인 결함이 약간 있기는 했다. 하지만 이사벨라는 나무랄 데 없는 집안과 인척 관계를 맺은 것이었다. 그 혼인으로 맺어진 사람들이나 가문의 이름, 저택에는 수치심으로 얼굴을 붉힐 것이 조금도 없었다. 이것은 매우 기분 좋은 일이었다. 그녀는 주위를 돌아보면서 그 기분을 만끽하고는 다른 사람들처럼 딸기 밭으로 갔다. 리치몬드에서 곧 도착할 예정인 프랭크 처칠을 제외하고 모두들 그곳에 모여 있었다. 엘튼 부인은 커다란 보닛을 쓰고 바구니를 든 채 행복한 차림새를 모두 갖추고는 일행을 이끌면서 딸기를 따고, 딸기를 받고, 딸기에 대해 말할 준비가 되어 있었다. 오로지 딸기에 대한 생각과 딸기에 대한 이야기뿐이었다. 「영국에서 최고로 좋은 과일이죠. 누구나 좋아하고, 언제나 건강에 좋고, 여기 딸기 밭이 제일 좋고, 제일 훌륭한 종류군요. 직접 딸기를 따는 것이 즐거울 뿐만 아니라 딸기를 제대로 맛있게 먹을 수 있는 유일한 방법이죠. 오전이 분명 제일 좋은 시간이기도 하고, 절대로 지치지도 않고 말이죠. 모든 종류가 다 좋지만 줄기가 큰 종자는 드물고 칠리 종자를 더 좋아하죠. 줄기가 흰 것이 가장 맛이 좋고, 런던의 딸기 값은 ─ 브리스틀 근방에 딸기가 많이 나는데 ─ 메이플 그로브에서는 ─ 경작하고 ─ 품종을 개량할 때 모판에 ─ 정원사들의 생각은 서로 전혀 다른데 일반적인 원칙도 없고 그러면서 자기들 방식을 절대 벗어나려 하지 않고 — 달콤한 과일이긴 한데 맛이 너무 풍부해서 많이 먹을 수는 없고 — 체리보다는 못하고 — 까치밥나무 열매가 훨씬 더 싱싱하죠. 딸기를 딸 때 문제점이라면 몸을 숙여야 하는 것이고 — 햇빛이 이글거리면 — 너무 지쳐서 — 더 이상 견딜 수 없으니 — 가서 그늘에 앉아야겠어요.」

30분간 이런 이야기가 끊이지 않았는데, 양아들을 걱정하면서 그가 도착했는지를 물어보려고 나왔던 웨스턴 부인 때문에 딱 한 번 중단되었을 뿐이다. 부인은 약간 불안해했고, 프랭크의 말이 사고를 낼까 봐 걱정하고 있었다.

그늘에 앉을 만한 곳이 마련되어 있었다. 이제 엠마는 엘튼 부인과 제인 페어팩스가 나누는 이야기를 듣지 않을 수 없었다. 어떤 일자리, 대단히 바람직한 가정 교사 자리에 대한 이야기였다. 엘튼 부인은 바로 이날 아침에 그 소식을 듣고 무척 기뻐하고 있었다. 서클링 부인의 집도, 브래그 부인의 집도 아니었지만, 그 적절함이나 호사스러운 생활에 있어서 오직 그 두 집안에만 미치지 못하는 어떤 집에 관한 이야기였다. 브래그 부인의 사촌으로 서클링 부인도 알고 있는 숙녀의 집이었는데, 그녀는 유쾌하고 매력적이며 최고 상류 사교층에 속하고 신분이나 혈통, 계층, 그 모든 점에서 훌륭했다. 엘튼 부인은 이 제안을 즉시 수락하게 하려고 열을 내고 있었다. 열심히 강조하고 의기양양하게 재촉하면서 그녀는 페어팩스 양의 거절을 절대로 받아들이려 하지 않았다. 페어팩스 양은 예전에 들었던 이유들을 되풀이하면서 현재로는 어떤 일도 받아들이지 않겠다고 계속 말했지만, 엘튼 부인은 다음 날 우편으로 응낙의 답장을 보낼 수 있도록 위임해 달라고 주장했다. 제인이 그런 억지를 대체 어떻게 참을 수 있는지 엠마는 놀라울 뿐이었다. 제인은 화가 난 것 같았고 날카롭게 말했으며, 급기야는 평소와 달리 결단력 있게 행동하면서 자리를 옮기자고 제안했다. 「산책을 하면 어떨까요? 나이틀리 씨께서 정원을, 정원 전체를 보여 주시면 좋겠어요. 저는 전부 다 둘러보고 싶어요.」 그녀는 자기 친구의 끈질긴 외고집을 더는 참을 수 없는 것 같았다.

날이 뜨거웠다. 그들은 두세 명씩 뿔뿔이 흩어져서 정원을 한참 거닐었고 그런 다음에는 자기들도 모르는 사이에 차례로 참피나무들이 줄지어 늘어선 넓고 짧은 가로수 길의 쾌적한 그늘에 들어섰다. 정원 너머로 강으로부터 똑같은 거리를 따라서 뻗어 있는 그 가로수 길은 정원의 끝부분처럼 보였다. 그 길을 따라가면 어디에도 이르지 않았다. 다만 한쪽 끝에 높은 기둥들이 늘어선 나지막한 돌벽 너머로 경치를 구경할 수 있을 뿐이었다. 그 기둥들은 처음에 저택의 입구를 보여 줄 의도로 세워졌던 것 같지만 저택이 그곳에 자리 잡지 않았던 것이다. 그처럼 막혀 버린 가로수 길을 만든 사람들의 취향이 의심스럽기는 했지만 그래도 그것은 그 자체가 매력적인 산책로였고 그 산책로가 끝난 부분에서 보이는 광경은 대단히 아름다웠다. 돈웰 애비는 비탈진 언덕 기슭에 자리 잡고 있었는데, 경내를 넘어서면 점차 비탈의 경사가 심해졌고, 약 반 마일 떨어진 곳에는 상당히 가파르고 장엄하게 보이는 강둑이 숲으로 잘 덮여 있었다. 이 강둑 아래쪽으로 바람을 피할 수 있는 유리한 곳에 애비밀 농장이 자리 잡고 있었고, 그 앞에는 목초지가 펼쳐져 있고 강이 가까이에서 멋지게 주위를 감돌며 흘러가고 있었다.

그것은 아름다운 광경이었고, 눈과 마음에 상쾌한 광경이었다. 영국의 신록, 영국의 경작지, 영국의 즐거운 정경이 화창한 햇살 아래에서 숨이 탁 트이게 펼쳐졌다.

엠마와 웨스턴 씨는 다른 이들이 모두 이 산책로에 모여 있는 것을 보았다. 나이틀리 씨와 해리엇이 다른 사람들과 동떨어져서 이 풍경을 볼 수 있는 곳으로 조용히 길을 이끌어 가는 것이 이내 엠마의 눈에 들어왔다. 나이틀리 씨와 해리엇이라! 그 두 사람이 단둘이 이야기를 나누고 있다니 기묘한 일이었지만, 엠마는 그것을 보고 즐거웠다. 그가 해리엇을 대화 상대로 여기지도 않고 격식도 차리지 않고 그녀에게서 얼굴을 돌렸을 때도 있었으니까. 하지만 지금 그들은 유쾌하게 대화를 나누고 있는 것 같았다. 또한 애비밀 농장이 이렇게나 돋보이는 곳에 해리엇이 서 있는 것을 알았더라면 유감스럽게 느꼈을 때도 있었다. 하지만 지금은 그런 일이 조금도 걱정스럽지 않았다. 풍요롭고 아름답게 보이는 온갖 부속물들이 딸린 그 농장과 비옥한 목장, 여기저기 흩어져 있는 양 떼, 꽃이 만발한 과수원, 가느다랗게 피어오르는 연기를 바라보아도 무사할 것이다. 엠마는 돌벽에 서 있는 그들에게 다가갔고, 그들이 주위를 둘러보기보다는 이야기에 몰두하고 있음을 알았다. 그는 해리엇에게 농경 방식에 대해 알려 주고 있었는데, 엠마를 바라보고 미소를 지으면서 이렇게 말하는 것 같았다. 〈이것들은 내 관심사요. 나는 이런 주제에 대해서 말할 권리가 있소. 로버트 마틴에 대한 얘기를 꺼내려 한다는 의심을 사지 않고 말이오.〉 그녀는 그를 의심하지 않았다. 그 것은 너무나 오래된 이야기였다. 로버트 마틴은 아마도 해리엇을 단념했을 것이다. 그들은 산책로를 따라서 함께 몇 차례 돌았다. 그늘이 무척 상쾌했고, 엠마는 하루 중에서 그때가 가장 즐거웠다고 생각했다.

　그런 다음 그들은 집으로 향했다. 그들 모두 들어가서 식사를 해야 한다. 그래서 모두들 자리에 앉아서 부지런히 식사했다. 프랭크 처칠은 아직도 도착하지 않았다. 웨스턴 부인은 밖을 내다보았지만 허사였다. 그의 아버지는 불안한 마음을 인정하지 않으면서 아내가 쓸데없이 걱정한다고 놀렸지만, 그녀는 프랭크가 그 검은 암말을 타지 않기를 바라지 않을 수 없었다. 프랭크는 반드시 올 거라고 무척 자신 있게 말했었다. 「외숙모님의 상태가 훨씬 좋아지셨기 때문에 틀림없이 그곳에 갈 수 있을 겁니다.」하지만 여러 사람들이 웨스턴 부인에게 말해 주었듯이, 처칠 부인의 상태는 갑작스럽게 달라질 수 있으므로 그 조카가 품은 지극히 온당한 기대를 저버릴 수도 있을 것이다. 그래서 주위의 설득으로 마침내 웨스턴 부인은 처칠 부인의 병세가 갑자기 악화되는 바람에 그가 출발할 수 없었으리라고 믿었고 아니, 그렇게 말했다. 이런 이야기가 오가는 동안 엠마는 해리엇을 바라보았다. 해리엇은 매우 잘 처신했고 아무런 감정도 내비치지 않았다.

　차가운 음식으로 식사를 마친 다음 그 일행은 아직 보지 못한 오래된 애비 연못을 둘러보려고 다시 밖으로 나갔다. 이튿날 베기 시작할 클로버 밭까지 갈 수도 있고, 아니면 어떻든 뜨거운 곳에 나갔다가 들어와서 시원해지는 즐거움을 맛볼 것이다. 우드하우스 씨는 강의 습기가 전혀 올라오지 않으리라고 생각한 정원의 가장 높은 구역을 이미 조금 돌아보았기에 더 이상 움직이려 하지 않았다. 엠마는 아버지와 함께 남아 있기로 했고, 웨스턴 부인은 밖으로 나가서 산책하고 변화를 느끼면서 기분 전환을 하라는 남편의 설득을 따랐다.

나이틀리 씨는 우드하우스 씨를 대접하기 위해서 할 수 있는 것을 다 준비해 놓았었다. 판화가 실린 책들, 메달, 카메오, 산호, 조개껍데기가 들어 있는 서랍들, 캐비닛에 들어 있던 가족들의 온갖 수집품들이 옛 벗을 위해, 오전 시간을 느긋하게 보낼 수 있도록 마련되어 있었다. 그리고 그 친절한 행위는 더없이 큰 도움이 되었다. 우드하우스 씨는 대단히 즐거워했던 것이다. 웨스턴 부인이 그것들을 그에게 보여 주었고, 이제는 그가 그것들을 엠마에게 보여 주고 싶어 했다. 보는 것에 대한 그의 감식력이 전적으로 결핍되어 있다는 것 외에 다른 점에서는 어린아이들과 비슷하지 않다는 것이 다행이었다. 그는 순서대로 천천히, 꾸준히 살펴보려 했다. 하지만 두 번째로 살펴보는 일이 시작되기 전에 엠마는 집의 현관과 1층을 돌아보려고 홀에 들어섰다. 그곳에 들어가자마자 제인 페어팩스가 들어왔다. 그녀는 어디선가 도망쳐 온 듯한 표정으로 급히 정원 쪽에서 들어왔고, 그렇게나 빨리 우드하우스 양을 만나리라고 예상하지 않았기에 처음에는 흠칫 놀랐다. 하지만 그녀가 찾던 사람은 바로 우드하우스 양이었다.

「다른 분들이 나를 찾으시면 집에 갔다고 해주겠어요?」그녀가 말했다. 「지금 갈 거예요. 시간이 많이 지났고 우리가 집을 오래 비운 것을 이모님께서는 알지 못하세요. 하지만 할머니께서 우리를 기다리실 거예요. 그래서 곧장 가려고 결심했어요. 아무에게도 말하지 않았어요. 공연히 소동만 일으키고 폐를 끼칠 테니까요. 몇 분은 연못에 가셨고, 몇 분은 참피나무 산책로로 가셨어요. 모두들 들어오실 때까지 내가 없는 것을 모르실 거예요. 그분들이 나를 찾으실 때 이미 돌아갔다고 전해 주겠어요?」

「물론이죠. 그러기를 바란다면. 하지만 하이버리까지 혼자서 걸어갈 생각은 아니겠죠?」

「그럴 거예요. 해로울 일이 전혀 없어요. 나는 걸음이 빠르거든요. 20분이면 집에 도착할 거예요.」

「그래도 사실 혼자서 걷기에는 너무 먼 거리예요. 우리 아버지의 하인과 함께 가세요. 마차를 부를게요. 5분이면 마차가 올 거예요.」

「고마워요. 고맙습니다. 하지만 아니에요. 걷는 편이 더 좋아요. 그리고 내가 혼자 걷는 것을 겁낸다고요! 내가, 이제 곧 다른 사람들을 지켜 줘야 할 사람이!」

그녀는 무척 흥분한 상태였고, 엠마는 깊은 동정심을 느끼며 대답했다. 「그렇다고 해서 당신이 지금 위험하게 햇볕을 쐬어야 할 이유는 없어요. 마차를 불러야 해요. 이 열기도 위험할 수 있으니까요. 당신은 이미 지쳤어요.」

「나는……」 그녀가 대답했다. 「난 지쳤어요. 하지만 그런 종류의 피로는 아니에요. 재빨리 걸으면 상쾌해질 거예요. 우드하우스 양, 때로 정신이 지치는 상태가 어떤 것인지 우리 모두 알고 있어요. 솔직히 말하면, 기진맥진해졌어요. 당신이 내게 베풀어 줄 수 있는 가장 큰 친절은 내가 마음대로 하도록 내버려 두고, 필요할 때 내가 갔다고 말해 주는 거예요.」

엠마는 더 이상 반대할 수 없었다. 그녀는 그 모든 것을 알아차렸다. 제인의 감정에 공감하면서 그녀가 곧장 집을 나서도록 해주고 그녀가 안전하게 떠나는 것을 열성적인 벗처럼 지켜보았다. 제인은 고마운 표정으로 바라보았고, 작별하면서 말했다. 「아, 우드하우스 양, 때로 혼자 있는 것이 얼마나 큰 위안이 되는지!」 이 말은 지나친 부담을 안고 있는 그녀의 마음에서 터져 나온 것 같았고, 자기를 가장 사랑하는 사람들에 대해서도 그녀가 끊임없이 발휘해야 하는 인내심을 말해주는 것 같았다.

「정말이지 그런 집에다, 그런 이모가 있으니!」 엠마는 다시 홀로 돌아오면서 말했다. 「난 당신을 동정해. 당신이 그 끔찍하게 혐오스러운 것들에 대해서 당연히 느낄 감정을 더 많이 드러낼수록 나는 당신을 더 좋아할 거야.」

제인이 나간 지 15분도 채 지나지 않았고 그들이 고작 베니스에 있는 성 마르코 성당의 그림을 몇 장 보았을 때 프랭크 처칠이 방에 들어섰다. 엠마는 그를 전혀 생각하지 않았고 그를 생각해야 한다는 점도 잊고 있었지만, 그래도 그를 보아서 매우 반가웠다. 웨스턴 부인이 마음을 놓을 것이다. 그 검은 암말 때문이 아니었다. 처칠 부인 때문이라고 말한 사람들의 의견이 옳았다. 숙모의 병세가 잠시 악화되는 바람에 지체되었던 것이다. 신경 발작이 몇 시간 이어졌고, 그래서 오려는 생각을 거의 포기했었다. 말을 타고 오면 얼마나 무더울지, 그리고 아무리 서둘러도 늦게야 도착하리라는 것을 알았더라면 오지 않았을 것이다. 사방에서 열기가 불을 뿜었고, 이런 더위는 생전 처음이었다. 그래서 차라리 집에 있었더라면 좋았을 거라고 생각했다. 열기처럼 견디지 못하는 것도 없었고, 추운 것은 얼마든지 참을 수 있지만 더위는 참을 수 없었다. 그는 몹시 통탄스러운 표정으로 우드하우스 씨의 난로에 남아 있는 깜부기불마저 피하려는 듯 되도록 멀리 앉았다.

「가만히 앉아 있으면 곧 시원해질 거예요.」 엠마가 말했다.

「시원해지자마자 다시 돌아가야겠지요. 제가 없으면 안 될 테니까요. 제가 출발하려고 할 때 그 점을 무척 강조하셨거든요! 당신들 모두 곧 돌아가시겠지요. 파티가 끝날 테니까요. 오는 길에 한 사람을 만났어요. 이런 날씨에 걸어가다니 정신 나간 짓이지요. 순전히 정신 나간 일이었어요!」

엠마는 그의 말을 듣고 그를 바라보면서, 프랭크 처칠이 극히 짜증스러운 기분이라는 표현으로 가장 잘 묘사할 수 있는 상태임을 곧 알아차렸다. 어떤 사람들은 날이 더울 때 늘 화를 낸다. 그도 그런 기질을 갖고 있는 것이다. 그런 일시적인 불만을 해소하는 데 먹고 마시는 것이 가끔 도움이 될 수 있음을 알고 있었으므로 그녀는 그에게 음식을 먹으라고 권했다. 식당에 많은 음식이 차려져 있을 것이다. 그러고는 친절하게도 식당 문을 가리켰다.

「아뇨, 먹지 않을 겁니다. 배가 고프지 않으니까요. 더 더울 거예요.」 하지만 2분이 지나자 그는 자기에게 유익한 쪽으로 생각을 바꾸고는 가문비나무 술에 대해서 뭐라고 중얼거리더니 걸어갔다. 엠마는 아버지에게로 관심을 돌리면서 속으로 중얼거렸다.

〈저 사람을 더 이상 사랑하지 않아서 참 다행이야. 아침나절이 덥다고 저렇게 쉽게 짜증을 내는 사람이라면 좋아할 수 없을 테니까. 해리엇은 상냥하고 느긋하니까 저런 성격을 개의치 않겠지.〉

그는 편안히 마음껏 식사할 수 있을 정도로 오래 있었고 훨씬 나아져서 꽤 차분한 상태로 돌아왔다. 예전처럼 기분 좋은 태도로 그들 옆에 의자를 끌어와 앉아서는 그들이 하는 일에 관심을 기울이고, 자신이 너무 늦게 도착한 것을 온당한 태도로 유감스러워할 수 있었다. 기분이 썩 좋은 상태는 아니었지만 나아지려고 노력하는 것 같았고, 마침내 매우 유쾌하게 실없는 소리도 할 수 있었다. 그들은 스위스의 경치를 보고 있었다.

「외숙모님이 건강해지시면 곧 저는 외국에 갈 거예요.」 그가 말했다. 「이런 곳들을 몇 군데 돌아볼 때까지는 마음이 결코 느긋해지지 않을 거예요. 당신에게 이따금 제 스케치나 여행기, 아니면 시를 보내 드리겠어요. 나 자신을 드러낼 수 있는 뭔가를 할 거예요.」

「그럴 수 있겠지요. 하지만 스위스의 스케치는 안 될 거예요. 당신은 스위스에 가지 못할 테니까요. 외숙부님 부부께서 당신이 영국을 떠나는 것을 절대 허락하지 않으실 거예요.」

「함께 가시자고 권유할 수 있겠죠. 외숙모님께서 따뜻한 지역으로 가라는 처방을 받으실지도 모르지요. 저는 우리 모두 외국에 갈 거라는 기대를 잔뜩 품고 있어요. 바로 오늘 아침에 곧 외국으로 가리라는 강한 확신을 느꼈거든요. 저는 여행을 해야겠어요. 아무것도 하지 않고 사는 데 싫증이 났거든요. 제게는 변화가 필요해요. 진담입니다, 우드하우스 양. 당신이 예리한 눈으로 꿰뚫어 보시면서 어떤 상상을 하시더라도 말이지요. 저는 영국이 지긋지긋해요. 할 수만 있다면 당장 내일이라도 떠날 거예요.」

「유복한 처지와 마음대로 방종하게 생활하는 데 싫증이 난 것이겠죠. 스스로에게 어려운 일을 만들어서 자족한 마음으로 머물 수 없을까요?」

「제가 유복한 처지와 방종한 생활에 싫증이 났다고요! 그건 전적으로 잘못 아시는 거예요. 저는 저 자신이 부유하다고도, 방종하다고도 생각하지 않아요. 물질적인 면에서는 완전히 가로막혀 있어요. 저는 스스로를 운이 좋은 사람이라고 전혀 생각하지 않습니다.」

「하지만 당신이 처음 도착했을 때처럼 그렇게 가련한 상태는 아니에요. 가서 조금 더 먹고 마시세요. 그러면 아주 좋아질 거예요. 차가운 고기 한 조각하고 마데이라 백포도주 한 잔과 물을 더 드시면 당신은 우리와 거의 같은 상태가 될 거예요.」

「아뇨, 일어서지 않겠어요. 당신 옆에 앉아 있을 겁니다. 당신이 제게 가장 좋은 치료제입니다.」

「우리는 내일 박스 힐에 갈 거예요. 우리와 함께 가시겠지요. 스위스는 아니지만 변화를 무척 원하는 젊은이에게 약간 도움이 될 거예요. 여기 머물면서 우리와 함께 가겠지요?」

「아뇨, 그렇게 못 할 겁니다. 저녁에 선선해지면 집으로 돌아갈 거예요.」

「하지만 내일 아침에 시원할 때 다시 오실 수 있겠지요.」

「아뇨, 그럴 가치가 없을 겁니다. 제가 오더라도 그저 성만 낼 테니까요.」

「그럼 리치몬드에 머물러 계세요.」

「하지만 그렇게 하면 더더욱 화가 날 거예요. 저를 빼고 당신들 모두 그곳에 가는 것을 생각하면 참을 수 없을 테니까요.」

「이건 당신 스스로 결정해야 하는 어려운 문제군요. 화를 어느 정도로 낼 것인지를 선택하세요. 더 이상 재촉하지 않겠어요.」

다른 사람들이 이제 돌아오고 있었고, 곧 모두 다 모였다. 어떤 이들은 프랭크 처칠을 보고 무척 기뻐했고, 다른 이들은 그저 침착하게 받아들였다. 하지만 페어팩스 양이 안 보이는 사정을 설명하자 모두들 불안해하며 걱정했다. 모두들 돌아갈 시간이었기에 그 문제는 곧 마무리되었다. 다음 날의 계획을 최종적으로 간단히 결정한 다음에 그들은 작별했다. 그 파티에 빠지고 싶지 않은 마음이 점점 커졌기에 프랭크 처칠은 작별하면서 엠마에게 이렇게 말했다.

「글쎄, 제가 머물러 있다가 파티에 참석하기를 당신이 바라신다면, 그렇게 하겠어요.」

그녀는 미소를 지으며 그 말을 받아들였다. 리치몬드에서 그를 불러들이지 않는다면 그는 이튿날 저녁까지 돌아가지 않을 것이다.

제7장

　박스 힐에 가기로 예정된 날은 날씨가 무척 화창했다. 계획하고 마차를 준비하고 시간을 잘 지키는 등 겉으로 드러난 갖가지 상황도 즐거운 파티를 예고하는 것 같았다. 웨스턴 씨가 파티 전체를 지휘했고, 하트필드와 목사관의 의견을 무사히 조정했으며, 모두들 적절한 시간에 모였다. 엠마는 해리엇과 함께 마차를 탔고, 베이츠 양과 그 조카딸은 엘튼 가족과 함께 출발했다. 신사들은 말을 타고 달렸다. 웨스턴 부인은 우드하우스 씨와 함께 집에 남았다. 그곳에 도착해서 행복을 느끼는 것 외에는 부족한 점이 하나도 없었다. 즐거움을 기대하면서 7마일을 달렸고, 모두들 처음 도착했을 때는 찬탄의 함성을 질렀다. 하지만 그날의 전반적인 분위기에는 뭔가 모르게 결핍된 것이 있었다. 무기력하고 활기도 부족하고 단합도 부족했으며, 그런 분위기를 끝내 넘어설 수 없었다. 그들은 너무나 작은 소그룹으로 뿔뿔이 흩어졌다. 엘튼 부부는 둘이서 걸었고, 나이틀리 씨는 베이츠 양과 제인을 돌보았으며, 엠마와 해리엇은 프랭크 처칠과 어울렸다. 웨스턴 씨는 그들이 더 잘 어울리도록 애를 썼지만 소용이 없었다. 처음에는 우연히 여러 무리로 나눠진 것 같았다. 하지만 시간이 지나도 별로 달라지지 않았다. 사실 엘튼 부부가 다른 이들과 어울리기를 싫어하고 유쾌하게 굴기 싫어하는 기색을 드러낸 것은 아니었다. 그러나 그 언덕에서 꼬박 두 시간을 보내는 동안 여러 무리들 간에 분리의 원칙이 생겨난 것 같았고 그 원칙이 너무나 확고해서, 아무리 경치가 좋고 함께 모여 점심 식사를 하더라도, 또 웨스턴 씨가 아무리 유쾌하게 말하더라도 그것을 떨쳐 낼 수 없었다.

처음에 엠마는 지루하기 짝이 없었다. 프랭크 처칠이 그렇게나 말이 없고 멍한 상태인 것은 본 적이 없었다. 그는 들어 줄 만한 말을 한마디도 하지 않았고, 바라보기는 했지만 보지 않았으며, 경탄하기는 했지만 아무것도 알지 못했고, 엠마의 말을 듣기는 했어도 무슨 말인지를 알지 못했다. 그가 그렇게 활기 없을 때 해리엇도 마찬가지로 무기력한 것은 놀랄 일이 아니었다. 그들 두 사람을 참아 주기 어려웠다.

모두 자리에 앉았을 때는 조금 나아졌다. 프랭크가 말이 많아지면서 명랑해지고 엠마에게 특별한 관심을 쏟았기에 그녀의 취향에 훨씬 잘 맞았다. 그는 눈에 띄게 온갖 관심을 그녀에게 쏟았다. 그녀를 즐겁게 해주고 그녀에게 유쾌하게 보이려는 것이 그의 온 관심사인 것 같았다. 엠마는 활기를 띠는 것이 즐거웠고 아부를 받는 것이 싫지 않았기에 마찬가지로 명랑하고 태평하게 굴었고, 그가 구애하듯이 행동하는 것을 상냥하게 부추겼고 허락했다. 그들이 처음 만났던 가장 흥미진진했던 시기에 그녀는 그런 구애를 부추겼지만, 이제 그녀가 판단하기에 그것은 아무 의미도 없는 일이었다. 하지만 그들을 바라본 대부분의 사람들의 판단으로는 〈불장난〉 외에 다른 단어로는 묘사할 수 없는 것임에 틀림없었다. 〈프랭크 처칠 씨와 우드하우스 양이 지나치게 불장난을 쳤다.〉 두 사람은 바로 그런 말을 듣도록 행동하고 있었고, 한 숙녀는 메이플 그로브로, 다른 숙녀는 아일랜드로 보내는 편지에 그 말을 적도록 만들고 있었다. 엠마가 명랑하고 경박하게 굴었던 것은 진정으로 즐거웠기 때문이 아니었다. 오히려 기대했던 것보다 기분이 좋지 않기 때문이다. 그녀가 웃은 것은 실망감 때문이었다. 그녀는 그의 관심을 받는 것이 좋았고 그런 관심이 우정이든, 연모이든, 장난기이든 간에 대단히 적절하다고 생각했지만, 그것이 그녀의 마음을 되돌려 놓은 것은 아니었다. 그녀는 그를 여전히 자기의 친구에게 적합한 사람으로 생각했다.

「오늘 여기 오라고 말씀해 주셔서 무척 고맙습니다!」 그가 말했다. 「당신이 아니었다면 이 파티의 기쁨을 전혀 맛보지 못했을 테니까요. 어제 저는 정말로 돌아갈 생각이었어요.」

「네, 당신은 무척 화가 났었지요. 당신이 너무 늦게 도착하는 바람에 가장 좋은 딸기를 먹지 못했다는 것 외에는 무슨 연유인지 모르겠지만. 당신의 행동에 비하면 내가 너무 친절했지요. 하지만 당신은 겸손했어요. 이 파티에 오도록 명령해 달라고 열심히 간청했으니까요.」

「제가 화를 냈다고는 하지 마세요. 저는 지쳤던 거예요. 더위에 압도되었지요.」

「오늘은 더 더운데요.」

「제 느낌에는 그렇지 않아요. 저는 오늘 더없이 편안해요.」

「당신이 억제되고 있어서 편안할 거예요.」

「당신의 억제를 받고 있다고요? 맞아요.」

「내가 당신의 그런 대답을 의도했는지는 모르겠지만, 내 말은 자기 억제를 뜻한 거였어요. 어째서 그런지 몰라도 당신은 어제 도를 넘어섰고, 자기 통제를 벗어났었어요. 하지만 오늘은 다시 돌아왔죠. 그리고 내가 당신과 늘 함께 있을 수는 없으니, 내 억제가 아니라 당신 스스로의 억제에 따라서 기분을 통제하는 것이 최선이겠지요.」

「그건 똑같은 이야기입니다. 저는 어떤 동기가 없으면 스스로를 억제할 수 없어요. 당신이 말을 하건 그렇지 않건 간에 당신은 제게 명령합니다. 그리고 당신은 늘 저와 함께 있을 수 있어요. 당신은 늘 저와 함께 있었어요.」

「어제 3시 이후로 그랬겠지요. 내 지속적인 영향력이란 것이 그 이전에 시작했을 리는 없어요. 그랬더라면 당신은 그 이전에 그렇게 언짢은 기분이 아니었을 테니까요.」

「어제 3시라고요? 그건 당신이 정한 날짜입니다. 저는 당신을 2월에 처음 만났다고 생각했는데요.」

「당신의 아부는 도무지 상대를 할 수 없을 정도군요. 하지만 (목소리를 낮추며) 우리 외에는 아무도 말을 하지 않고 있어요. 침묵하고 있는 일곱 분을 즐겁게 해드리려고 이런 실없는 소리를 하고 있는 건 좀 지나쳐요.」

「저는 부끄럽게 여길 말을 하지 않습니다.」 그는 활기차고 당돌하게 대답했다. 「저는 당신을 2월에 처음 만났어요. 이 언덕에 계신 분들 모두 들을 수 있으면 들으라고 하세요. 제 목소리가 한쪽으로는 마이클엄까지, 다른 쪽으로는 도킹까지 크게 울려 퍼지도록 내버려 두세요. 저는 당신을 2월에 처음 만났어요.」 그러고는 속삭이며 말했다. 「우리의 벗들은 몹시 활기가 없군요. 그들을 일깨우기 위해서 뭘 할까요? 어떤 허튼소리라도 괜찮을 겁니다. 그들이 말을 하도록 만들겠어요. 신사숙녀 여러분, (어디에 계시든지 우리들 사이에 군림하시는) 우드하우스 양의 명령을 받아 말씀드립니다. 우드하우스 양께서는 여러분이 무슨 생각을 하고 계신지를 알고 싶어 하십니다.」

몇몇은 웃으면서 기분 좋게 대답했다. 베이츠 양은 한참 수다를 늘어놓았고, 엘튼 부인은 우드하우스 양이 군림한다는 말에 화가 치밀었다. 나이틀리 씨의 대답이 가장 명료하게 들렸다.

「우드하우스 양이 정말로 우리 모두의 생각을 듣고 싶다는 거요?」

「아, 아니에요.」 엠마는 가급적 태연하게 웃으려 하면서 큰소리로 말했다. 「절대로 그렇지 않아요. 지금 그런 공격을 받는 일은 절대로 하고 싶지 않아요. 모두들 무슨 생각을 하고 있는가보다는 다른 이야기를 듣고 싶어요. 모든 분이라고는 하지 않겠어요. 어쩌면 한두 분의 (웨스턴 씨와 해리엇을 흘끗 바라보며) 생각은 알아도 겁나지 않을 테니까요.」

「나는 남들의 생각을 알아낼 특권이 있다고는 한 번도 생각해 본 적이 없어요.」 엘튼 부인이 힘주어 소리쳤다. 「비록, 파티의 샤프롱으로서 — 나는 어떤 사교계에도 들었던 적이 없고 — 이를테면 답사 여행이나 — 아가씨들 — 결혼한 부인들…….」

그녀는 주로 자기 남편에게 중얼거렸고, 그도 중얼거리며 대답했다.

「맞아요, 여보. 정확히 맞는 말이오. 바로 그렇소. 들어 본 적도 없는 일이지. 그런데 어떤 숙녀들은 못하는 말이 없다니

507

까. 그냥 농담으로 넘기는 게 좋겠소. 당신에게 어떤 대접을 해야 하는지 모두들 알고 있으니까.」

「이래선 안 되겠군요.」 프랭크가 엠마에게 속삭였다. 「저분들이 가장 모욕감을 느끼고 있어요. 다른 말로 저분들을 공격하겠어요. 신사 숙녀 여러분, 우드하우스 양의 명령을 받아 말씀드립니다. 우드하우스 양께서는 여러분이 생각하고 계신 것을 정확히 알 권리를 거부하시고 다만 여러분 각자 대체로 아주 재미있는 이야기를 들려주시기 바라십니다. 저 자신을 (저는 이미 큰 즐거움을 주고 있다고 우드하우스 양께서 기쁘게도 말씀하십니다) 제외하면 여기 일곱 분이 계신데, 여러분 각자 산문이건 운문이건, 독창적인 이야기이건 전해 들은 이야기이건, 대단히 재치 있는 이야기 한 가지나 적당히 재치 있는 이야기 두 가지 혹은 아주 지루한 이야기 세 가지를 들려주기 바라십니다. 우드하우스 양은 그 모든 이야기에 마음껏 웃어 줄 거라고 약속하십니다.」

「아, 좋아요.」 베이츠 양이 큰 소리로 말했다. 「그럼 걱정할 필요가 없겠군요. 〈아주 지루한 이야기 세 가지〉란 말이죠. 내가 입만 열면 지루한 이야기가 세 가지는 틀림없이 나올 테니까요. (모두들 동의할 거라고 명랑하게 믿으면서 주위를 둘러보며) 그럴 거라고 생각하지 않으세요?」

엠마는 참을 수 없었다.

「아, 네, 하지만 좀 어려우실 거예요. 실례지만, 가짓수가 제한되어 있거든요. 한 번에 딱 세 가지뿐이니까요.」

베이츠 양은 격식을 차리는 듯한 엠마의 말투에 속아서 그 말뜻을 금방 알아듣지 못했다. 그러나 그 의미를 깨닫게 되었을 때 화를 내지는 않았지만 약간 얼굴을 붉히면서 그 말에 상처를 입었음을 드러냈다.

「아! 네, 그래요. 무슨 뜻인지 알겠어요. (나이틀리 씨를 바라보면서) 나는 입을 다물고 있도록 애쓰겠어요. 내 말이 무척 불쾌한 게 틀림없어요. 그렇지 않으면 그녀가 오랜 벗에게 그런 말을 하지 않았을 테니까요.」

「그 계획이 마음에 드는군.」 웨스턴 씨가 소리쳤다. 「좋아, 동의하겠어. 최선을 다해야지. 나는 수수께끼를 낼 텐데, 수수께끼는 어떻게 계산할 건가?」

「낮아요. 유감스럽지만 매우 낮습니다.」 그의 아들이 대답했다. 「하지만 처음 하시는 분께는 너그럽게 봐드리지요.」

「아뇨, 아니에요.」 엠마가 말했다. 「그건 낮게 평가되지 않을 거예요. 웨스턴 씨의 수수께끼라면 웨스턴 씨와 그 옆에 계신 분을 면제해 드릴 수 있을 거예요. 자, 들려주세요.」

「대단히 재치 있는 것인지는 모르겠소.」 웨스턴 씨가 말했다. 「너무나 당연한 것이라서 말이지. 그렇지만 바로 이거요. 자, 완벽함을 나타내는 알파벳의 두 글자는 무엇이오?」

「두 글자로 완벽함을 나타낸다고요? 정말 모르겠는데요.」

「아, 너는 절대로 짐작할 수 없을 거야. 그리고 (엠마에게) 당신도 추측할 수 없을 거요. 말해 드리지. M과 A요. 엠-마.[48] 이해하겠소?」

그것을 이해하면서 더불어 만족스러운 기분이 솟아났다. 대수롭지 않은 재치를 부린 수수께끼에 불과했지만 엠마는 무척 많이 웃으며 즐거워했고 프랭크와 해리엇도 그러했다. 그러나 나머지 일행이 다 똑같은 기분을 느낀 것은 아니었다. 몇 명은 멍한 표정이었고, 나이틀리 씨는 침울하게 말했다.

48 Em-ma의 발음은 M과 A를 더한 것이다.

「여기서 원하는 재치 있는 이야기가 어떤 것인지를 잘 알려 주는군. 웨스턴 씨는 아주 잘하셨지만 다른 사람들을 압도하신 것이 틀림없소. 완벽함이란 그렇게 빨리 나와서는 안 되니까.」

「아, 난 빼달라고 해야겠네요.」 엘튼 부인이 말했다. 「나는 정말로 못 하겠어요. 이런 걸 좋아하지도 않고. 내 이름에 관한 글자 퀴즈를 한번 받은 적이 있었는데, 조금도 즐겁지 않았어요. 그걸 누가 보냈는지 알고 있었죠. 불쾌하게도 건방진 애송이였어요! (남편에게 고개를 끄덕이며) 누구를 말하는지 당신은 아시죠. 이런 건 크리스마스에 난롯불 주위에 앉아서 나누는 얘기로나 괜찮죠. 하지만 여름에 시골 경치를 둘러보면서 하는 얘기로는 전혀 맞지 않아요. 우드하우스 양은 나를 빼줘야 해요. 나는 다른 사람들의 구미에 맞게 재치 있는 말을 하는 사람이 아니니까요. 난 재치 있는 사람이라고 주장하지 않아요. 나 나름대로는 발랄한 기지가 많이 있지만, 말할 때와 입을 다물고 있을 때를 나 스스로 판단할 수 있어야 하니까. 괜찮다면 우리는 그냥 빼주세요, 처칠 씨. 미스터 E와 나이틀리, 제인과 나를 빼주세요. 우리는 재치 있는 말을 할 게 없어요. 우리 모두 마찬가지예요.」

「그래그래, 나를 빼주시오.」 그녀의 남편은 의식적으로 조롱하며 말했다. 「나는 우드하우스 양이건 다른 아가씨이건 즐겁게 해줄 말이 없으니까. 기혼 남자는…… 아무 데도 쓸모없는 법이지. 우리 산책을 할까, 오거스타?」

「그래요. 한곳에 오래 앉아 있는 데 정말 지쳤어요. 자, 제인, 내 한쪽 팔을 잡아.」

하지만 제인은 거절했고, 그 남편과 아내는 다른 곳으로 갔다. 「행복한 커플이로군!」 목소리가 들리지 않을 만큼 그들이 멀어지자 프랭크 처칠이 말했다. 「서로 저렇게 잘 맞는다니! 정말 운이 좋아요. 공공장소에서 알게 되어 결혼까지 하게 되다니! 내가 알기로는, 저 부부가 버스에서 서로를 알고 지낸 것이 몇 주일밖에 되지 않았다지요! 특이하게도 운이 좋군요! 버스나 그 밖의 공공장소에서는 사람의 진정한 성격을 알 수 없으니까요. 전혀 알 수 없죠. 여자들에 대해서 조금이라도 공정한 판단을 내릴 수 있으려면 그들의 가정에서, 그들의 가족 사이에서, 늘 있는 그대로의 모습을 봐야 해요. 그렇지 못할 경우에는 그저 짐작과 운에 따를 뿐이죠. 대체로는 불운일 테고요. 잠시의 친분으로 결혼한 남자들 가운데 평생 그것을 한탄한 사람들이 얼마나 많은지!」

자기와 가까운 사람들 가운데서가 아니면 거의 말을 하지 않았던 페어팩스 양이 이제 입을 열었다.

「의심할 바 없이 그런 일들이 일어나지요.」 기침 때문에 그녀의 말이 중단되었다. 프랭크는 몸을 돌려 그녀를 바라보고 귀를 기울였다.

「무슨 말씀을 하시려 했지요?」 그가 침울하게 말했다. 그녀는 목소리를 가다듬었다.

「그런 불행한 상황이 때로 남자들과 여자들에게 일어나기는 하지만 그런 일이 아주 빈번히 일어나는 것은 아니라고 말하려던 참이었어요. 성급하고 경솔하게 애정이 생길 수 있겠지요. 하지만 대개는 얼마 후에 그런 애정에서 벗어날 수 있거든요. 제 말은, 오직 나약하고 우유부단한 사람들만이 (그런 사람들의 행복은 늘 우연에 달려 있겠지요) 불운한 만남을 불편한 억압으로 평생 겪게 되리라는 뜻이에요.」

그는 아무 대답도 하지 않고 그저 바라보면서 고개를 숙여 수긍했을 뿐이었다. 그러고는 곧 좀 더 활기찬 목소리로 말했다.

　「자, 저는 제 판단력을 거의 신뢰할 수 없어요. 그러니 언제든 제가 결혼할 때 누군가 제 아내를 골라 주시면 좋겠어요. (엠마를 바라보며) 당신이 해주시겠어요? 제 아내를 골라 주시겠어요? 당신이 선택해 준 사람이라면 누구라도 틀림없이 제 마음에 들 겁니다. 아시다시피, 당신이 (자기 아버지에게 미소를 지으며) 가족을 마련해 주셨죠. 저를 위해서도 누군가를 찾아 주세요. 저는 조금도 급하지 않아요. 그녀를 골라서 교육시켜 주세요.」

　「그리고 그녀를 저처럼 만들고요?」

　「가능하다면 그렇게 해주세요.」

　「좋아요. 그 임무를 맡을게요. 당신은 매력적인 아내를 얻게 될 거예요.」

　「그녀는 무척 발랄하고 눈동자는 담갈색이어야 해요. 다른 것은 상관하지 않겠어요. 저는 2년간 외국에 가 있을 거예요. 그리고 돌아오면 아내를 찾으러 당신에게 가겠어요. 잊지 마세요.」

　엠마가 그것을 잊을 위험은 전혀 없었다. 그것은 온갖 소중한 감정과 관련된 임무였다. 그렇게 묘사된 여자가 바로 해리엇 아닐까? 담갈색의 눈만 제외하면, 앞으로 2년 후 해리엇은 그가 바라는 모습을 모두 갖출 것이다. 그는 그 순간 해리엇을 염두에 두고 있을지도 모른다. 누가 알 수 있겠는가? 교육 운운한 것도 그 점을 암시하는 것 같았다.

　「자, 이모님.」 제인이 이모에게 말했다. 「엘튼 부인을 따라

갈까요?」

「너만 좋다면, 얘야, 기꺼이 그렇게 하마. 난 준비가 되었
단다. 아까 그 부인과 함께 갈 생각이었는데, 이렇게 해도 괜
찮아. 부인을 곧 따라잡을 수 있을 테니까. 저기 부인이 계시
는군. 아니, 다른 사람이네. 마차를 타고 온 아일랜드 일행 중
한 숙녀로구나. 엘튼 부인과 전혀 닮지 않았어. 가만있자, 내
생각으로는…….」

그들은 걸어갔고, 1분도 안 되어 나이틀리 씨도 따라갔다.
웨스턴 씨와 그의 아들, 엠마, 해리엇만 남았다. 그 젊은이의
명랑한 기분은 이제 불쾌할 정도로 고조되었다. 결국에는 엠
마도 그의 아부와 떠들썩한 얘기에 싫증이 났고, 다른 사람들
과 조용히 걷거나 아니면 주목받지 않고 혼자 앉아서 저 아래
펼쳐진 아름다운 광경을 평온하게 관찰하고 싶었다. 마차가
준비되었음을 알려 주려고 그들을 찾으러 온 하인들을 보니
차라리 반가운 심정이었다. 사람들이 모이고 출발 준비로 소
란스러운 것이나 엘튼 부인이 자기 마차를 제일 먼저 오게 하
려고 안달한 것도 이제 조용히 집에 돌아가기를 기대하면서
기꺼이 참을 수 있었다. 이 즐거운 날의 수상쩍은 기쁨은 곧
끝날 것이다. 다시는 이처럼 서로 어울리지 않는 여러 사람들
이 뒤섞이는 모임에 어쩔 수 없이 끼도록 배신당하는 일이 없
기를 바랐다.

마차를 기다리며 서 있는 동안에 엠마는 자기에게 다가오
고 있는 나이틀리 씨를 보았다. 그는 가까이에 아무도 없는지
를 확인하려는 듯 주위를 한번 돌아보더니 말을 꺼냈다.

「엠마, 내가 전부터 늘 그래 왔듯이 그런 식으로 한 번 더
당신에게 말해야겠소. 어쩌면 이 특권을 당신이 허락해 줬다

기보다는 참아 주었지만, 그래도 그 특권을 다시 누려야겠소. 당신의 그릇된 행동을 보고 항의하지 않을 수 없으니 말이오. 당신은 베이츠 양에게 어찌 그리 냉혹할 수 있소? 그녀 같은 성품과 연배에, 게다가 그런 처지에 있는 분한테 어찌 그런 무례한 말을 재담이라고 할 수 있소? 엠마, 그런 일이 가능할 줄은 생각도 못 했어요.」

엠마는 그 일을 떠올렸고, 유감스러운 마음에 얼굴을 붉혔지만, 웃어넘기려 했다.

「아니, 어떻게 그 말을 하지 않을 수 있어요? 누구라도 그 말을 하지 않을 수 없었을 거예요. 그렇게 나쁜 말은 아니었어요. 그녀는 아마 내 말을 이해하지 못했을 거예요.」

「그녀는 전부 이해했소. 당신 말의 의미를 다 알아들었소. 그 후에 그 이야기를 했으니까. 그녀가 어떻게 말했는지 당신이 들을 수 있었더라면 좋았을 거요. 얼마나 솔직하고 너그럽게 얘기했는지. 자기를 만나는 것이 몹시 넌더리가 날 텐데도 당신과 당신의 부친께서 끊임없이 관심을 베풀어 주셨고 당신이 인내심을 보여 주었다고 칭찬한 말을 들었으면 좋았을 거요.」

「아.」 엠마가 큰 소리로 말했다. 「세상에 베이츠 양보다 더 선량한 사람은 없다는 것을 알고 있어요. 하지만 몹시 불행히도 그녀에게는 좋은 부분과 우스꽝스러운 부분이 섞여 있다는 것을 당신은 인정해야 해요.」

「그 점은 나도 인정해요.」 그가 말했다. 「그리고 만일 그녀가 유복하게 살고 있다면, 우스꽝스러운 부분이 선량한 부분을 때로 압도한다는 것을 다분히 인정할 거요. 그녀에게 재산이 많다면, 해롭지 않은 어리석은 말들이 어떤 기회를 잡아

나오든지 상관하지 않겠소. 당신의 무례한 태도를 문제 삼으면서 당신과 말다툼하지 않을 거요. 만일 그녀가 당신과 동등한 처지라면……. 하지만 엠마, 상황이 전혀 그렇지 않다는 점을 생각해 봐요. 그녀는 가난하고, 안락한 가정에서 태어났지만 점점 영락했소. 노년이 되면 아마 더 초라하게 살아갈 거요. 이러한 상황만으로도 당신은 동정심을 보여야 했소. 그것은 정말이지 나쁜 행동이었소. 그녀는 당신이 아기였을 때부터 보아 왔고, 그녀가 당신에게 관심을 기울여 주는 것이 당신에게 명예나 다름없었을 때부터 당신이 성장하는 것을 지켜보아 왔소. 그런데 이제 경박한 기분에, 순간적인 우쭐한 기분에, 그녀를 비웃고 모욕하다니! 그것도 그녀의 조카딸 앞에서, 그리고 다른 사람들 앞에서 말이오. 그들 중 몇 명은 (틀림없이 어떤 사람은) 당신이 그녀를 대하는 방식에 따라서 태도를 완전히 바꿀 거요. 이건 당신에게도 유쾌하지 않은 일일뿐더러 내게도 전혀 즐겁지 않은 일이오, 엠마. 나는 할 수 있는 동안에는 당신에게 진실을 말해야 하고, 또 말할 거요. 매우 충실한 조언을 하면서 나 스스로 당신의 벗이라는 사실을 입증했다는 데 만족하고, 당신이 언젠가는 지금보다 더 공정하게 나를 평가해 주리라고 믿고 있소.」

　그들은 이렇게 이야기를 나누면서 마차 쪽으로 걸어갔다. 마차가 기다리고 있었다. 그녀가 입을 열기도 전에 그는 그녀의 손을 잡아 마차에 태워 주었다. 그녀가 얼굴을 돌리고 아무 말도 하지 않았던 이유를 그는 오해하고 있었다. 그녀는 그저 스스로에 대한 분노와 수치심, 깊은 우려를 느꼈을 뿐이다. 그녀는 말을 할 수 없었다. 마차에 올랐을 때 감정에 압도되어 잠시 의자에 몸을 푹 파묻었다. 그런 다음에는 작별 인사를 하지 않고 아무 감정도 내색하지 않은 채 분명 부루퉁한 표정으로 헤어진 것을 자책하면서 다른 모습을 보여 주려고 밖을 내다보고 소리를 지르며 손을 흔들었다. 하지만 이미 늦었다. 그는 몸을 돌렸고, 마차는 움직이고 있었다. 그녀는 계속 돌아보았지만 아무 소용도 없었다. 놀랍게도 신속히 마차는 곧 언덕의 절반을 내려갔고, 모든 것을 멀리 뒤에 남겼다. 그녀는 이루 말할 수 없이 화가 났고, 그 감정을 숨길 수도 없었다. 평생 어떤 상황에서도 이렇게 마음이 혼란스럽고, 수치스럽고, 후회스러웠던 적이 없었다. 그녀는 더할 나위 없이 강렬한 충격을 받았다. 그의 말이 진실이라는 것은 의심할 수 없었다. 그녀는 뼈저리게 느꼈다. 어떻게 자신이 베이츠 양에게 그렇게 야만적이고, 그토록 잔인할 수 있었을까! 어떻게 자신이 소중하게 생각하는 사람에게서 그런 나쁜 평가를 받도록 행동할 수 있었을까! 그리고 어떻게 고맙다거나 동의한다는, 혹은 평범한 인사말 한마디도 건네지 않고 그가 가도록 내버려 두었을까!

시간이 지나도 마음이 전혀 편안해지지 않았다. 생각할수록 감정이 더욱 강렬해지는 것 같았다. 엠마는 이렇게 우울했던 적이 없었다. 다행히도 말을 할 필요가 없었다. 옆에 해리엇이 있었지만, 그녀도 기분이 좋지 않은 것 같았고 기진맥진해서 입을 다물고 있으려 했다. 집으로 돌아가는 길 내내 엠마는 뺨에 눈물이 흘러내리는 것을 느꼈다. 좀처럼 눈물을 보이는 일이 없었지만 엠마는 흐르는 눈물을 억제하려고도 하지 않았다.

제8장

저녁 내내 그 참담한 박스 힐 원유회에 대한 생각이 엠마의 뇌리를 떠나지 않았다. 다른 사람들이 그 나들이를 어떻게 생각했을지는 알 수 없었다. 각자의 집에서 각자 다른 방식으로 그때를 돌아보며 즐겁게 생각할 수도 있을 것이다. 그러나 그녀가 생각하기에 그날 오전은 그 어느 때보다도 잘못 보낸 최악의 시간이었고, 그 당시에도 온당한 만족감을 전혀 느끼지 못했을뿐더러 되돌아볼 때 더욱 혐오스러웠다. 그에 비하면 아버지와 주사위 놀이를 하며 보낸 저녁나절은 지극히 행복한 시간이었다. 실로 그런 저녁 시간에는 진정한 기쁨이 있었다. 아버지의 안락을 위해서 하루 중 가장 감미로운 시간을 희생하고 있으며, 아버지의 무조건적인 애정과 철석같은 신뢰가 과분하기는 했지만, 자신의 전반적인 행동이 호된 비난을 받을 이유가 없다고 느꼈기 때문이다. 그녀는 딸자식으로서 자신이 냉정하지 않기를 바랐다. 어느 누구도 〈어떻게 당신은 당신 아버지에게 그토록 냉혹할 수 있소? 나는 할 수 있는 동안에는 진실을 말해야 하고, 또 말할 거요〉라고 말할 수 없기를 바랐다. 베이츠 양에게 다시는 절대로…… 아, 절대로! 만일 앞으로 자상한 관심을 쏟아서 과거의 잘못을 없앨 수 있다면, 용서를 받을 수 있으리라고 기대할 수 있을 것이다. 그녀의 양심은 자신이 과거에 종종 태만했다고 말했다. 아마 실제 행동으로 그랬다기보다는 생각에 있어서 더욱 태만했을 것이며, 비웃고 무례하게 굴었을 것이다. 하지만 앞으로는 그런 일이 없을 것이다. 진심으로 열렬히 뉘우치면서 바로 다음 날 아침에 베이츠 양을 방문할 것이다. 그 방문을 시작으로 앞으로 한결같고 동등하고 다정한 교제를 이어 갈 것이다.

아침이 되어도 그 결심이 여전히 확고했으므로 그녀는 다른 일로 방해받지 않도록 일찌감치 집을 나섰다. 가는 길에 나이틀리 씨를 만날지도 모른다고 생각했다. 아니면 자신이 방문하는 동안에 그가 들어설지도 모른다. 그렇더라도 반감이 들 수는 없었다. 자신의 후회가 너무나 당연하고 올바른 것이므로, 후회하는 모습을 부끄럽게 여기지 않으리라. 걸어가면서 그녀는 돈웰 쪽을 바라보았지만 그의 모습은 보이지 않았다.

「숙녀들께서 모두 집에 계십니다.」 전에는 이 말을 듣고 기뻐한 적이 없었다. 또한 복도에 들어서거나 층계를 올라갈 때도 기쁨을 주겠다는 소망을 품은 적이 없었다. 그저 은혜를 베풀어 준다고 생각했거나, 고맙다는 인사를 받고 나중에 비웃으려고 생각했을 뿐이다.

그녀가 다가갔을 때 큰 소동이 일었다. 부산하게 움직이는 소리와 말소리가 들려왔다. 베이츠 양의 목소리가 들렸고, 뭔가를 급하게 해야 하는 것 같았다. 하녀는 겁이 나고 어색한 표정으로 그녀에게 잠시 기다려 달라고 말했고, 그런 다음에는 너무나 빨리 방으로 안내했다. 그 이모와 제인이 옆방으로 몸을 피하는 것 같았다. 제인의 얼굴이 똑똑히 보였는데 몹시 아픈 것 같았다. 옆방 문이 닫히기도 전에 베이츠 양의 목소리가 들렸다. 「글쎄, 애야, 제발 침대에 누우라고 말해야겠어. 넌 틀림없이 병이 난 거야.」

가엾은 노부인은 평소처럼 예의 바르고 공손했고, 무슨 일이 있는지 잘 모르는 것 같았다.

「제인의 몸이 좋지 않을까 봐 걱정이라오.」 그녀가 말했다. 「하지만 잘 모르겠어. 둘 다 그 애가 건강하다고 말하거든. 내 딸이 곧 나올 거라오, 우드하우스 양. 의자를 찾아서 앉아요. 헤티가 나가지 않았더라면 좋았을걸. 내가 거의 움직일 수가 없어서……. 의자를 찾았다고요? 마음에 드는 자리에 앉았어요? 내 딸이 곧 들어올 거예요.」

그러기를 엠마는 진심으로 바랐다. 베이츠 양이 자신을 피하려 한다는 걱정이 한순간 머리를 스쳤다. 그러나 베이츠 양은 곧 들어왔고, 〈방문해 주어서 무척 기쁘고 고맙다〉고 인사했다. 하지만 예전처럼 유쾌한 수다가 이어지지 않는다는 것을 엠마는 느끼지 않을 수 없었다. 표정이나 태도도 전처럼 편안하지 않았다. 엠마는 페어팩스 양의 안부를 다정하게 물으면서 예전의 감정이 되살아나기를 바랐다. 그 말은 즉시 효과를 미친 것 같았다.

「아, 우드하우스 양, 너무나 친절하세요! 그 소식을 듣고 우리를 축하해 주려고 오셨군요. 하지만 사실 내게는 즐거운 일인 것 같지 않아요. (눈물 한두 방울을 감추면서) 이렇게 오래 제인과 같이 지내고 나서 작별하려면 무척 괴로울 거예요. 제인은 아침 내내 편지를 쓰다가 지금 심한 두통을 앓고 있어요. 캠프벨 대령과 딕슨 부인에게 무척이나 긴 편지를 쓰더라고요. 〈애야, 그러다가 눈이 멀겠다.〉 내가 이렇게 말했죠. 눈에 눈물이 잠시도 마르지 않았으니까요. 놀랄 일도 아니죠. 놀랍지 않은 일이에요. 엄청난 변화니까요. 굉장히 운이 좋기는 하지만 — 일자리를 처음 구하는 젊은 아가씨가 그렇게 훌륭한 자리를 얻은 적은 없을 테니까요 — 그처럼 놀라운 행운에 저희가 고마워할 줄 모른다고는 생각하지 말아 주세요, 우드하우스 양. (다시 눈물을 떨어뜨리며) 하지만 가엾게도! 얼마나 심한 두통을 앓고 있는지 모르실 거예요. 몸이 몹시 아플 때에는 아시다시피 어떤 축복이라도 그 진가를 제대로 느낄 수 없으니까요. 제인은 지금 몹시 풀이 죽어 있어요. 누구라도 그 애를 보면 그 애가 그렇게 좋은 일자리를 얻어서 무척 즐겁고 행복해한다고는 생각할 수 없을 거예요. 그 애가 당신을 만나러 나오지 못하는 것을 용서해 주시겠지요. 그렇게 할 수가 없어서 자기 방으로 들어갔어요. 저는 그 애가 자리에 눕기를 바랐어요. 〈애야, 제발 침대에 누우라고 말해야겠어.〉 이렇게 말했지요. 하지만 눕지 않았답니다. 그 애는 방안을 서성이고 있어요. 그래도 이제 편지를 다 썼으니 곧 괜찮아지겠지요. 당신을 만나지 못해서 몹시 섭섭할 거예요, 우드하우스 양, 하지만 친절한 마음으로 너그러이 봐주시겠지요. 당신을 문간에서 기다리게 해서 정말 부끄러워요. 하지만 좀 정신이 없었어요. 우연히도 노크 소리를 듣지 못했거든요. 당신이 계단을 올라올 때까지 누가 오고 있는지를 몰랐어요. 〈아마 콜 부인일 거야.〉 내가 말했지요. 〈내 말을 믿어. 이렇게 일찍 방문할 사람은 그 부인밖에 없으니까.〉 〈그럼, 언젠가는 견뎌야 할 일이니까 지금이 차라리 낫겠어요.〉 제인이 이렇게 말했죠. 그런데 패티가 들어와서는 당신이 오셨다고 말했어요. 〈아, 우드하우스 양이 오셨어. 틀림없이 너도 만나고 싶겠지.〉 〈저는 누구도 만날 수 없어요.〉 제인이 이렇게 말하더니 일어나서 방으로 들어가려 했어요. 그래서 당신을 기다리게 했던 거예요. 정말 미안하고 부끄러워요. 〈네가 들어가야겠다면 그렇게 해야지, 얘야. 네가 자리에 누워 있다고 말할게.〉」

엠마는 진심으로 걱정되었다. 제인에 대한 마음이 오랫동안 서서히 부드러워졌던 것이다. 현재 그녀가 겪고 있는 고통을 알게 되자 예전의 너그럽지 못한 의심은 다 사라지고 오로지 동정심만 남았다. 그리고 과거에 공정하지 못하고 고상하지 못했던 자신의 감정을 기억하면서, 제인이 콜 부인이나 다른 한결같은 친구들을 만나겠다고 자연스럽게 마음먹을 때라도 자기를 만나는 일은 견딜 수 없으리라는 것을 받아들일 수밖에 없었다. 엠마는 진정으로 느끼는 진지한 후회와 우려를 담아서 말했고, 베이츠 양이 이제 확실히 결정되었다고 말한 상황이 가급적 페어팩스 양에게 유익하고 안락한 것이기를 진심으로 바랐다. 「모두에게 가혹한 시련이겠군요. 저는 캠프벨 대령이 돌아오실 때까지 그 일이 연기되는 줄로 알고 있었어요.」

「너무나 친절하세요!」 베이츠 양이 대답했다. 「하지만 당신은 언제나 친절하시죠.」

그처럼 〈언제나〉라는 말은 참을 수 없었다. 두렵게도 이어질 감사의 말을 피하려고 엠마는 단도직입적으로 물었다.

「페어팩스 양이 어디로 가는지 여쭤 봐도 될까요?」

「스몰리지라는 부인 댁으로 갈 거예요. 매력적이고 더없이 탁월한 그 부인의 어린 세 딸을 돌봐 주러. 귀여운 아이들이지요. 서클링 부인이나 브래그 부인의 집을 제외하면 그 댁보다 더 안락한 곳은 찾을 수 없을 거예요. 스몰리지 부인은 그 두 부인과 친하게 지내고 가까운 이웃에 살고 있어요. 메이플 그로브에서 4마일밖에 떨어지지 않은 곳이죠. 제인은 메이플 그로브에서 딱 4마일 떨어진 곳에서 살 거예요.」

「아마도 페어팩스 양이 엘튼 부인에게 신세를 지게…….」

「네, 우리의 좋은 이웃 엘튼 부인이 그렇게 주선해 주셨어요. 정말이지 지칠 줄 모르는 진정한 벗이죠. 거절을 받아들이지 않으시고, 제인이 〈아니요〉라고 말할 수 없게 하셨어요. 제인은 처음 그 이야기를 들었을 때 (바로 그저께 우리가 돈웰을 방문한 날 아침에) 그 제안을 거절하겠다고 확고하게 결심했었죠. 당신이 언급하신 바로 그 이유 때문에요. 말씀하신 그대로, 제인은 캠프벨 대령이 돌아오실 때까지 결정을 내리지 않겠다고 마음먹고 있었거든요. 당분간은 어떤 자리가 나더라도 일을 시작하지 않겠다고 말이죠. 그렇게 제인은 엘튼 부인에게 거듭 이야기했어요. 그리고 나도 제인이 마음을 바꿀 줄은 정말이지 꿈에도 몰랐어요! 그런데 친절한 엘튼 부인은 언제나 정확한 판단력으로 나보다 훨씬 더 멀리 내다보신 거예요. 그렇게나 친절하게 맞서면서 제인의 대답을 받아들이지 않겠다고 주장할 사람은 많지 않을 거예요. 어제 부인은 제인이 원하는 거절의 답장을 쓰지 않겠다고 분명히 말씀하셨어요. 기다리겠다고요. 그런데 아니나 다를까 어제 저녁에 제인이 그 댁에 가기로 완전히 결정되었어요. 내게는 몹시 놀라운 일이었죠! 전혀 몰랐으니까요! 제인이 엘튼 부인을 한쪽 구석으로 데리고 가서는 곧바로 말했대요. 스몰리지 부인 댁의 유리한 조건을 곰곰이 생각해 보았고 그 일자리를 받아들이기로 결심했다고 말이죠. 그 일이 전부 결정될 때까지 나는 전혀 모르고 있었어요.」

「엊저녁을 엘튼 부인과 함께 보내셨군요.」

「네, 우리 모두요. 엘튼 부인이 오라고 하셨어요. 그 언덕에서 나이틀리 씨와 함께 걷는 동안에 결정되었죠. 〈당신들 모두 우리와 함께 저녁을 보내야 해요.〉 부인이 이렇게 말하셨죠. 〈반드시 당신들 모두 오시게 해야겠어요.〉」

「그럼 나이틀리 씨도 함께 계셨겠군요?」

「아뇨, 나이틀리 씨는 처음부터 거절하셨어요. 엘튼 부인이 그분을 빼드릴 수 없다고 말했기 때문에 오실 줄 알았는데 오시지 않았죠. 어머니와 저, 제인, 이렇게 셋이 목사관에 갔고 아주 즐거운 저녁 시간을 보냈어요. 아침에 나들이를 한 후라서 모두들 약간 지쳐 있었지만 그렇게 친절한 벗들은, 아시다시피, 언제 보더라도 기분이 좋지요, 우드하우스 양. 사실, 즐거움도 사람을 지치게 하지요. 그리고 누구도 대단히 즐거웠던 것처럼 보이지는 않았어요. 하지만 나는 무척 즐거운 나들이였다고 늘 생각할 거예요. 그리고 나를 나들이에 끼워 준 친절한 벗들에게 무척 고맙게 느낄 거예요.」

「모르고 계셨겠지만, 페어팩스 양은 하루 종일 마음을 정하고 있었던 거군요.」

「아마 그랬을 거예요.」

「그때가 언제가 되든지 그 일은 그녀와 그녀의 모든 벗들에게 반갑지 않을 테지요. 하지만 그 일이 가급적 고통스럽지 않도록 매사에 부족한 부분이 없으면 좋겠군요. 그 가족의 성격이나 매너에 있어서 말이지요.」

「고맙습니다, 우드하우스 양. 네, 실로 그 댁에는 제인을 행복하게 해줄 수 있는 여건이 모두 갖춰져 있답니다. 엘튼 부인이 아는 분들 중에서 서클링 가족과 브래그 가족을 제외하면 육아실이 그렇게나 풍요롭고 우아하게 갖춰진 곳이 없답니다. 스몰리지 부인은 무척 쾌활한 분이고요! 생활 방식도 메이플 그로브에 거의 버금가는 데다가 아이들은, 서클링 집안의 아이들과 브래그 집안의 아이들을 제외하면 어디에도 그렇게 훌륭하고 귀여운 아이들이 없답니다. 제인은 존중을 받고 친절한 대접을 받을 거예요! 오로지 기쁘고 즐겁게 생활할 거예요. 그리고 그 애가 받는 월급은! 정말이지 그 애가 받게 될 월급은 감히 말씀드릴 수 없어요, 우드하우스 양. 당신은 큰 액수에 익숙하시지만, 그렇게 많은 돈을 제인처럼 어린 아가씨가 받을 수 있다는 사실을 거의 믿지 못하실 거예요.」

「아, 마담.」 엠마가 외쳤다. 「다른 아이들이 제가 기억하는 제 어렸을 때의 모습과 조금이라도 비슷하다면, 이런 일에서 제가 지금껏 들어 본 액수의 다섯 배를 받더라도 막대한 희생을 치르면서 버는 거라고 생각할 거예요.」

「너무나 훌륭한 생각이세요!」

「그러면 페어팩스 양은 언제 떠날 예정인가요?」

「곧 떠날 거예요. 그것이 가장 가슴 아픈 일이죠. 2주일 안에 떠날 거예요. 스몰리지 부인은 무척 서두르고 있거든요. 가엾은 어머니께서 어떻게 견딜 수 있을지 모르겠어요. 그래서 나는 어머니께서 그 생각을 하지 않으시도록 애쓰며 말한답니다. 〈자, 어머니, 그 일에 대해서 더 이상 생각하지 않기로 해요.〉」

「그녀의 벗들 모두 그녀가 떠나면 틀림없이 섭섭할 거예요. 캠프벨 대령 부부는 자신들이 돌아오기 전에 그녀가 일자리를 얻은 것을 알면 섭섭해하시지 않을까요?」

「네, 그러실 거라고 제인이 말했어요. 하지만 이런 일자리를 거절하는 것은 옳은 일이라고 생각할 수 없다더군요. 제인이 엘튼 부인에게 무슨 말을 했는지 처음 내게 들려주었을 때, 그리고 동시에 엘튼 부인이 그 일에 대해서 내게 축하해 주었을 때, 나는 너무나 놀랐어요. 차를 마시기 전이었는데, 가만있자, 아니, 차를 마시기 전이었을 리 없어요. 카드놀이를 하려던 참이었거든요. 하지만 차를 마시기 전이었어요. 뭔가 생각했던 기억이 나니까……. 아, 아니, 이제 생각나요. 이제 확실히 알겠어요. 차를 마시기 전에 무슨 일이 있었는데, 하지만 그건 아니었죠. 차를 마시기 전에 엘튼 씨가 밖으로 불려 나갔어요. 존 앱디 노인의 아들이 목사님과 얘기를 나누고 싶어 했거든요. 가엾은 존, 나는 그를 무척 존중해요. 27년간 내 가엾은 아버지의 서기로 있었는데, 이제 그 또한 가엾게도 노인이 되어 몸져누워 있고, 관절에 류머티즘성 통풍이 생겨서 몹시 고생하고 있죠. 오늘 그 노인을 보러 가야겠어요. 제인도 그렇게 할 거예요. 혹시 밖에 나갈 수 있다면 말이죠. 그런데 가엾은 존의 아들이 교구의 구제 자금에 대해서 엘튼 씨에게 이야기를 하러 왔었어요. 아시다시피 그 사람은 넉넉하게 살고 있죠. 크라운의 관리인이자 말구종으로, 그런 일을 도맡아서 하고 있으니까요. 그래도 교구의 지원을 받지 않고는 아버지를 부양할 수 없는 거죠. 그래서 엘튼 씨가 다시 들어오셔서는 존의 이야기를 들려주었어요. 프랭크 처칠 씨를 리치몬드로 태워 가려고 사륜마차가 랜달스로 출발했다는 이야기가 그때 나왔어요. 그리고 차를 마신 후 제인이 엘튼 부인에게 말했죠.」

베이츠 양은 엠마가 이 소식을 처음 듣는다고 말할 시간도 주지 않고 말을 이어 갔다. 엠마가 프랭크 처칠 씨의 출발에 대해서 전혀 모를 수 있으리라고는 생각하지 않고 구체적인 일들을 모두 언급했기에 그것은 조금도 문제가 되지 않았다.

엘튼 씨가 들은 소식은 그 말구종이 알고 있는 사실을 종합한 것이었고, 그것은 바로 랜달스의 하인들에게서 나온 것이었는데, 요는 랜달스 가족이 박스 힐에서 돌아온 직후에 리치몬드에서 보낸 심부름꾼이 도착했다는 것이다. 그 전갈을 전혀 예상치 못했던 것은 아니었다. 처칠 씨가 조카에게 몇 줄 쪽지를 보내어 처칠 부인의 상태가 전반적으로 괜찮다고 설명했고 다만 늦어도 이튿날 이른 아침까지는 출발하도록 당부했다는 것이다. 그러나 프랭크 처칠 씨는 더 머물지 않고 곧장 돌아가기로 결심했고, 그의 말이 감기에 걸린 것 같았으므로 즉시 톰을 보내서 크라운의 유람 마차를 빌려 오도록 했다. 그 말구종은 밖에 서 있다가 마차가 가는 것을 보았는데, 마차를 모는 소년이 꽤 속도를 내면서 상당히 안정감 있게 말을 몰았다는 것이다.

이 이야기에 놀랍거나 흥미로울 점은 전혀 없었다. 다만 그 이야기가 이미 엠마의 마음을 사로잡고 있던 생각과 결부되었기에 그녀의 관심을 끌었다. 세상에서 처칠 부인이 차지하는 위상과 제인 페어팩스의 위상이 대조되며 그 차이가 강렬한 인상을 주었다. 한 사람은 매우 소중한 인물이고, 다른 한 사람은 아무것도 아닌 존재였다. 여자들의 운명에 있어서 이 엄청난 차이에 관한 생각에 잠겨 뭘 바라보는지도 모르는 채 앉아 있다가 갑자기 엠마는 베이츠 양의 말에 정신을 차렸다.

「아, 무얼 생각하시는지 알겠어요. 저 피아노 말이죠. 저것이 어떻게 될지? 맞아요. 안쓰럽게 제인도 조금 전에 그 이야기를 했어요. 〈너도 가야지. 너와 나는 작별해야 해. 너는 여기 있을 일이 없으니까. 하지만 캠프벨 대령이 돌아오실 때까지 그냥 놔둬 주세요. 대령께 그것에 대해서 말씀드릴 거예요. 그러면 결정해 주시겠죠. 어려운 일을 모두 해결하도록 도와주실 거예요.〉 이렇게 말하더군요. 그리고 제가 알기로는, 지금까지도 제인은 그것이 대령의 선물인지, 그 따님의 선물인지를 모르고 있답니다.」

이제 엠마는 그 피아노를 떠올리지 않을 수 없었다. 그리고 자신이 예전에 변덕스럽고 부당하게 상상했던 일을 떠올리자 너무 고약한 기분이 들었으므로 이내 자신의 방문이 너무 길어졌다고 생각했다. 그리고 진심으로 행운을 바라면서 할 수 있는 말을 되풀이하고는 그 집을 나섰다.

제9장

집으로 걸어오는 동안 엠마는 줄곧 씁쓸한 생각에 잠겨 있었다. 하지만 응접실에 들어서자 기분을 돋워 줄 사람들이 보였다. 자기가 집을 비운 동안에 나이틀리 씨와 해리엇이 방문해서 아버지와 함께 앉아 있었던 것이다. 나이틀리 씨는 즉시 일어섰고 평소보다 분명 더 침울한 태도로 말했다.

「당신을 보고 가려고 기다렸소. 그런데 남은 시간이 없어서 곧장 가야겠소. 이제 런던에 가서 존과 이사벨라와 함께 며칠 보낼 거요. 그들에게 보낼 것이나 전할 말이 있어요? 아무도 전달하지 않는, 〈사랑한다〉는 말 빼고 말이오.」

「전혀 없어요. 그런데 이 계획은 좀 갑작스러운 것 아닌가요?」

「그렇소. 다소 그런 편이지. 하지만 얼마간 생각해 왔던 일이오.」

엠마는 그가 자기를 용서하지 않았다고 생각했다. 그는 평소와 다르게 보였다. 하지만 시간이 지나면 그는 다시 사이가 좋아져야 한다고 느낄 것이다. 그가 출발할 생각이면서도 가지 않고 서 있는 동안에 그녀의 아버지가 묻기 시작했다.

「애야, 거기에 무사히 다녀왔겠지? 내 훌륭한 오랜 벗과 그

따님이 어떠시더냐? 네가 방문해 줘서 그들이 무척 고마워했을 게야. 말했듯이, 엠마는 베이츠 모녀를 방문하고 오는 길이라오, 나이틀리 씨. 엠마는 늘 그들에게 자상하게 마음을 쓰거든!」

이 당치 않은 칭찬에 엠마의 얼굴이 발갛게 달아올랐다. 많은 뜻이 담긴 미소를 짓고 고개를 저으면서 그녀는 나이틀리 씨를 바라보았다. 그 순간 그녀에 대한 호의적인 감정이 즉시 일어나는 것 같았다. 그의 눈은 그녀의 눈으로부터 진실을 받아들이고, 그녀의 선량한 감정을 즉시 포착하고 존중하는 것 같았다. 그는 호감이 넘치는 열렬한 눈빛으로 그녀를 바라보았다. 그녀는 무척 흐뭇한 기분이었고 그다음 순간에는 평소보다 더 다정한 그의 사소한 동작에 더욱 흐뭇해졌다. 그가 그녀의 손을 잡았던 것이다. 자신이 먼저 손을 내밀었는지 어떤지는 알 수 없었다. 어쩌면 그랬을 것이다. 어떻든 그는 그녀의 손을 잡아서 꼭 쥐고는 분명 손을 자기 입술에 대려 했다. 그러다가 그때 무슨 생각이 들었는지 갑자기 손을 내려놓았다. 그가 왜 망설여야 했는지, 손을 거의 입술에 가까이 가져갔을 때 왜 마음을 바꾸었는지 그녀는 이해할 수 없었다. 그가 멈추지 않았더라면 더 좋았을 거라고 그녀는 생각했다. 하지만 그 의도에 대해서는 의심의 여지가 없었다. 대체로 여자들에게 실없이 굴지 않는 그의 매너 때문인지 아니면 다른 이유가 있어서인지는 몰라도 그 행동이 그에게 썩 잘 어울린다고 그녀는 생각했다. 매우 소박하면서도 대단히 품위 있는 그의 성격과 잘 맞았다. 그녀는 그 시도를 돌이켜 생각하면서 매우 흐뭇하게 느끼지 않을 수 없었다. 그것은 완벽한 친교를 드러낸 것이다. 그러고 나서 그는 즉시 작별을 고하고는 순식

간에 가버렸다. 우유부단하거나 꾸물거릴 줄 모르는 성격으로 그는 언제나 신속히 움직였지만, 이번에는 평소보다 더 갑작스레 떠난 것 같았다.

엠마는 베이츠 양을 방문하러 갔던 일을 후회할 수 없었지만, 10분이라도 일찍 돌아왔더라면 좋았을 거라고 생각했다. 제인 페어팩스의 처지에 대해서 나이틀리 씨와 이야기를 나누었더라면 무척 즐거웠을 것이다. 또한 그가 브룬스윅 스퀘어에 가는 것을 유감스럽게 여기지도 않을 것이다. 그곳에서 그의 방문을 무척 반가워하리라는 것을 알고 있으니까. 하지만 그가 더 나은 시기에 방문할 수도 있었을 테고, 그 일을 좀 더 일찍 알려 주었더라면 더 좋았을 것이다. 하지만 그들은 다정한 벗으로 헤어졌다. 그의 표정과 끝내지 못한 그 몸짓에 담긴 의미에 대해서는 착각할 여지가 없었다. 그것은 그녀가 그의 호감을 완전히 되찾았음을 의미했다. 그는 그들과 30분간 앉아 있었다는 것이다. 좀 더 일찍 돌아왔더라면 좋았을 것을!

나이틀리 씨가 런던으로 떠났고 — 그것도 너무나 갑자기 — 게다가 말을 타고 떠났으므로 아버지가 몹시 불안해하리라는 것을 알고 있었기에 엠마는 아버지의 생각을 돌리려고 제인 페어팩스에 대한 소식을 들려주었다. 그 효과를 기대한 보람이 있었다. 그 소식은 아버지의 불안감을 억제했고, 관심을 일으키면서도 마음을 어지럽히지 않았던 것이다. 아버지는 제인 페어팩스가 가정 교사로 갈 예정이라는 사실을 오래전부터 알고 있었기에 그 일에 대해서는 쾌활하게 말할 수 있었다. 하지만 나이틀리 씨가 런던에 간 일은 뜻밖의 충격이었던 것이다.

「페어팩스 양이 편안한 곳에서 일자리를 얻었다니 정말이지 매우 기쁘구나, 얘야. 엘튼 부인은 무척 선량하고 기분 좋은 사람이야. 그러니 그 부인의 지인들도 바람직한 사람들일 테지. 그곳이 건조한 지역이고, 그들이 그녀의 건강을 잘 보살펴 주면 좋겠구나. 그들은 그것을 첫 번째 목적으로 삼아야 해. 내게 가엾은 테일러 양의 건강이 늘 가장 중요한 일이었듯이 말이지. 알다시피, 얘야, 그 새로운 숙녀에게 페어팩스 양은 우리의 테일러 양과 같은 사람이 될 테니까. 그리고 한 가지 점에서는 페어팩스 양의 형편이 더 낫기를 바란단다. 그 집에서 아주 오래 지낸 다음에 그곳을 떠나도록 설득당하는 일이 없으면 좋겠어.」

다음 날 리치몬드에서 전해진 소식은 그 밖의 모든 것을 뒷전으로 밀어내 버렸다. 랜달스에 도착한 속달 편지가 처칠 부인의 사망 소식을 알렸던 것이다! 그녀의 조카가 그녀 때문에 서둘러 돌아가야 할 특별한 이유는 없었지만, 그가 도착한 후 그녀는 서른여섯 시간도 더 살지 못했다. 그녀의 일반적인 병세에 따라 예상했던 것과는 전혀 다른 성격의 발작을 갑자기 일으키고는 잠시 고투를 벌인 후 숨을 거뒀다. 그 대단한 처칠 부인은 더 이상 존재하지 않는 것이다.

이 소식을 듣자 모두들 그런 일에 대해 으레 느낄 감정을 느꼈다. 모두들 나름대로 진지하게 슬퍼했고 죽은 사람을 동정하고 남은 친지들에 대해 우려했다. 그리고 어느 정도 시간이 지나자 그녀가 어디에 매장될 것인지에 대한 호기심을 느꼈다. 골드스미스는 사랑스러운 여자가 우행에 빠져들 때 죽는 것 외에는 다른 수가 없다고 말한다.[49] 그리고 여자가 불

---

49 올리버 골드스미스Oliver Goldsmith(1728~1774)의 소설 『웨이크필드의 목사*The Vicar of Wakefield*』(1766) 24장에 나오는 시.

쾌한 사람으로 전락할 때도 그와 마찬가지로 오명을 씻어 줄 방법으로 죽음을 권장할 수 있다. 처칠 부인은 적어도 25년 간 미움을 받은 후 이제야 비로소 동정심을 받으며 거론될 수 있었다. 그녀의 언행에서 적어도 한 가지는 정당성이 인정되었다. 전에는 그녀의 병이 심각한 정도임을 조금도 인정받지 못했던 것이다. 이 사건으로 그녀는 온갖 변덕을 부리면서 이기적인 마음으로 꾀병을 부려 왔다는 혐의를 벗을 수 있었다.

「가엾은 처칠 부인! 누구도 알지 못할 큰 고통을 겪었겠지. 그리고 계속 고통을 겪다 보면 성질도 고약해지겠지. 그 부인의 온갖 과실에도 불구하고 이건 슬픈 사건이고, 큰 충격이오. 부인 없이 처칠 씨가 어떻게 살아갈 수 있을까? 처칠 씨는 실로 엄청난 상실감을 느끼고 있을 거요. 그 상실감을 결코 극복할 수 없을 거라고.」 심지어 웨스턴 씨도 고개를 저으며 엄숙한 표정으로 말했다. 「아! 가엾은 여자. 이런 일을 누가 생각이나 했겠어!」 그리고 그는 상복을 가급적 멋지게 차려입어야겠다고 결심했다. 넓은 모자에 감침질을 하며 앉아 있던 그의 아내는 한숨을 쉬면서 변함없고 진심 어린 동정심과 분별력을 갖고 도덕적으로 숙고했다. 그 부부에게 제일 먼저 떠오른 생각은 그 사건이 프랭크에게 어떤 영향을 미칠 것인가 하는 문제였다. 엠마가 제일 먼저 생각한 것도 바로 그것이었다. 처칠 부인의 성격과 그 남편의 슬픔을 떠올리며 그녀는 경외심과 동정을 느꼈고, 그다음에는 한층 가벼운 기분으로 프랭크가 이 사건으로 어떤 영향을 받을지, 어떤 혜택이 있을지, 얼마나 자유로워질지를 생각했다. 그러자 앞으로 일어날 수 있을 좋은 일들이 즉시 떠올랐다. 이제는 해리엇 스미스에 대한 애정을 가로막을 일이 전혀 없을 것이다. 그의 아내와 별도로 처칠 씨에 대해서는 누구도 두려워하지 않았다. 그는 느긋한 기질로 남의 말을 잘 들었으며, 그 조카가 설득하는 일이라면 무엇이든 할 사람이었다. 이제 앞으로 바랄 것은 오로지 그 조카가 그 사랑을 키워 가는 일이었다. 이 문제를 긍정적으로 생각하고 있음에도 불구하고 그 사랑이 이미 싹텄다고는 확신할 수 없었기 때문이다.

이번 일에 해리엇은 대단히 침착하게 잘 처신했다. 속으로는 얼마나 찬란한 희망을 느꼈든 간에 조금도 내색하지 않았다. 엠마는 그녀의 성격이 강인해졌음을 드러내는 그런 증거를 보면서 흐뭇했고, 그 강인함을 깨뜨릴지 모를 언급을 억제했다. 그러므로 그들은 서로 자제하면서 처칠 부인의 죽음에 관한 이야기를 나누었다.

프랭크는 랜달스에 짧은 편지를 보내서 당장의 중요한 계획과 그들의 현재 상황을 알려 주었다. 처칠 씨의 상태는 예상보다 나았다. 그들은 요크셔에 돌아가서 장례식을 치른 후 제일 먼저 처칠 씨의 아주 오랜 벗을 만나러 윈저에 갈 예정이었다. 처칠 씨는 그 친구를 방문하겠다고 지난 10년간 약속해 왔던 것이다. 현재로서는 엠마가 해리엇을 위해 할 수 있는 일이 아무것도 없었다. 고작해야 앞날을 위해 빌어 주는 것뿐이었다.

엠마에게 더욱 시급한 문제는 제인 페어팩스에게 관심을 보이는 일이었다. 해리엇의 앞날이 활짝 열리고 있는 반면에, 제인의 앞날은 닫히고 있었다. 이제 곧 그녀가 떠날 예정이었으므로, 그녀에게 친절하게 대하려는 하이버리의 주민이라면 누구도 머뭇거릴 시간이 없었다. 엠마는 그녀에게 호의를 보여 줄 수 있기를 바랐다. 자신이 과거에 냉정하게 대했던 것을 더없이 쓰라린 마음으로 뉘우쳤다. 지난 몇 달 동안 냉대해 왔던 그 아가씨에게 이제는 각별한 존중심과 공감을 아낌없이 쏟아 주고 싶었다. 그녀는 제인에게 도움이 되고 싶었다. 그녀와의 교제를 소중하게 여긴다는 것을 보여 주고 싶었고, 존중심과 배려를 입증하고 싶었다. 그래서 제인에게 하트필드에 와서 하루를 보내도록 설득하겠다고 생각했고, 그런 취지의 쪽지를 써 보냈다. 그러나 그 초대는 거절되었고, 그것도 구두로 전갈을 받았을 뿐이다. 「페어팩스 양은 몸이 좋지 않아서 편지를 쓸 수 없습니다.」 그날 아침에 페리 씨가 하트필드를 방문해서는, 페어팩스 양의 병이 심각해서 스스로는 원치 않았지만 그가 왕진을 가야 했고 그녀가 극심한 두통과 신경증적 발열로 고통을 겪고 있으므로 정해진 때에 스몰리지 부인의 집으로 갈 수 있을지 의심스럽다고 말해 주었다. 현재 그녀의 몸은 정상적인 상태가 아니었고 식욕이 전혀 없었다. 놀랄 정도로 우려되는 증상을 보이는 것은 아니고 그 가족이 늘 염려하는 폐병과 관련된 증상은 없었지만, 페리 씨는 그녀에 대해 불안하게 생각했다. 그녀가 감당할 수 없을 일을 떠맡은 것이며, 스스로는 인정하지 않겠지만 속으로 그렇게 느끼고 있으리라고 그는 생각했다. 그녀는 기운이 소진된 것 같았다. 그녀가 현재 머물고 있는 집이 신경성 질환에 좋지 않으리라고 생각하지 않을 수 없었다. 온종일 방한 칸에 갇혀 있고 — 그렇지 않을 수 있다면 훨씬 나을 것이다 — 그리고 그녀의 선량한 이모는, 그의 오랜 벗이기는 하지만, 그런 부류의 환자에게 최선의 벗은 아닐 거라고 인정해야 했다. 그 이모의 세심한 보살핌을 의심하는 것은 아니었다. 실은 그 배려가 너무 지나친 게 문제였다. 그 배려에서 페어팩스 양이 이득보다는 오히려 해를 더 입을 것이 걱정이었다. 엠마는 주의 깊게 그의 말을 경청했고, 제인에 대해 생각하면서 더욱 마음이 아팠으므로 뭔가 도움이 될 방법을 열심히 궁리해 보았다. 그녀를 잠시라도 그 이모에게서 떼어 내서 바깥 공기도 쐬고 장소도 바꾸어 조용히 합리적인 대화를 나눈다면 비록 한두 시간에 불과하더라도 도움이 될 것이다. 다음 날 아침 엠마는 제인이 정하는 시간에 마차를 타고 방문하겠다고 최대한 다정한 말로 편지를 썼다. 그런 기분 전환이 환자에게 좋을 거라고 페리 씨가 알려 주었음을 언급했다. 그 편지에 대한 답은 이 짤막한 쪽지뿐이었다.

「감사합니다만 페어팩스 양은 외출할 수 없습니다.」

엠마는 자기 편지가 더 나은 대접을 받을 만하다고 느꼈지만 말다툼을 벌일 수는 없는 일이었다. 그 쪽지의 고르지 않고 떨리는 글씨체가 그녀의 불편한 상태를 너무나 분명히 보여 주었다. 엠마는 이처럼 자기 모습도 보여 주지 않으려 하고 도움도 받지 않으려는 마음을 어떻게 해야 없앨 수 있을지를 생각했다. 그래서 그런 답장을 받았음에도 불구하고 그녀는 마차를 불러 베이츠 양의 집에 갔고 제인을 설득할 수 있기를 바랐다. 하지만 전혀 소용이 없었다. 베이츠 양은 마차 문으로 다가와서 몹시 고마워했고, 바람을 쐬는 것이 큰 도움이 되리라는 생각에 진심으로 동의했으며, 제인에게 그 뜻을 전하면서 할 수 있는 것을 죄다 해보았지만, 모두 헛수고였다. 베이츠 양은 뜻을 이루지 못하고 돌아와야 했다. 제인을 도무지 설득할 수 없으며, 외출을 권유한 것만으로도 상태가 더 나빠졌다는 것이다. 엠마는 직접 제인을 만나서 설득해 볼 수 있기를 바랐다. 그러나 그런 생각을 내비치기 직전에,

베이츠 양은 무슨 일이 있어도 우드하우스 양을 집 안에 들이지 않겠다고 조카딸에게 약속했음을 드러냈다. 「정말이지, 실은 가엾은 제인이 어느 누구도 만나는 것을 견딜 수 없답니다. 누구라도 말이죠. 사실 엘튼 부인이야 거절할 수 없겠죠. 그리고 콜 부인은 너무나 강력하게 주장하시니까요. 또 페리 부인은 너무나 말씀을 많이 하셔서……. 하지만 이분들을 제외하면 제인은 실로 누구도 만나지 않을 거예요.」

엠마는 어디에나 밀치고 들어갈 엘튼 부인과 페리 부인, 콜 부인과 동일한 부류에 속하고 싶지 않았다. 또한 자신이 호감을 받을 권리가 있다고 느낄 수도 없었다. 그래서 그녀는 순순히 단념하기로 했고, 다만 베이츠 양에게 조카딸의 식욕과 음식에 대해서 물어보고 그런 것으로 도와줄 수 있기를 바랐다. 베이츠 양은 이 문제에 관해 몹시 걱정하면서 많은 이야기를 늘어놓았다. 제인은 거의 아무것도 먹지 않으려 한다는 것이었다. 페리 씨는 영양가가 있는 음식을 권했지만, 그들이 만들어 낼 수 있는 음식은 죄다 (이렇게 훌륭한 이웃을 둔 사람은 없었다) 맛이 없었다.

집에 돌아오자마자 엠마는 가정부를 불러서 식품 저장실에 있는 재료들을 찾아보게 했고, 최상품의 칡을 매우 다정한 쪽지와 함께 신속히 베이츠 양에게 보냈다. 하지만 30분도 지나지 않아 그 칡은 베이츠 양의 감사하다는 말과 함께 되돌아왔다. 〈이것을 돌려보내지 않으면 제인의 마음이 편치 않을 겁니다. 제인이 먹을 수 없는 것이고, 게다가 자기에겐 필요한 것이 조금도 없다고 합니다.〉

제인 페어팩스가 외출할 수 없다는 구실을 대면서 자기와 함께 마차를 타고 나가기를 단호히 거절했던 바로 그날 오후 그녀가 하이버리에서 조금 떨어진 초원을 거닐었다는 이야기를 나중에 들었을 때 엠마는, 모든 것을 종합해 보건대, 제인이 자기에게서는 어떤 도움도 받지 않겠다고 결심했다는 것을 의심할 수 없었다. 엠마는 몹시 유감스러웠다. 이처럼 분개한 마음과 앞뒤가 맞지 않는 행동, 대등하지 않은 권한 때문에 더욱 가련해 보이는 그녀의 상태를 생각하면 한층 더 가슴이 아팠다. 그리고 자신이 올바른 감정을 느낄 줄 모르고, 벗이 될 만한 가치가 없는 사람으로 간주되고 있다는 사실에 수치심을 느꼈다. 하지만 엠마는 자신의 의도가 선한 것이었음을 알고 있고, 만일 나이틀리 씨가 자신이 제인 페어팩스를 도우려고 노력한 일을 전부 알고 또 자기 마음속을 들여다볼 수 있었더라면 이 경우에는 질책할 일이 전혀 없었으리라고 스스로에게 말할 수 있다는 것을 위안으로 삼았다.

제10장

처칠 부인이 세상을 떠난 지 열흘쯤 지난 어느 날 아침에 엠마는 웨스턴 씨의 부름을 받고 아래층으로 내려왔다. 그는 〈단 5분도 머물 시간이 없고 특히 엠마와 이야기를 나누고 싶다〉는 것이었다. 웨스턴 씨는 응접실 문에서 엠마와 마주치자 자연스러운 목소리로 인사를 건네고는 즉시 목소리를 낮춰 그녀의 아버지에게 들리지 않도록 말했다.

「오늘 아침 언제든 랜달스에 갈 수 있겠소? 가능하면 제발 그렇게 해요. 아내가 당신을 만나고 싶어 하니까. 당신을 꼭 만나야 해요.」

「몸이 불편하세요?」

「아니, 아니오, 그런 건 전혀 아니오. 약간 흥분해 있을 뿐이지. 아내가 마차를 타고 올 수도 있었지만, 당신과 단둘이 만나고 싶어 해요. 알다시피…… (그녀의 아버지 쪽을 향해 고개를 끄덕이며) 흠! 갈 수 있겠소?」

「그럼요. 괜찮으시면 당장 갈게요. 이런 식으로 요청하시는데 거절할 수는 없죠. 그런데 무슨 일이지요? 부인이 아프지 않은 것은 사실이죠?」

「정말이오. 하지만 더 이상 묻지 말아요. 조금 있으면 죄다 알게 될 테니까. 정말이지 도무지 설명할 수 없는 일이오! 하지만 쉬, 쉿!」

심지어 엠마도 대체 무슨 일인지 전혀 짐작할 수 없었다. 그의 표정을 보면 정말로 중요한 일이 일어난 것 같았다. 하지만 웨스턴 부인이 아픈 것은 아니었으므로 그녀는 불안해하지 않으려 했다. 엠마는 산책을 하고 오겠다고 아버지에게 말한 다음 웨스턴 씨와 함께 곧 집을 나섰고 랜달스를 향해 재빨리 걸음을 옮겼다.

「자······.」 대문을 나선 지 한참 지났을 때 엠마가 말했다. 「자, 웨스턴 씨, 무슨 일이 있었는지 말씀해 주세요.」

「아니, 안 돼요.」 그가 침통하게 대답했다. 「내게 묻지 말아요. 아내에게 모든 것을 일임하기로 약속했으니까. 나보다는 아내가 더 잘 털어놓을 거요. 조급해하지 말아요, 엠마. 곧 다 알게 될 테니.」

「털어놓는다고요?」 엠마는 더럭 겁이 나서 걸음을 멈추고 소리쳤다. 「맙소사! 웨스턴 씨, 당장 말씀해 주세요. 브룬스웍 스퀘어에 무슨 일이 일어났군요. 알겠어요. 얘기해 주세요. 당장 무슨 일인지 말씀해 주세요.」

「아니, 잘못 생각했소······.」

「제게 실없는 말씀을 하시지는 않겠죠. 제게 가장 가까운 친지들이 지금 브룬스웍 스퀘어에 얼마나 많이 있는지 생각해 보세요. 그중에 누구죠? 성스러운 맹세로, 숨기지 말아 달라고 부탁드려요.」

「맹세코, 엠마······.」

「맹세코라니, 그뿐인가요! 왜 명예를 걸고 맹세하지 않으세요! 그 일이 그들과 전혀 관련이 없다고 왜 명예를 걸고 말씀하시지 않으세요? 맙소사! 그 가족과 관련된 일이 아니라면 제게 털어놓을 것이 뭐가 있을까요?」

「내 명예를 걸고 맹세하건대…….」 그가 매우 진지하게 말했다. 「그건 아니오. 그건 나이틀리라는 이름과는 아무 관련도 없소.」

엠마는 용기를 내어 다시 걸음을 옮겼다.

「털어놓는다고 말한 게 잘못이었소. 그런 말을 하지 않았어야 했는데. 사실 그건 당신과 관련된 일이 아니오. 그저 내게 관련된 일이지. 말하자면, 그렇기를 바라고 있소. 흠! 간단히 말해서, 엠마, 그렇게 불안해할 이유는 없어요. 그것이 불쾌한 일이 아니라는 건 아니지만, 상황이 더 나빠질 수도 있겠지. 이제 빨리 걸으면 곧 랜달스에 도착할 거요.」

엠마는 어쩔 수 없이 기다려야 한다는 것을 알았고, 이제는 그것이 그리 힘들지 않았다. 그래서 그녀는 더 이상 묻지 않았고 그저 상상력을 발휘했다. 그 상상력은 오래지 않아 돈과 관련된 문제나, 그 가족에게 바로 얼마 전에 밝혀진 어떤 불쾌한 상황이나, 리치몬드에서 일어난 최근의 사건으로 어떤 일이 드러났을 가능성을 떠올렸다. 그녀의 상상력은 활발하게 뻗어 나갔다. 어쩌면 사생아가 여섯 명쯤 있고 가엾은 프랭크는 폐적될지도 모른다! 만일 그렇다면 매우 달갑지 않은 일이기는 하지만 자신에게 괴로운 일은 아닐 것이다. 그것은 생생한 호기심 이상은 일깨우지 않았다.

「말에 타고 있는 저 신사는 누구예요?」 함께 걸어가면서 그녀는 다른 목적이 있어서라기보다는 웨스턴 씨가 비밀을 지키도록 도와주려고 물었다.

「모르겠소. 오트웨이 가족 중 한 사람이겠지. 프랭크는 아니오. 장담컨대 프랭크는 아니오. 당신은 그를 만날 수 없을 거요. 지금쯤은 윈저로 가는 길의 절반을 지났을 테니.」

「그럼 아드님이 왔었군요?」

「아, 그래요. 그걸 몰랐소? 자, 자, 신경 쓰지 마시오.」

잠시 그는 입을 다물고 있었고 그런 다음에는 더 신중하고 진지한 목소리로 말했다.

「그래요, 프랭크가 오늘 아침에 왔었소. 그저 우리 안부를 물어보려고.」

그들은 서둘러 걸었고 신속히 랜달스에 도착했다. 그들이 방에 들어서자 그가 말했다.「자, 여보, 엠마를 데려왔소. 이제 당신이 곧 나아지면 좋겠군. 당신들 두 사람을 두고 나가겠소. 꾸물거려 봐야 소용없겠지. 내가 필요할 경우를 대비해서 멀리 가지는 않겠소.」그가 방을 나서기 전에 나지막하게 덧붙인 말을 엠마는 똑똑히 들었다.「약속을 충실히 지켰소. 그녀는 아무것도 모르고 있소.」

웨스턴 부인은 몹시 아픈 얼굴에 혼란스러운 기색이 역력했기에 엠마는 다시금 불안해졌다. 단둘이 남자 그녀가 열렬히 소리쳤다.

「아니, 대체 무슨 일이에요? 몹시 불쾌한 일이 일어난 거죠? 무슨 일인지 당장 알려 주세요. 여기로 걸어오는 동안 내내 마음을 졸였어요. 우리 둘 다 그런 긴장감을 싫어하잖아요. 더 이상 마음 졸이지 않게 해주세요. 무슨 고충을 겪고 있든 간에 털어놓는 편이 부인에게 좋을 거예요.」

「엠마, 조금도 알지 못하겠어? 사랑하는 엠마, 무슨 이야기를 듣게 될지 전혀 짐작할 수 없겠어?」웨스턴 부인이 떨리는 목소리로 물었다.

「프랭크 처칠 씨와 관련된 일이라는 것만 짐작해요.」

「그래, 맞아. 그와 관련된 이야기야. 당장 말해 줄게. (그녀는 뜨개질거리를 집어 들었고, 엠마를 바라보지 않도록 고개를 숙이려고 작정한 것 같았다) 그가 바로 오늘 아침에 여기 왔었어. 아주 특별한 일이 있어서. 우리가 얼마나 놀랐는지는 이루 말로 다 할 수 없어. 그는 자기 아버지에게 어떤 문제에 대해서 이야기하러 온 거였어. 사랑하는 여자가 있다는 것을 알려 주려고…….」

부인은 숨을 쉬려고 말을 멈췄다. 엠마는 처음에 자기 자신을, 그다음에는 해리엇을 생각했다.

「실은 사랑하는 정도가 아니라…….」 웨스턴 부인이 말을 이었다. 「약혼이었어. 확고한 약혼. 네가 뭐라고 할까, 엠마. 다른 사람들은 뭐라고 말할까. 프랭크 처칠과 페어팩스 양이 약혼한 사이라는 것이 밝혀지면. 그래, 그들이 약혼한 지 오래되었다는 사실이 알려지면!」

엠마는 너무 놀라고, 극심한 두려움에 벌떡 일어섰다.

「제인 페어팩스라고! 맙소사! 진담이 아니겠죠? 정말로 그렇다는 말은 아니죠?」

「당연히 놀랍겠지.」 웨스턴 부인은 여전히 눈길을 피하면서, 엠마가 충격에서 벗어날 시간을 갖도록 열렬히 말을 이었다. 「네가 놀라는 게 당연해. 하지만 사실이라는 거야. 작년 10월에 두 사람이 웨이머스에서 엄숙하게 약혼하고는 모두에게 비밀로 했대. 자기들 외에는 아무에게도 알리지 않고. 캠프벨 부부나 그녀의 가족이나 그의 친지도 몰랐다는 거야. 너무나 놀라운 일이라서, 그것이 사실이라고 온전히 확신하고 있는데도 난 아직 믿기지 않아. 믿을 수가 없어. 프랭크를 알고 있다고 생각했는데.」

엠마는 거의 듣지 않고 있었다. 그녀의 마음은 두 갈래 생각으로 나뉘어 있었다. 예전에 페어팩스 양에 관해서 프랭크 처칠과 나누었던 대화와 가엾은 해리엇 생각이었다. 잠시 그녀는 탄성을 지르며 사실을 확인하려 하고, 또다시 확인하려 했을 뿐이다.

「글쎄.」 마침내 엠마는 냉정해지려고 애쓰면서 말했다. 「이 상황을 조금이라도 이해할 수 있으려면 적어도 반나절은 생각해 보아야겠어요. 아니! 둘 다 하이버리에 오기 전에 겨울 내내 약혼한 사이였다고요?」

「10월부터 약혼한 상태였대. 은밀히 약혼했고. 이 일로 나는 마음이 무척 아파, 엠마. 그의 아버지도 똑같이 속상해하고 있고. 프랭크의 어떤 행동은 너그러이 봐줄 수 없으니까.」

엠마는 잠시 생각하고 대답했다. 「부인의 말을 이해하지 못하는 척은 하지 않겠어요. 그리고 가급적 부인의 마음을 편안하게 해주기 위해서 이렇게 장담할 수 있어요. 그가 내게 관심을 보여 주었다고 해서 부인이 걱정하는 결과가 초래된 건 아니라고 말이죠.」

웨스턴 부인은 믿을 수 없다는 듯이 고개를 들어 올려다보았다. 그러나 엠마의 표정은 그녀의 말처럼 차분했다.

「내가 현재 그에게 전적으로 무관심하다고 큰소리치는 것을 당신이 쉽게 믿을 수 있도록 더 자세히 얘기할게요.」 엠마가 말을 이었다. 「우리가 처음 알게 되었을 때 내가 그를 좋아했던 적이 있었어요. 그를 좋아하려는 마음이 들었고, 아니 애정을 느낀 때가 있었어요. 그런데 어떻게 끝나게 되었는지 모르지만 놀랍게도 다행히 끝났어요. 실로 지난 몇 달 동안, 적어도 지난 석 달 동안은 그를 전혀 좋아하지 않았어요. 내 말을 믿어도 돼요, 웨스턴 부인. 사실 그 자체니까요.」

웨스턴 부인은 기쁨의 눈물을 흘리며 그녀에게 키스했다. 그리고 말을 할 수 있게 되자 엠마의 말이 이 세상의 무엇보다도 큰 도움이 되었다고 말했다.

「웨스턴 씨도 나처럼 안도감을 느낄 거야.」 그녀가 말했다. 「이 문제로 우리는 몹시 참담한 심정이었거든. 우리는 두 사람이 서로에게 애정을 느끼기를 간절히 바랐고, 실로 그렇다고 믿었어. 너에 대해 우리가 어떤 심정을 느꼈을지 상상해 봐.」

「나는 벗어났어요. 내가 벗어났다는 것이 당신과 내게는 고맙고도 놀라운 일이지요. 하지만 그렇다고 해서 그의 잘못을 봐줄 수는 없어요, 웨스턴 부인. 그는 큰 질책을 받아야 한다고 생각해요. 대체 무슨 권리로 그는 애정과 신의를 약속한 상태이면서도 매우 자유분방한 태도로 우리와 어울렸던 거죠? 대체 무슨 권리로 그는 실제로는 한 아가씨에게 묶여 있으면서도 다른 아가씨에게 끊임없이 관심을 쏟고, 분명히 그랬듯이, 각별히 비위를 맞추려고 애썼던 거지요? 자기가 얼마나 해를 끼칠지 어떻게 알 수 있겠어요? 내가 자기를 사랑하게 만들고 있지 않은지 어떻게 알 수 있겠어요? 그건 심히 나쁜 일이에요. 정말이지 매우 잘못된 일이라고요.」

「그가 말한 바에 의하면, 사랑하는 엠마, 내가 상상하기로는…….」

「그리고 그녀는 대체 어떻게 그런 행동을 참을 수 있었지요! 정말이지 태연하게 굴었잖아요! 바로 자기 눈앞에서 다른 여자에게 지속적으로 관심을 쏟는 것을 바라보면서 화를 내지도 않다니! 이런 식의 침착함은 이해할 수도, 존중할 수도 없어요.」

「그들 사이에 오해가 있었단다, 엠마. 그가 분명히 그렇게 말했어. 상세하게 설명할 시간은 없었단다. 여기에 딱 15분간 있었거든. 그리고 너무 흥분한 상태라서 여기 있는 시간도 제대로 활용할 수 없었어. 하지만 오해가 있었다고 그가 분명히 말했단다. 실은 그 오해 때문에 현재의 위기가 생긴 것 같아. 그리고 그 오해는 그의 부적절한 행동에서 비롯되었을 가능성이 크고.」

「부적절하다고요! 아, 웨스턴 부인, 그건 너무나 온건한 비난이에요. 부적절한 정도를 훨씬, 훨씬 넘어서는 일이라고요! 이 일로 그에 대한 평가는 땅에 떨어졌어요. 내가 그를 얼마나 나쁘게 생각하게 되었는지는 이루 말할 수도 없어요. 사람이 으레 갖춰야 할 태도와는 너무나 다르잖아요! 각자 삶의 매사에서 드러내야 할 올곧은 성실성이나, 진실과 원칙의 충실한 준수, 속임수와 비열함에 대한 경멸, 이런 것들이 전혀 없어요.」

「아니, 엠마, 지금은 그의 편을 들어야겠구나. 이 경우에 그가 잘못하기는 했지만, 나는 그를 오래 알아 왔기에 그가 좋은 자질들을 많이, 아주 많이 갖고 있다고 장담할 수 있어. 그리고…….」

「맙소사!」 엠마는 웨스턴 부인의 말을 듣지도 않고 소리쳤다. 「게다가 스몰리지 부인의 일도 있죠! 제인은 실제로 가정교사로 가려고 했잖아요! 무슨 생각으로 그는 그처럼 지독하게도 야비하게 굴 수 있지요? 그녀가 스스로 일거리를 찾게 내버려 두고, 심지어 그런 조치를 취하게 내버려 두다니!」

「프랭크는 그 일에 대해 아무것도 몰랐단다, 엠마. 이 점에 있어서는 그에게 전혀 잘못이 없다고 말할 수 있어. 그건 제인 혼자서 결정한 일이었고 그에게 알려 주지 않았단다. 아니면 적어도 분명하게는 알려 주지 않았어. 어제까지도 그녀의 계획을 전혀 알지 못했다고 그가 말했거든. 어떻게 된 일인지는 모르지만 편지나 전갈을 통해서 갑자기 그 일을 알게 된 거야. 그녀가 무엇을 하고 있는지를 깨닫고, 바로 이 계획을 알게 되었기 때문에 그는 당장 외숙부님께 모든 사실을 고백하고 그분의 친절에 의지하기로 결심하게 되었단다. 간단히 말해서, 그렇게나 오래 끌어 왔던 괴로운 은폐 상태를 끝내기로 한 거였어.」

엠마는 이제 귀를 기울이기 시작했다.

「그에게서 곧 소식이 올 거란다.」 웨스턴 부인이 말을 이었다. 「헤어질 때 곧 편지를 보내겠다고 말했거든. 지금은 말할 수 없는 많은 구체적인 이야기들을 알려 주겠다고 약속하는 것 같았어. 그러니 그 편지를 기다리기로 하자. 그 편지가 많은 것들을 이해할 수 있게 해줄 거야. 지금은 이해할 수 없는 많은 일들을 이해하고 용서할 수 있게 해주겠지. 그에게 모질게 대하지 말고, 서둘러 그를 단죄하지 말자. 참을성을 갖도록 하고. 나는 그를 사랑해야 해. 이제 한 가지 중요한 점에서 안심했으니, 이 일이 결국 잘되기를 진심으로 바라고 있어. 그 두 사람은 그처럼 숨기고 감추면서 마음고생이 무척 심했을 거야.」

「그의 고통은 그에게 그리 해를 미치지 않은 것 같아요.」 엠마가 냉담하게 말했다. 「그래, 처칠 씨는 그것을 어떻게 받아들이셨어요?」

「조카를 위해 더없이 호의적이셨단다. 어려울 것 없이 승낙해 주셨어. 지난 일주일간의 사건들이 그 가족에게 어떤 영향을 미쳤을지 생각해 봐. 가엾은 처칠 부인이 살아 있는 동안에는 희망이나 기회나 가능성이 전혀 없었을 거야. 그런데 그녀의 시신이 가족 묘지에 안장되자마자 그녀의 남편은 그녀가 요구했을 행동과는 정반대로 행동하게 된 거지. 묘지에 묻힌 후에는 과도한 영향력이 살아남지 않는다는 것이 얼마나 다행스러운 일인지! 외숙부님은 거의 설득할 필요도 없이 승낙해 주셨단다.」

〈아!〉 엠마는 생각했다. 〈그분은 해리엇에게도 그렇게 해 주셨을 텐데.〉

「바로 어젯밤에 그 일이 결정된 거였어. 프랭크는 오늘 새벽에 날이 새자마자 출발했고, 하이버리에서 베이츠 양의 집에 잠시 들렀을 거야. 그런 다음 여기 왔었지. 하지만 지금은 외숙부님이 전보다도 더 그를 필요로 하시기 때문에 서둘러 돌아가야 했어. 그래서 이미 말했듯이 여기에는 15분밖에 머물 수 없었단다. 그는 무척 흥분한 상태였어. 정말이지 몹시 흥분해 있었지. 예전과는 전혀 다르게 보일 정도였어. 무엇보다도 그녀가 몹시 아픈 것을 보고 큰 충격을 받았던 거야. 그건 짐작도 못 했단다. 그 외에도 여러 가지 감정을 느끼고 있는 것 같았고.」

「그런데 정말로 그 사건이 완전히 비밀로 유지되었다고 생각하세요? 캠프벨 부부나 딕슨 부부도 그 약혼에 대해서 전혀 몰랐다고요?」

엠마는 딕슨이라는 이름을 입에 올리면서 얼굴을 약간 붉히지 않을 수 없었다.

「전혀, 아무도 몰랐을 거야. 자기들 두 사람 빼고는 이 세상 누구도 몰랐다고 그가 분명히 말했어.」

「글쎄, 우리가 차차 이 일에 적응하게 되겠지요. 그리고 나는 그들이 매우 행복하기를 바라요. 하지만 극히 혐오스러운 행동이라고 생각할 거예요. 그것이 위선과 속임수, 염탐과 배신 행위가 아니면 뭐겠어요? 정직하고 소박한 척하면서 우리에게 와서는 둘이 작당해서 모두를 은밀히 평가하고 말이죠! 우리는 겨울철과 봄철 내내 완전히 속았던 거예요. 그 두 사람이 우리와 똑같이 진실과 명예의 발판 위에 서 있다고 생각했지만, 그들은 우리들 사이를 돌아다니면서 그 둘 모두에게 알리고 싶어 하지 않았던 우리의 감정이나 말들을 서로 비교하고 비판했겠지요. 만일 그들이 서로에 대해 그리 유쾌하지 않은 얘기를 들었다면, 자기들이 저지른 행동의 결과를 당연히 감수해야죠.」

「그 점에 있어서 나는 전혀 걱정되지 않아.」 웨스턴 부인이 대답했다. 「내가 한 사람에 관해서 다른 한 사람에게 말한 것은 그 두 사람 모두 들은 것이었으리라고 믿으니까.」

「부인은 운이 좋았던 거예요. 단 한 번 실수를 한 적이 있었지만 그 말을 들은 사람은 나밖에 없었으니까요. 우리의 어떤 벗이 그 아가씨를 사랑한다고 부인이 상상했을 때 말이에요.」

「맞아. 하지만 난 페어팩스 양을 늘 진심으로 존중해 왔기 때문에 어떤 실수를 저질렀더라도 그녀에 대해서 나쁘게 말했을 리가 없어. 그리고 프랭크에 대해서 나쁘게 말하는 일은 절대로 있을 리 없지.」

이 순간 창문에서 약간 떨어진 곳에 웨스턴 씨가 나타났다. 그가 지켜보고 있었음이 분명했다. 그가 아내는 그에게 들어

오라는 눈길을 보냈고 그가 돌아오는 동안에 말을 이었다. 「자, 사랑하는 엠마, 내 남편의 마음을 편안하게 해주고 그가 이 혼사에 만족할 수 있도록 말해 주고 그렇게 보여 주기를 간청할게. 이 일을 가급적 최상의 상황으로 만들도록 하자. 그리고 사실 그녀에 대해서는 어떤 칭찬을 하더라도 공정하다고 볼 수 있지. 그 인척 관계가 흡족한 것은 아니지. 하지만 처칠 씨가 그렇게 느끼지 않는다면 우리가 왜 그렇게 느껴야겠어? 그리고 프랭크에게는 매우 다행스러운 상황일 거야. 그가 그렇게나 차분한 성품과 훌륭한 판단력이 있는 아가씨를 사랑하게 되었다는 것 말이야. 나는 늘 그녀에게 그런 미덕이 있다고 인정해 왔고, 이번에 올바르고 엄격한 행위 원칙에서 벗어나는 큰 과오를 저질렀음에도 불구하고, 여전히 그렇게 생각하고 싶단다. 그리고 그 실책을 저지른 일에 대해서도, 그녀의 상황에서라면 얼마나 많은 변명거리들을 찾을 수 있겠어?」

「실로, 많이 찾을 수 있겠지요!」 엠마는 동정심을 느끼며 큰 소리로 말했다. 「오로지 자기 자신만 생각하더라도 용서받을 수 있는 여자가 있다면, 그건 바로 제인과 같은 상황에 처한 여자일 거예요. 그런 여자에 대해서는 이렇게 말할 수 있겠지요. 〈세상은 그들의 것이 아니었고, 세상의 법 또한 그러했다〉[50]고 말이에요.」

웨스턴 씨가 들어서자 엠마는 미소를 지으며 경탄하듯이 말했다.

「정말이지 제게 아주 교묘한 속임수를 쓰셨더군요. 제 호

---

50 셰익스피어의 「로미오와 줄리엣」에 나오는 로미오의 대사, 〈세상은 그대의 벗이 아니었고, 세상의 법 또한 그러했다〉를 약간 달리 인용한 것이다.

기심을 자극해서 추측하는 능력을 시험해 보려고 하셨겠지요. 저는 진짜 겁이 났어요. 당신이 재산을 적어도 절반은 잃은 줄 알았어요. 그런데 이제 보니 위로할 일이 아니라 축하할 일이군요. 진심으로 축하드려요, 웨스턴 씨. 영국에서 가장 사랑스럽고 교양 있는 아가씨들 중 하나를 딸로 맞게 되셨으니까요.」

그는 아내와 한두 번 시선을 나누고는 엠마의 말에서 분명히 드러난 대로 모든 일이 잘되었다고 믿게 되었다. 이 말에 그는 금세 행복해졌고, 그의 태도와 목소리는 평소의 활기를 되찾았다. 그는 엠마의 손을 잡고 진심으로 고마워하며 악수했고, 그 문제에 대해 이야기를 시작했다. 이제 시간이 좀 더 지나고 조금 더 설득되면, 그 약혼이 매우 고약한 일은 아니라고 생각하게 될 것 같았다. 그의 벗들은 그의 경솔함을 변명하거나 반대 의견을 무마해 줄 이야기만 했다. 그래서 그들이 다 같이 그 문제에 대해 전체적으로 이야기를 나누고 또 그가 엠마와 함께 하트필드로 걸어가면서 다시 반복하여 이야기를 나누었을 때쯤 그는 더할 나위 없이 만족스러운 기분이 들었다. 그리고 그것이 프랭크가 할 수 있었을 일 중에서 아마도 최고로 잘한 일이었으리라고 생각하지 못할 것도 없었다.

제11장

「해리엇, 가엾은 해리엇!」 엠마는 그저 이 말밖에 할 수 없었다. 이 말에는 엠마가 도저히 떨쳐 낼 수 없는 괴로움이 담겨 있었다. 그 사건에서 그녀에게 진정 괴로운 점은 바로 그것이었다. 프랭크 처칠은 자신에게 몹시 고약하게 처신했고, 많은 점에서 대단히 고약하게 굴었다. 하지만 그녀가 그에게 너무나 화가 난 것은 그의 행동보다는 바로 자신의 행동 때문이었다. 해리엇과 관련해서 그녀를 궁지에 몰아넣었기에, 그의 불쾌한 행동은 더욱 고약하게 보였다. 가엾은 해리엇! 두 번이나 자신의 착각과 허울 좋은 말에 속아 넘어가다니! 나이틀리 씨가 전에 〈엠마, 당신은 해리엇 스미스에게 진정한 친구가 아니었소〉라고 말했을 때 그 말은 예언이나 다름없었다. 유감스럽게도 자신은 해리엇에게 해를 입히기만 한 것이다. 물론 이번에는 예전과 달리 자신이 처음에 그 해악을 혼자서 일으킨 것이 아니었고, 자기만 아니었더라면 해리엇이 절대로 품지 않았을 감정을 암시한 것도 아니었으므로 자책할 것까지는 없었다. 자신이 그 문제에 대해 암시하기 전에 해리엇이 먼저 프랭크 처칠에 대한 연모와 호감을 인정했으니 말이다. 그러나 억제할 수도 있었을 일을 고무했다는 점에서 죄책감을 느꼈다. 그런 감정에 빠져서 점점 키워 가는 애정을 막을 수 있었을 것이다. 자신의 영향력이라면 능히 그렇게 할 수 있었다. 그런데 이제야 그 감정을 막았어야 했음을 깨닫게 된 것이다. 엠마는 근거가 불충분한 상태에서 벗의 행복을 위험에 내맡겼다고 느꼈다. 상식에 따라서 해리엇에게 이렇게 말했어야 했다. 그에 대한 애정을 품도록 스스로를 고무해서는 안 되고, 그가 혹시라도 그녀를 좋아할 가능성은 5백 분의 1도 되지 않는다고 말이다. 〈그러나 나는 유감스럽게도 상식과는 담을 쌓은 모양이야.〉 이어서 그녀는 이렇게 생각했다.

엠마는 자기 자신에게 몹시 화가 났다. 프랭크에게도 화를 낼 수 없었다면 몹시 불쾌했을 것이다. 제인 페어팩스에 대해서 보자면, 적어도 지금은 그녀에 대한 걱정을 덜 수 있었다. 해리엇만으로도 큰 걱정거리였다. 제인에 대해서는 더 이상 염려할 필요가 없을 것이다. 그녀의 괴로움과 병은 물론 동일한 원인에서 생긴 것이었으므로 똑같이 치유되고 있을 터이다. 그녀가 아무것도 아닌 존재로서 고통받던 시절은 지나갔다. 그녀는 곧 건강해지고 행복하고 순조롭게 살아갈 것이다. 이제야 엠마는 자신의 배려가 왜 냉대를 받았는지 알 수 있었다. 이 점을 알게 되자 더 사소한 많은 일들이 훤히 드러나 보였다. 의심할 바 없이 그것은 질투심 때문이었다. 제인의 눈에 엠마는 라이벌로 보였을 것이다. 그러니 엠마가 제공할 수 있는 도움이나 배려가 모두 거절당한 것은 당연한 일이었다. 하트필드의 마차를 타고 바람을 쐬는 것은 고문이었을 테고, 하트필드의 식품 저장실에서 온 칡은 독약이었을 것이다. 엠마는 그 모든 것을 이해했다. 이제 자신의 마음이 공정치 못하고 이기적인 분노에서 벗어나자, 제인 페어팩스의 신분 상승과 행복은 마땅히 그녀가 누릴 만한 것이라고 인정했다. 그러나 가여운 해리엇에 대한 생각은 너무나 부담스럽게 머릿속을 꽉 채웠다! 그녀 외의 다른 사람에게 나눠 줄 공감이 거의 없을 정도였다. 엠마는 몹시 두려운 마음으로 이 두 번째 실망감이 첫 번째보다 더 쓰라릴 거라고 생각했다. 그 대상이 더 탁월한 권리를 갖고 있음을 생각하면, 당연히 그럴 것이다. 게다가 그 애정이 해리엇의 마음에 더 강력한 영향을 미쳐서 침착함과 자제력을 낳았던 것을 고려하면, 마땅히 그럴 것이다. 하지만 이 고통스러운 사실을 알려 줘야 한다. 그것도 가급적 빨리. 웨스턴 씨는 헤어질 때 비밀을 지켜 주기를 당부했었다. 「당분간은 이 일을 완전히 비밀로 해야 할 거요. 처칠 씨가 바로 얼마 전에 잃은 아내에 대한 존중심으로 이 점을 강조했었소. 그리고 모두들 그것이 적절한 예법이라고 인정했소.」 엠마는 약속했다. 그래도 해리엇은 예외가 되어야 한다. 엠마에게는 그것이 더 우선적인 의무였다.

　괴로운 심정에도 불구하고 엠마는 웨스턴 부인이 조금 전 자기에게 했던 것과 똑같이, 자신이 해리엇에게 매우 곤혹스럽고도 미묘한 문제를 언급해야 한다는 사실이 우스꽝스럽다고 느끼지 않을 수 없었다. 그렇게나 불안한 마음으로 자기에게 전해진 그 소식을 이제 자신이 가슴 졸이며 다른 사람에게 전하려는 것이다. 해리엇의 발소리와 목소리가 들렸을 때 엠마의 심장이 빨리 뛰었다. 자신이 랜달스에 다가가고 있었을 때 가여운 웨스턴 부인도 그렇게 느꼈으리라. 그 사실을 알려 줄 때 똑같은 결과가 나올 수만 있다면! 하지만 불행히도 그럴 가능성은 있을 수 없었다.

「아, 우드하우스 양!」 해리엇은 급히 방으로 들어오면서 큰 소리로 말했다. 「이건 생전 처음 들어 보는 이상한 소식 아니에요?」

「무슨 소식을 말하는 건데?」 해리엇이 실로 어떤 암시라도 받았는지 그녀의 표정이나 목소리로는 짐작할 수 없었다.

「제인 페어팩스에 대해서 말이에요. 그런 이상한 얘기를 들어 본 적 있으세요? 아 참! 염려 마시고 그 이야기를 하셔도 괜찮아요. 웨스턴 씨가 직접 말씀해 주셨거든요. 조금 전에 그분을 만났어요. 중대한 비밀로 간직해야 한다고 말씀하셨어요. 그래서 당신을 빼고는 누구에게도 그 얘기를 해서는 안 된다고요. 그리고 당신은 다 알고 있다고 하셨어요.」

「웨스턴 씨가 무슨 말씀을 하셨는데?」 엠마는 여전히 어리둥절한 상태로 말했다.

「아! 그 일에 대해서 다 말씀해 주셨어요. 제인 페어팩스와 프랭크 처칠 씨가 결혼하리라는 것과 두 사람이 아주 오랫동안 몰래 약혼한 사이였다고요. 정말 이상한 일이지요!」

그야말로 실로 너무나 이상했다. 해리엇의 태도가 너무나 이상해서 엠마는 어떻게 이해해야 할지 알 수 없었다. 그녀의 성격이 완전히 달라진 듯했다. 그 사실을 알면서도 흥분하거나 실망하지도 않고, 특별한 관심을 보이는 것 같지도 않았다. 엠마는 어안이 벙벙해서 멍하니 그녀를 바라보았다.

「그분이 그녀를 사랑한다는 것을 알고 계셨어요?」 해리엇이 말했다. 「어쩌면 그러셨겠지요. 당신은 (얼굴을 붉히면서) 다른 사람의 마음속을 잘 들여다볼 수 있으니까요. 하지만 다른 사람들은……」

「정말이지.」 엠마가 말했다. 「내게 그런 능력이 있는지 심히 의심스러워. 내가 너에게 네 감정에 충실하라고, 내놓고 말한 것은 아니더라도 암암리에 권했는데, 그가 다른 여자를 사랑하는 것을 알고 있었느냐고 내게 진심으로 물어볼 수 있어, 해리엇? 난 프랭크 처칠 씨가 제인 페어팩스에게 관심이 있으리라고는 끝까지 전혀 몰랐어. 만일 그걸 의심했더라면 그에 따라서 네게 주의를 주었을 거라고 믿을 수 있겠지.」

「제게요?」 해리엇이 얼굴을 붉히며 깜짝 놀라서 소리쳤다. 「왜 제게 주의를 주셔야 해요? 설마 제가 프랭크 처칠 씨를 좋아한다고 생각하시는 건 아니겠지요?」

「네가 이렇게 당당하게 말하다니 기쁘구나.」 엠마는 미소를 지으며 대답했다. 「하지만 네가 그를 실로 좋아한다고 믿게끔 말한 적이 있다는 것을, 그것도 그리 오래전이 아니라는 걸 부정하려는 건 아니겠지?」

「처칠 씨를요! 아뇨, 전혀 아니에요. 우드하우스 양, 어떻게 제 생각을 그렇게 오해하실 수 있으세요?」 그녀는 곤혹스러운 표정으로 얼굴을 돌렸다.

「해리엇!」 엠마는 잠시 가만히 있다가 말했다. 「대체 무슨 말이지? 맙소사! 무슨 뜻이야? 너를 오해했다고! 그렇다면 내가 이렇게 생각을……」

더는 말을 할 수 없었다. 목소리가 나오지 않았다. 그녀는 가만히 앉아서 큰 두려움에 휩싸인 채 해리엇의 대답을 기다렸다.

얼굴을 돌린 채 조금 떨어진 곳에 서 있던 해리엇은 즉시 대답하지 않았다. 이윽고 입을 열었을 때 그녀의 목소리는 엠마처럼 흥분으로 떨리고 있었다.

「당신이 제 말을 오해하시리라고는 상상도 못 했어요. 그분의 이름을 밝히지 않기로 동의했었지요. 하지만 그분이 누구와도 견줄 수 없이 무한히 탁월한 분이라는 걸 생각하면, 다른 사람으로 여겨질 줄은 꿈에도 몰랐어요. 프랭크 처칠 씨라니요! 그분과 함께 있으면 프랭크 처칠 씨를 누가 쳐다보기나 하겠어요. 제 분별력이 프랭크 처칠 씨를 마음에 둘 정도로 형편없지 않기를 바라요. 그분의 옆에 서면 프랭크 처칠 씨는 아무것도 아니니까요. 그런데 당신이 그렇게 오해했다는 사실이 너무나 놀라워요! 정말이지, 당신이 제 애정을 전적으로 인정하고 고무해 주신다고 믿지 않았더라면, 그분을 감히 사모하는 것이 처음에는 너무 주제넘은 일이라고 생각했을 거예요. 더 놀라운 일도 일어난다고, 신분의 차이가 더 큰 결합도 있었다고 (바로 그렇게 말씀하셨지요) 말씀해 주지 않으셨으면, 저는 감히 그런 감정에 빠지지 않았을 거예요. 그런 일이 가능하리라고 생각하지도 않았을 테고요. 하지만 늘 그분을 잘 알고 지내셨던 당신이 만일 그렇게……」

「해리엇!」 엠마가 마음을 가라앉히려고 단호히 결심하며 큰 소리로 말했다. 「이제 더 이상 착각의 소지가 없도록 분명히 말하도록 하자. 네가 말하는 사람이…… 나이틀리 씨야?」

「물론이에요. 그 외의 다른 사람은 생각할 수도 없었어요. 그리고 당신도 그렇게 알고 계신다고 생각했어요. 그분에 대한 이야기를 나누었을 때 그 점은 더없이 분명했어요.」

「그렇게 분명하진 않았어.」 엠마는 억지로 차분히 말을 이었다. 「그때 네 이야기는 다른 사람을 가리키는 것 같았어. 네가 프랭크 처칠 씨라고 이름을 밝혔다고 주장할 수도 있을 정도였어. 프랭크 처칠 씨가 너를 집시들에게서 구해 주면서 도와준 일을 이야기했었지.」

「아! 우드하우스 양, 정말로 잊으셨나 봐요!」

「사랑하는 해리엇, 그때 내가 어떤 말을 했는지 그 요지를 잘 기억하고 있어. 네가 애정을 품은 것이 놀랍지 않다고 말했지. 그가 너를 도와준 일을 생각하면 그것은 지극히 자연스러운 일이라고. 너는 그 말에 동의했고, 네가 받은 도움에 대한 고마움을 열렬히 표현했어. 그가 너를 도와주려고 다가오는 것을 보았을 때 네 마음이 어땠는지도 말했었지. 그 인상을 생생하게 기억하고 있어.」

「아, 저런.」 해리엇이 소리쳤다. 「이제 무슨 말씀이신지 알겠어요. 하지만 저는 그때 전혀 다른 일을 생각하고 있었어요. 제가 말하려던 것은 그 집시들이나 프랭크 처칠 씨가 아니었어요. 아뇨! (약간 흥분하면서) 저는 훨씬 더 소중한 경우를 생각하고 있었어요. 엘튼 씨가 저와 춤추려 하지 않았고 방 안에 다른 파트너가 없었을 때 나이틀리 씨가 제게 오셔서 춤을 청하셨던 일 말이에요. 그야말로 친절한 행동이고, 고귀하게도 관대하고 너그러운 행동이었지요. 그 도움을 받고 나서 저는 그분이 이 세상 누구보다도 탁월한 분이라고 느끼게 되었어요.」

「맙소사!」 엠마가 소리쳤다. 「이건 한없이 불행한, 더없이 통탄할 만한 오해였어! 이제 어떻게 해야 할까?」

「그렇다면, 당신이 제 뜻을 이해하셨다면 제게 용기를 주지 않으셨겠군요. 하지만 적어도, 지금 제 상황이 그 다른 분을 연모했더라면 처했을 상황보다 더 나쁘지는 않아요. 지금은……실로 가능하고……」

해리엇은 잠시 말을 멈추었지만 엠마는 대답할 수 없었다.

「우드하우스 양, 저와 관련해서든 다른 사람과 관련해서든, 당신이 그 두 분 사이에 엄청난 차이가 있다고 느끼시는 것은 당연하겠지요. 저를 놓고 볼 때 한 분이 다른 분보다 무한히 고귀하다고 생각하실 거예요. 하지만 저는 바라고 있어요, 우드하우스 양, 가령 — 만일 — 이상하게 보일지라도…… 하지만 당신이 직접 말씀하셨지요. 더욱 놀라운 일들도 일어났다고 말이에요. 프랭크 처칠 씨와 저보다 신분의 차이가 더 큰 결합도 있었다고 말이죠. 그래서 이런 일들이 전에도 있었던 것 같으니 만일 제가 더할 나위 없이 운이 좋고 나이틀리 씨가, 그분이 정말로 신분의 차이를 그리 개의치 않으신다면, 당신이 그 일에 반대하시거나 방해하려고 애쓰지 않으시기를 바라요, 친애하는 우드하우스 양. 하지만 당신은 너무 좋으신 분이라서 그러지 않으리라고 믿어요.」

해리엇은 한쪽 창가에 서 있었다. 엠마는 소스라치게 놀라서 몸을 돌려 그녀를 바라보며 급히 말했다.

「나이틀리 씨가 네 애정에 보답하신다는 거니?」

「네.」 해리엇이 겸손하지만 두려워하는 기색 없이 대답했다. 「그렇다고 말씀드려야겠어요.」

엠마는 즉시 시선을 돌렸다. 그리고 말없이 생각에 잠겨 꼼짝도 하지 않고 몇 분간 앉아 있었다. 그 몇 분만으로도 자신의 심정을 알게 되는 데 충분했다. 일단 의혹에 접하자 그녀의 마음은 신속히 나아갔다. 그녀는 바로 진실에 접했고, 받아들이고 인정했다. 어째서 해리엇이 프랭크 처칠이 아니라 나이틀리 씨를 사랑하는 것이 훨씬 더 고약한 일이었을까? 어째서 해리엇이 보답에 대한 희망을 품고 있다는 것으로 그 불행이 더 끔찍하게도 커졌을까? 나이틀리 씨가 자기 외에는

558

누구와도 결혼해서는 안 된다는 생각이 화살처럼 재빨리 그녀의 뇌리를 스쳤다.

그 몇 분 사이에 자신의 심정뿐 아니라 자신의 행위가 눈앞에 훤히 펼쳐졌다. 그녀는 전에 없이 명료하게 그 모든 것을 보았다. 해리엇에 대한 자신의 행위가 얼마나 부적절했던가! 자신의 행위가 얼마나 몰이해하고, 얼마나 둔감하고, 얼마나 불합리하고, 얼마나 무정했던가! 자신이 얼마나 맹목적이고, 광기 어린 충동에 이끌렸던가! 이런 생각들이 그녀를 무시무시한 힘으로 강타했고, 그녀는 스스로에게 세상의 온갖 욕을 끌어다 퍼붓고 싶었다. 하지만 이 온갖 과실에도 불구하고 자신에 대한 일말의 존중과 체면을 지켜야 한다는 우려, 그리고 해리엇을 공정하게 대해야 한다는 확고한 의식으로(자기가 나이틀리 씨의 사랑을 받고 있다고 믿는 아가씨에게 동정심을 느낄 필요는 없을 것이다. 하지만 공정하게 행동하려면, 지금 그녀를 차갑게 대함으로써 불행하게 만들어서는 안 된다.) 엠마는 가만히 앉아서 차분하게, 심지어 친절하게 보이는 태도로 더 견뎌 내겠다고 결심했다. 실로 자신의 이익을 위해서라도, 해리엇이 최대한 어느 정도의 희망을 품고 있는지를 알아보는 편이 적절했다. 그리고 해리엇은 엠마가 자발적으로 느끼고 품어 온 호감과 관심을 빼앗길 만한 일을 저지른 것도 아니었다. 혹은, 늘 잘못된 조언으로 그녀를 올바로 이끌지 못한 사람에게서 경멸을 받을 만한 일을 저지른 것도 아니었다. 그러므로 엠마는 이런 깊은 생각에서 벗어나 마음을 가라앉히면서 다시 해리엇을 바라보았고 좀 더 호의적인 어조로 다시 말을 꺼냈다. 애초 이런 화제를 이끌어 냈던 제인 페어팩스에 대한 놀라운 이야기는 완전히 파묻혀 버리고 말았다. 그들은 둘 다 오로지 나이틀리 씨와 각자 자신에 대해서만 생각했다.

해리엇은 행복한 공상에 잠겨 서 있었지만 우드하우스 양처럼 판단력이 명석하고 다정한 친구가 이제 고무적인 태도로 일깨우자 공상에서 벗어나는 것이 싫지 않았고, 이야기를 해보라는 권유만 받으면 떨리기는 하지만 큰 기쁨을 느끼며 자신이 희망을 품게 된 과정을 말할 태세였다. 엠마는 물어보고 이야기를 들으면서 떨고 있었고, 그 전율은 해리엇의 떨림보다 더 잘 감춰졌지만 그렇다고 그만 못한 것은 아니었다. 엠마의 목소리가 불안하게 떨린 것은 아니었다. 하지만 그녀의 마음은 스스로에 대해서 알게 된 새로운 사실과 갑작스레 터져 나온 위협적인 불행, 돌연히 뒤섞인 당혹스러운 감정들이 일으키기 마련인 혼란에 휩싸여 요동치고 있었다. 그녀는 무척 괴로운 심정으로, 하지만 겉으로는 인내심을 잘 발휘하면서 그 자초지종을 들었다. 해리엇의 이야기가 체계적으로 잘 정리되었거나 잘 전달되기를 기대할 수는 없었다. 하지만 사소한 말이나 반복되는 말들을 모두 떼어 냈을 때 그 이야기에는 엠마가 낙담할 만한 골자가 들어 있었다. 나이틀리 씨가 해리엇을 더 낫게 생각하게 되었다고 말했던 일을 기억하면서 확인했기에 특히 그러했다.

해리엇은 무도회에서 그 결정적인 두 번의 춤을 춘 후에 나이틀리 씨의 행동이 달라졌음을 의식하게 되었다. 바로 그날 해리엇이 기대보다 훨씬 더 낫다고 그가 말했던 일을 엠마는 기억했다. 그날 저녁부터, 아니 적어도 우드하우스 양이 그를 마음에 두도록 고무한 날부터, 해리엇은 그가 전보다 더 자주 말을 걸고 전혀 다른 태도로 대한다는 것을 의식하게 되었다. 그의 태도는 친절하고 다정했다! 그 후에도 그녀는 그런 태도를 더욱더 의식하게 되었다. 그들이 다 함께 산책할 때면 그는 종종 그녀의 옆에서 함께 걸으며 너무나 유쾌하게 이야기했다! 그는 그녀를 잘 알고 싶어 하는 것 같았다. 엠마는 사실이 그러했음을 알고 있었다. 그녀 스스로도 그런 변화를 거의 비슷하게 관찰했었다. 해리엇은 그에게서 받은 인정과 찬사를 되풀이해서 말했고, 엠마는 그 말들이 자신이 알고 있는 해리엇에 대한 그의 평가와 거의 일치한다고 느꼈다. 그는 그녀에게 가식이나 꾸밈이 없고 소박하고 정직하며 너그러운 감정을 갖고 있다고 칭찬했다. 그가 해리엇에게서 그런 장점들을 보았음을 엠마는 알고 있었다. 그는 여러 차례 그런 말을 했었다. 그러나 해리엇의 기억에 남아 있는 많은 일들, 예컨대 사소하지만 특별한 여러 가지 관심을 보여 준 일이나 표정과 말, 다른 의자로 옮겨 앉은 일, 함축된 찬사, 넌지시 암시된 호감 같은 것들에 대해서는 전혀 의심을 품지 않았기에 알아차리지 못했었다. 장장 30분은 걸려서 이야기할 만한, 다양한 증거를 보여 주는 상황들을 보았지만 그녀는 전혀 알아차리지 못한 채 넘겨 버렸고 이제야 그 이야기를 듣게 된 것이다. 그러나 해리엇에게 가장 큰 희망을 준 최근의 두 가지 사건은 엠마 자신도 어느 정도 목격한 것이었다. 첫 번째 사건은 돈웰의 참피나무 가로수 길에서 그가 다른 사람들과 동떨어져 해리엇과 단둘이 산책했던 일이다. 엠마가 다가가기 전에 그들은 그곳에서 한참 걸었고 그는 그녀와 (해리엇이 생각하기로는) 단둘이 있으려고 애썼다. 그리고 처음에 그는 전보다 더 각별한 태도로, 정말이지 매우 특별한 방식으로, 그녀에게 말을 건넸다! (해리엇은 그 일을 회상하면서 얼굴을 붉히지 않을 수 없었다.) 그는 그녀가 좋아하는 사람이 있는지를 묻는 것 같았다. 하지만 우드하우스 양이 다가오자 그는 돌연 화제를 바꿔 농사에 대한 이야기를 꺼냈다. 두 번째 사건은 그가 마지막으로 하트필드를 방문했던 날 아침 엠마가 외출에서 돌아올 때까지 거의 30분간 — 그가 처음 들어섰을 때는 5분밖에 있을 수 없다고 했지만 — 자신과 이야기를 나눈 것이었다. 그리고 얘기하던 도중 그가 비록 런던에 가야 하지만 극히 내키지 않는 마음으로 집을 떠난다고 말했다는 점이다. 그것은 (엠마가 느끼기에) 그가 자신에게는 알려 주지 않은 사실이었다. 이 한 가지 점에서 드러난, 그가 해리엇에게 자기 심정을 더 솔직하게 털어놓았다는 사실에 엠마는 극심한 고통을 느꼈다.

잠시 생각한 후에 엠마는 첫 번째 상황에 대해서 과감한 질문을 던졌다. 「혹시 말이야, 네 생각으로는, 네가 누구를 사랑하고 있는지를 물어보셨을 때 그분이 마틴 씨를 암시한 것은 아니었을까? 마틴 씨의 관심사를 염두에 두었던 것은 아닐까?」 그러나 해리엇은 그 의혹을 열렬히 부정했다.

「마틴 씨라고요! 아뇨, 그럴 리 없어요. 마틴 씨에 대한 언급은 전혀 없었어요. 제가 이제는 마틴 씨를 좋아하거나 그렇다고 여겨질 정도로 어리석지는 않기를 바라요.」

해리엇은 증거라고 생각하는 것을 전부 이야기하고는 희망을 품을 근거가 확실하다고 생각하는지를 말해 달라고 사랑하는 우드하우스 양에게 호소했다.

「당신이 아니었더라면 저는 처음에 감히 그런 생각을 품지 않았을 거예요. 당신은 그분을 세밀히 관찰하고 그분의 행동에 따라서 처신하라고 하셨죠. 그래서 저는 그렇게 했어요.

그리고 이제는 제가 그분에게 걸맞은 사람이라는 느낌이 들어요. 그분이 저를 선택하시더라도 너무나 놀라지는 않을 거예요.」

이 말이 일으킨 쓰라린 감정과 그 숱한 괴로움 때문에, 엠마는 대답하기 위해서 엄청난 노력을 기울여야 했다.

「해리엇, 그저 이렇게만 말할게. 나이틀리 씨는 어떤 여자에게도 자신이 실제로 느끼는 것 이상의 감정을 갖고 있다는 생각을 의도적으로 심어 줄 사람이 절대 아니라는 거지.」

해리엇은 이렇게 만족스러운 대답을 해준 벗을 숭배하려 들었다. 아버지의 발소리가 들려왔기에 엠마는 그 순간 자기에게 끔찍한 고문이었을 황홀한 기쁨과 애정의 토로에서 벗어날 수 있었다. 아버지가 홀을 가로질러 걸어오고 있었다. 해리엇은 너무나 흥분한 상태라서 우드하우스 씨를 만날 수 없었다. 「마음을 진정시킬 수 없어요. 우드하우스 씨께서 놀라실 거예요. 전 돌아가는 편이 좋겠어요.」 그런 다음 해리엇은 더없이 신속한 격려를 받고 다른 문을 통해 나가 버렸다. 그녀가 문을 나선 순간, 엠마의 속마음이 저절로 터져 나왔다. 「아, 맙소사! 그녀를 만난 적이 없었더라면!」

그 후의 낮 시간과 밤 시간으로도 그녀의 생각을 정리하는 데 충분치 않았다. 지난 몇 시간 사이에 밀어닥친 혼란스러운 일들로 그녀는 어리둥절했다. 매 순간 놀라운 생각이 새롭게 떠올랐고, 그 놀라운 생각들은 죄다 부끄러운 일일 수밖에 없었다. 이 모든 일들을 어떻게 이해할 수 있을까! 이토록 스스로를 기만하고, 속아서 지내 온 것을 어떻게 이해할 수 있을까! 자신의 머리와 심정을 그렇게나 알지 못하고 큰 실수를 저지르다니! 그녀는 가만히 앉아 있다가 서성거렸다. 방 안을 이리저리 걸어 보기도 하고 관목 숲에 나가서 걸어 보기도 했다. 어디에 있든지, 어떤 자세를 취하든지 간에 그녀는 자신이 극히 어리석게 행동해 왔음을 깨달았다. 그녀는 몹시 창피하게도 다른 사람들에게 속았지만, 그보다 훨씬 더 부끄럽게도 스스로를 속였던 것이다. 비참한 기분이었다. 어쩌면 바로 이날이 비참한 나날의 시작일지도 모른다.

제일 먼저 해야 할 일은 바로 자신의 마음을 이해하는 것, 철저히 이해하는 것이었다. 아버지를 돌봐 드리고 남는 시간마다, 그리고 의도치 않게 멍한 상태에 빠져들든 순간마다 엠마는 그 생각에 잠겼다.

이제 자신의 모든 감정이 분명히 드러났듯이, 나이틀리 씨가 자신에게 그렇게 소중한 사람이었던 것은 언제부터였을까? 그 자신에게 영향을, 그런 영향을 미치게 된 것은 언제였을까? 한때 프랭크 처칠이 잠시 차지했던 그녀의 애정을 그가 언제 물려받은 것일까? 그녀는 지난날을 돌아보고 두 사람을 비교해 보았다. 프랭크 처칠 씨를 알게 되었을 때부터 그들에 대해서 늘 생각했던 대로 비교해 보았고, 아, 만일 다행히도 그들을 비교해 보려는 생각이 들었더라면 언제라도 그렇게 했을 방식으로 비교해 보았다. 그러고는 깨달았다. 나이틀리 씨를 무한히 더 탁월한 사람이라고 여기지 않은 적이 없었고, 자신에 대한 그의 배려가 무한히 더 소중하다고 느끼지 않은 적이 없었음을. 그 반대로 확신하고 상상하고 행동했을 때 자신이 순전히 자기기만에 빠져서 자신의 심정조차 헤아리지 못했었다는 것을. 간단히 말해서, 자신이 프랭크 처칠을 진심으로 좋아한 적이 한 번도 없었다는 것을!

처음 이어진 사색의 결론은 바로 이것이었다. 첫 번째 물음에 대해서 그녀가 도달한 자기 인식은 바로 이것이었다. 그리고 그것을 깨닫는 데 오래 걸리지도 않았다. 그녀는 몹시 슬프고도 화가 났다. 스스로에게 밝혀진 하나의 감정, 나이틀리 씨에 대한 애정을 제외하고는 모든 감정이 부끄러웠다. 자기 마음의 다른 부분들은 모두 불쾌하기 짝이 없었다.

도저히 봐줄 수 없는 허영심으로 그녀는 다른 사람들의 감정을 알고 있다고 믿었었다. 용서할 수 없는 교만으로 그녀는 다른 사람들의 운명을 결정해 주겠다고 나섰었다. 그러고는 도처에서 그녀의 착각이 입증되었다. 아무 일도 하지 않은 것이 아니라, 오히려 불행을 일으켰다. 해리엇에게, 자기 자신에게, 그리고 매우 걱정스럽게도 나이틀리 씨에게 재앙을 가져온 것이다. 만일 그 무엇보다도 대등하지 못한 이 혼사가 이뤄진다면, 그 발단을 제공한 데 대해서 탓할 사람은 오로지 자신뿐이었다. 만일 그가 해리엇을 사랑하게 되었다면 그것은 오로지 해리엇의 애정을 알게 되었기 때문이라고 생각할 수밖에 없으니까. 혹시 그렇지 않더라도, 자신의 어리석음만 아니었더라면 그는 결코 해리엇을 알지 못했을 테니까.

나이틀리 씨와 해리엇 스미스라! 이것은 온갖 놀라운 혼사들을 뛰어넘는 결합이었다. 이와 비교할 때 프랭크 처칠과 제인 페어팩스의 애정은 평범하고, 진부하고, 흔해 빠진 일이라서 놀라울 것도 없고 차이가 나는 것도 아니고 얘깃거리나 생각할 거리도 되지 않았다. 나이틀리 씨와 해리엇 스미스라! 그녀 쪽에서는 어마어마한 신분 상승이고, 나이틀리 씨 쪽에서는 엄청난 전락일 것이다! 그 일로 그에 대한 세간의 평가가 얼마나 낮아질지를 생각하고, 그 일로 인해 그에 대한 조롱이나 흥겨운 농담이 자자할 것을 예상하고, 그의 동생이 느낄 수치심과 경멸, 그리고 그 스스로가 겪을 수많은 불편을 생각하자 엠마는 끔찍한 심정이었다. 이런 일이 과연 일어날 수 있을까? 아니, 도저히 있을 수 없는 일이었다. 하지만 전적으로 불가능한 일이라고는 할 수 없었다. 최고의 능력을 가진 남자가 매우 열등한 여자에게 매료되는 것이 어디 처음 있는 일이겠는가? 한 남자가, 어쩌면 너무 바빠서 상대를 찾지 못하는 어떤 남자가 그를 얻으려고 애쓰는 아가씨의 차지가 되는 것이 처음 있는 일일까? 대등하지 않고, 조화롭지 않고, 어울리지 않는 혼인이 이 세상에 처음으로 있는 일일까? 혹은 우연과 상황(두 번째 원인[51]으로서)으로 인간의 운명이 결정되는 것이 처음 있는 일일까?

아, 자신이 해리엇을 이끌어 내지만 않았더라면! 그녀가 마땅히 있어야 할 자리라고 그가 말했던 곳에 그녀를 그냥 내버려 두었더라면! 그녀가 당연히 속해야 할 계층에서 그녀를 행복하고 존중받게 해줄 그 훌륭한 젊은이와의 결혼을 이루 말할 수 없는 어리석음으로 가로막지 않았더라면! 그랬더라면 모두 다 무사했을 테고, 이런 끔찍한 결과가 생기지 않았을 텐데.

과연 어떻게 해서 해리엇은 주제넘게도 나이틀리 씨를 넘볼 수 있게 되었을까! 어떻게 감히, 실제로 확인도 해보지 않은 채, 그런 남자의 선택을 받았다고 상상할 수 있게 되었을까! 해리엇은 전처럼 겸손하지 않았고, 전처럼 주저하지도 않았다. 마음에서건 처지에서건 자신이 열등하다는 사실을 거의 느끼지 않는 것 같았다. 지금 나이틀리 씨보다도 엘튼 씨의 경우였을 때 자기와 결혼하면 지위가 낮아진다는 점을 더

[51] 만물의 〈첫 번째 원인〉인 신이나 신의 은총과 구별되는 원인.

의식했던 것 같다. 슬프게도! 이 역시 엠마 자신이 만들어 낸 일이 아니었던가? 해리엇의 자부심을 키워 주려고 애쓴 사람이 자기 외에 또 누가 있었던가? 그녀에게 가급적 자신의 지위를 높여야 한다고, 세속적으로 높은 집안에 영입될 수 있을 만큼 큰 권리가 있다고 가르친 사람이 자기 외에 또 누가 있겠는가? 만일 해리엇이 겸손한 여자에서 허영심이 강한 여자로 변했다면, 그것 역시 자신이 저지른 일이었다.

제12장

엠마는 자신의 행복에 있어서 얼마나 많은 부분이 나이틀리 씨에게 첫 번째가 되는 것에 달려 있는지를, 즉 그의 관심과 애정에서 첫째 자리를 차지하는 데 달려 있다는 것을 지금까지, 그것을 빼앗길 위험에 처한 이 순간까지 알지 못했었다. 자신이 그것을 차지하고 있다는 데 만족하고 당연히 자기 몫이라고 느끼면서 아무 생각 없이 누려 왔던 것이다. 그리고 이제 자기가 밀려날지 모른다는 불안감이 들면서 비로소 그것이 얼마나 중요했는지를 알게 되었다. 오래도록, 아주 오랫동안, 그녀는 자기가 첫째라고 느껴 왔다. 그에게 가까운 여자 친척이 없었으므로 그녀와 동등한 권리를 갖고 있는 사람은 오로지 이사벨라뿐이었다. 그리고 그가 이사벨라를 얼마나 사랑하고 존중해 왔는지를 그녀는 늘 잘 알고 있었다. 지난 오랜 세월 동안 그에게 첫째였던 사람은 바로 자신이었다. 자신이 그런 관심을 받을 자격이 있었던 것은 아니었다. 종종 그의 충고를 무시하면서 듣지 않거나 고집을 부렸고, 그의 미덕을 절반도 알지 못하면서 때로 일부러 그에게 맞서기도 했고, 자신의 그릇되고 거만한 판단을 그가 인정해 주지 않았기에 말다툼을 벌이기도 했다. 그래도 그는 가족에 대한 애정과 습관으로 그리고 탁월한 마음으로 그녀를 사랑해 왔고, 어린 소녀였을 때부터 그녀를 지켜봐 왔으며, 그녀를 향상시키려고 애썼고, 그녀가 올바른 일을 하기를 바랐었다. 그런 그의 마음을 그녀와 나눈 사람은 없었다. 온갖 결함을 갖고 있음에도 불구하고 그녀는 자신이 그에게 소중한 존재라는 것을 알고 있었다. 대단히 소중한 존재라고 말할 수 있지 않을까? 하지만 이 부분에서 이어져야 할 희망의 가능성을 가늠해 볼 때, 그녀는 감히 그 가능성을 마음껏 부풀릴 수 없었다. 해리엇 스미스는 자신이 나이틀리 씨의 각별하고도 열렬하며 유일한 사랑을 받을 가치가 없지 않다고 생각할지도 모른다. 하지만 그녀는 그렇게 생각할 수 없었다. 그가 자기를 맹목적으로 좋아한다고 우쭐해할 수도 없었다. 바로 얼마 전에도 그는 자기의 애정이 얼마나 공정한 것인지를 입증했었다. 베이츠 양에 대한 그녀의 행동에 그가 얼마나 큰 충격을 받았던가! 그 문제에 대해서 그가 얼마나 직설적으로 강력하게 자기 생각을 밝혔던가! 그녀가 저지른 일에 비해서 지나치게 강력한 것은 아니었지만 그래도 올곧은 정의감과 예리한 선의보다 더 부드러운 감정에서 나왔다고 보기에는 너무나 강력했다. 그녀는 지금 문제되고 있는 그런 종류의 애정을 그가 자기에 대해서 느낄 수 있으리라는 희망, 희망이라는 이름에 값할 만한 것을 조금도 가슴에 품을 수 없었다. 하지만 해리엇이 잘못 생각했을 수도 있고 그녀에 대한 그의 관심을 과대평가하고 있으리라는 (때로 실낱같고, 때로는 더 강렬한) 희망은 품을 수 있었다. 그를 위해서 그가 평생 독신으로 살아가기를 엠마는 바라야 한다. 그 결과가 자기에게는 아무것도 가져다주지 못하더라도 말이다. 그가 절대로 결혼하지 않으리라는 것을 실로 믿을 수만 있다면 그녀는 더 바랄 게 없으리라고 생각했다. 그가 그녀와 아버지, 그리고 온 세상에 전과 똑같은 나이틀리 씨로 계속 남아 있을 수 있다면. 돈웰과 하트필드가 우정과 신뢰로 이어진 소중한 교류를 조금도 잃지 않을 수 있다면. 그러면 그녀는 온전히 마음의 평화를 얻을 것이다. 사실 자신에게는 결혼이 적합하지 않을 것이다. 아버지에 대한 자신의 의무와 나이틀리 씨에 대한 자신의 감정은 양립할 수 없을 것이다. 그 어떤 일이 있어도 자신은 아버지와 떨어질 수 없었다. 자신은 결혼하지 않을 것이다. 나이틀리 씨가 청혼한다고 해도 말이다.

엠마는 해리엇이 실망을 맛보게 되기를 열렬히 바라지 않을 수 없었다. 그리고 그들 두 사람이 다시 함께 있는 것을 볼 수 있을 때 그 가능성이 얼마나 될지 적어도 확인할 수 있기를 바랐다. 앞으로는 그들을 면밀히 관찰해야 한다. 한심하게도 자신이 지금까지 관찰해 온 사람들을 오해하기는 했지만, 이 문제에 있어서도 눈이 멀 수 있으리라고는 인정하고 싶지 않았다. 그는 언제라도 돌아오리라고 예상되었다. 그러면 그녀는 당장 관찰력을 동원할 것이다. 생각이 한곳에 집중될 때 그녀의 관찰력은 무시무시하게도 신속히 작동했다. 그동안에는 해리엇을 만나지 않기로 결심했다. 그 문제에 대해서 더 얘기를 나눠 봐야 자기들 두 사람에게 도움이 되지 않을 테고, 그 문제에도 보탬이 되지 않을 터이다. 그녀는 의혹을 품을 수 있는 한은 믿지 않겠다고 결심했지만, 해리엇의 확신에 이의를 제기할 근거도 없었다. 그러므로 얘기를 나눠 봐야 그저 속만 탈 것이다. 그래서 그녀는 해리엇에게 편지를 썼고, 당분간 하트필드에 오지 않도록 친절하지만 단호하게 부탁했다. 한 가지 주제에 대한 솔직한 논의는 앞으로 피하는 것이 좋겠다는 확신을 언급했고, 여러 사람들과 어울리는 경우가 아니라면 — 그녀가 반대하는 것은 오직 단둘이 만나는 것이었으므로 — 며칠 지난 후 다시 만났을 때 어제의 대화를 잊은 듯이 행동할 수 있으리라고 기대했다. 해리엇은 그 제안을 받아들였고 수긍했으며 고맙게 여겼다.

이 문제가 이렇게 정리되었을 때 손님이 오는 바람에 엠마는 지난 스물네 시간 동안 자고 있을 때나 깨어 있을 때나 조금도 뇌리를 떠나지 않았던 생각에서 약간 벗어날 수 있었다. 며느릿감을 방문하고 집으로 돌아가는 길에 하트필드에 들른 웨스턴 부인은 그렇게나 흥미진진한 만남에 대해서 자세히 들려주는 것이 스스로에게 즐거운 일인 만큼 엠마에 대한 의무라고 느꼈던 것이다.

웨스턴 씨는 아내를 따라서 베이츠 부인의 집에 갔었고, 그처럼 중요한 방문에서 자기 역할을 매우 훌륭하게 수행했다. 하지만 그런 다음 그의 아내는 페어팩스 양에게 바람을 쐬러 나가자고 설득했다. 그러므로 15분간 베이츠 부인의 응접실에서 어색한 감정으로 몹시 불편해하면서 들을 수 있었던 것보다 더 흡족한 얘깃거리를 많이 갖고 돌아왔다.

엠마는 호기심을 약간 느꼈다. 그리고 벗이 이야기하는 동안에 그 호기심을 최대한 발휘하려고 애썼다. 웨스턴 부인은 페어팩스 양을 방문하려고 집을 나섰을 때 다소 흥분한 상태였다. 처음에는 당분간 방문하지 않을 생각이었다. 그 대신 페어팩스 양에게 편지를 보내고, 적절한 시간이 지나서 처칠 씨가 약혼 사실이 널리 알려지는 것을 감수할 수 있을 때까지 정식으로 방문하는 일을 미루려고 했었다. 모든 점을 고려하건대, 그런 방문은 소문이 날 수밖에 없으리라고 생각했다. 그러나 웨스턴 씨의 생각은 달랐다. 그는 페어팩스 양과 그 가족에게 자신이 결혼을 허락한다는 사실을 몹시 알려 주고 싶어 했고, 그런 방문으로 의심을 사는 일은 없으리라고 생각했다. 혹시 의심을 사더라도 전혀 중요하지 않은 일이라고 생각했다. 〈그런 일은 늘 들통나기 마련〉이라고 말했다는 것이다. 미소를 지으면서 엠마는 웨스턴 씨가 그렇게 말할 만한 충분한 이유가 있다고 생각했다. 결국 그들은 방문했고, 그 아가씨는 실로 이루 말할 수 없는 번민과 당혹감을 드러냈다. 그녀는 말 한마디도 할 수 없을 지경이었고, 자의식으로 몹시 고통스러워하고 있음을 매 순간 표정과 행동으로 드러냈다. 노부인이 조용히 진심으로 흡족해하고 그 딸이 열광적인 기쁨을 느낀 것 ― 기쁨이 너무나 큰 나머지 그녀는 평소와 달리 입도 뻥긋할 수 없었다 ― 은 무척 흐뭇하고 감동적인 장면이었다. 그 두 사람은 행복을 느끼는 데 있어서 참으로 점잖았고, 온갖 감정에 있어서 사심이 없었다. 제인에 대해서 그리고 다른 사람들에 대해서는 너무나 중요하게 생각하면서 자신들에 대해서는 너무 하찮게 생각했으므로, 그 모녀는 온갖 다정한 마음을 일으키지 않을 수 없었다. 웨스턴 부인은 페어팩스 양이 최근에 병을 앓았던 것을 구실 삼아 바람을 쐬러 나가자고 청했다. 그녀는 머뭇거리며 처음에는 거절했지만 재촉을 받자 응했다. 산책하는 동안에 웨스턴 부인은 부드럽게 용기를 북돋아 주면서 그녀의 당혹감을 상당히 떨쳐 낼 수 있었고 그 중요한 문제에 대해서 말하도록 이끌어 갈 수 있었다. 그녀는 처음 응접을 받았을 때 자신이 무례하게도 침묵을 지켰던 일에 대해 당연히 사죄했고 웨스턴 씨 부부에 대해서는 늘 느껴 왔던 감사하는 마음을 열렬히 토로하면서 이야기를 시작했다. 이러한 감정의 토로가 끝난 다음 그들은 현재와 미래의 약혼 상태에 관해서 많은 이야기를 나누었다. 웨스턴 부인은 그런 대화로 페어팩스 양이 마음속에 오랫동안 꼭꼭 묻어 두었던 것들을 털어 낼 수 있어서 큰 위안이 되었으리라고 생각했고, 그 문제에 대한 그녀의 이야기를 무척 기쁘게 받아들였다.

「여러 달 동안 숨기면서 겪었던 비참한 심정에 대해서 역설하더구나.」 웨스턴 부인이 말을 이었다. 「바로 이렇게 말했어. 〈제가 약혼한 이후로 행복한 순간이 없었다고는 말할 수 없지만, 한시도 마음이 편안한 적이 없었다고 말씀드릴 수 있어요.〉 이렇게 말할 때 떨리는 입술로 그 말이 진실이라는 걸 드러냈기에 난 동정심을 느꼈단다, 엠마.」

「가엾은 아가씨!」 엠마가 말했다. 「그렇다면 비밀 약혼에 동의한 것이 잘못이었다고 생각하는군요?」

「잘못이었다고! 남들이 아무리 가혹하게 그녀를 비난하더라도 그녀가 스스로를 질책한 것에는 미치지 못할 거야. 〈그 결과로 저는 끊임없는 고통을 겪었어요. 마땅히 그래야지요. 잘못된 행위로 인해 어떤 벌을 받더라도, 그래도 그것은 여전히 잘못된 행위니까요. 고통을 받는다고 해서 속죄되는 것은 아니니까요. 결백한 상태로 돌아갈 수도 없고요. 제가 옳다고 생각하는 것과 정반대로 행동했으니까요. 모든 일이 다행히도 잘 풀려서 제가 지금 친절한 대접을 받고 있지만, 양심 속에서는 이렇게 되어서는 안 된다고 느끼고 있어요. 제가 교육을 잘못 받았다고는 생각하지 말아 주세요, 마담. 저를 키위 준 분들의 원칙이나 보살핌을 조금도 탓하지 말아 주세요. 그 과오는 오로지 제가 저지른 것이었으니까요. 현재의 상황이 모든 것을 용서해 주는 듯하지만, 그래도 저는 그 일을 캠프벨 대령에게 말씀드릴 일을 생각하면 두려워요.〉 이렇게 말하더구나.」

「가엾은 아가씨!」엠마가 다시 말했다. 「그렇다면 그녀는 그를 몹시 사랑하는군요. 오로지 사랑 때문에 비밀 약혼을 하도록 이끌렸을 거예요. 애정이 그녀의 판단력을 압도한 거지요.」

「그래, 의심할 바 없이 그녀는 프랭크를 무척 사랑할 거야.」

「유감스럽게도 내가 종종 그녀를 불행하게 만들었겠군요.」엠마가 한숨을 쉬며 말했다.

「네 편에서는, 사랑하는 엠마, 전혀 모르고 한 일이었지. 하지만 그가 전에 암시했던 오해에 대해 넌지시 언급했을 때 그녀는 아마 그것을 생각했을 거야. 그녀가 개입된 그 불행한 일로 인해 어쩔 수 없이 빚어진 결과들 중 하나는 자신이 무분별해졌다는 거였단다. 자기가 옳지 않은 일을 했다는 의식 때문에 수천 가지 불안한 생각에 빠져들어서 프랭크가 견딜 수 없을 정도로 — 실제로 그랬고 — 흠을 잡고 짜증을 부리게 되었다는 거야. 〈마땅히 그랬어야 했지만, 저는 그의 기질과 기분을 참작하지 못했어요. 다른 상황에서였더라면 그의 즐거운 기분, 명랑함, 장난기 어린 성격이 처음에 그랬듯이 제게 늘 매혹적이었을 거예요.〉 그러고 나서 그녀는 너에 대해서 얘기하더구나. 자기가 앓는 동안에 네가 보여 주었던 큰 친절에 대해서 말이지. 그러고는 얼굴을 붉히면서 — 그래서 나는 그 일들이 모두 어떻게 연관된 것인지를 알 수 있었지 — 기

574

회가 있을 때 네게 고맙다는 말을 전해 달라고 하더구나. 그녀를 도와주려던 네 바람과 온갖 노력에 대해서 고맙다고 말이야. 내가 아무리 고맙다고 말해도 충분하지 않겠지. 그녀는 네가 자신에게서 적절한 감사의 인사를 전혀 받지 못했다고 느끼고 있었어.」

「그녀가 지금 행복하다는 사실을 알지 못했더라면 — 그녀의 까다로운 양심을 괴롭히는 사소한 잘못들이 있긴 해도 지금은 틀림없이 행복할 테니까요 — 난 그런 고맙다는 말을 참을 수 없었을 거예요.」 엠마가 진지하게 대답했다. 「왜냐하면 아, 웨스턴 부인, 내가 페어팩스 양에게 저지른 나쁜 일과 좋은 일을 모두 더해 본다면! 하지만 (감정을 억제하고 좀 더 활기차게 말하려고 애쓰며) 이 일은 전부 잊는 게 좋겠어요. 이런 흥미로운 일을 알려 주셔서 고마워요. 이 이야기 덕분에 그녀가 더없이 돋보이게 되었어요. 나는 그녀가 무척 좋은 사람이라고 믿어요. 그녀가 매우 행복하기를 바라고요. 행운이 그의 쪽에 있다는 것은 아주 적절한 일이에요. 내가 생각하기에, 미덕은 오로지 그녀 쪽에 있으니까요.」

이런 결론에 대해서 웨스턴 부인이 대답을 하지 않고 그냥 넘어갈 수는 없었다. 그녀는 프랭크를 거의 모든 면에서 훌륭하다고 생각했고 게다가 그를 무척 사랑했던 것이다. 그러므로 그녀는 진심으로 그를 옹호했다. 그녀의 말에는 상당히 타당한 이유가 있었고, 적어도 그에 못지않은 애정이 담겨 있었다. 하지만 그녀의 애정이 지나쳤기에 엠마의 관심을 끌 수 없었다. 그녀의 생각은 이내 브런스윅 스퀘어나 돈웰로 빠져들었기에 귀를 기울일 것도 잊어버렸다. 웨스턴 부인이 〈우리가 무척 기대하고 있는 편지를 아직 받지 못했어. 하지만 곧

오기를 바란단다〉라고 이야기를 마쳤을 때, 그녀는 대답하기 전에 잠시 머뭇거려야 했다. 결국 되는대로 대답해야 했을 때도 그들이 그렇게 기대하고 있는 편지가 무슨 편지인지를 기억할 수 없었다.

「몸이 아픈 것 아니야, 엠마?」 웨스턴 부인이 작별하면서 물었다.

「아! 건강해요. 아시다시피 나는 늘 건강하잖아요. 가급적 빨리 그 편지 소식을 알려 주세요.」

웨스턴 부인이 들려준 이야기 때문에 엠마는 페어팩스 양에 대한 과거 자신의 부당한 행동을 떠올렸고 그녀에 대한 존중심과 동정심이 더욱 커지는 것을 느끼면서 유쾌하지 못한 생각에 잠기게 되었다. 엠마는 페어팩스 양과 친하게 지내려고 애쓰지 않았던 것을 몹시 후회했고, 어느 정도로는 그 원인이었음에 틀림없는 질투심을 생각하며 얼굴을 붉혔다. 나이틀리 씨가 바랐던 대로 페어팩스 양에게 그녀가 받아 마땅한 관심을 쏟았더라면, 그녀를 더 잘 알기 위해 노력했더라면, 친해지기 위해서 해야 할 일을 했더라면, 해리엇 스미스 대신에 그녀를 친구로 삼으려고 노력했더라면, 그랬더라면 지금 자신을 짓누르고 있는 온갖 고통을 느끼지 않아도 되었을 것이다. 출생으로 보나 재능이나 교육으로 보나 그 한 명은 분명 자신이 고맙게 받아들여야 할 친구로 정해져 있었다. 그런데 또 다른 한 명은…… 그녀는 어떤 존재였던가? 만일 자신이 페어팩스 양과 결코 친해지지 않았더라도, 이 중요한 문제에 있어서 그녀가 비밀을 털어놓지 않았더라도 — 그럴 가능성이 농후한데 — 그래도 그녀를 마땅히 알아야 할 만큼 그리고 알 수 있었을 만큼 알았더라면, 엠마는 딕슨 씨에 대한 부도덕한 애정 같은 그런 가증스러운 의심을 품지 않았을 것이다. 그런 의심을 마음에 품은 것만으로도 너무나 어리석은 일이었는데, 더욱더 용서할 수 없게도 그 의심을 다른 사람에게 알려 주었던 것이다. 바로 이 일이 프랭크 처칠의 경박하고 무신경한 성격 때문에 제인의 섬세한 감정에 엄청난 고통을 주었으리라고 생각하며 엠마는 몹시 우려하지 않을 수 없었다. 하이버리에 온 후 제인을 둘러싼 여러 가지 불행의 원인들 가운데 최악의 것은 바로 자신이었으리라고 엠마는 확신했다. 자신이 틀림없이 영원한 적이었을 것이다. 그 세 사람이 함께 있을 때 자신은 언제나 제인 페어팩스의 평온한 마음에 무수히 상처를 입혔을 것이다. 박스 힐에서 어쩌면 더 이상 견딜 수 없는 고뇌를 일으켰을 것이다.

하트필드에서 그날 저녁 시간은 매우 길고 우울하게 지나갔다. 날씨마저 음울함을 더해 주었다. 차가운 돌풍이 일면서 비가 내리기 시작했고, 바람에 휘날리는 나무들과 관목 숲을 제외하면 어디를 보아도 7월처럼 느껴지지 않았다. 기나긴 저녁 시간은 그 음울한 광경을 더 오래 보여 주었을 뿐이다.

우드하우스 씨는 늘 날씨에 영향을 받았기에 딸의 끊임없는 보살핌을 받아야만 그럭저럭 편안하게 느낄 수 있었다. 엠마는 이런 노력을 기울이는 것을 예전에는 절반도 힘들게 느끼지 않았었다. 날씨 때문에 웨스턴 부인의 결혼식이 있었던 날 저녁 아버지와 단둘이 처음으로 쓸쓸히 마주하던 때가 연상되었다. 하지만 그때는 차 마실 시간이 지난 후 나이틀리 씨의 방문으로 우울한 기분이 말끔히 사라졌었다. 슬프게도! 그런 방문들에서 암시되었듯이, 하트필드가 매력적인 곳이라는 유쾌한 증거는 곧 사라질 것이다. 그때 그녀가 다가오는 겨울에 느낄 결핍을 예상하면서 상상했던 그림은 전부 다 틀렸었다. 그들을 떠난 벗도 없었고, 잃어버린 기쁨도 없었다. 그러나 현재의 불안한 예감은 그때처럼 반증되는 일이 없으리라는 우려가 밀려들었다. 지금 자기 앞에 펼쳐진 전망은 두려움을 완전히 떨쳐 버릴 수 없으리만치 위협적이었고, 부분적으로도 밝아질 수 없으리만치 암울했다. 그녀의 벗들 사이에서 앞으로 일어날 일들이 모두 일어난다면, 하트필드에는 사람들의 자취가 뜸해지고, 그녀는 그저 사라져 버린 행복을 기억하면서 아버지와 단둘이 남아 아버지의 기운을 북돋우려할 것이다.

랜달스에서 태어날 아기는 엠마보다 더 소중한 유대를 그곳에 만들어 낼 것이다. 그 아기는 웨스턴 부인의 마음과 시간을 독차지할 것이다. 그들은 그 부인을 빼앗길 것이고, 어쩌면 그 남편도 다분히 빼앗길 것이다. 프랭크 처칠은 더 이상 그들에게로 돌아오지 않을 테고, 페어팩스 양은 당연히 곧 하이버리를 떠날 것이다. 그들은 결혼해서 엔스콤이나 그 근방에 정착할 것이다. 좋은 것들은 모두 멀어질 것이다. 이런 상실감에다 돈웰을 잃은 일까지 더해진다면, 자기들과 가깝게 지냈던 쾌활하고 합리적인 사람들과의 교제에서 과연 무엇이 남게 될까? 나이틀리 씨가 편안한 저녁 시간을 보내려고 하트필드에 더 이상 오지 않는다면? 하트필드를 자기 집으로 삼으려는 듯 어느 시간에나 들어서던 일이 더는 일어나지 않는다면? 그것을 어떻게 견딜 수 있을까? 만일 해리엇 때문에 그를 빼앗긴다면, 그가 원하는 것을 앞으로 해리엇과의 관계에서 전부 얻을 거라고 생각해야 한다면, 만일 나이틀리 씨가 지상 최고의 축복을 누리기 위해서 선택한 여자가 해리엇이고 그녀가 첫째이자 가장 소중한 사람이며 벗이자 아내라면? 그 모든 일이 자기가 만들어 낸 것이라는, 뇌리에서 결코 사라지지 않을 생각이 자신의 참담한 심정을 키우기밖에 더할까?

이런 생각에 이르렀을 때 엠마는 흠칫 놀라거나 깊은 한숨을 쉬지 않을 수 없었고 심지어는 몇 초간 방 안을 서성이지 않을 수 없었다. 조금이라도 위안이나 마음의 평정 같은 것을 끌어낼 수 있는 원천이 있다면 그것은 앞으로 더 나은 행동을 하겠다고 결심하고, 다가오는 인생의 겨울철마다 활기와 명랑함이 그 이전보다 부족하더라도 더욱 이성적이고 스스로를 더 잘 아는 성숙한 인간이 되어서 그 계절이 지나갔을 때 후회할 일이 더 적어지기를 바라는 것뿐이었다.

제13장

　다음 날 오전 내내 똑같은 날씨가 이어졌고, 마찬가지로 외롭고 우울한 분위기가 하트필드에 감돌았다. 그러나 오후가 되자 날이 개었고 바람이 잠잠해지면서 구름이 물러나고 햇살이 드러났다. 다시 여름이 된 것 같았다. 이렇게 날씨가 바뀌자 엠마는 되도록 빨리 산책을 나가려고 생각했다. 폭풍우가 지나간 다음의 평온하고 따뜻하며 화창한 자연의 아름다운 풍경과 냄새, 감각이 이처럼 매혹적이었던 적이 없었다. 그녀는 그 풍경이 서서히 자아낼 평온함을 갈망했다. 정찬 직후에 페리 씨가 방문했고 한 시간 동안 한가하게 아버지와 이야기를 나눌 수 있었기에 엠마는 지체 없이 관목 숲으로 걸음을 옮겼다. 그곳에서 상쾌해진 기분으로 고통스러운 생각에서 약간 벗어나 그녀는 몇 바퀴를 돌았다. 그런데 그때 정원 문을 지나서 자기 쪽으로 다가오는 나이틀리 씨가 보였다. 그가 런던에서 돌아왔음을 처음으로 알게 된 것이다. 방금 전에도 그녀는 틀림없이 16마일 떨어진 곳에 있을 그를 생각하고 있었다. 이제 마음을 재빨리 가다듬을 시간밖에 없었다. 침착하고 차분해야 한다. 30초도 지나지 않아 그들은 마주쳤다.

둘 다 긴장한 태도로 조용히 인사를 나누었다. 그녀는 서로의 친지들 안부를 물었다. 그들은 모두 건강했다. 「언제 그곳에서 출발하셨어요?」「바로 오늘 아침에.」「빗속에 여행하셨겠네요.」「그렇소.」그는 그녀와 함께 산책할 생각이었다. 「방금 식당을 들여다보았는데 그곳에서 내가 필요하지 않은 것 같기에 밖으로 나왔소.」그의 표정도, 말투도 쾌활하지 않다고 그녀는 생각했다. 그 첫 번째 이유는 아마도 그가 자기 계획을 동생에게 이야기했고 그 소식을 받아들이는 동생 부부의 태도에 마음이 상했기 때문일 거라고 그녀는 두려운 마음으로 생각했다.

그들은 함께 걸음을 옮겼고, 그는 아무 말도 없었다. 그는 종종 그녀의 얼굴을 바라보는 것 같았다. 그녀가 적절히 보여 줄 수 없는데도 얼굴을 정면으로 보려는 것 같았다. 이런 생각이 들자 또 다른 두려움이 일었다. 어쩌면 그는 해리엇에 대한 애정을 솔직히 털어놓고 싶어서 말을 꺼낼 수 있도록 고무해 주기를 기다리고 있는지도 모른다. 엠마는 그런 주제로 나아갈 이야기를 끌어낼 수 있다고 느끼지도 않았고, 느낄 수도 없었다. 그가 직접 얘기를 꺼내야 한다. 하지만 이 침묵도 견딜 수 없었다. 그에게 이런 침묵은 예사롭지 않은 것이었다. 그녀는 생각 끝에 결심했다. 그리고 미소를 지으려고 애쓰면서 말을 꺼냈다.

「이제 돌아오셨으니 놀라운 소식을 듣게 되실 거예요.」

「그렇소?」그가 그녀를 바라보며 조용히 말했다. 「어떤 종류의 소식이오?」

「아, 세상에서 제일 좋은 소식이죠. 결혼요.」

그녀에게 더 이상 말할 의사가 없는지를 확인하려는 듯이 잠시 기다린 후에 그가 대답했다.

「페어팩스 양과 프랭크 처칠에 대한 이야기라면 벌써 들었소.」

「아니, 어떻게 그럴 수 있어요?」 엠마는 발갛게 달아오른 얼굴로 그를 바라보며 큰 소리로 외쳤다. 그렇게 말하는 동안, 그가 오는 길에 고다드 부인의 집을 방문해서 해리엇을 만났을지도 모른다는 생각이 들었다.

「오늘 아침에 교구 문제로 웨스턴 씨의 편지를 받았는데, 그 사건에 대한 짤막한 설명을 뒤에 붙이셨더군.」

엠마는 이내 마음이 놓여서 조금 침착하게 말할 수 있었다.

「당신은 아마 우리보다 덜 놀라셨겠지요. 그런 의혹을 품은 적이 있었으니까요. 전에 당신이 내게 주의를 주려 했던 것을 기억하고 있어요. 그 말을 들었더라면 좋았을걸. 하지만 (잦아드는 목소리에 깊은 한숨을 쉬면서) 나는 눈먼 장님이나 다름없는 것 같아요.」

잠시 아무 대답도 없었다. 그녀는 자신이 특별한 관심을 일깨운 것을 의식하지 못하고 있었다. 그러나 갑자기 그가 그녀의 팔을 잡아 자기 가슴에 대는 것을 느꼈고, 벅찬 마음으로 나지막하게 말하는 그의 목소리가 들려왔다.

「시간이 지나면, 사랑하는 엠마, 시간이 지나면 상처가 아물 거요. 당신의 탁월한 분별력과 부친을 위한 당신의 노력……. 나는 알고 있소. 당신이 비탄에 빠지지 않으리라는 것을…….」 그녀의 팔을 다시 꼭 누르면서 그는 가라앉은 목소리로 띄엄띄엄 말했다. 「무엇보다 열렬한 우정…… 분노…… 그 가증스러운 악당!」 그리고는 더 크고 확고한 목소리로 이렇게 결론을 맺었다. 「그는 곧 가버릴 거요. 그들은 곧 요크셔로 가겠지.

그녀를 생각하면 유감이오. 그녀는 더 나은 운명을 맞을 자격이 있는데.」

엠마는 그의 말을 이해했다. 이처럼 다정한 배려에 기쁨으로 두근거리는 가슴이 진정되자 그녀는 대답했다.

「당신은 무척 친절하세요. 하지만 잘못 아셨어요. 당신의 생각을 바로잡아야겠어요. 나는 그런 동정을 받을 필요가 없어요. 어떤 일이 일어나고 있는지를 몰랐기 때문에 앞으로도 계속 부끄러워할 방식으로 그들에게 행동했어요. 무척 어리석게도, 불쾌한 추측을 살 만한 말과 행동을 하게 되었죠. 하지만 그 비밀을 더 일찍 알지 못한 것을 유감스러워할 다른 이유는 없었어요.」

「엠마!」그는 그녀를 열렬히 바라보며 소리쳤다. 「정말 그렇소?」하지만 자제하면서 말을 이었다. 「아니, 당신을 이해해요. 나를 용서해 줘요. 당신이 그렇게라도 말할 수 있어서 다행이오. 실로 그는 유감스럽게 여길 만한 상대도 아니오! 바라건대, 오래지 않아 당신의 이성뿐 아니라 감정도 그 사실을 인정할 거요. 당신의 감정이 더 깊이 빠져들지 않아 다행이오. 솔직히 말해서, 당신의 태도를 보아서는 당신이 어느 정도의 감정을 느끼는지 알 수 없었소. 그저 호감이 있다는 것만 확인할 수 있었고, 그가 그런 호감을 받을 만한 자격이 없다고 믿었지. 그는 남자라는 이름에 먹칠을 하는 자요. 그런데 그가 그 아름다운 아가씨로 보상을 받는다고? 제인, 제인, 당신은 비참해질 거요.」

「나이틀리 씨.」엠마는 쾌활하게 보이려 했지만 실은 혼란스러운 마음으로 말했다. 「저는 지금 매우 특이한 상황에 처해 있어요. 당신의 착각이 지속되도록 그냥 넘어갈 수는 없어요. 하지만 내 태도에서 그런 인상을 받으셨을 테니, 우리가 말하고 있는 그 사람에 대해서 내가 전혀 애정을 느끼지 않았다고 고백하는 걸 무척 부끄럽게 여겨야겠지요. 여자들이 정반대의 사실을 고백하면서 당연히 부끄럽게 여기듯이 말이에요. 하지만 나는 전혀 애정을 느끼지 않았어요.」

　그는 아무 말 없이 듣기만 했다. 그녀는 그가 말하기를 바랐지만, 그는 입을 떼지 않았다. 그녀는 그의 자비로운 이해심을 얻으려면 더 설명해야 한다고 생각했다. 그러나 그렇게 하면서 자신에 대한 그의 평가를 더욱 떨어뜨려야 하다니 괴로운 노릇이었다. 하지만 그녀는 말을 이었다.

「내 행동에 대해서는 뭐라 변명할 말이 없어요. 나는 그의 관심에 매혹을 느꼈고, 즐거운 듯이 보이게 행동했어요. 어쩌면 케케묵은 이야기고, 흔히 있는 일인 데다, 예전에도 수많은 여자들에게 일어났던 일이겠지요. 그렇다고 해서 나처럼 분별력이 있다고 자처하는 사람에게서 더 쉽게 변명할 수 있는 일은 아니지만요. 여러 가지가 결합되어 유혹적인 상황을 만들어 냈어요. 그는 웨스턴 씨의 아들이고, 하트필드에 계속 왔고, 나는 늘 그가 무척 유쾌하다고 생각했지요. 간단히 말해서, (한숨을 쉬며) 그 원인들을 다 모아 보면, 결국 여기에 초점이 맞춰지죠. 내 허영심이 우쭐해져서 그의 관심을 받아들였던 거예요. 하지만 나중에는, 실은 얼마간은, 그가 관심을 쏟아 주는 데 별다른 의미가 없다고 생각했어요. 그저 습관이나 장난일 뿐이고, 내가 진지하게 받아들이기를 바라지 않는다고 느꼈죠. 그는 나를 기만했지만, 내게 해를 입힌 건 아니었어요. 내가 그에게 애정을 느낀 적이 전혀 없었으니까요. 이제는 그의 행동을 그럭저럭 이해할 수 있어요. 그는 내가 애정을 느끼기를 결코 바라지 않았던 거예요. 그것은 그저 그가 실제로 다른 여자와 맺은 관계를 숨기려는 속임수였고요. 그의 목적은 주위 사람들을 모두 눈멀게 하려는 것이었죠. 누구보다도 쉽게 눈멀 수 있는 사람이 나였지만……. 다만 나는 눈이 멀지 않았던 거예요. 운이 좋았던 거죠. 간단히 말해서, 어찌 되었든 나는 그에게서 해를 입지 않았어요.」

엠마는 이 부분에서 대답을 기대했다. 적어도 그녀의 행동을 이해할 수 있다는 말 몇 마디를 바랐다. 하지만 그는 여전히 말이 없었다. 그녀가 보기에, 그는 깊은 생각에 잠겨 있었다. 마침내 그가 평상시와 가까운 목소리로 말했다.

「나는 프랭크 처칠을 높이 평가한 적이 없었소. 하지만 내가 그를 과소평가했을지 모른다고 생각할 수 있소. 그와 접촉한 일이 거의 없었으니까. 지금까지 내가 그를 과소평가한 것이 아니더라도, 그는 앞으로 잘될 수도 있을 거요. 그런 여자와 함께라면 가능성이 있어요. 나는 그가 잘못되기를 바랄 이유가 없어요. 그리고 그녀를 위해서라도 그가 잘되기를 바랄 거요. 그녀의 행복은 그의 훌륭한 성격과 행위에 달려 있으니.」

「저는 그 두 사람이 함께 행복하리라는 것을 의심치 않아요.」 엠마가 말했다. 「그들이 서로를 진심으로 사랑한다고 믿어요.」

「그는 대단히 운 좋은 사람이오! 그렇게 일찌감치, 스물세 살에, 아내를 고른다면 대체로 잘못 선택할 나이에 그런 보물을 얻다니! 인간의 나이로 따져 볼 때, 그의 앞날에는 기나긴 행복한 세월이 펼쳐져 있는 거요! 그런 여자의 사랑을, 사심이 없는 사랑을 받고 있다고 확신하고 말이지. 제인 페어팩스의 성격은 그녀의 순수함을 보증하니까. 모든 점에서 그에게 유리하지. 상황이 대등하고…… 내 말은, 교제하는 사람들이나 중요한 습관과 매너와 관련해서 말이오. 그녀의 순수한 마음을 의심할 수 없으므로, 한 가지만 빼고 모든 점에서 대등한데, 그 한 가지는 그를 더욱 행복하게 만들어 줄 거요. 그녀에게 결핍된 단 한 가지 혜택을 제공하는 것이 그에게 행복을 더해 줄 테니 말이오. 남자는 한 여자를 데려오면서 그녀의 원래 집보다 더 나은 집을 제공할 수 있기를 언제나 바라는 법이니까. 그녀의 애정을 의심할 수 없는 경우에 그런 일을 할 수 있는 남자야말로 가장 행복한 사람이라고 생각해요. 프랭크 처칠은 정말이지 행운의 총아요. 매사가 그에게 유리하도록 잘 풀리니까. 그는 온천지에 가서 어떤 아가씨를 만났고, 그녀의 애정을 얻었고, 그녀를 소홀히 대했어도 그녀를 지치게 하지 않았소. 그와 그의 친척들이 완벽한 아내감을 찾아서 온 세상을 뒤져도 그녀보다 더 나은 여자를 찾을 수 없을 거요. 그의 외숙모가 가로막고 있었지만 그녀는 죽었고, 이제 그가 말만 하면 그의 친지들 모두 그의 행복을 이뤄 주려고 애쓴단 말이오. 그는 모두에게 잘못을 저질렀지만, 그들은 기꺼이 그를 용서해 주고 있지. 그는 정말이지 운이 좋은 사람이오.」

「당신은 그를 질투하는 듯이 말하는군요.」

「그를 질투하고 있소, 엠마. 한 가지 점에서 그는 내 질투의 대상이오.」

엠마는 더 이상 말을 할 수 없었다. 이제 막 해리엇의 이야기가 나올 것 같았다. 될 수 있으면 그 주제를 피하려는 마음에 그녀는 급히 계획을 세웠다. 전혀 다른 이야기, 브룬스윅 스퀘어의 조카들에 대한 이야기를 꺼낼 것이다. 그래서 말을 꺼내려고 숨을 고르는 순간 놀랍게도 나이틀리 씨가 말을 이었다.

「내가 어떤 점에서 질투하는지 당신은 묻지 않을 생각인 모양이오. 호기심을 갖지 않기로 결심했군. 당신이 현명해요. 하지만 나는 현명할 수 없어요. 당신이 묻지 않아도 말해야겠소, 엠마. 바로 다음 순간에 말하지 않았기를 바랄지도 모르지만 말이오.」

「아, 그렇다면 말하지 마세요. 제발 말하지 마세요.」 그녀는 열렬히 소리쳤다. 「조금 더 시간을 갖고 생각해 보세요. 당신 입장을 밝히지 마세요.」

「고맙소.」 그는 깊은 굴욕감을 느끼는 목소리로 말했고, 입을 다물었다.

엠마는 그에게 고통을 준 것을 견딜 수 없었다. 그는 속마음을 털어놓고 싶어 했고, 어쩌면 의논을 하려는 것이다. 그 일로 어떤 대가를 치르더라도 그녀는 그의 말을 들을 것이다. 그가 결심하도록 도와줄 것이고, 어쩌면 그가 그 결심에 만족하도록 도울 것이다. 그녀는 공정하게 해리엇을 칭찬할 것이고, 혹은 그에게 그 자신의 독자적인 권리를 상기시키면서 우유부단한 상태를 벗어나게 해줄 것이다. 그와 같은 마음을 가진 사람에게 미결정의 상태란 어떤 대안보다도 견디기 어려울 테니까. 그들은 집 가까이 이르렀다.

「당신은 들어갈 생각이겠군.」 그가 말했다.

「아뇨.」 엠마가 대답했고, 여전히 침울한 그의 태도에 마음을 굳게 먹었다. 「한 바퀴 더 돌고 싶어요. 페리 씨가 아직 돌아가지 않으셨어요.」 그러고는 몇 걸음 더 옮긴 다음에 덧붙여 말했다. 「조금 전에 무례하게 당신의 말을 가로막고 유감스럽게도 당신에게 고통을 주었어요. 하지만 당신이 벗으로서 내게 솔직히 이야기하고 싶으시다면, 무엇에 대해서든 내의견을 묻고 싶으시다면, 친구로서 제게 요구하실 수 있어요. 당신이 하고 싶은 말이 무엇이든 잘 듣고 내 생각을 정확히 말할 게요.」

「벗으로서!」 나이틀리 씨가 따라했다. 「엠마, 내가 두려워하는 단어가 바로 그것이오. 아니, 전혀 바라지 않소. 잠깐만, 그래, 주저할 까닭이 어디 있겠소? 이미 너무 멀리 나아가서 숨길 수도 없는데. 엠마, 당신의 제안을 받아들이겠소. 이상하게 보이기는 하지만 그걸 받아들이고, 벗으로서 당신에게 나 자신에 대해서 말하겠소. 그럼 말해 주시오. 내가 바라는 바를 이룰 가능성이 전혀 없겠소?」

그는 걸음을 멈추고 그 질문에 어울리도록 진지한 눈으로 응시했다. 그의 눈빛에 어린 표정에 그녀는 압도되었다.

「사랑하는 엠마.」 그가 말했다. 「당신은 늘 내게 가장 소중한 사람일 테니까. 이 시간의 대화로 어떤 결말에 이르더라도 당신은 내게 언제나 가장 소중한, 가장 사랑하는 엠마일 거요. 즉시 대답해 줘요. 그래야만 하겠다면 〈아니〉라고 말해요.」 엠마는 실로 아무 말도 할 수 없었다. 「아무 대답도 하지 않는군.」 그는 무척 흥분해서 소리쳤다. 「한 마디도 하지 않는군! 지금은 더 이상 묻지 않겠소.」

엠마는 이 순간의 흥분과 동요에 쓰러질 지경이었다. 아마 가장 뚜렷한 감정은 더없이 행복한 꿈에서 깨어날지도 모른다는 두려움이었을 것이다.

「나는 말을 그럴듯하게 잘 할 수 없소, 엠마.」 이내 그는 진지하고 단호하며 명료하고도 다정한 목소리로 설득력 있게 말을 이었다. 「내가 당신을 이보다 덜 사랑한다면, 사랑에 대해서 더 잘 말할 수도 있겠지. 하지만 당신은 내가 어떤 사람인지를 알고 있소. 당신은 내게서 오로지 진실만을 들었으니까. 나는 당신을 나무랐고, 당신에게 훈계해 왔소. 당신은 영국의 그 어떤 여자보다도 그것을 잘 참아 줬소. 그것들을 참아 줬듯이 이제 내가 당신에게 말할 진실을 참아 줘요. 어쩌면 내 태도로는 그 진실이 그리 돋보이지 않을 거요. 하느님이 아시듯이, 나는 사랑을 하면서도 무척이나 무심한 사람이었소. 하지만 당신은 나를 알고 있어요. 그래, 당신은 내 감정을 알고 이해하고 있어요. 그리고 당신이 할 수만 있다면 그 감정에 보답해 줄 거요. 지금은 다만 당신의 목소리라도 들려 줘요.」

그가 이렇게 말하는 동안, 엠마의 머리는 더없이 바쁘게 돌아갔다. 경이롭게도 신속히 돌아가는 머리로 그녀는 그의 말을 한 마디도 놓치지 않으면서 진실을 정확히 포착하고 이해할 수 있었다. 해리엇의 희망이 전혀 근거 없는 착각이자 망상이라는 것을 알 수 있었고, 해리엇은 아무것도 아니고 바로 자기 자신이 전부라는 것을 알았다. 자신이 해리엇과 관련해서 했던 말이 전부 자신의 감정을 표현한 말로 받아들여졌으며, 자신이 혼란스러운 심정으로 의혹을 품고 내키지 않아 하면서 그의 말을 억제하려 했던 일이 모두 그를 단념시키려는 뜻으로 받아들여졌음을 알 수 있었다. 이 모든 것들을 확신하면서 그에 따라 강렬한 희열을 느낄 시간이 있었을 뿐 아니라, 또한 해리엇의 비밀을 누설하지 않았음을 기뻐하면서 그럴 필요도 없고 그래서는 안 된다고 결심할 시간도 있었다.

그녀가 지금 가엾은 친구에게 해줄 수 있는 일은 그것뿐이었다. 해리엇이 자기보다 더 무한히 가치 있는 아가씨이므로 자기 대신 해리엇을 사랑해 달라고 그에게 간청할 만한 영웅적인 마음이나, 혹은 그가 두 아가씨와 결혼할 수 없으므로 어떤 이유도 대지 않고 딱 잘라서 그를 거절하겠다고 결심할 만큼 소박하고도 숭고한 마음이 있는 것은 아니었으니까. 엠마는 해리엇에 대해서 고통스럽게 회개하는 마음으로 동정심을 느꼈다. 그러나 그녀의 머릿속에서 광적인 너그러움이 자유분방하게 날뛰면서 온당하고 타당한 것에 대해 저항하지는 않았다. 그녀는 친구를 잘못 이끌었고, 그것은 영원히 질책을 받아 마땅한 일이었다. 하지만 그녀의 판단력은 그녀의 감정만큼이나 강력했고, 그에게 그런 결합은 더할 나위 없이 대등하지 못하고 품위를 손상시키는 일이라고 여전히 강력하게 비판했다. 그녀의 사고방식이 전적으로 매끄러운 것은 아니었지만 명료했다 ─ 그녀는 대답해 달라는 간청을 받고서 말했다 ─ 과연 뭐라고 말했을까? ─ 물론, 당연히 해야 할 말이었다. 숙녀는 늘 그렇게 한다 ─ 그녀는 절망할 필요가 없음을 알려 줄 수 있을 정도로 말했고 그 자신에 대해서 더 말해 달라고 청했다. 그는 한순간 절망했었다. 신중하게 침묵을 지키라는 말을 들었던 그 순간에 그의 희망은 산산조각이 나고 말았다. 그녀가 아예 처음부터 그의 말을 듣지 않으려 했던 것이다. 그런데 그녀의 태도가 좀 갑작스럽게 달라졌다. 그녀가 한 바퀴를 더 돌자고 제안하고 자신이 조금 전에 끝내 버린 대화를 다시 꺼낸 것은 약간 특이한 일이었다! 그녀도 그것이 앞뒤가 맞지 않는다고 느꼈지만 나이틀리 씨는 친절하게도 그 부분을 그냥 넘어갔고 더 이상 설명을 요구하지 않았다.

사람들 사이의 대화에서 완벽한 진실이 밝혀지는 일이란 거의 없고, 극히 드물다. 어떤 일이 약간 숨겨지거나 약간 오해를 사지 않는 경우도 거의 있을 수 없다. 하지만 이번 경우처럼 행동에 대해서는 오해가 있더라도 감정에 대해서만큼은 그럴 수 없는 경우에, 그것은 그리 심각한 문제가 되지 않을 것이다. 나이틀리 씨는 엠마에게 그토록 상냥한 마음이 있다거나 그의 마음을 그처럼 기꺼이 받아들이려는 마음이 있으리라고는 상상도 할 수 없었을 것이다.

사실 그는 자신이 엠마에게 영향력이 있다는 것을 전혀 알지 못하고 있었다. 그는 그 영향력을 시험해 보려는 생각이 전혀 없이 그녀를 찾아 관목 숲으로 왔다. 그녀가 프랭크 처칠의 약혼 소식을 어떻게 견디고 있는지 걱정되어서 아무런 사심 없이, 어떤 목적도 없이, 그녀가 기회를 준다면 그저 그녀를 위로하고 조언해 줄 생각으로 왔다. 이후에 벌어진 일들은 그 순간이 빚어낸 산물로서, 그녀의 말을 듣고 그의 감정이 촉발되어 일어난 결과였다. 그녀가 프랭크 처칠에게 무관심했으며 그녀의 마음이 그와 전적으로 무관하다고 즐겁게 확신하게 되자, 시간이 흐르면 자신이 그녀의 애정을 얻을지도 모른다는 희망이 생겨났다. 하지만 당장 바라는 일은 아니었다. 다만 간절한 열망으로 분별력이 압도된 순간에, 애정을 얻으려는 자신의 노력을 그녀가 물리치지 않겠다는 말을 듣고 싶었을 뿐이다. 그러므로 서서히 드러난 더 큰 희망들은 더욱더 매혹적이었다. 가능하면 얻을 수 있도록 허락해 달라고 요청하려던 애정이 이미 자기 것이었다! 30분 만에 그의 마음은 극심한 고뇌에서 완벽한 행복과 너무나 흡사하다고 할 수밖에 없는 상태로 나아갔다.

　그녀가 겪은 심경의 변화도 그에 못지않았다. 30분 안에 그들은 똑같이 서로 사랑을 받고 있다는 소중한 확신을 얻었고, 각자 비슷한 정도의 무지와 질투와 불신에서 벗어났다. 그의 질투는 프랭크 처칠이 도착했을 때부터, 아니 어쩌면 그의 방문을 기대하던 때부터 시작된 오래된 감정이었다. 거의 그 시기부터 그는 엠마를 사랑했고 프랭크 처칠을 질투했다. 어쩌면 한 감정이 다른 감정을 일깨워 주었을 것이다. 그가 런던으로 떠난 것은 프랭크 처칠에 대한 질투심 때문이었고, 떠나겠다는 결심을 굳힌 것은 박스 힐 원유회였다. 그처럼 특별한 관심을 허락하고 고무하는 장면을 더는 목격하고 싶지 않았다. 그는 무관심해지기를 바라면서 떠났다. 하지만 장소를 잘못 선택한 것이었다. 동생의 집에는 가정의 행복이 풍부히 넘쳐흘렀고, 그 집의 안주인은 너무나 사랑스러웠다. 이사벨라는 엠마와 너무 비슷했고, 다만 두드러지게 열등한 점들로 엠마를 늘 돋보이게 해주었으므로, 그가 더 오래 머물렀더라도 별반 소용이 없었을 것이다. 하지만 그는 확고한 결심으로 계속 머물면서 하루하루를 버텨 나갔다. 마침내 바로 그날 아침에 도착한 우편물로 제인 페어팩스의 과거사를 알게 되었다. 그러자 당연히 즐거운 마음으로, 아니, 프랭크 처칠이 엠마를 얻을 자격이 없다고 늘 생각했기에 조금도 망설이지 않고 기뻐했지만, 엠마에 대한 다정다감한 우려와 강렬한 불안이 밀려들어서 더 이상 머물 수 없었다. 그래서 누구보다도 사랑스럽고 뛰어난 아가씨, 온갖 결함에도 불구하고 결함이 없는 이 아가씨가 그 사실을 어떻게 견디고 있는지 보려고 빗속을 뚫고 말을 달렸고, 정찬 후에 곧장 걸어왔던 것이다.

그녀는 혼란스럽고 침울해 보였다. 프랭크 처칠은 악당이었다. 그런데 그녀가 그를 사랑한 적이 전혀 없었다고 선언했다. 그렇다면 프랭크 처칠이 구제 불능의 악당은 아니었다. 집 안에 들어섰을 때 그녀는 손을 잡고 언약을 맺은 자신의 엠마였다. 만일 그때 그가 프랭크 처칠에 대해서 생각할 겨를이 있었더라면 꽤 괜찮은 녀석이라고 생각했을 것이다.

제14장

엠마가 집에 들어섰을 때의 심정은 밖으로 나갔을 때와 얼마나 극적으로 달라졌는지! 그때는 그저 괴로운 마음을 잠시 잊고 싶을 뿐이었지만, 이제는 절묘한 행복감에 가슴이 두근거리고 있었다. 두근거리는 가슴이 가라앉으면 그 행복은 틀림없이 더 커질 거라고 그녀는 믿었다.

그들은 차를 마시려고 앉았다. 그 동일한 탁자에 동일한 세 사람이 둘러앉았던 적이 얼마나 많았던가! 그녀의 눈길이 똑같이 잔디밭의 관목 숲에 머물고 서쪽에서 석양이 지는 똑같이 아름다운 광경을 바라본 적도 얼마나 많았던가! 하지만 이런 기분이었던 적은 한 번도 없었고, 이와 비슷했던 적도 없었다. 간신히 애를 쓰면서 그녀는 그 집의 자상한 안주인으로서, 자상한 딸로서 평소 자신의 역할을 해나갈 수 있었다.

가엾은 우드하우스 씨는 자신이 무척 다정하게 환영해 주었고 말을 타고 오면서 감기에 걸리지 않았기를 바라고 걱정하는 그 남자의 가슴속에 자신에 대한 어떤 계략이 숨어 있는지를 전혀 의심하지 않았다. 우드하우스 씨가 그의 가슴속을 들여다볼 수 있었더라면 그의 폐 따위에 대해서는 전연 걱정하지 않았을 것이다. 그러나 그는 임박한 재앙을 어렴풋이도 예감하지 못했고, 두 사람의 표정이나 태도에서 특이한 점을 전혀 알아차리지 못했으므로, 아주 편안한 마음으로 페리 씨에게서 들은 소식들을 들려주었다. 그들이 그 보답으로 어떤 이야기를 들려줄 수 있을지에 대해서는 전혀 의혹을 품지 않은 채 매우 흡족한 마음으로 이야기를 이어 갔다.

나이틀리 씨가 함께 있는 동안 엠마는 들뜬 마음이 가라앉지 않았지만, 그가 돌아간 다음에 조금 평정을 되찾고 침착해졌다. 그리고 그런 저녁 시간을 보낸 뒤 당연히 치러야 할 대가로서 밤새 한잠도 이루지 못하며 그녀는 한두 가지 심각한 문제를 고려하게 되었고, 자신의 행복에도 장애가 있을 수밖에 없음을 알게 되었다. 바로 아버지와 해리엇이었다. 그 두 사람의 권리를 중요하게 생각하지 않을 수 없었고, 그들을 어떻게 최대한 편안하게 해줄 것인지가 문제였다. 아버지에 관해서는 곧 답이 나왔다. 나이틀리 씨가 어떻게 생각할지 아직 모르지만, 자기 마음속을 잠시 들여다본 결과 아버지를 결코 떠날 수 없다는 더없이 엄숙한 결론이 나왔다. 이 생각을 하면서 그녀는 마음속으로 죄를 짓기라도 한 듯이 울기까지 했다. 아버지가 살아 계신 동안에는 그저 약혼 상태로 있어야 한다. 하지만 자신이 다른 곳으로 이주할 위험만 없다면 아버지에게 오히려 위안이 커질 수도 있을 거라고 그녀는 마음을 달랬다. 해리엇에게 어떻게 최선을 다할 것인지가 더 어려운 문제였다. 어떻게 하면 그녀가 불필요한 고통을 받지 않게 하고, 가능한 보상을 해주며, 적으로 보이지 않도록 할 수 있을까? 이 문제로 인해 그녀는 몹시 곤혹스럽고 괴로운 심정이었고, 그것을 둘러싼 온갖 쓰라린 자책과 서글픈 후회를 거듭

해야 했다. 결국 해리엇과 만나는 일을 계속 피하고, 필요한 이야기를 편지로 전해야겠다는 결심밖에 할 수 없었다. 해리엇이 당분간 하이버리를 떠나 있는 것도 바람직할 것이다. 이 계획에 대해서 더 깊이 생각하다 보니, 해리엇이 브룬스윅 스퀘어를 방문하도록 초대해 줄 수도 있으리라고 생각하게 되었다. 이사벨라는 해리엇을 만났을 때 좋아했고, 런던에 가서 몇 주를 지내면 해리엇도 즐거울 것이다. 해리엇의 성격에 새롭고 다양한 것들, 길거리와 상점들, 그리고 아이들과 접하면 틀림없이 득이 될 거라고 생각했다. 어떻든 그것은 마땅히 모든 배려를 해줘야 할 자신이 친절하게 관심을 기울이고 있음을 입증할 것이다. 또한 당분간 떨어져 있으면서, 그들 모두가 다시 한자리에 모일 불운한 날을 피할 수 있을 것이다.

그녀는 아침 일찍 일어나서 해리엇에게 편지를 썼다. 그 일을 하려니 너무나 엄숙하고 서글픈 마음까지 들었기에, 아침 식사를 하러 하트필드로 걸어온 나이틀리 씨가 더 일찍 왔더라면 좋았을 거라고 느꼈다. 그 후 30분간 그와 함께 다시, 말 그대로 그리고 비유적으로, 똑같은 곳을 돌아보고 나서야 엠마는 전날 느꼈던 행복을 온전히 되찾을 수 있었다.

그가 그녀를 두고 나선 지 오래지 않아, 아직 그 밖의 다른 사람을 생각하려는 마음이 들 겨를이 없었을 때, 랜달스에서 편지가 왔다. 무척 두꺼운 편지였다. 엠마는 그 편지에 무엇이 들어있을지를 짐작했고, 그것을 읽을 필요가 없기를 바랐다. 이제 프랭크 처칠에 대해서는 더없이 자비로운 마음이었으므로 설명을 듣고 싶지 않았다. 그녀는 오직 자신에 대해서만 생각하고 싶었다. 그리고 그가 무슨 말을 썼든 간에 자신이 이해하지 못할 거라고 생각했다. 하지만 애써 읽어 주어야 한다. 그녀는 꾸러미를 펼쳤다. 프랭크의 편지라는 것이 너무나 명확했다. 프랭크가 웨스턴 부인에게 보낸 편지 위에 웨스턴 부인이 엠마에게 보낸 쪽지가 있었다.

사랑하는 엠마, 동봉된 편지를 보내면서 나는 한없이 기쁘단다. 네가 이 편지를 공정하게 평가하리라는 것을 알고 있고, 그것이 기쁜 결과를 가져오리라는 것을 거의 의심치 않으니까. 이 편지를 쓴 사람에 대한 우리의 생각은 절대로 많이 다르지 않으리라고 생각해. 하지만 긴 서두를 써서 네가 편지 읽는 것을 지연시키지는 않을게. 우리는 아주 건강하단다. 이 편지 덕분에 내가 최근에 느꼈던 일말의 불안감이 깨끗이 사라졌어. 화요일에 너를 보았을 때 네 안색이 좋아 보이지 않았어. 하지만 오전에 날씨가 나빴지. 너는 날씨에 영향을 받지 않는다고 주장하겠지만, 나는 북동풍에 영향을 받지 않는 사람이 없다고 생각한단다. 화요일 오후와 어제 아침의 폭풍우에 네 아버님이 잘 지내시는지 무척 걱정이었어. 하지만 어젯밤 페리 씨에게서 아버님이 편안하시다는 말을 듣고 안심했단다.

사랑하는 너의 A. W.

웨스턴 부인에게

친애하는 부인,
어제 제가 드린 말씀을 이해하실 수 있으셨다면, 이 편지를 기다리시겠지요. 하지만 기대하셨건 그렇지 않건 간에 이 편지를 공정하고 관대하게 읽어 주시리라는 것을 알고 있습니다. 부인께서는 지극히 선량하시지만, 제가 저지른 과거의 어떤 행위를 너그러이 봐주시려면 부인의 선량함이 남김없이 필요하리라고 믿습니다. 하지만 저는 제게 더 화를 내야 할 사람에게서 용서를 받았습니다. 이 편지를 쓰면서 용기가 솟구치고 있습니다. 운이 좋은 사람이 겸손함을 느끼기는 어려운 일이지요. 저는 이미 두 번이나 용서를 빌고 용서를 받았기에, 부인과 부인의 벗들 가운데 저를 불쾌하게 느끼실 분들도 쉽게 용서해 주시리라고 생각할 위험에 처해 있습니다. 랜달스에 처음 도착했을 때 제 상황이 어떠했는지를 정확히 이해해 주시기 바랍니다. 제게 어떤 위험이 있더라도 숨겨야 할 비밀이 있었음을 생각해 주시기 바랍니다. 그것은 사실이었으니까요. 그처럼 숨겨야 할 일이 있는 상황에 제가 등장할 권리가 있는가는 또 다른 문제입니다. 여기서는 그 문제에 대해 말씀드리지 않겠어요. 제게 권리가 있다고 생각하려는 마음에 대해서 트집을 잡는 사람에게는 아래 내리닫이창이 있고 위에 여닫이창이 있는 하이버리의 한 벽돌집을 주목하라고 하겠습니다. 저는 공개적으로는 그녀에게 감히 말을 걸 수 없었습니다. 그당시 엔스콤에서 제가 처해 있던 어려운 상황은 익히 알려져 있으므로 설명할 필요가 없겠지요. 우리가 웨이머스에서 헤어지기 전에 저는 무척 운이 좋게도 세상에서 가장 정직한 여성을 설득해서 수치심을 무릅쓰고 자비롭게도 비밀 약혼에 동의하게 할 수 있었어요. 그녀가 거절했더라면 저는 제정신이 아니었을 겁니다. 하지만 부인께서는 이렇게 말씀하시겠지요. 무슨 희망을 갖고 그런 일을 할 수 있었느냐고요. 제가 무엇을 기대했느냐고 말입니다. 저는 그 무엇이든, 모든 것을 기대했습니다. 시간과 우연, 상황, 서서히 드러나는 효과, 돌발적인 사건, 끈기와 피로, 건강과 질병, 이 모든 것을 말입니다. 그녀의 언약과 서신 교환을 하겠다는 약속을 얻어 내면서 제 앞에는 온갖 좋은 일의 가능성이 펼쳐졌고 첫 번째 축복을 손에 넣었습니다. 더 이상의 설명을 원하신다면, 제가 명예롭게도 부인의 남편의 아들이며, 좋은 것을 바라는 낙관적인 기질을 다행히도 물려받았음을 기억해 주십시오. 그 기질은 저택이나 토지를 상속받는 것보다 더 가치 있는 것이지요. 그러면, 이런 상황에서 처음 랜달스를 방문한 저를 상상해 주시기 바랍니다. 이 부분에서 저는 제 잘못을 알고 있습니다. 더 일찍 방문할 수도 있었을 테니까요. 되돌아보면, 페어팩스 양이 하이버리에 도착할 때까지 제가 랜달스를 방문하지 않았음을 아실 겁니다. 그리고 그 일로 해서 등한시되었던 분, 바로 부인께서는 저를 곧 용서해 주시겠지요. 하지만 제가 아버지의 집에 가지 않았던 긴 시간 동안 그만큼 부인을 아는 축복을 누리지 못했다고 말씀드림으로써 아버지의 동정심에 호소해야겠습니다. 부인과 함께 보낸 그 행복했던 2주일간의 제 행동이 한 가지 점에 있어서만 제외하고 비난을 받을 소지가 없었기를 바랍니다. 이제 가장 중요한 부분, 부인과 함께 지냈을 때의 제 행동에서 불안감을 일으킨, 아니, 매우 근심스럽게 설명해야 할 부분을 말씀드리겠습니다. 우드하우스 양에 대해서 저는 크나큰 존중심과 더없이 따뜻한 우정을 품고 있습니다. 아버지께서는 아마도 제가 더없이 깊은 수치심도 느껴야 한다고 생각하실 겁니다. 어제 넌지시 비치신 몇 마디 말로 미루어 아버지의 생각을 알 수 있었고, 저 자신도 어느 정도 질책을 받아야 한다고 생각합니다. 우드하우스 양에 대한 제 행동은 온당한 정도를 넘어서는 의미를 보였다고 믿습니다. 우드하우스 양과 곧 가까워지자 저는 꼭 필요하다고 생각했던 은폐를 위해서 용인될 수 없으리만치 그녀에게 친밀하게 굴었습니다. 제가 우드하우스 양을 목표로 삼은 듯이 보였으리라는 것은 부정할 수 없습니다. 하지만 우드하우스 양의 무관심을 제가 확신하지 않았더라면, 어떤 이기적인 목적이 있었더라도, 정도를 넘어서지는 않았을 거라는 제 고백을 믿어 주시리라 믿습니다. 우드하우스 양은 사랑스럽고 쾌활한 아가씨이지만, 애정을 쉽게 품을 아가씨라는 생각은 전혀 들지 않았습니다. 그녀가 제게 애정을 품을 소지가 조금도 없기를 제가 바라기도 했지만, 그만큼 확신하고 있었지요. 그녀는 제 관심을 편안하고 다정하고 기분 좋게 장난처럼 받아들였고, 그것이 제게는 아주 적절했습니다. 우리는 서로를 이해하는 것 같았지요. 서로의 상황으로 볼 때, 그녀는 당연히 그런 관심을 받아야 했고, 그런 식으로 받아들였습니다. 그 2주일이 지나기 전에 우드하우스 양이 저를 실로 이해하게 되었는지는 알 수 없습니다. 제가 그녀에게 작별 인사를 하러 갔을 때 진실을 고백하려 했었던 것을 기억합니다. 그때 저는 그녀가 일말의 의심을 품고 있다고 생각했지요. 그 이후로 그녀가 어느 정도 저를 간파했으리라고 생각합니다. 전체를 짐작하지는 못했더라도 그 예리한 판단력으로 일부를 꿰뚫어 보았으리라고요. 저는 그 점을 의심할 수 없습니다. 이 일이 현재의 억류된 상태에서 풀려날 때 부인께서는 그녀가 이 일에 깜짝 놀라지 않는 것을 아시게 될 겁니다. 그녀는 제게 그것을 빈번히 암시했었지요. 그 무도회에서 그녀가 페어팩스 양에게 관심을 기울여 준 엘튼 부인에게 감사해야 한다고 말했던 것을 기억합니다. 그녀에 대한 제 행동을 설명한 이 글을 통해서 부인과 아버지께서 잘못된 행동으로 여기셨던 죄과를 상당 부분 덜어 낼 수 있게 되기를 바랍니다. 제가 엠마 우드하우스에 대해서 죄를 지었다고 생각하신다면, 저는 두 분에게서 그 무엇도 받을 자격이 없습니다. 이 부분에서 제 혐의를 풀어 주시고, 가능할 때, 저에 대한 엠마 우드하우스 양의 이해와 호의를 얻어 주시기 바랍니다. 저는 그녀에 대해서 오라비와 같은 애정을 품고 있기에 그녀가 저처럼 깊고 행복한 사랑에 빠지기를 바랍니다. 이제 부인께서는 그 2주일간 제가 드러냈던 이상한 말이나 행동을 이해하실 수 있을 것입니다. 제 마음은 하이버리에 있었고, 저는 의심을 받지 않고 그곳에 가급적 자주 가려고 했습니다. 혹시 기묘한 일이 생각나신다면, 그것들을 모두 올바른 설명에 맞춰 보세요. 그렇게나 말들이 많았던 피아노에 대해서는, 제가 그것을 주문한 사실을 그녀가 전혀 모르고 있었다고 말씀드리면 충분하리라고 생각합니다. 그녀가 선택할 수 있었더라면, 제가 피아노를 보내는 것을 절대로 허락하지 않았을 겁니다. 약혼한 이후 그녀가 보여 준 섬세한 마음에 대해서 저는 도저히 제대로 표현할 수 없습니다. 부인께서 곧 그녀를 직접 잘 알게 되시기를 저는 진심으로 바랍니다. 어떤 말로도 그녀를 묘사할 수 없습니다. 그녀는 자신이 어떤 사람인지를 부인에게 직접 보여 줄 것입니다. 하지만 말로 표현하는 것은 아니지요. 그렇게나 자신의 미덕을 드러내지 않으려는 사람은 없으니까요. 제가 이 편지를 쓰기 시작한 후로 — 예상보다 훨씬 길어지겠군요 — 그녀에게서 소식을 받았습니다. 몸이 아주 건강하다고 쓰고 있군요. 하지만 그녀는 몸이 아프다고 하소연하는 일이 절대로 없기 때문에 그 말을 믿을 수 없습니다. 그녀의 안색이 어떤지 부인의 의견을 듣고 싶습니다. 곧 그녀를 방문하실 거라고요. 그녀는 그 방문을 두려워하면서 살고 있답니다. 어쩌면 벌써 방문하셨을지 모르겠군요. 지체 없이 곧 소식을 전해 주세요. 저는 수많은 상세한 이야기를 조급하게 기다리고 있어요. 제가 랜달스에 단 몇 분밖에 머물 수 없었고, 게다가 얼마나 정신이 없고 광적인 상태였는지를 기억해 주세요. 지금도 제 상태는 그리 나아지지 않았어요. 지금도 행복에 들떠 있거나 비참한 심정에 휩싸여 제정신이 아닙니다. 제가 받은 친절과 호의, 그녀의 탁월한 성품과 참을성, 외숙부님의 너그러움을 생각하면 기쁨으로 열광하게 됩니다. 그러나 그녀에게 일으킨 불안감과 제가 용서받을 자격이 없다는 것을 생각하면 화가 나서 미칠 지경이지요. 그녀를 다시 만날 수만 있다면! 하지만 아직은 그런 말씀을 외숙부님께 드릴 수 없습니다. 숙부님께서는 제게 너무나 친절하게 대해 주셨기에 더는 그 친절한 마음을 잠식할 수 없습니다. 이 긴 편지에 아직 덧붙일 말씀이 있군요. 부인께서 아셔야 할 일을 모두 말씀드리지 못했어요. 어제는 조리 있게 구체적으로 설명드릴 수 없었지요. 하지만 그 일이 갑자기, 어떤 점에서 보면 계제가 좋지 않은 때에 일어나게 된 사정은 설명드릴 필요가 있겠지요. 지난달 26일에 일어난 사건이 당장 제 행복한 앞날을 열어 주었다고 생각하시겠지만, 저는 한시라도 지체할 수 없었던 특별한 상황이 아니었더라면 그렇게나 급하게 앞뒤도 따지지 않고 조처를 취하려 들지 않았을 겁니다. 성급한 일은 피하려 했을 것이고, 제 신중한 망설임에 그녀는 몇 배나 더 강하고 우아한 마음으로 공감해 주었을 겁니다. 그러나 저는 달리 선택할 길이 없었어요. 그녀가 그 여자와 조급히 동의한 약속……이 부분에서, 친애하는 부인, 저는 마음을 가라앉히려고 돌연히 편지를 중단해야 했습니다. 밖에 나가서 시골길을 산책했고, 바라건대 지금은 남은 편지를 예의 바르게 쓸 수 있을 만큼 차분한 상태입니다. 사실, 되돌아볼 때 이 부분이 제게 가장 치욕적인 일입니다. 제가 수치스럽게 행동했으니까요. 그리고 이 부분에서, 우드하우스 양에 대한 제 태도가 페어팩스 양을 불쾌하게 했다는 점에서 큰 비난을 받아 마땅하다고 인정할 수 있습니다. 그녀는 제 태도에 찬성하지 않았는데, 그녀가 그렇게 입장을 밝힌 것으로 충분해야 했지요. 진실을 숨기려는 것이라고 제가 변명했지만 그녀는 그런 이유로 족하지 않다고 생각했습니다. 그녀는 기분이 상했고, 저는 그녀가 화를 내는 것이 불합리하다고 생각했지요. 많은 경우에 저는 그녀가 불필요할 정도로 까다롭고 신중하다고 생각했어요. 심지어 그녀가 냉정하다고도 생각했습니다. 그러나 그녀는 언제나 옳았어요. 제가 그녀의 판단을 따르면서 그녀가 적절하다고 생각하는 정도로 제 기분을 억제했더라면, 저는 지금껏 겪어 보지 못한 가장 큰 불행을 피할 수 있었을 겁니다. 우리는 말다툼을 했어요. 돈웰에서 보낸 오전 시간을 기억하시지요? 바로 그곳에서 이전에 쌓였던 온갖 사소한 불만들이 터져 나와

위기를 만들었던 겁니다. 저는 늦게 도착했지요. 혼자서 집으로 돌아가고 있는 그녀와 마주쳤고, 그녀와 함께 걷고 싶었어요. 그녀는 그것을 허용하려 하지 않았지요. 그녀는 단호히 거부했는데, 저는 그때 그 거절이 터무니없다고 생각했어요. 하지만 지금 생각해 보면 그 거절은 매우 자연스럽고 일관성 있는 신중한 태도였을 뿐입니다. 제가 우리의 약혼에 대해서 온 세상 사람들을 속이려고 다른 여자에게 한 시간 내내 부당하게도 각별한 관심을 기울이고는 그다음 순간에 이전의 신중함을 무용지물로 만들어 버릴 제안에 그녀가 동의하겠어요? 우리가 돈웰과 하이버리 사이를 함께 걷는 동안 누군가를 만났더라면 그 진실을 의심하게 되었을 겁니다. 하지만 저는 제정신이 아니라서 화를 냈어요. 그녀의 애정을 의심했지요. 이튿날 박스 힐에서는 그 애정을 더욱더 의심했습니다. 그때 그녀는 저의 그런 행동에 화가 나서, 그러니까 수치스럽게도 오만하게 그녀를 무시하고 우드하우스 양에게 헌신적으로 보이는 태도에 화가 나서 — 분별력이 있는 여성이라면 누구라도 그것을 견딜 수 없었을 겁니다 — 저만 제대로 알아들을 수 있는 말로 분노를 표현했어요. 간단히 말해서, 친애하는 부인, 그것은 그녀 쪽에서 전혀 잘못이 없고 제 쪽에서는 가증스럽기 짝이 없는 말다툼이었습니다. 다음 날 아침까지 부인과 함께 지낼 수 있었지만 저는 그날 저녁에 리치몬드로 돌아갔습니다. 될 수 있는 대로 그녀에게 화를 내고 싶었기 때문이었지요. 그때도 시간이 지나면 화해하겠다는 생각을 하지 않을 정도로 멍청이는 아니었습니다. 하지만 저는 그녀의 냉정한 태도에 상처를 받았고, 그녀가 먼저 화해를 청해야 한다고 생각하면서 떠났어요. 부인께서 박스 힐 나들이를 함께 가시지 않은 것을 저는 늘 다행스럽게 생각할 겁니다. 거기서 제가 어떻게 행동했는지를 보셨더라면, 저를 다시는 좋게 생각하지 않으셨을 테니까요. 그 나들이가 그녀에게 미친 영향은 그녀의 즉각적인 결심에서 드러났지요. 제가 랜달스를 떠났다는 것을 알자마자 그녀는 그 참견하기 좋아하는 엘튼 부인의 제안을 받아들였어요. 말이 나왔으니 말이지, 그 부인이 그녀를 대하는 태도는 늘 제게 분노와 증오를 일으켰어요. 저를 너무나 너그럽게 참아 준 그녀의 인내심과 말다툼을 벌여서는 안 되겠지요. 하지만 그렇지 않다면, 저는 그녀가 당연시하면서 받아 온 그 인내심에 대해서 큰 소리로 항의할 겁니다. 〈제인〉이라니! 제가 부인께 말씀드릴 때도 그녀를 그런 이름으로 무례하게 부르지 않았음을 아실 겁니다. 그렇다면, 엘튼 부부가 천박하게도 쓸데없이 되풀이하면서, 그리고 무례하게도 자기들이 우월하다고 상상하면서 그 이름을 주고받는 것을 들었을 때 제가 어떤 감정을 억눌러야 했을지 생각해 보십시오. 조금만 더 제게 참을성을 베풀어 주시기 바랍니다. 이제 곧 끝낼 테니까요. 그녀는 저와 헤어지기로 결심하고 그 제안을 받아들였고, 다음 날 제게 편지를 보내서 다시는 서로 만나지 말자고 말했습니다. 〈저는 이 약혼이 서로에게 후회와 불행을 가져오는 근원이라고 느낍니다. 그러므로 이 약혼을 취소합니다.〉 이 편지는 가엾은 외숙모님께서 돌아가신 날 아침에 도착했고, 저는 한 시간 안에 답장을 썼어요. 그런데 너무 정신이 없었고 여러 가지 일들이 한꺼번에 쏟아지는 바람에, 그 답장을 그날 보낼 많은 편지들과 함께 부치지 않고 그냥 제 책상에 넣어 두고 말았지요. 비록 몇 줄밖에 되지 않는 편지였지만 그녀를 안심시킬 정도로 충분히 썼다고 믿으면서 조금도 불안을 느끼지 않았습니다. 오히려 그녀의 답장을 빨리 받지 못해 실망했지요. 하지만 그녀에게 사정이 있으리라 생각했고, 또 너무 바빴습니다. 그리고 — 이런 말을 덧붙여도 될까요? — 너무나 유쾌한 기대를 품게 되었기에 까탈을 부리고 싶지 않았습니다. 우리는 윈저로 옮겨 갔고, 이틀 후에 그녀에게서 소포를 받았는데, 제가 쓴 편지를 모두 돌려보낸 것이었죠! 함께 받은 편지에는 그녀의 마지막 편지에 대한 답장을 받지 못한 데 대한 놀라움이 적혀 있었어요. 그리고 이런 문제에 있어서의 침묵이란 오해의 소지가 없으므로, 그리고 두 사람 모두 부차적인 일들을 가급적 빨리 정리해서 끝내는 편이 바람직하므로, 그녀는 이제 제 편지들을 안전한 우편을 통해서 보낸다는 것이었습니다. 그리고 제가 그녀의 편지들을 곧 모을 수 없다면, 일주일 내로는 하이버리로 보내 주고, 그 이후에는 ○○○로 전송해 달라고 요청했습니다. 한마디로 말해서, 브리스틀 근방의 스몰리지 부인의 집 주소가 저를 빤히 응시하고 있었지요. 저는 그 이름과 그 장소를 알고 있었어요. 그것에 대해서 전부 알고 있었고, 그 순간 그녀가 무엇을 하고 있었는지를 알아차렸습니다. 그것은 제가 익히 알고 있는 그녀의 확고한 성격과 딱 맞아떨어지는 일이었지요. 그녀가 바로 이전 편지에서 그런 계획이 있다는 사실을 전혀 언급하지 않았던 것은 그 세심한 우려를 똑같이 드러냈습니다. 무슨 일이 있어도 그녀는 저를 위협하는 듯이 보이지 않으려 했을 겁니다. 그 충격을 상상해 보세요.

제가 제 실수를 알아낼 때까지 우체국의 실책에 대해서 얼마나 사납게 고함을 질렀을지 상상해 보세요. 어떻게 해야 할까? 단 한 가지 방법밖에 없었습니다. 외숙부님께 말씀드려야 했지요. 외숙부님의 허락이 없다면, 그녀가 제 말을 다시 들어 주리라고 기대할 수 없었으니까요. 저는 말씀드렸습니다. 상황이 제게 유리했어요. 최근에 일어난 사건으로 외숙부님의 자부심이 누그러졌고, 그래서 제 예상보다 더 빨리 외숙부님께서는 전적으로 받아들이고 승낙해 주셨어요. 끝으로, 가엾게도, 제가 외숙부님처럼 결혼 생활에서 많은 행복을 얻기 바라신다고 깊은 한숨을 쉬시면서 말씀하셨어요. 저는 그 행복이 다른 종류일 거라고 느꼈지요. 제가 외숙부님께 그 이야기를 꺼내면서 겪었을 고통과 제 운명이 걸려 있을 때 느낀 긴장감을 동정하고 싶으세요? 아니, 하이버리에 도착해서 제가 그녀를 환자로 만들어 놓았음을 알았을 때까지는 저를 동정하지 말아 주세요. 창백하고 병색이 완연한 그녀의 얼굴을 보았을 때까지는 동정하지 마세요. 저는 그분들의 늦은 아침 식사 시간을 알고 있었기에 그녀 혼자만 만날 가능성이 있을 시간에 하이버리에 도착했습니다. 저는 실망하지 않았어요. 그리고 마침내 제 여행의 어느 목적에서도 실망하지 않았습니다. 저는 매우 온당하고도 정당한, 크나큰 노여움을 달래고 풀어야 했지요. 하지만 그 일을 해냈습니다. 우리는 화해해서 전보다 더 소중하고도 소중한 관계가 되었고, 우리들 사이에 다시는 한순간의 동요도 일어나지 않을 것입니다. 자, 친애하는 부인, 이제 당신을 편히 놓아 드리겠습니다. 이보다 더 짧게 설명할 수는 없었어요. 부인께서 제게 보여 주신 친절에 수천 번의 감사를, 부인께서 따뜻한 마음으로 그녀에게 베풀어 주실 배려에 수만 번의 감사를 드립니다. 제가 분에 넘치는 행복을 누리고 있다고 생각하신다면, 저는 그 의견에 전적으로 동의합니다. 우드하우스 양은 저를 행운의 총아라고 부릅니다. 그녀의 말이 맞기를 바랍니다. 한 가지점에서 제 행운은 의심할 바 없습니다. 바로 저 자신을 이렇게 서명할 수 있다는 것이지요.

윈저, 7월

당신께 감사하는 다정한 아들, F. C. 웨스턴 처칠

제15장

　이 편지는 당연히 엠마의 감정을 파고들었다. 그 반대로 하겠다고 미리 결심했음에도 불구하고 그녀는 웨스턴 부인의 예상대로 그 편지를 꼼꼼히 읽어야 했다. 자기 이름이 나오는 부분에 이르자 저항할 수 없었다. 자신과 관련된 곳은 다 흥미로웠고, 거의 다 유쾌했다. 이런 매혹이 사라졌을 때도, 그 편지를 쓴 사람에 대한 예전의 존중심이 자연스럽게 되살아났고, 또 사랑에 대한 묘사라면 무엇이든지 강렬하게 매력적인 시기였기에, 그 주제에 대한 관심을 이럭저럭 이어 갈 수 있었다. 그녀는 한 번도 멈추지 않고 끝까지 다 읽었다. 그의 행동이 잘못되었다는 생각이 사라질 수야 없었지만 그녀가 예상했던 것보다는 잘못이 적었고, 게다가 그는 큰 고통을 겪었고 몹시 후회했다. 또한 그는 웨스턴 부인에게 대단히 고마워했고 페어팩스 양을 무척 사랑했으며, 엠마 자신은 매우 행복했기에, 그에게 가혹하게 굴 까닭이 없었다. 그가 방에 들어섰더라면, 그녀는 전처럼 따뜻하게 그와 악수를 나누었을 것이다.

　그 편지를 아주 좋게 생각했기에 그녀는 나이틀리 씨가 다시 찾아왔을 때 그것을 읽어 보라고 권했다. 웨스턴 부인이 편지 내용을 그에게 알려 주기를 바랄 거라고 그녀는 생각했다. 특히 나이틀리 씨처럼 프랭크 처칠의 행동에서 비판할 구석을 많이 보았던 사람에게는 더욱 그러리라고 말이다.

「읽어 보면 즐겁겠지만 편지가 길어 보이는군. 집에 가져가서 밤에 읽겠소.」 그가 말했다.

하지만 그건 안 될 일이었다. 웨스턴 씨가 저녁에 방문할 테니 편지를 돌려줘야 한다.

「오히려 난 당신과 이야기를 하고 싶소.」 그가 대답했다. 「하지만 공정함을 기해야 할 문제인 것 같으니 그렇게 하겠소.」

그는 읽기 시작했지만 금세 멈추고 말했다. 「이 신사가 양어머니에게 보낸 편지를 몇 달 전에 보게 되었더라면, 엠마, 내가 이렇게 태평하게 받아들이지 못했을 거요.」

그는 혼자 읽으면서 조금 더 나아갔다. 그러고 나서는 미소를 지으며 말했다. 「흠! 멋진 인사말이군. 하지만 그가 글을 쓰는 방식은 그런 모양이지. 한 사람의 문체가 다른 사람에게 기준이 되어서는 안 되지. 엄격하게 굴지 말도록 합시다.」

「읽어 가면서 내 생각을 말하는 것이 자연스럽겠소.」 그가 곧 덧붙였다. 「그렇게 하면 당신이 옆에 있다는 것을 느낄 수 있으니까. 시간을 많이 낭비하지는 않을 거요. 하지만 당신에게 불편하다면……」

「천만에요. 그게 좋겠어요.」

나이틀리 씨는 더 신속히 편지로 돌아갔다.

「이 부분에서 그는 그 유혹에 대해 실없는 소리를 하고 있어요.」 그가 말했다. 「그는 자기가 잘못했고, 합리적으로 내세울 만한 변명이 없다는 것을 알고 있소. 고약하군. 그는 약혼을 하지 않았어야 했소. 〈아버지의 기질〉이라고. 하지만 자기 아버지를 부당하게 평가하고 있군. 웨스턴 씨의 낙관적인 기질은 그의 올곧고 명예로운 노력에 대한 축복이오. 하지만 웨스턴 씨는 그 기질을 얻으려고 애쓰기 전에 힘겹게 노력해서 현재의 안락함을 얻었소. 맞는 말이군. 그는 페어팩스 양이 올 때까지 여기를 방문하지 않았지.」

「그가 올 마음만 있었다면 더 빨리 왔을 거라고 당신이 확신했던 것을 기억하고 있어요. 매우 너그럽게도 당신은 그 얘기를 빼놓는군요. 하지만 당신의 생각이 전적으로 옳았어요.」

「내 판단이 전적으로 공정한 것은 아니었소, 엠마. 하지만 내 생각으로는, 그 문제에 당신이 관련되지 않았더라도, 나는 여전히 그를 불신했을 거요.」

우드하우스 양과 관련된 부분에 이르자 그는 그 전체를 소리 내어 읽어야 했다. 그녀와 관련된 부분을 읽으면서 그는 미소를 짓고, 그녀를 바라보고, 고개를 젓고, 그 내용에 따라서 한두 마디 동의하거나 반대하고 혹은 그저 그녀에 대한 사랑의 말을 덧붙였다. 하지만 차분히 생각에 잠겼다가 진지하게 이렇게 결론을 내렸다.

「무척 나쁘군. 더 고약할 수도 있었겠지만. 몹시 위험한 게임을 했소. 그 일에서 너무 큰 득을 보았기에 그의 잘못을 면제해 주기 어렵겠군. 당신에 대한 자신의 태도를 제대로 판단하지 못하고 있고. 자기 소망 때문에 늘 사실을 기만하고 말이오. 자신의 편의 외에 다른 것들은 거의 고려하지 않는군. 당신이 자기 비밀을 꿰뚫어 보았다고 생각하다니. 이건 당연한 일이오! 자기 마음에 술책이 가득하기 때문에, 다른 사람들도 그러리라고 생각하는 거지. 미스터리, 계략, 이런 것들이 분별력을 얼마나 나쁜 길로 이끄는지! 엠마, 이런 것들을 보면 우리의 모든 관계에서 진실과 진심으로 대하는 것이 얼마나 아름다운지를 더욱더 확인하게 되지 않소?」

엠마는 그 말에 동의했고, 자신이 진실하게 설명할 수 없었던 해리엇을 생각하며 얼굴을 붉혔다.

「계속 읽어 보세요.」 그녀가 말했다.

그는 읽었지만 금세 다시 멈췄다. 「그 피아노! 아! 그것이 너무나 젊은 그 사람의 소행이었군. 그 피아노가 기쁨을 주기보다는 불편하게 하리라는 것을 생각하지 못할 만큼 치기 어린 사람 말이오. 실로 유치한 생각이었소! 여자가 받지 않기를 바란다는 것을 알고 있으면서도 여자에게 애정의 선물을 하려는 남자의 심리는 도무지 이해할 수 없소. 그녀가 알았더라면 그 피아노가 오지 못하게 막았으리라는 것을 그는 알고 있었소.」

이렇게 말한 다음에 그는 한참 더 읽었다. 프랭크 처칠이 수치스럽게 행동했음을 고백한 부분을 지나가며 처음으로 한마디 이상의 논평을 덧붙였다.

「그의 말에 전적으로 동감이오.」 그러고 나서 그는 덧붙였다. 「그는 무척 수치스러운 행동을 저질렀소. 이거야말로 그가 가장 진실하게 쓴 문장이군.」 그리고 다음에 이어진 그들 간의 불화가 일어난 원인과 그가 제인 페어팩스의 올바른 판단에 정반대로 행동했다는 진술을 읽고 나서 그는 한참 멈추고는 말했다. 「이건 몹시 고약한 일이오. 그는 자신을 위해서 그녀를 설득해서는 극히 어렵고 불안한 상황에 처하게 만들었소. 그렇다면 그에게 가장 중요한 일은 그녀가 불필요한 고통을 받지 않도록 막아 주는 것이어야 했소. 그녀는 서신을 교환하는 일에서도 그보다 훨씬 더 고충을 많이 겪어야 했을 거요.[52] 그녀가 터무니없이 망설이는 부분이 있었더라도 그는 그것도 존중했어야 했소. 그런데 그녀의 망설임은 모두 타당한 것이었소. 그녀가 그처럼 벌을 받는 상태에 처하게 되었다는 것은 그녀의 한 가지 과실과 관련해서 봐야 하고, 그녀가 약혼에 동의하면서 그릇된 일을 저질렀음을 기억해야 해요.」

엠마는 이제 그가 박스 힐 파티에 관한 부분으로 나아가리라는 것을 알고 있었고 마음이 불편해졌다. 그녀 자신의 행위가 너무나도 온당치 못한 것이었으니까! 그녀는 무척 부끄러웠고 다음에 바라볼 그의 눈길이 약간 두려웠다. 하지만 그는 그 부분을 차분하고 주의 깊게, 사소한 논평도 하지 않고 지나갔다. 그녀를 일순간 흘끗 바라보고 고통을 줄 것이 두려워 즉시 시선을 돌린 것 외에는, 박스 힐을 전혀 기억하지 못하는 것 같았다.

「우리의 좋은 벗, 엘튼 부부의 섬세한 마음씨에 대해서는 이러쿵저러쿵할 것도 없소.」 그다음으로 그는 이렇게 말을 꺼냈다. 「그가 느낀 감정은 당연하지. 아니! 그와 완전히 헤어지기로 정말로 결심했다고! 그 약혼이 서로에게 후회와 불행을 가져온 근원이라고 느꼈고, 그녀가 약혼을 취소했다고! 이건 그녀가 그의 행동을 어떻게 판단했는지를 잘 보여 주는군! 자, 그는 틀림없이 특이하게도…….」

「아니, 계속 읽어 보세요. 그가 얼마나 괴로워했는지 아시게 될 거예요.」

52 당대의 에티켓으로 볼 때 약혼한 사이가 아닌 경우 남녀 간의 서신 교환은 금기시되었다.

「그러기를 바라오.」 나이틀리 씨는 냉정하게 대답했고 다시 편지를 읽었다. 「〈스몰리지〉라고! 이건 무슨 뜻이오? 무엇에 대한 이야기요?」

「그녀가 스몰리지 부인의 아이들을 돌봐 주는 가정 교사로 가겠다고 약속했어요. 엘튼 부인의 친구이고, 메이플 그로브의 이웃이죠. 말이 났으니 말이지, 엘튼 부인이 그 실망을 어떻게 견디고 있는지 궁금하군요.」

「내가 어쩔 수 없이 이 편지를 읽는 동안에는 아무 말도 말아 줘요, 엠마. 엘튼 부인에 대해서도 말이오. 이제 한 장 남았소. 곧 끝날 거요. 이 남자는 어떻게 이런 긴 편지를 쓰는지!」

「그 사람에 대해서 좀 더 친절한 마음으로 읽어 주시면 좋겠어요.」

「그래, 여기는 실로 진정한 감정이 표현되어 있군. 그녀가 아픈 것을 보고 정말로 고통을 받은 것 같소. 그가 그녀를 좋아하는 것은 의심할 수 없겠소. 〈전보다 더 소중하고도 소중한〉이라고? 그 화해가 얼마나 값진 것인지를 그가 오래도록 느끼기를 바라오. 그는 감사하다는 말을 아낌없이 늘어놓는군. 수천 번씩 감사하고, 수만 번씩 감사하고 말이지. 〈분에 넘치는 행복〉이라. 자, 이 부분에서는 자신을 잘 알고 있군. 〈우드하우스 양은 저를 행운의 총아라고 부릅니다.〉 우드하우스 양이 이렇게 말했소? 멋진 마무리군. 자 편지 여기 있소. 행운의 총아라! 당신이 그를 그렇게 불렀다는 말이지, 그래요?」

「당신은 나만큼 그의 편지에 만족하지 않는 것 같군요. 하지만 그 편지를 보았으니 그를 더 낫게 생각해야 해요. 적어도 저는 당신이 그러기를 바라요. 당신이 그를 좀 더 너그럽게 생각하면 좋겠어요.」

「그래요, 확실히 그 편지 덕분에 그렇게 생각하게 되었소. 그에게는 큰 결함이 있는데, 바로 무분별함과 경박함이라는 결함이오. 그리고 자신이 분에 넘치는 행복을 누릴 거라는 그의 생각에 나는 전적으로 동의해요. 하지만 그는, 의심할 바 없이, 페어팩스 양을 진심으로 사랑하고 있고 오래지 않아 그녀와 늘 함께 지내면서 도움을 받을 테니, 그의 성격이 나아질 거라고 믿고 있소. 그에게 결핍된 확고하고도 섬세한 원칙을 그녀에게서 얻을 수 있을 테니까. 그런데 지금은 당신에게 다른 이야기를 하고 싶어요. 지금 나는 다른 사람의 권리에 대해서 깊이 생각하고 있기에 프랭크 처칠에 대해서는 더 이상 생각할 수 없겠소. 오늘 아침 당신 집을 나선 이후로, 엠마, 그 문제에 대해서 열심히 생각해 보았어요.」

그 문제에 관한 이야기가 이어졌다. 나이틀리 씨는 심지어 사랑하는 여자에게 말할 때도 평이하고 가식이 없고 신사다운 영어를 사용하면서, 어떻게 하면 그녀에게 결혼해 달라고 요청하면서도 그녀 아버지의 행복을 훼손하지 않을 수 있을지를 이야기했다. 그 이야기가 나오자마자 엠마는 재빨리 대답했다. 「아버지께서 살아 계시는 동안에는 현재의 상황을 조금도 바꿀 수 없어요. 저는 아버지를 떠날 수 없어요.」 하지만 나이틀리 씨는 이 답변의 일부만 인정했다. 그녀가 아버지를 떠날 수 없다는 점에 대해서는 그도 그녀만큼이나 확고하게 느꼈다. 그러나 어떤 변화도 받아들일 수 없다는 점에 대해서는 동의할 수 없었다. 그는 그 점에 대해서 집중적으로 심사숙고했고 처음에는 우드하우스 씨를 설득해서 그녀와 함께 돈웰로 이주할 수 있기를 바랐다. 그런 일이 가능하리라고 믿고 싶었다. 하지만 우드하우스 씨를 잘 알고 있었기에 그런 생각으로 스스로를 오랫동안 기만할 수는 없었다. 그래서 이제는 그처럼 이주할 때 그녀의 아버지가 누릴 안락이 위태로워질 뿐 아니라 심지어 그의 생명도 위태로워질 수 있으므로 그런 모험을 무릅써서는 절대 안 된다고 확신하게 되었다. 우드하우스 씨를 하트필드에서 떼어 낸다고! 아니, 그런 일을 시도해서는 안 된다고 느꼈다. 하지만 이를 단념한 다음 세운 계획에 대해서는 사랑하는 엠마가 어떤 점에서도 못마땅하게 여기지 않으리라고 믿었다. 바로 하트필드가 자신을 받아들여야 한다는 것이었다. 그녀 아버지의 행복을 위해서, 다시 말해 그의 생명을 위해서 하트필드가 계속 그녀의 집이어야 하는 한, 그것은 또한 그의 집이 되어야 한다는 것이었다.

그들이 모두 돈웰로 옮기는 방법에 대해서는 엠마도 이미 잠시 생각해 보았었다. 그녀도 그와 마찬가지로 그 계획을 생각해 보고 포기했었다. 그러나 이런 대안을 떠올린 적은 없었다. 그녀는 이 대안에서 분명히 드러나는 크나큰 애정을 느꼈다. 그가 돈웰을 떠난다면 자유로운 시간과 독자적인 습관을 다분히 희생해야 할 터이며, 자기 집이 아닌 곳에서 그녀의 부친과 늘 함께 생활하면서 무척, 매우 많은 불편을 견뎌야 할 것이다. 그녀는 그 대안에 대해 생각해 보겠다고 약속했고 그에게도 더 생각해 보라고 말했다. 하지만 그는 아무리 심사숙고해도 그 문제에 대한 자신의 바람이나 생각을 바꿀 수 없으리라고 확신하고 있었다. 자신은 그 문제를 매우 오랫동안 차분히 생각해 보았다고 장담했다. 혼자서 심사숙고할 수 있도록 오전 내내 윌리엄 라킨스를 피해서 다른 곳을 걸어다녔다는 것이다.

「아! 한 가지 해결되지 않은 문제가 있어요.」 엠마가 소리쳤다. 「윌리엄 라킨스는 그 대안을 좋아하지 않을 것이 분명해요. 당신은 내 동의를 구하기 전에 먼저 그의 동의를 얻어야 해요.」

하지만 그녀는 그 대안을 고려해 보겠다고 약속했다. 게다가 그것을 매우 훌륭한 계획으로 받아들이려는 의도를 갖고 고려해 보겠다고 약속하다시피 했다.

엠마가 이제 돈웰 애비를 여러 가지 다양한 관점에서 고려하기 시작하면서 조카인 헨리에게 손해를 끼친다는 생각을 한 번도 떠올리지 않았다는 사실은 놀라운 일이다. 장차 상속인으로서 그 아이의 권리를 예전에는 무척 집요하게 중시했으니 말이다. 그 가엾은 어린 소년에게 미칠 수 있는 영향에 대해서 그녀는 틀림없이 생각해 보았을 것이다. 하지만 그 점에 대해서 그저 겸연쩍게 씩 웃어 버렸고, 나이틀리 씨가 제인 페어팩스나 다른 누구와도 결혼하는 것에 대해서 격렬한 혐오감을 느꼈던 진짜 이유를 알아내고는 재밌어했다. 그때는 그것이 오로지 자매이자 이모로서 느끼는 다정한 우려 때문이라고 여겼던 것이다.

결혼하고 나서 하트필드에서 거주할 것을 제안한 그의 계획은 생각해 볼수록 더욱 즐겁게 여겨졌다. 그가 겪을 불편은 줄어드는 것 같았고, 자신이 누릴 편의는 더 커지는 것 같았으며, 그들이 공동으로 얻을 혜택은 온갖 장애를 능가하는 것 같았다. 불안하고 쓸쓸한 앞날에 그녀에게 그런 동무가 생기다니! 시간이 지나면서 더욱 우울해질 온갖 의무들과 근심거리에 그런 협력자를 얻게 되다니!

가엾은 해리엇만 아니었다면 엠마는 너무나 행복했을 것이다. 그러나 그녀가 받는 축복 하나하나가 어쩔 수 없이 그

벗에게는 고통을 일으키고 그 고통을 더욱 쓰라리게 만드는 것 같았다. 그 벗은 이제 심지어 하트필드에서도 추방되어야 한다. 엠마가 계획하고 있는 즐거운 가족 파티에서도 가엾은 해리엇을 그저 동정하면서 조심스럽게 멀리 떼어 놓아야 한다. 해리엇은 모든 점에서 손해를 보는 쪽이 될 것이다. 엠마는 앞으로 그녀의 부재 때문에 자신의 기쁨이 조금이라도 줄어들 거라고 한탄할 수 없었다. 그런 파티에서 해리엇은 오히려 순전히 부담스러운 존재가 될 것이다. 그러나 그 가엾은 아가씨 쪽에서 보자면 그것은 부당한 벌을 받는, 유독 잔인한 운명이었다.

물론 시간이 지나면 나이틀리 씨를 잊을 테고, 다시 말해서, 다른 사람으로 대체될 것이다. 그러나 이런 일이 곧 일어나리라고는 기대할 수 없었다. 엘튼 씨와 달리 나이틀리 씨는 해리엇의 치유를 도와줄 일을 전혀 하지 않을 것이다. 언제나 지극히 친절하고 인정이 많고 다른 사람들을 진심으로 배려하는 나이틀리 씨는 앞으로도 지금처럼 숭배를 받지 못할 까닭이 없을 것이다. 그리고 아무리 해리엇이라도 한 해에 세 사람 이상을 사랑하기를 바라는 건 사실 너무 지나친 일이었다.

제16장

해리엇이 자기 못지않게 만남을 피하고 싶어 한다는 것을 알고 엠마는 무척 마음이 놓였다. 그들의 교류는 편지를 교환하는 것만으로도 고통스러웠다. 그들이 직접 만나야만 했다면 얼마나 더 괴로웠을까!

해리엇의 편지에는 예상했던 대로 비난하는 말이 전혀 섞여 있지 않았고, 부당한 대접을 받았다는 기색을 드러내지 않았다. 하지만 엠마는 그녀의 문체에서 분노 같은 것, 분노에 가까운 뭔가가 드러난다고 생각했고, 그래서 그들이 떨어져 있는 편이 더 나으리라고 생각했다. 엠마 자신이 그렇게 느낀 것일 수도 있었다. 하지만 그런 타격을 받고도 분노를 느끼지 않을 수 있다면 그것은 천사밖에 없을 것 같았다.

엠마는 어렵지 않게 이사벨라의 초대를 얻어 줄 수 있었다. 다행히 핑곗거리를 꾸며 내지 않고도 그녀를 초대해 달라고 요청할 만한 이유가 있었다. 해리엇의 이가 하나 빠졌던 것이다. 그녀는 실제로 치과 치료를 받고 싶어 했고, 한동안 그것을 바랐다. 존 나이틀리 부인은 도움을 줄 수 있어서 기뻐했다. 건강과 관련된 것이라면 무엇에든 관심을 느꼈으니까. 치과 의사를 윙필드 씨처럼 무조건 믿을 수 있는 것은 아니었지만, 그래도 그녀는 열심히 해리엇을 돌봐 주려 했다. 언니 쪽에서 그렇게 결정했을 때 엠마는 해리엇에게 제안했고 그녀에게도 응할 마음이 있다는 것을 알았다. 해리엇은 떠날 것이다. 적어도 2주일간 런던에서 머물도록 초대되었고, 우드하우스 씨의 마차를 타고 갈 것이다. 이렇게 전부 결정되었고, 실행에 옮겨졌으며, 해리엇은 브룬스윅 스퀘어에 안전하게 도착했다.

이제 엠마는 실로 나이틀리 씨의 방문을 마음껏 즐길 수 있었다. 가까이에 있는 몹시 상심한 마음을 떠올리고, 그 순간 얼마 떨어지지 않은 곳에서 자신의 잘못된 인도로 극심한 괴로움을 겪고 있을 마음을 기억할 때마다 그녀를 사로잡았던 죄의식과 부당한 일을 저질렀다는 의식, 몹시 고통스러운 것에 대한 의식으로 억눌리지 않고 진정한 행복을 느끼면서 이야기를 하고 그의 말을 들을 수 있었다.

해리엇이 고다드 부인의 집에 있을 때와 런던에 있을 때 엠마의 감정에 일으킨 차이는 아마도 터무니없을 것이다. 하지만 런던에서는 그녀의 호기심을 끄는 대상이나 소일거리가 생길 테고, 그런 것들이 과거에 대한 회상을 막아 주고 자기 자신에게서 벗어나게 해줄 거라고 생각하지 않을 수 없었다.

엠마는 해리엇 스미스가 차지했던 마음속의 근심을 곧바로 다른 근심거리로 이어 갈 생각이 없었다. 이제 알려야 할 일이 남아 있었고, 그 일을 할 수 있는 적임자는 자신뿐이었다. 아버지에게 자신의 약혼을 고백해야 하는 것이다. 하지만 당분간은 그 일을 하지 않겠다고 결심했다. 웨스턴 부인이 건강하고 안전하게 회복될 때까지 그 고백을 미룰 것이다. 이

시기에 사랑하는 사람들에게 더욱 혼란을 야기해서는 안 된다. 그리고 정해진 시기가 되기 전에 여러 가지를 예상하면서 스스로에게 해를 끼쳐서도 안 된다. 그러므로 여유 있고 평화로운 마음으로 적어도 2주일을 보내면서 더욱 열렬하고 두근거리는 온갖 즐거움을 만끽할 것이다.

이내 엠마는 휴일처럼 활기찬 나날의 30분을 페어팩스 양을 방문하는 데 쓰기로 마음먹었다. 그것은 의무인 동시에 즐거운 일이었다. 엠마는 그녀를 방문해야 했고, 꼭 만나고 싶었다. 자신들의 현재 상황이 비슷하기 때문에 호감을 느낄 이유가 더욱 커졌다. 그것은 혼자서 느낄 은밀한 만족감일 것이다. 그러나 비슷한 전망을 앞두고 있다는 의식 때문에 분명 그녀는 제인의 말에 더욱 관심 있게 귀 기울일 수 있을 것이다.

엠마는 그녀를 방문했다. 전에 그 집의 문 앞까지 마차를 타고 갔다가 돌아선 적이 있을 뿐, 박스 힐에 갔던 그 이튿날 이후로는 그 집에 들어선 적이 없었다. 그때 가엾게도 제인은 너무 고통스러워하고 있었기에, 그녀에게 가장 큰 괴로움이 무엇인지는 전혀 몰랐지만 큰 동정심을 느꼈었다. 자신이 지금도 환영받지 못할까 봐 두려웠기에 엠마는 그 식구들이 집에 있으리라고 생각했지만 복도에서 기다리며 자기 이름을 전하게 했다. 패티가 크게 이름을 알리는 소리가 들려왔다. 그러나 다행히도 예전에 베이츠 양이 일으켰던 것 같은 소란스러운 소리는 들려오지 않았다. 아니, 그 즉시 〈올라오시도록 말씀드려요〉라는 대답 외에는 아무 소리도 들리지 않았다. 그런데 다음 순간 열성적으로 다가오는 제인과 계단 위에서 마주쳤다. 그녀는 마치 다른 식의 응접으로는 충분치 않다고 느끼는 것 같았다. 엠마는 그렇게나 건강하고 사랑스럽고 매력적인 그녀의 모습을 본 적이 없었다. 활기찬 의식과 생기와 따뜻함이 넘쳐흘렀다. 예전에 그녀의 표정과 매너에서 부족했던 것들이 모두 갖춰져 있었다. 그녀는 손을 내밀며 앞으로 다가와서는 나지막하지만 매우 다감한 목소리로 말했다.

「이렇게 방문해 주시다니 정말로 더없이 친절하세요! 우드하우스 양, 저는 뭐라 말을 할 수 없군요……. 믿어 주시기 바라요……. 이렇게밖에 말을 못 하는 것을 용서하세요.」

엠마는 기뻤다. 응접실에서 들려오는 엘튼 부인의 목소리에 억제되지만 않았더라면 이내 적지 않은 말을 쏟아 냈을 것이다. 그 대신 그녀는 다정한 마음과 축하의 뜻을 모두 담아 진심으로 악수를 하는 수밖에 없었다.

응접실에는 베이츠 부인과 엘튼 부인이 함께 있었다. 베이츠 양이 외출했기에 조금 전에 조용했던 것이었다. 엠마는 엘튼 부인이 그 자리에 없었더라면 좋았겠지만, 누구라도 참아줄 수 있을 기분이었다. 그리고 엘튼 부인이 평소와 달리 상냥하게 자신을 맞이했기에, 그 만남이 서로에게 해가 되지 않기를 바랐다.

이내 엠마는 엘튼 부인의 생각을 꿰뚫어 보았고, 그녀가 왜 자기처럼 즐거운 기분인지를 알아냈다고 생각했다. 엘튼 부인은 페어팩스 양이 솔직히 털어놓았기에, 남들이 아직 알지 못하는 비밀을 알고 있다고 생각한 것이다. 엠마는 즉시 그녀의 표정에서 그 징후를 알아차렸다. 베이츠 부인에게 인사하고 그 선량한 노부인의 대답에 관심을 기울이면서도 엠마는 엘튼 부인이 미스터리를 과시하고 싶어 하는 태도로 페어팩스 양에게 큰 소리로 읽어 주던 편지를 접어서 옆에 있는 자주색과 금색이 어우러진 손가방에 넣는 것을 보았다. 그녀는 의미심장하게 고개를 끄덕이며 말했다.

「우린 이걸 다음에 끝낼 수 있어. 너와 내게 기회가 부족하지 않을 테니 말이야. 사실 가장 중요한 부분은 이미 다 읽었어. 난 다만 스몰리지 부인이 우리의 사과를 받아들였고 불쾌해하지 않았다는 걸 네게 알려 주고 싶었던 거야. 그 부인이 얼마나 쾌활하게 편지를 쓰는지 알겠지. 아! 그 부인은 아주 상냥한 여자야! 네가 그곳에 갔더라면 그 부인을 무척 좋아했을 거야. 하지만 더는 한마디도 하지 말자. 신중하게 행동하자. 얌전하게 있자고. 쉿! 넌 그 시행들을 기억하겠지. 그 시가 지금은 생각나지 않는데.

숙녀가 관련된 경우에
알다시피 다른 것들은 모두 양보하기에.[53]

자, 내 말은, 아가씨, 우리의 경우에 숙녀란, 말하자면⋯⋯. 쉿! 현명한 조언이지. 활기가 넘쳐 나는 것 같아, 그렇지 않아? 하지만 나는 스몰리지 부인에 대해서 네 마음을 편하게 해주고 싶었어. 알다시피, 내가 사정 설명을 잘 해서 그 부인의 마음을 달랬거든.」

엠마가 베이츠 부인의 뜨개질거리를 보려고 고개를 돌렸을 때, 그녀는 다시 속삭이며 덧붙였다.

「알겠지만, 나는 이름을 전혀 입에 올리지 않았어. 아! 그럼. 내무 대신처럼 신중했지. 난 아주 잘해 냈어.」

엠마는 도저히 의심을 품을 수 없었다. 기회가 있을 때마다

53 존 게이John Gay(1685~1732)의 『우화Fables』(1727)에 나오는 시 「산토끼와 여러 친구들」을 약간 잘못 인용하고 있다.

되풀이하며 과시하려는 의도가 뚜렷했다. 그들 다 같이 얼마간 사이좋게 날씨와 웨스턴 부인에 대한 이야기를 나누었을 때, 갑자기 엘튼 부인이 엠마에게 말을 걸었다.

「우드하우스 양, 여기 있는 우리의 멋진 친구가 다행히도 병이 다 나았다고 생각하지 않아요? 이렇게 낫게 해주었으니 페리에게 큰 공을 돌려야 한다고 생각하지 않아요? (이 부분에서 의미심장한 눈길로 제인을 바라보며) 맹세코, 페리는 놀랍게도 금방 그녀를 낫게 해주었거든요! 당신이 나처럼 최악의 상태였을 때의 그녀를 보았더라면!」 그러고는 베이츠 부인이 엠마에게 뭐라고 말하고 있었을 때 그녀는 또 속삭거렸다. 「페리를 도와준 어떤 조력자에 대해서는 한마디도 하지 않을 거야. 원저에서 온 어떤 젊은 의사에 대해서는 한마디도 하지 않을 거라고. 오, 그럼. 전부 페리의 공으로 돌릴 거야.」

「박스 힐로 나들이를 다녀온 후에 당신을 만날 기회가 거의 없었어요, 우드하우스 양.」 그녀가 잠시 후에 다시 말을 꺼냈다. 「무척 유쾌한 파티였죠. 하지만 뭔가 부족했었다고 생각해요. 어떤 것들은…… 말하자면, 누군가는 울적한 기분이었던 것 같아요. 적어도 내게는 그렇게 보였죠. 내가 착각했을 수도 있지만. 하지만 다시 가고 싶을 만큼 즐거운 소풍이었다고 생각해요. 맑은 날씨가 지속되는 동안에 똑같은 일행을 모아서 박스 힐을 다시 둘러보는 게 어떻겠어요? 똑같은 일행이어야 해요. 한 사람도 빼지 않고 아주 똑같이 말이에요.」

이 말이 나온 직후에 베이츠 양이 들어왔다. 엠마는 자신을 향한 그녀의 첫 번째 대응이 재미있다고 느끼지 않을 수 없었다. 무엇을 말해도 되고 무엇을 말하면 안 될지 의심스러운 와중에 모든 것을 다 말하고 싶은 안타까운 마음으로 그 이

624

야기는 혼란스럽기 그지없었다.

「고맙습니다, 친애하는 우드하우스 양, 너무나 친절하세요. 말할 수 없어요. 네, 정말이지, 잘 알고 있어요. 사랑하는 제인의 앞날이…… 말하자면, 그런 뜻이 아니라…… 그런데 제인의 병이 기쁘게도 다 나았어요. 우드하우스 씨는 건강하시지요? 정말 기뻐요. 저로서는 도울 수 없는 일이니까요. 보시다시피 여기에 아주 행복한 작은 무리가 모여 있지요. 네, 정말이에요. 매력적인 젊은이지요! 말하자면 너무나 친절하고요. 제 말은 선량한 페리 씨 말이에요! 제인을 정성껏 돌봐주셨어요!」 그러고 나서 베이츠 양이 엘튼 부인의 방문에 대해 평소보다 더 고마워하며 기뻐한 것으로 미루어 보아, 목사관 측에서 제인에게 약간 화를 냈으며 이제는 자비심을 베풀어 그 분노를 억누른 모양이라고 엠마는 짐작했다. 실로 몇 번 속삭이는 말로 그 짐작이 옳다는 것을 드러낸 후 엘튼 부인은 큰 소리로 말했다.

「그래요, 내가 왔어요, 선량한 친구. 실은 너무 오래 앉아 있었기에 다른 곳에서라면 변명을 해야 한다고 생각했을 거예요. 그런데 실은 내 주인님을 기다리고 있어요. 여기 와서 당신들에게 인사하겠다고 약속했거든요.」

「아니, 기쁘게도 엘튼 씨께서 방문해 주신다고요? 정말 큰 호의를 베풀어 주시네요! 신사들은 오전 방문을 좋아하지 않으시죠. 게다가 엘튼 씨는 할 일이 너무 많으실 텐데요.」

「정말 그래요, 베이츠 양. 그는 정말로 아침부터 밤까지 약속이 끝이 없어요. 이런저런 이유로 사람들이 끊임없이 찾아오고요. 치안 판사라든가 민생 위원들이나 교구 위원들이 늘 그의 의견을 알고 싶어 하니까요. 내 남편이 없으면 그들은 아무 일도 할 수 없는 것 같아요. 나는 종종 이렇게 말하죠. 〈맹세코, 미스터 E, 당신은 나보다 더 바쁘군요. 나를 찾는 사람들이 당신을 찾는 사람의 절반만 되더라도 내 크레용과 피아노가 어떻게 될지 모르겠어요.〉 실은 지금도 그것들은 유감스러운 상태거든요. 도저히 용서해 줄 수 없을 정도로 완전히 방치하고 있으니까요. 정말이지 지난 2주일간 한 소절도 연주하지 못했어요. 어떻든 그가 올 거예요. 네, 정말로, 당신들 모두를 방문하려고 일부러 오기로 했어요.」 그러고는 엠마에게 들리지 않도록 손으로 입을 가리고는 말했다. 「알다시피, 축하 방문이죠. 아, 그래요, 꼭 해야 할 일이죠.」

베이츠 양은 너무나 행복한 얼굴로 주위를 둘러보았다!

「나이틀리를 만나고 나서 곧바로 이리 오겠다고 약속했어요. 그와 나이틀리는 자기들끼리만 파묻혀서 의논하곤 해요. 내 남편은 나이틀리의 오른팔이죠.」

엠마는 웃지 않으려고 애쓰면서 이렇게만 말했다. 「엘튼 씨가 걸어서 돈웰에 가셨어요? 무척 더울 텐데요.」

「아, 아뇨, 크라운에서 모임이 있어요. 정규 모임이라서 웨스턴과 콜도 참석할 거예요. 하지만 주도적인 사람들에 대해서만 얘기하게 되네요. 미스터 E와 나이틀리가 모든 일을 자기들 방식으로 이끌어 가고 있으니까요.」

「날짜를 착각하신 것 아니에요?」 엠마가 말했다. 「크라운에서의 모임은 내일인 줄 알았는데요. 어제 나이틀리 씨가 하트필드에 오셨는데 그 모임이 토요일에 있다고 하시더군요.」

「아뇨, 분명히 오늘이에요.」 엘튼 부인이 착각이란 있을 수 없다는 듯이 퉁명스럽게 대답했다. 그녀는 말을 이었다. 「정말이지 이 교구처럼 말썽이 많은 곳은 없을 거예요. 메이플 그로브에서는 그런 일을 들어 본 적도 없었어요.」

「그곳은 작은 교구이니까요.」 제인이 말했다.

「정말이지, 제인, 난 그렇게 생각하지 않아. 그런 얘기는 들어 본 적도 없어.」

「하지만 부인이 말씀하신 그곳의 학교가 작은 것으로 미루어 짐작할 수 있어요. 그곳에는 부인의 언니와 브래그 부인이 후원하시는 학교 하나밖에 없는데 학생이 스물다섯 명이 넘지 않는다고 하셨지요.」

「아, 영리한 아가씨, 그건 사실이야. 네 머리가 얼마나 잘 돌아가는지! 정말이지, 제인, 너와 나를 합쳐 놓으면 얼마나 완벽해질까! 내 활기와 네 견실함이 완벽함을 이룰 텐데. 하지만 어떤 사람이 너를 이미 완벽하다고 생각하지 않는다는 뜻은 아니야. 하지만 쉿! 제발, 한마디도 하지 말자.」

이처럼 주의를 주는 일은 불필요해 보였다. 엠마가 분명히 알아차렸듯이, 제인은 엘튼 부인이 아니라 우드하우스 양에게 말하고 싶어 했다. 예의에 어긋나지 않는 한도에서 엠마를 각별히 대하려는 마음이 뚜렷이 드러났다. 비록 그 마음이 그저 한 번의 시선에 불과한 경우도 종종 있었지만 말이다.

엘튼 씨가 들어왔다. 그의 부인은 반짝이는 활기를 띠며 그를 맞았다.

「정말이지, 아주 멋진 일이군요. 날 여기에 보내서 벗들에게 거추장스럽게도 오래 앉아 있게 해놓고는 이제야 와주시다니 말이에요! 하지만 당신은 당신이 상대하는 사람이 얼마나 의무감이 강한지를 알고 있죠. 주인님이 나타나실 때까지 내가 꼼짝하지 않으리란 걸 아시니까요. 나는 여기에 한 시간 내내 앉아 있으면서 이 아가씨들에게 참된 아내의 순종이 어떤 것인지를 보여 주고 있었어요. 그것이 곧 필요할지 누가 알겠어요?」

엘튼 씨는 너무 덥고 지쳐 있었기에 이 재치 있는 말은 죄다 헛수고가 되고 말았다. 그는 다른 숙녀들에게 인사를 해야 했다. 그러나 그런 다음에는 자신이 무더위를 무릅쓰고 걸어갔지만 허탕 치고 말았다는 푸념을 늘어놓았다.

「돈웰에 도착했을 때 나이틀리를 찾을 수 없었소. 무척 기이한 일이었지! 도무지 설명할 수 없는 일이고! 오늘 아침에 그에게 쪽지를 보냈고, 그가 1시에는 분명히 집에 있으리라는 전갈을 받았는데 말이오.」

「돈웰이라고요!」 그의 아내가 소리쳤다. 「사랑하는 미스터 E, 설마 돈웰에 갔다 온 건 아니겠죠. 크라운을 말하는 거죠. 크라운에서 열린 회의에서 돌아오시는 거죠.」

「아니, 그건 내일이오. 바로 그 회의 때문에 오늘 특별히 나이틀리를 만나고 싶었소. 끔찍하게도 푹푹 찌는 오전 시간에 말이지! 그를 찾으러 들판에도 나갔었지. (지나친 푸대접을 받았다는 어조로) 그래서 더욱 고약했소. 그러고 나서 그의 집에 갔는데도 그를 찾을 수 없었고! 정말이지 전혀 유쾌한 기분이 아니었소. 사과의 말도, 전갈도 남기지 않았더군. 그 가정부는 내가 온다는 얘기를 듣지 못했다고 하더군. 정말 이상한 일이었소! 그가 어디 갔는지 아무도 모르고 말이지. 하트필드에 갔는지, 애비밀에 갔는지, 아니면 숲에 갔는지. 우드하우스 양, 이건 우리 친구 나이틀리 답지 않은 행동이에요. 어떻게 설명할 수 있을까요?」

엠마는 그야말로 무척 이상한 일이고, 그것에 대해서는 조금도 해명할 수 있는 바가 없다고 대답하면서 재미있어 했다.

「정말 이해할 수 없어요.」엘튼 부인이 (아내로서 당연히 느껴야 할 모욕감을 느끼며) 소리쳤다. 「어떻게 그가 세상의 하고많은 사람들 중에서 당신에게 그렇게 행동할 수 있는지 도무지 상상할 수 없어요! 절대로 소홀히 대접해서는 안 될 사람에게 말이에요! 친애하는 미스터 E, 그가 틀림없이 당신에게 전갈을 남겼을 거예요. 나는 그랬을 거라고 믿어요. 아무리 나이틀리라고 해도 그렇게까지 괴상하게 굴 수는 없어요. 그의 하인이 그걸 잊었을 거예요. 맹세코, 그렇게 되었을 거예요. 돈웰의 하인들에게 있을 법한 일이죠. 종종 보았지만, 그 집의 하인들은 죄다 무척 서투른 데다 부주의하거든요. 나 같으면 무슨 일이 있더라도 그 집의 해리 같은 하인에게 식사 시중을 들게 하지는 않겠어요. 그리고 호지스 부인에 대해서 말하자면, 라이트는 그녀를 형편없이 생각하더군요. 그녀가 라이트에게 영수증을 보내겠다고 약속하고는 보내지 않았다는 거예요.」

「그 집에 가까이 갔을 때 윌리엄 라킨스를 만났소.」엘튼 씨가 말을 이었다. 「주인을 집에서 만날 수 없을 거라고 그가 말했지만, 나는 그의 말을 믿지 않았지. 윌리엄은 다소 언짢은 얼굴이더군. 최근에 자기 주인이 어떻게 된 일인지 모르겠다고 말합디다. 주인과 얘기를 나눌 수가 없다고 말이오. 윌리엄이 뭘 원하든지 나와 상관이 없지만, 내가 오늘 나이틀리를 만나는 건 무척 중요한 일이에요. 그러니 내가 이 무더위에 걸어갔는데도 소용이 없었다는 건 대단히 불편한 일이지.」

엠마는 곧장 집으로 돌아가는 편이 좋겠다고 생각했다. 십중팔구 바로 이 시간에 그곳에서 자기를 기다리는 사람이 있을 것이다. 그리고 나이틀리 씨가 윌리엄 라킨스는 아니라도 엘튼 씨에게 더 불편을 끼치지 않도록 막을 수 있을 것이다.

엠마가 작별하려고 일어섰을 때 기쁘게도 페어팩스 양은 그녀를 배웅하러 밖으로 나오려 했고 계단을 함께 내려오기까지 했다. 즉시 그 기회를 이용해서 엠마가 말했다.

「말할 기회가 없어서 차라리 잘되었어요. 당신이 다른 벗들에게 둘러싸여 있지 않았더라면 나는 아마 어떤 주제를 끄집어 내서 여러 가지 질문을 하고 무례할 정도로 솔직하게 말하고 싶었을 거예요. 틀림없이 건방지게 굴었을 거예요.」

「아……」 제인은 얼굴을 붉히고 주저하면서 말했다. 그런 모습이 평소의 우아하고 침착한 모습보다 훨씬 더 잘 어울린다고 엠마는 생각했다. 「그럴 위험은 없었을 거예요. 오히려 내가 당신을 지루하게 할 위험이 있었겠지요. 당신이 관심을 보여 주는 것이 내게는 그 무엇보다도 기쁜 일이었을 테니까……. 정말이지 우드하우스 양, (좀 더 차분한 어조로) 난 내가 잘못을, 그것도 큰 잘못을 저질렀음을 알고 있는데도 좋은 평가를 받고 싶고, 그분들의 평가라면 소중히 간직할 만한 벗들께서 큰 혐오감을 느끼지 않으셔서 특히 위안을 얻고 있어요. 내가 하고 싶은 말의 절반도 말할 시간이 없군요. 나는 사과하고, 변명하고 싶고, 스스로에 대해 뭔가를 주장하고 싶어요. 당연히 그래야 한다고 느껴요. 하지만 불행히도 당신의 동정심이 나를 너그럽게 봐주지 않는다면……」

「아, 당신은 너무 세심해요. 정말 그래요.」 엠마는 그녀의 손을 잡으며 열렬히 말했다. 「당신은 내게 사과할 일이 전혀 없어요. 그리고 당신이 사과해야 한다고 생각하는 사람들은 모두 다 더없이 흐뭇해하고 무척 기뻐하고 있어서……」

「당신은 무척 친절하세요. 하지만 당신에 대한 내 태도가 어땠는지 잘 알고 있어요. 너무나 냉정하고 가식적이었지요! 늘 연기를 해야 했어요. 남들을 속이는 생활이었죠. 당신에게 내가 틀림없이 혐오스러웠을 거예요.」

「제발 더 이상 말하지 말아요. 사과를 해야 할 사람은 나라고 느끼고 있으니까요. 그러니 이제 서로를 용서해 주기로 해요. 가장 먼저 해야 할 일을 해야겠지요. 그리고 그 부분에서 우리의 감정이 꾸물거리지 않으리라고 생각해요. 바라건대 윈저에서 유쾌한 소식을 들었겠지요?」

「무척 즐거운 소식이었어요.」

「그럼 이다음에 들릴 소식은 우리가 당신을 빼앗기게 되리라는 것이겠군요. 이제야 당신을 알기 시작했는데.」

「아, 그런 것에 대해서는, 물론, 아직 아무것도 생각할 수 없어요. 캠프벨 대령 부부께서 돌아오실 때까지 여기 머물 거예요.」

「확실히 결정된 일은 아직 없더라도, 그래도, 생각은 해야겠지요.」 엠마가 미소를 지으며 대답했다.

제인도 웃으면서 말했다.

「당신 말이 맞아요. 생각은 해보았어요. 고백하자면(그렇게 해도 괜찮으리라고 믿어요) 우리가 엔스콤에서 처칠 씨와 함께 사는 것까지는 결정되었어요. 애도 기간이 적어도 석 달은 걸릴 거예요. 그 기간이 지나면 더 이상은 기다릴 일이 없을 거라고 생각해요.」

「고마워요. 정말 고마워요. 바로 이것이 내가 알고 싶었던 거예요. 아, 명확하고 솔직한 것을 내가 얼마나 좋아하는지 당신이 안다면! 그럼 잘 있어요, 안녕히.」

제17장

웨스턴 부인의 벗들은 그녀의 안전한 출산을 무척 기뻐했다. 그녀가 건강하다는 사실에 엠마가 느낀 만족감이 더 커질 수 있었다면, 그것은 어린 딸의 어머니가 되었다는 사실을 알게 되었기 때문이다. 엠마는 무엇보다 웨스턴 양이 태어나기를 바랐던 것이다. 앞으로 이사벨라의 아들들 중 하나와 혼사를 맺어 줄 생각이 있기 때문이라고는 절대로 인정하지 않았다. 그 부모에게는 딸이 더욱 적합하리라고 생각했다. 나이가 들어 가는 웨스턴 씨에게 ── 웨스턴 씨도 앞으로 10년 후에는 연로할 테니까 ── 집에서 절대로 추방되지 않을[54] 어린애의 장난과 재잘거리는 소리, 변덕스러운 행동이나 기발한 공상으로 그의 난롯가에 활기가 돈다면 큰 위안이 될 것이다. 그리고 웨스턴 부인에게도 딸이 가장 소중한 존재가 되리라는 것은 의심할 수 없었다. 더욱이 가르치는 법을 그렇게나 잘 알고 있는 사람이 그 능력을 다시 발휘하지 못한다면 무척 유감스러울 것이다.

54 중상류층의 가정에서는 아들을 대개 어린 나이에 기숙 학교에 보내서 교육시켰다.

「아시다시피, 부인은 나를 대상으로 연습해 왔다는 장점이 있거든요.」 엠마가 말을 이었다. 「마담 드 장리스의 『아델라이데와 테오도르*Adelaide and Theodore*』[55]에서 알망 남작 부인이 오스탈리스 백작 부인을 놓고 연습하듯이 말이에요. 우리는 이제 부인의 어린 딸 아델라이데가 더 완벽한 계획에 따라서 교육받는 것을 보게 될 거예요.」

「말자하면…….」 나이틀리 씨가 대답했다. 「부인은 당신보다 그 아이의 응석을 더 많이 받아 줄 거요. 그러고는 응석을 전혀 받아 주지 않는다고 믿겠지. 단 한 가지 차이는 그것일 거요.」

「가엾은 아이!」 엠마가 소리쳤다. 「그런 식으로 크면 그 애가 어떻게 되겠어요?」

「그리 나쁘진 않을 거요. 수많은 아이들이 그렇게 크니까. 유아기에는 몹시 불쾌하게 굴 테고, 자라면서 스스로를 바로잡겠지. 나는 버릇없는 아이들에 대한 반감이 점점 줄어들고 있어요, 사랑하는 엠마. 당신 덕분에 이 행복을 모두 얻은 내가 그런 아이들을 가혹하게 비난한다면 몹시 배은망덕한 것이 아니겠소?」

엠마는 웃으며 대답했다. 「하지만 다른 사람들이 받아 준 응석을 없애려고 당신이 애쓰면서 도와줬잖아요. 그 도움이 없었더라도 내가 스스로 분별력을 갖고 바로잡을 수 있었을지 의심스러워요.」

「그렇소? 나는 전혀 의심하지 않아요. 자연은 당신에게 분별력을 주었고, 테일러 양은 원칙을 주었소. 당신은 잘해 나

---

55 프랑스 작가 마담 드 장리스Madame de Genlis(1746~1830)가 쓴 교육에 관한 소설로, 1783년 영국에서 번역본이 출간되었다.

갔을 거요. 내 간섭은 도움이 될 수도 있었지만 해로울 수도 있었소. 당신이 이렇게 말한 것도 당연했지. 〈무슨 권리로 그가 내게 훈계하는 거지?〉 그리고 당신이 그 훈계 방식을 매우 불쾌하게 느낀 것은 유감스럽지만 너무나 당연했소. 나는 당신에게 조금도 도움이 되었다고 생각하지 않아요. 당신을 가장 다정하게 사랑할 대상으로 삼으면서 오히려 내가 도움을 받았지. 당신에 대해서 많이 생각할수록 당신을, 당신의 결함들이나 온갖 것들을 맹목적으로 사랑하지 않을 수 없었소. 그리고 아주 많은 결함이 있다고 상상한 덕에 당신이 적어도 열세 살이었을 때부터 줄곧 당신을 사랑해 왔어요.」

「당신이 내게 도움을 주었다고 믿어요.」 엠마가 소리쳤다. 「나는 종종 당신에게서 올바른 감화를 받았어요. 그 당시에 내가 인정했던 것보다 더 자주 그랬죠. 정말로 당신은 내게 좋은 영향을 주었어요. 만일 가엾은 꼬마 안나 웨스턴의 버릇이 없어졌을 때, 당신이 내게 해준 것처럼 그 애한테 해준다면 더없이 자비로운 일이 될 거예요. 그 애가 열세 살이 되었을 때 그 애를 사랑하는 것만 빼고 말이죠.」

「당신은 어린 소녀였을 때 특유의 건방진 표정을 지으며 무척 자주 말했었지. 〈나이틀리 씨, 나는 이러이러한 일을 할 거예요. 해도 된다고 아빠가 말씀하셨어요. 아니면, 테일러 양의 허락을 받았어요.〉 내가 찬성하지 않으리라는 걸 당신이 알고 있을 때 말이오. 그런 경우에 내가 간섭하면 당신은 불쾌감을 두 배로 느꼈었지.」

「난 무척 귀여운 꼬마였군요! 당신이 내 말을 그렇게 다정하게 기억하고 있는 것도 놀랍지 않아요.」

「〈나이틀리 씨〉. 당신은 늘 나를 〈나이틀리 씨〉라고 불렀지. 그렇게 오래 습관이 되다 보니 그 이름이 그리 딱딱하게 들리지 않게 되었어요. 하지만 그건 격식을 차려서 부르는 호칭이지. 당신이 나를 다른 이름으로 불러 주면 좋겠지만 뭐라고 부르는 것이 좋을지 모르겠군.」

「10년쯤 전에 내가 귀엽게도 불같이 화를 내다가 당신을 〈조지〉라고 불렀던 일이 기억나요. 그렇게 부르면 화를 낼 거라고 생각해서 그랬는데, 당신이 전혀 화를 내지 않기에 다시는 그렇게 하지 않았어요.」

「지금은 나를 〈조지〉라고 불러 줄 수 없겠소?」

「절대 안 돼요! 〈나이틀리 씨〉 외에 다른 이름으로는 부를 수 없어요. 당신을 미스터 K라고 부르면서 엘튼 부인의 우아하고 간결한 호칭에 겨뤄 보겠다고 약속할 수도 없고요. 하지만 약속할게요.」 그녀는 얼굴을 붉히며 웃었다. 「당신의 이름을 한 번은 부르겠다고 말이에요. 언제일지는 모르지만, 어디서일지는 짐작하시겠죠. 더 좋아지든 더 나빠지든 간에, N이 M[56]을 받아들일 건물에서 말이에요.」

엠마는 나이틀리 씨가 훌륭한 분별력으로 큰 도움을 줄 수 있을 문제에 대해 솔직히 털어놓고 이야기를 나눌 수 없는 것이 가슴 아팠다. 그의 조언은 그녀가 여자로서 저지른 최악의 우행에서 벗어나도록 도와줄 수 있을 것이다. 자신이 고집을 부리며 해리엇 스미스와 친밀한 관계를 맺은 일 말이다. 하지만 그것은 너무나 미묘한 문제라서 도저히 말을 꺼낼 수 없었다. 그들은 해리엇에 대한 이야기를 거의 나누지 않았다. 그의 쪽에서는 해리엇을 거의 생각하지 않을지도 모른다. 하지

---

56 영국 국교회의 『공동 기도서』에 나오는 결혼식에 관한 언급. 이 글자들은 결혼할 사람들의 이름을 나타낸다.

만 그 부분에서 그가 아무 말도 하지 않은 것은 그 우정이 시들어 가는 듯이 보인다고 생각하고 자신을 섬세하게 배려했기 때문일 것이다. 만일 자신들이 다른 상황에서 헤어졌더라면 편지를 더 자주 나누었을 것이며, 지금처럼 이사벨라의 편지를 통해 그녀의 소식을 알게 되지는 않았으리라고 엠마 자신도 의식하고 있었다. 나이틀리 씨도 그 점을 알아차렸을 것이다. 그에게 뭔가를 감추어야 한다는 고통은 해리엇을 불행하게 만들었다는 괴로움 못지않게 컸다.

이사벨라는 그 손님에 대해서 예상할 수 있던 소식을 보내왔다. 처음 도착했을 때 그녀는 울적하게 보였다. 치과 의사를 만나야 하므로 그건 당연한 일이었다. 하지만 치료가 끝난 후에도 그녀는 전과 달라진 것 같지 않았다. 물론 이사벨라는 관찰력이 예리하지 않았다. 그렇지만 해리엇이 아이들과 놀아 줄 수 없을 정도였다면 틀림없이 알아차렸을 것이다. 해리엇이 런던에 더 오래 머물기로 결정되었기에 엠마는 더없이 즐겁고 편안하고 희망찬 날들을 더 누릴 수 있었다. 2주일의 체류가 적어도 한 달로 연장될 예정이었다. 존 나이틀리 부부는 8월에 내려올 예정이었으므로 그녀에게 더 머물다가 함께 내려가자고 청했다.

「존이 당신 친구에 대해서는 언급조차 하지 않는군.」 나이틀리 씨가 말했다. 「당신이 그의 편지를 보고 싶다면, 여기 있소.」

그것은 그의 약혼을 알린 편지에 대한 답장이었다. 엠마는 자기 친구가 언급되지 않았다는 말에는 조금도 개의치 않고, 존 나이틀리가 그 소식에 대해서 뭐라고 말했는지를 알고 싶어서 조급히 손을 내밀어 편지를 받았다.

「존은 동생답게 내 행복에 공감하고 있어요.」 나이틀리 씨가 말을 이었다. 「하지만 그는 찬사를 늘어놓는 사람이 아니오. 게다가, 형부로서 당신을 무척 사랑하지만, 미사여구를 늘어놓는 사람이 아니지. 다른 아가씨라면 그가 찬사에 다소 인색하다고 생각하겠지. 하지만 당신에게는 그의 편지를 보여 주어도 전혀 걱정스럽지 않아요.」

「그는 분별력이 있는 사람답게 썼군요.」 엠마는 편지를 다 읽고 나서 말했다. 「나는 그의 진실함을 존중해요. 분명 그는 이 약혼으로 행운을 얻은 것은 오로지 내 쪽이라고 생각하고 있군요. 하지만 시간이 지나면 내가 당신의 애정을 받을 만한 가치가 있도록 성숙하리라는 희망도 품고 있고요. 당신은 내게 이미 그만한 가치가 있다고 생각하는데 말이죠. 그가 다른 식으로 썼더라면 나는 그 말을 믿지 않았을 거예요.」

「엠마, 그는 그런 뜻으로 쓰지 않았소. 그의 말은 다만…….」

「그 두 가지 점에 대한 평가에서 나는 그와 거의 다르지 않아요.」 엠마는 약간 진지하게 미소를 지으며 말을 가로막았다. 「그가 의식하고 있는 것보다도 어쩌면 더 비슷할 거예요. 우리가 그 주제에 대해서 격식을 차리지 않고 허심탄회하게 말할 수 있다면 말이죠.」

「엠마, 사랑하는 엠마…….」

「아!」 엠마는 아주 명랑하게 소리쳤다. 「만일 당신 동생이 나를 공정하게 평가하지 않는다고 생각하시면, 우리 아버지가 그 사실을 아실 때까지 기다렸다가 뭐라고 평가하시는지 들어 보세요. 정말이지 아버지는 당신을 더 공정하지 않게 평가하실 테니까요. 그 일로 온갖 행복과 이득을 얻는 것은 당신 쪽이고 온갖 미덕을 갖추고 있는 건 내 쪽이라고 생각하실 거예요. 내가 그 즉시 〈가엾은 엠마〉로 전락하지 않기를 바라요. 억압받는 가치에 대한 다정한 동정심을 최대한으로 표현하는 말이 바로 그것이니까요.」

「아!」 그가 큰 소리로 말했다. 「우리가 동등한 가치로 함께 행복할 수 있는 온갖 권리를 갖고 있음을 당신 아버님께서 존의 절반만큼이라도 쉽게 믿어 주시면 좋겠소. 나는 존의 편지에 나오는 한 부분이 재미있었어요. 당신은 못 보았소? 내가 알려 준 소식에 그리 놀라지는 않았다고 말한 부분 말이오. 그런 소식을 들으리라고 다소 예상하고 있었다고.」

「내가 이해하기로는, 그는 그저 당신에게 결혼할 마음이 있으리라고 짐작했다는 뜻으로 한 말이었어요. 나에 대해서는 전혀 생각하지 못했고요. 그 부분은 전혀 예상치 못했던 것 같아요.」

「그래, 맞아요. 하지만 그가 내 감정을 그 정도로 들여다보았다는 사실이 재미있었소. 그가 무엇을 근거로 그렇게 판단했을까? 다른 때가 아니라 바로 지금 내가 결혼하리라는 생각을 불러일으킬 만큼 내 기분이나 대화가 달라진 줄은 몰랐거든. 하지만 아마 그랬던 모양이오. 얼마 전에 그들의 집에 머물렀을 때는 좀 달라진 점이 있었을 거요. 아이들과 예전처럼 많이 놀아 주지 않았을 테고. 그 가엾은 꼬마들이 어느 날 저녁엔가 〈삼촌이 요새는 늘 피곤해 보여요〉라고 말했던 적이 있었지.」

이제 그 사실을 널리 알리고 이에 대한 사람들의 반응을 알아볼 때가 다가오고 있었다. 웨스턴 부인이 우드하우스 씨의 방문을 받을 수 있을 만큼 회복되자 엠마는 부인의 부드러운 논리로 도움을 받아야겠다고 생각하고는 먼저 그 소식을 집에 알리고 그다음 랜달스에 알리겠다고 결심했다. 하지만 결국 아버지에게 어떻게 털어놓을 것인가? 그녀는 나이틀리 씨가 없는 시간에 그 소식을 알리겠다고 결심했다. 그렇지 않으면 막상 때가 되었을 때 용기가 꺾여서 그 일을 연기해야만할 것이다. 그런 다음에 나이틀리 씨가 방문해서 그녀가 꺼내놓은 실마리를 이어 갈 것이다. 엠마는 아버지에게 말해야 했고, 그것도 명랑하게 말해야 했다. 그녀 자신이 우울한 목소리로 얘기를 꺼내서 그것을 더 확실히 불행한 일로 여겨지게 해서는 안 된다. 불행한 일로 생각하는 듯이 보여서도 안 된다. 엠마는 끌어낼 수 있는 용기를 죄다 끌어낸 다음에 먼저새로운 소식이 있다고 아버지에게 마음의 준비를 시켰다. 그런 다음에, 아버지의 동의와 허락을 받을 수 있다면 — 모두의 행복을 더해 주는 일이므로 어렵지 않게 아버지의 동의를얻을 수 있으리라고 믿었다 — 나이틀리 씨와 결혼할 생각이라고 몇 마디만으로 간략하게 말했다. 이렇게 된다면 하트필드는 아버지가 딸들과 웨스턴 부인 다음으로 이 세상에서 제일 좋아하는 사람을 늘 함께 지내는 벗으로 받아들이게 될 것이다.

가엾은 우드하우스 씨! 처음에 그는 그 말에 엄청난 충격을 받았고, 그녀의 생각을 돌리려고 진심으로 노력했다. 그녀가 절대로 결혼하지 않겠다고 늘 말해 왔음을 여러 차례 상기시켰고, 그녀가 독신으로 지내는 편이 훨씬 더 나을 거라고 장담했으며, 가엾은 이사벨라와 가엾은 테일러 양에 대해서도 이야기했다. 그래도 소용이 없었다. 엠마는 다정하게 아버지의 목을 끌어안고 미소를 지으면서 그렇게 되어야 한다고, 자기를 이사벨라와 웨스턴 부인과 똑같이 생각해서는 안 된다고 말했다. 그들은 결혼하면서 하트필드를 떠났고 그래서 실로 우울한 변화를 일으켰다. 그러나 자신은 하트필드를 떠나지 않을 것이고, 늘 그 자리에 있을 것이다. 하트필드 가족에 변화가 생기더라도 숫자와 안락함에 있어서 그것은 더 나은 변화였다. 그리고 나이틀리 씨가 늘 옆에 있으면 아버지도 훨씬 더 행복할 거라고 그녀는 믿었다. 아버지가 일단 그 생각에 익숙해지면 말이다. 아버지는 나이틀리 씨를 무척 사랑하지 않았던가? 아버지가 그 점을 부정할 수는 없을 거라고 그녀는 믿었다. 사업에 관해 상의할 일이 있을 때 언제나 나이틀리 씨를 찾지 않았던가? 그는 아버지에게 큰 도움을 주었고, 기꺼이 편지를 대신 써주었으며, 쾌활하게 도와주었다. 또 그는 언제나 유쾌하고 세심한 배려를 베풀어 주었고 아버지를 무척 좋아했다. 그런 사람이 늘 곁에 있으면 아버지도 기쁘시지 않을까? 그래, 그건 모두 사실이다. 나이틀리 씨라면 아무리 자주 찾아와도 반가울 것이다. 그를 매일 본다면 즐거울 것이다. 하지만 사실 그들은 지금도 거의 매일 만나고 있다. 지금까지 해왔듯이 그렇게 계속하면 안 될 이유가 어디 있는가?

우드하우스 씨는 그 생각에 금방 적응할 수 없었다. 하지만 최악의 상황은 지나갔고 새로운 생각을 심어 주었으므로 이제는 시간을 들여 끊임없이 반복하면서 익숙해지도록 하는 수밖에 없었다. 엠마의 간청과 장담에 나이틀리 씨의 간청이 잇따랐다. 엠마에 대한 그의 애정 어린 찬사 덕분에 그 이야기가 조금 달갑게 들릴 수 있었다. 오래지 않아 우드하우스 씨는 기회가 있을 때마다 그 두 사람에게서 그 이야기를 듣는 데 익숙해졌다. 이사벨라는 더없이 강력하게 찬성하는 편지들을 보내서 도와주었다. 그리고 웨스턴 부인은 처음 만났을 때 그 문제를 가장 이로운 관점에서 즉, 첫 번째로는 이미 결정된 문제로, 두 번째로는 아주 훌륭한 결정으로 간주하고 있었다. 이 두 가지가 우드하우스 씨의 마음에 거의 똑같이 중요한 장점임을 잘 알고 있었던 것이다. 그리하여 그 혼사는 장차 일어날 일로 여겨지게 되었다. 지금까지 그에게 조언을 해온 사람들 모두가 그 일이 그의 행복을 위한 것이라고 장담했고, 그 스스로도 그것을 수긍하려는 마음이 없지 않았기에, 그는 언젠가, 어쩌면 1, 2년 후에 그들이 결혼을 하더라도 그리 나쁘지 않겠다고 생각하게 되었다.

웨스턴 부인이 우드하우스 씨에게 그 혼사에 대해 찬성했을 때 그녀가 연기를 하거나 없는 감정을 꾸며 낸 것은 전혀 아니었다. 엠마가 처음에 그 일을 털어놓았을 때 부인은 너무나 놀랐고, 그보다 더 놀란 적도 없었다. 그러나 그 일로 모두가 더 행복해지리라고 생각했으므로 조금도 망설임 없이 우드하우스 씨를 최대한 설득했다. 그녀는 나이틀리 씨를 자신이 가장 사랑하는 엠마에게도 걸맞다고 생각할 정도로 깊이 존중하고 있었다. 그리고 그 혼사는 어느 모로 보아도 너무나 적절하고 적합하며 비길 데 없이 바람직한 결합이었고, 한 가지 점에서, 극히 중요한 한 가지 점에서는, 특히나 바람직하고 유례 없이 다행스러운 결합이었다. 그러므로 이제 와서 생각하니 엠마가 그 외의 다른 남자에게는 도저히 애정을 느낄 수 없었을 것 같았고, 또한 오래전에 이 혼사를 미리 예상하고 바라지 못했던 자신이 세상에서 가장 아둔한 사람 같았다. 엠마에게 구혼할 만한 신분의 남자들 가운데 하트필드를 위해서 자기 집을 단념할 사람이 과연 얼마나 되겠는가! 그리고 나이틀리 씨 외에 어느 누가 우드하우스 씨를 잘 알고 잘 참아 주면서 그런 조치를 바람직하게 만들 수 있을까! 프랭크와 엠마가 결혼하기를 기대했을 때 그녀와 그 남편은 가엾은 우드하우스 씨의 거취 문제를 늘 어렵게 생각해 왔다. 웨스턴 씨는 자기 아내만큼 인정하려 들지 않았지만, 엔스콤과 하트필드의 권리를 조정하는 문제는 줄곧 장애 요인으로 여겨졌었다. 심지어 웨스턴 씨도 이 문제를 이런 식으로 마무리하는 수밖에 없었다. 「그런 문제는 저절로 해결될 거요. 젊은이들이 방법을 찾아내겠지.」 그러나 이 혼사에는 미래에 대한 막연한 추측으로 넘길 부분이 전혀 없었다. 모든 것이 올바르고, 모든 것이 관대하고, 모든 것이 대등했다. 어느 쪽에도 희생이라고 부를 만한 것이 없었다. 그 자체로도 최고의 행복을 약속하는 결합이었으며, 현실적으로도 그것을 반대하거나 지연시킬 만한 장애가 단 하나도 없었다.

아기를 무릎에 앉히고 이런 생각에 빠져 있는 웨스턴 부인은 세상에서 가장 행복한 여자들 중 하나였다. 그녀의 즐거움이 더 커질 일이 있다면 그것은 아기가 곧 자라서 처음에 만든 모자들이 작아지는 것을 보는 일이었을 것이다.

그 소식이 퍼져 나가면서 어디서나 사람들은 놀라움을 금치 못했다. 웨스턴 씨는 단 5분간 놀라워했다. 그러나 그의 기민한 마음은 그 소식에 익숙해지는 데 5분으로 족했다. 그는 그 혼사의 좋은 점을 알아차렸고, 한결같은 아내와 함께 그 이로운 점들에 대해 기뻐했다. 그러나 그 혼사의 놀라움은 금세 아무것도 아니라고 여겨졌다. 한 시간이 지나자 자기가 늘 그 혼사를 예상해 왔다고 믿을 정도가 되었다.

「이 일은 비밀로 해야겠지.」 그가 말했다. 「이런 일은 모두들 다 알고 있다는 게 밝혀질 때까지 언제나 비밀이란 말이야. 내가 언제 말해도 좋을지 그것만 알려 줘요. 제인이 혹시라도 짐작하고 있었을지 궁금하군.」

다음 날 오전 그는 하이버리에 갔고, 그 궁금증을 해소했다. 그는 제인에게 그 소식을 알려 주었다. 그녀는 자신에게 큰딸이나 다름없지 않은가? 그러니 당연히 알려 줘야 한다. 그리고 베이츠 양이 바로 옆에 있었으므로, 그 소식은 어김없이 콜 부인과 페리 부인, 엘튼 부인에게 즉시 전달되었다. 그 소문의 당사자들이 예상하지 못했던 바는 아니었다. 그들은 랜달스에 소식을 알려 줄 때부터 그 소문이 하이버리 전역에 퍼질 때까지 시간이 얼마나 걸릴지를 계산했던 것이다. 그리고 대단히 영리하게도 자신들이 많은 가족들의 저녁 모임에서 놀라움을 일으키고 있을 거라고 생각했다.

사람들은 대체로 그 혼사를 아주 훌륭한 결합이라고 인정했다. 어떤 이들은 그가 더 운이 좋다고 생각했고, 다른 사람들은 그녀 쪽이 운이 좋다고 생각했다. 어떤 이들은 그들 모두 돈웰로 이사하고 하트필드를 존 나이틀리 부부에게 넘겨줘야 한다고 말했다. 다른 이들은 그들의 하인들 사이에 불화가 생길 거라고 예상했다. 하지만 전반적으로 반대 의견을 진지하게 표명한 사람은 없었다. 단 한 곳, 목사관을 제외하고 말이다. 그곳에서는 놀라움을 가라앉혀 줄 흐뭇한 기분이 전혀 일지 않았다. 자기 아내에 비해서 엘튼 씨는 그 사건에 그리 관심을 기울이지 않았고, 그저 〈그 아가씨의 자만심이 이제 채워졌기〉를 바랐으며 〈그녀가 할 수만 있다면 늘 나이틀리를 사로잡을 생각이었다〉고 생각했다. 그리고 하트필드에서 사는 문제에 관해서는, 〈나보다 그가 더 낫다는 말이지!〉라고 과감하게도 외칠 수 있었다. 그러나 엘튼 부인은 실로 몹시 심란해했다.「가엾은 나이틀리! 불쌍한 사람! 그에게는 몹시 슬픈 일이에요. 정말이지 걱정스러워요. 괴짜이기는 하지만 그에게는 좋은 점들이 아주 많은데. 어떻게 그가 그 정도로 속아 넘어갔을까요? 그 사람이 사랑에 빠졌다고는 한 번도 생각해 본 적이 없어요. 가엾은 나이틀리! 그와 유쾌하게 교제하던 것도 모두 끝장이겠군요. 우리가 초대만 해주면 그는 무척 기뻐하며 우리 집에 와서 식사를 함께했는데! 하지만 그런 것도 모두 끝나고 말았어요. 가엾은 사람! 날 위해 돈웰에서 파티를 열어 주지도 않을 테고. 아, 그렇겠죠. 나이틀리 부인이라는 여자가 모든 일에 찬물을 끼얹을 테니까. 몹시 불쾌한 일이에요! 하지만 내가 저번에 그 집 가정부를 나무란 건 전혀 유감스럽지 않아요. 함께 살다니, 그건 충격적인 계획이에요. 절대로 잘될 리가 없어요. 메이플 그로브 근처에 사는 어떤 가족이 그런 일을 시도했었는데 석 달도 지나지 않아서 갈라서야 했다고요.」

제18장

시간이 흘렀다. 며칠만 더 있으면 런던에서 일행이 도착할 것이다. 무척 걱정스러운 변화였다. 그들이 도착하면 자기 마음의 평정을 잃을 테고 슬픈 일들이 틀림없이 많이 일어나리라고 엠마가 생각에 잠겨 있던 어느 날 아침에 나이틀리 씨가 들어섰다. 그러니 고통스러운 생각은 잠시 접어 두어야 했다. 잠시 유쾌한 잡담을 나눈 후에 그는 입을 다물었다. 그러고 나서는 좀 더 진지한 목소리로 말을 꺼냈다.

「당신에게 할 얘기가 있어요, 엠마. 새로운 소식이지.」

「좋은 소식이에요, 나쁜 소식이에요?」 그녀는 재빨리 그의 얼굴을 올려다보며 물었다.

「어느 쪽으로 불러야 할지 모르겠소.」

「아, 좋은 소식이군요. 당신 얼굴에서 그걸 알 수 있어요. 당신이 웃지 않으려고 애쓰고 있으니까요.」

「유감스럽게도.」 그는 부드러운 표정으로 말했다. 「무척 염려스럽게도, 당신은 그 얘기를 들으면 웃지 않을 거요.」

「그래요? 왜 그렇죠? 당신에게 즐겁고 기쁜 일이 내게는 그렇지 않으리라고는 상상할 수 없어요.」

「우리의 생각이 일치하지 않는 문제가 한 가지 있지.」 그가 대답했다. 「그 한 가지뿐이면 좋겠소.」 그는 그녀의 얼굴을 똑바로 바라보고 다시 미소를 지으며 잠시 멈췄다. 「생각나는 게 없소? 기억하지 못하겠어요? 해리엇 스미스 말이오.」

그 이름에 그녀는 얼굴을 붉혔다. 왜 그런지 모르지만 두려운 마음이 들었다.

「오늘 아침에 그녀에게서 소식을 듣지 못했소?」 그가 큰 소리로 말했다. 「당신이 소식을 들었고 다 알고 있으리라고 생각했어요.」

「아뇨, 듣지 못했어요. 난 아무것도 몰라요. 말해 주세요.」

「당신은 최악의 소식을 각오하고 있군. 정말이지 나쁜 소식이오. 해리엇 스미스가 로버트 마틴과 결혼한다오.」

엠마는 흠칫 놀랐고, 그것은 각오하고 있던 태도로 보이지 않았다. 그녀의 눈은 그를 열렬히 바라보면서 〈아니, 그건 불가능해요〉라고 말했지만 입술은 굳게 다물려 있었다.

「그래, 사실이오.」 나이틀리 씨가 말을 이었다. 「로버트 마틴에게서 들었소. 그가 얘기하고 돌아간 지 30분도 되지 않았어요.」

그녀는 여전히 생생한 놀라움이 담긴 눈으로 그를 바라보고 있었다.

「염려했던 대로 당신은 그 소식을 거의 반기지 않는군, 엠마. 우리의 의견이 똑같으면 좋으련만. 하지만 시간이 지나면 그렇게 될 거요. 시간이 지나면 우리 중의 한 사람은 틀림없이 생각이 달라질 테니까. 그동안은 그 문제에 대해서 많이 이야기할 필요가 없겠지.」

「당신의 오해예요. 내 뜻을 완전히 오해하신 거예요.」 그녀는 애써 대답했다.「그 일을 지금 불쾌하게 받아들여서가 아니라, 다만 믿을 수 없는 거예요. 도무지 가능하지 않은 일로 보이니까요! 해리엇 스미스가 로버트 마틴을 받아들였다는 말은 아니겠죠. 그가 그녀에게 다시 청혼했다는 얘기는 아니겠죠. 아직, 그가 청혼할 생각이라는 뜻이겠죠.」

「내 말은 그가 청혼했다는 거요.」나이틀리 씨는 미소를 지으면서도 확고하고 단호하게 대답했다.「그리고 승낙을 받았어요.」

「맙소사!」그녀는 소리쳤다.「저런!」그러고는 고개를 숙일 구실로 뜨개질 바구니를 찾으며, 그리고 틀림없이 자기 얼굴에 드러날 절묘한 기쁨과 즐거움을 감추려 하면서 덧붙여 말했다.「자, 이제 그 얘기를 모두 들려주세요. 어떻게, 언제, 어디서? 전부 다 알려 주세요. 이보다 더 놀란 적은 없었어요. 하지만 정말이지, 불쾌한 이야기는 아니에요. 어떻게, 대체 어떻게 해서 그런 일이 일어날 수 있었죠?」

「아주 간단한 이야기요. 마틴이 사흘 전에 일을 보러 런던에 갔었소. 내가 존에게 보낼 서류를 갖다 주도록 그에게 맡겼지. 그는 존의 변호사 사무실로 서류를 갖다 줬고, 존은 그날 저녁 애스틀리 극장[57]에 함께 가자고 청했소. 큰 아이들 둘을 데리고 애스틀리에 갈 예정이었거든. 우리의 형제자매와 존, 헨리, 그리고 스미스 양이 함께 가기로 되어 있었어요. 내 친구 로버트는 그 초대를 거절할 수 없었소. 그들은 극장으로 가는 길에 그의 숙소에 들렀고, 모두들 무척 즐거워했소. 그리고 내 동생이 다음 날 정찬을 함께하자고 청했지. 마틴

---

57 필립 애스틀리가 세운 런던의 원형 극장으로, 주로 서커스와 마술을 공연했다.

은 식사를 함께했고, 그곳을 방문하는 동안에 (내가 이해하기로는) 기회를 보아 해리엇에게 청혼했고, 그것이 허사가 되지 않았던 거요. 그녀의 승낙을 얻었으므로 그는 마땅히 그가 얻을 행복을 모두 누리게 되었소. 마틴은 어제 역마차로 내려왔는데, 오늘 아침 식사가 끝난 직후에 찾아와서는 먼저 내 용무에 대해서 이야기하고 다음에 자기 용무에 대해서 말했소. 내가 말할 수 있는 것은 이것이 전부라오. 해리엇이 당신을 만나게 되면 그때 훨씬 더 자세히 말하겠지. 온갖 시시콜콜한 이야기를 다 들려줄 테니까. 그런 얘기는 여자들이 해야만 흥미롭게 들릴 거요. 남자들은 그저 큰 가닥만 이야기하니까. 하여간, 로버트 마틴의 벅찬 감정이 자신에게 그리고 내게로 넘쳐흐르는 것 같았소. 그리고 그리 취지에 맞는 이야기는 아니었지만, 그들이 애스틀리 극장에서 나왔을 때 내 동생이 부인과 어린 존을 돌보았고 그는 스미스 양과 헨리와 함께 따라갔는데, 한번은 너무 혼잡한 무리에 끼어서 스미스 양이 다소 불편해했다고 말하더군.」

그가 말을 멈췄다. 엠마는 즉시 대답할 엄두도 낼 수 없었다. 입을 열면, 터무니없이 행복한 기분이 드러날 것이다. 조금 더 기다려야 한다. 그러지 않으면 그녀가 제정신이 아니라고 그가 생각할 것이다. 그러나 그녀의 침묵에 그는 불안해했고, 잠시 그녀를 관찰한 다음 말을 이었다.

「사랑하는 엠마, 이런 일이 이제는 불쾌하지 않다고 당신이 말했지만, 이 이야기가 당신의 예상보다 더 고통스러울까 봐 걱정이오. 그의 신분이 낮기는 하지만, 당신 친구에게는 흡족할 거라고 생각해야 해요. 당신이 마틴을 잘 알게 되면 그를 더 좋게 생각하리라고 장담할 수 있어요. 그의 분별력과 훌륭한 원칙에 기뻐할 거요. 사람의 성품을 놓고 보면, 당신 친구가 더 나은 사람을 만나기를 기대할 수는 없어요. 할 수 있으면 나는 그의 사회적 지위를 높이도록 노력하겠소. 정말이지 이것은 많은 것을 약속하는 말이오, 엠마. 당신은 윌리엄 라킨스에 대해서 나를 비웃지만, 로버트 마틴도 내게 없어서는 안 될 사람이오.」

그는 그녀가 고개를 들고 미소 짓기 바랐다. 그리고 이제는 함박꽃 같은 웃음을 — 실제로 그랬다 — 억누를 수 있었으므로 그녀는 쾌활하게 대답했다.

「내가 그 결혼에 체념하도록 애쓰실 필요 없어요. 해리엇이 아주 잘하고 있다고 생각하니까요. 그녀의 친척들이 그의 친척들보다 더 나쁠 수도 있죠. 인격으로 볼 때, 그녀의 친척이 더 나쁘다는 점은 의심할 수 없는 사실이고요. 내가 아무 말도 하지 않은 것은 그저 너무 놀랐기 때문이에요. 너무 놀라워서요. 내게 그 일이 얼마나 갑작스러운 충격인지, 얼마나 뜻밖의 일인지를 당신은 상상할 수 없을 거예요! 왜냐하면 그녀가 최근에 마틴 씨에 대해서 전보다 더 확고한 반감을 갖고 있다고 믿었거든요.」

「당신이 당신 친구를 제일 잘 알겠지.」 나이틀리 씨가 대답했다. 「하지만 그녀는 착하고 마음씨가 부드러운 아가씨라서, 자기를 사랑한다고 말해 주는 젊은 남자라면 누구에게든지 그리 확고한 반감을 품지 않을 것 같소.」

엠마는 대답하면서 웃지 않을 수 없었다. 「정말이지, 당신은 나만큼이나 그녀를 잘 알고 있군요. 하지만 나이틀리 씨, 해리엇이 전적으로, 확실히 마틴 씨를 받아들였다고 확신하세요? 시간이 지나면 그럴지도 모른다고 나는 생각했었어요.

하지만 벌써 그럴 수 있을까요? 마틴 씨의 말을 오해하신 것 아니에요? 당신들 두 사람이 서로 다른 이야기를 하고 있었을지 모르죠. 사업이나 가축 품평회라든가, 새로운 조파기라든가. 그런 여러 얘기들이 뒤섞여서 그 사람의 말을 오해하신 것 아닐까요? 그가 확신하게 된 것은 해리엇의 손이 아니라, 어떤 유명한 황소의 크기인지도 모르죠.」

이 순간 엠마는 나이틀리 씨와 로버트 마틴의 생김새나 분위기의 차이를 너무나 확연히 느꼈고, 최근에 해리엇에게 일어난 일들도 모두 강렬한 인상으로 남아 있었으며, 〈아뇨, 저는 로버트 마틴을 생각할 정도로 어리석지 않기를 바라요〉라고 힘주어 말하던 목소리가 너무도 생생했기에, 실로 그 소식이 다소 시기상조라고 밝혀지리라 예상하고 있었다. 그렇지 않을 리가 없었다.

「어떻게 그런 말을 할 수 있소?」 나이틀리 씨가 말했다. 「누가 무슨 말을 하고 있는지도 모를 정도로 내가 엄청난 얼간이라고 말하려는 거요? 당신은 대체 어떤 대접을 받으려는 거요?」

「아! 난 언제나 최고의 대접을 받기 원해요. 그렇지 않은 것은 절대 참지 못하니까요. 그러니 당신은 내게 분명하고 솔직하게 대답해 줘야 해요. 마틴 씨와 해리엇이 현재 어떤 관계에 있는지를 당신이 제대로 알고 있다고 확신하세요?」

「온전히 확신하고 있소.」 그는 매우 분명한 어조로 대답했다. 「그녀가 그를 받아들였다고 그가 말했소. 그가 사용한 단어에 불명확하거나 의심스러운 점은 전혀 없었소. 그 증거를 당신에게 알려 줄 수 있겠군. 마틴이 이제 어떻게 해야 할지 내 의견을 물었어요. 그녀의 친지나 벗들에 대해서 알아보려면 문의할 사람이 고다드 부인밖에 없는데, 고다드 부인에게 가는 것 외에 더 적절한 방법이 있을지를 묻더군. 그 점에 대해서는 내가 알려 줄 수 있는 바가 없다고 말했지. 그렇다면 오늘 중으로 고다드 부인을 찾아보겠다고 그가 말했소.」

「이제 완전히 납득했어요.」 엠마는 더없이 화사한 미소를 지으며 대답했다. 「그들이 행복하기를 진심으로 바라요.」

「우리가 전에 이 문제에 대해서 이야기를 나눈 이후로 당신 생각이 상당히 달라진 모양이오.」

「그렇기를 바라요. 그때 나는 바보였으니까요.」

「나도 달라졌소. 이제는 해리엇의 좋은 자질을 기꺼이 인정해 주고 싶으니 말이지. 나는 당신을 위해서 그리고 로버트 마틴을 위해서 (그가 해리엇을 전처럼 계속 사랑한다고 믿을 수 있었으니까) 그녀를 잘 알려고 좀 노력했소. 그녀에게 종종 말을 걸고 이야기를 많이 했지. 내가 그러는 것을 당신도 틀림없이 봤을 거요. 내가 가엾은 마틴을 위해서 변호하고 있다고 당신이 의심하리라는 생각도 때로 들었소. 실은 전혀 그렇지 않았지만. 내가 관찰한 바로는, 그녀가 가식이 없고 사랑스러운 아가씨이고, 생각도 매우 건전하고 진지하며 훌륭한 원칙을 갖고 있는 데다, 애정이 풍부하고 유용한 가정 생활에서 행복을 찾을 사람이라고 확신하게 되었소. 이 자질들 가운데 많은 부분에 대해서 그녀가 당신에게 고마워할 거라고 믿소.」

「내게요!」 엠마는 고개를 저으며 소리쳤다. 「아! 가엾은 해리엇!」

하지만 그녀는 말을 자제했고, 과분한 찬사를 조용히 들어 주었다.

그녀의 아버지가 들어오는 바람에 곧 그들의 대화가 중단되었지만 엠마는 조금도 유감스럽지 않았다. 그녀는 혼자 있고 싶었다. 놀라서 두근거리는 가슴이 좀처럼 진정되지 않았다. 그녀의 마음은 춤추고, 노래하고, 탄성을 지르고 있었다. 주위를 서성이고 혼잣말을 중얼거리고 웃음을 터뜨리고 생각에 잠기기 전까지는 도저히 차분해질 수 없었다.

그녀의 아버지는 이제 매일 그러하듯이, 마차를 타고 랜달스를 방문할 수 있도록 제임스가 말을 마차에 매러 나갔음을 알려 주려고 들어온 것이었다. 그래서 그 핑계로 그녀는 즉시 방에서 나올 수 있었다.

그녀가 얼마나 큰 기쁨과 고마움과 절묘한 환희를 느꼈는지는 충분히 상상할 수 있으리라. 이제 해리엇의 행복한 앞날에 대한 기대 때문에 자신의 행복에 찬물을 끼얹던 단 하나 남은 고통이 이처럼 사라졌으므로, 그녀는 사실 너무 행복해서 도무지 진정될 수 없을 지경이었다. 이제 더 바랄 것이 뭐가 있을까? 아무것도 없었다. 다만 의도와 판단력이 자신보다 훨씬 뛰어난 그에게 더욱 걸맞은 사람이 되도록 성숙해지는 일뿐이었다. 과거의 어리석음을 통해서 미래에는 겸손하고 신중해지도록 배우는 것뿐이었다.

그녀는 진심으로, 무척 진지한 마음으로 고마움을 느끼며 그렇게 결심했다. 하지만 그 와중에도 웃음을 참을 수 없었다. 이런 결말에 웃음을 터뜨리지 않을 수 없었다! 5주 전의 우울한 실망이 이렇게 끝나다니! 그런 마음을 갖고 있다니! 해리엇이 그렇다니!

이제 그녀가 돌아오면 즐거울 것이다. 기쁘지 않은 일이 없을 것이다. 로버트 마틴을 알게 되면 무척 기쁠 것이다.

머지않아 나이틀리 씨에게 숨길 것이 모두 없어질 거라는 점은 그녀가 진정으로 기뻐한 일들 중에서도 큰 기쁨이었다. 혐오스럽게도 거짓으로 꾸미고, 모호하게 얼버무리고, 비밀을 간직하던 일이 곧 끝날 것이다. 이제는 그에게 완전히 솔직하게 마음을 털어놓을 수 있으리라고 기대했고, 그녀의 성격상 그것을 기꺼이 의무로 받아들였다.

더없이 명랑하고 행복한 기분으로 엠마는 아버지와 함께 랜달스로 출발했고, 아버지의 말에 귀를 기울였을 뿐 아니라 내내 동의했다. 그리고 자신이 매일 랜달스를 방문하지 않으면 가엾은 웨스턴 부인이 실망하리라는 아버지의 즐거운 확신에 말과 침묵으로 동의했다.

그들은 랜달스에 도착했다. 거실에는 웨스턴 부인 혼자 있었다. 그녀가 아기에 대해서 이야기하고 우드하우스 씨의 방문에 대해 감사하다는 인사를 하고 있을 때, 창가를 지나는 두 사람의 모습이 블라인드를 통해서 힐끗 내다보였다.

「프랭크와 페어팩스 양이에요.」 웨스턴 부인이 말했다. 「오늘 아침에 프랭크가 도착했기에 저희가 무척 놀라고 기뻐했다는 말씀을 드리려던 참이었어요. 내일까지 머물 거예요. 그래서 페어팩스 양에게 오늘 우리와 함께 보내자고 설득했지요. 곧 들어올 거예요.」

1분도 채 안 되어 그들이 들어왔다. 엠마는 그를 만나서 매우 반가우면서도 무척 곤혹스러웠고, 두 사람 모두 당혹스러운 기억들을 많이 떠올렸다. 그들은 기쁘게 미소를 지으며 인사했지만, 겸연쩍은 마음에 처음에는 말을 잘 할 수 없었다. 모두들 자리에 앉은 다음 한참 동안 무미건조한 분위기가 이어졌다. 엠마는 프랭크 처칠을 다시 만나고 그가 제인과 함께 있는 것을 보고 싶어 했던 바람이 이제 이루어지기는 했지만 과연 그 소망에 값하는 즐거움을 느낄 수 있을지 의심스러웠다. 하지만 웨스턴 씨가 들어오고 아기를 데려온 다음에는 얘깃거리가 끊이지 않았고 활기가 돌았다. 프랭크 처칠은 그 기회를 잡아 용기를 내어 그녀에게 다가와서 말했다.

「우드하우스 양, 웨스턴 부인을 통해 매우 친절하게도 용서해 주신다는 전갈을 보내 주셔서 감사드립니다. 시간이 지나면서 용서해 주시려는 마음이 줄지 않았기를 바랍니다. 그때 말씀하신 것을 철회하지 않았으면 좋겠어요.」

「아뇨.」엠마는 무척 기분 좋게 큰 소리로 말했다.「전혀 그렇지 않아요. 당신을 만나서 악수를 나누고, 직접 축하할 수 있어서 아주 기뻐요.」

그는 진심으로 고마워했고, 고맙고 행복한 자신의 심정을 잠시 진지하게 토로했다.

「그녀가 아주 보기 좋지 않으세요?」그는 제인 쪽을 바라보며 말했다.「전보다 훨씬 더 보기 좋지요? 아시다시피 저희 아버지와 웨스턴 부인은 그녀를 무척 사랑하신답니다.」

그는 이내 다시 활기를 띠면서 눈웃음을 치고 캠프벨 부부가 곧 돌아오리라고 말한 후에 딕슨이라는 이름을 입에 올렸다. 엠마는 얼굴을 붉히면서 자기가 듣는 곳에서 그 이름을 다시는 꺼내지 말라고 말했다.

「그걸 생각할 때마다 몹시 부끄러워요.」그녀가 말했다.

「부끄럽게 느껴야 할 사람은 바로 접니다.」그가 대답했다.「그런데 조금도 의심하지 않으셨어요? 최근에 말입니다. 처음에야 물론 의심하지 않으신 걸 알고 있어요.」

「전혀 의심하지 않았어요.」

「참 놀라운 일이군요. 한번은 제가 고백할 뻔했었어요. 그 랬더라면 좋았을걸. 그랬더라면 훨씬 더 나았을 겁니다. 저는 늘 나쁜 일들을 저지르는데, 정말로 고약한 일들이라서 제게 도움이 되지 않지요. 하지만 비밀을 지켜야 한다는 약속을 어 기고 당신에게 모든 것을 털어놓았더라면, 그렇게 약속을 위 반했다면 훨씬 더 나았을 겁니다.」

「이제 그건 유감스러워할 가치도 없는 일이에요.」엠마가 말했다.

「저는 외숙부님께서 랜달스를 방문하시도록 설득하고 싶 습니다.」그가 다시 말을 꺼냈다.「그녀를 만나고 싶어 하시 거든요. 캠프벨 가족이 돌아오시면 런던에서 만날 거예요. 런 던에서 머물다가 그녀를 북부 지방으로 데려갈 겁니다. 하지 만 지금은 그녀와 너무 멀리 떨어져 있어요. 이건 너무나 고 통스러운 일 아니에요, 우드하우스 양? 화해한 날 이후로 오 늘 아침까지 단 한 번도 만나지 못했어요. 제가 가엾지 않으 세요?」

엠마는 아주 친절하게 동정심을 표현했다. 그는 갑자기 즐 거운 생각을 떠올리고 큰 소리로 말했다.

「아, 그런데.」그는 목소리를 낮추고 잠시 예의 바른 표정 으로 말했다.「나이틀리 씨도 건강하시지요?」그는 잠시 말 을 멈췄고, 그녀는 얼굴을 붉히며 웃었다.「제 편지를 보셨겠 지요. 당신을 위한 제 소망을 기억하시리라고 생각합니다. 저 도 당신께 축하드리고 싶어요. 정말이지 그 소식을 들었을 때 열렬한 관심과 흐뭇한 마음을 느꼈어요. 나이틀리 씨는 제가 감히 찬사를 드릴 수 없는 분입니다.」

엠마는 기뻤고, 그가 같은 식으로 계속 말하기를 바랐다.

그러나 다음 순간에 그의 마음은 자기 관심사로, 자기의 제인에게로 돌아갔고, 곧바로 이렇게 말했다.

「저런 피부를 본 적이 있으세요? 저렇게 매끄럽고, 저렇게 섬세하고! 그렇지만 사실 살갗이 하얀색은 아니랍니다. 그녀의 살갗이 희다고는 말할 수 없지요. 검은 눈썹과 머리칼에 무척 진귀한 얼굴색을 갖고 있어요. 더없이 독특한 빛깔이죠! 그런 안색으로 너무나 특이하게도 숙녀다워요. 미인에게 충분할 정도로만 발그레한 빛이 돌고 있고요.」

「나는 늘 그녀의 안색을 찬탄해 왔어요.」 엠마가 짓궂게 대답했다. 「하지만 너무 창백하다고 당신이 그녀를 흠잡았던 때가 생각나는군요. 우리가 처음 그녀에 대해서 얘기를 나눴던 때였죠. 그걸 완전히 잊으신 모양이죠?」

「아뇨! 저는 정말이지 뻔뻔한 녀석이었습니다. 어떻게 감히 제가…….」

그러나 그 일을 기억하면서 그는 폭소를 터뜨렸기에 엠마는 덧붙여 말하지 않을 수 없었다.

「그 당시에 당신이 혼란스러운 와중에도 우리 모두를 속이면서 무척 재밌어하셨으리라는 생각이 드네요. 그랬을 거라고 믿어요. 그것이 당신에게 위안이 되었을 거라고요.」

「아, 아뇨, 아니에요. 어떻게 그런 의심을 하실 수 있으세요? 가엾게도 저는 몹시 참담한 기분이었어요.」

「재미를 느끼지 못할 만큼 참담했던 것은 아니었겠죠. 당신은 우리 모두를 속여 넘긴다고 생각하면서 무척 즐거우셨을 거예요. 어쩌면 내가 그런 의심을 쉽게 품을 수 있는 것은, 솔직히 말해서, 내가 그런 상황에 있었더라면 재미있었을 거라고 생각하기 때문이에요. 우리 두 사람은 약간 닮은 점이 있다고 생각해요.」

그는 고개를 끄덕였다.

「기질적으로 비슷한 게 아니라면.」 그녀는 진실한 감정을 드러내는 표정으로 곧 덧붙였다. 「우리의 운명에 있어서의 유사성이죠. 우리 자신보다 훨씬 탁월한 두 사람에게 우리를 맺어 준 운명 말이에요.」

「맞아요, 사실입니다.」 그가 열렬히 대답했다. 「아니, 당신의 경우에는 진실이 아니에요. 당신보다 더 탁월한 사람은 있을 수 없지만, 제게는 더없이 맞는 말씀이에요. 그녀는 완벽한 천사예요. 그녀를 보세요. 그녀가 어떤 자세를 취하고 있든지 천사처럼 보이지 않으세요? 그녀가 목을 돌리는 것을 보세요. 아버님을 올려다보고 있는 그녀의 눈을 보세요. (고개를 기울이고 진지하게 속삭이며) 외숙부님께서 외숙모님의 패물을 모두 그녀에게 주실 예정이라는 걸 반갑게 여기시겠지요? 그 보석들을 새로 세팅할 거예요. 보석 몇 개는 머리 장식용으로 쓸 생각이에요. 그녀의 검은 머리칼에 꽂으면 아름답지 않겠어요?」

「정말이지 무척 예쁠 거예요.」 엠마가 대답했다. 그녀의 친절한 대답에 그는 고마워하면서 큰 소리로 말했다.

「당신을 다시 만나서 얼마나 기쁜지 모르겠어요! 게다가 이렇게 더없이 보기 좋은 당신의 모습을 보게 되다니! 무슨 일이 있어도 이 만남은 놓치지 않았을 거예요. 당신이 오시지 않았더라면 틀림없이 제가 하트필드를 찾아갔을 겁니다.」

다른 사람들은 아기에 대한 이야기를 나누고 있었고, 웨스턴 부인이 전날 밤에 아기의 상태가 좋지 않아서 약간 놀랐던 일을 이야기하고 있었다. 그녀는 틀림없이 어리석게 구는 거라고 생각했지만 너무 놀라서 페리 씨를 불러올 뻔했었다. 어쩌면 부끄러워할 일이었지만 웨스턴 씨도 그녀 못지않게 불안해했다. 그러나 10분이 지나자 아기는 다시 괜찮아졌다. 그녀가 들려준 이야기는 그러했다. 우드하우스 씨는 이 이야기가 특히 흥미로웠기에 페리 씨를 불러오려고 생각한 데 대해서 그녀를 칭찬했고 실제로 그렇게 하지 않은 것을 유감스러워했다. 「아기가 조금이라도, 한순간이라도 병에 걸린 것 같으면 언제라도 페리를 불러와야 하네. 아기 때문에 놀란다면 아무리 빨라도 이르다고 할 수 없고, 페리를 아무리 자주 불러와도 지나치다고 볼 수 없으니 말이지. 페리가 어젯밤에 왕진을 오지 않은 것은 유감이야. 아기가 지금은 그런대로 매우 건강해 보이지만, 페리가 아기를 진찰했더라면 아마 더 나았을 걸세.」

프랭크 처칠은 그 이름을 알아들었다.

「페리라고!」 그는 페어팩스 양과 시선을 마주치려고 애쓰면서 엠마에게 말했다. 「내 친구 페리 씨! 페리 씨에 대해서 무슨 말씀을 하시는 건가요? 그분이 오늘 아침에 여기 왕진 오셨나요? 그런데 요새는 어떻게 다니시나요? 마차를 장만하셨어요?」

엠마는 곧 기억을 떠올렸고 그의 말을 이해했다. 그와 함께 웃으면서 제인의 표정을 보니 그녀가 못 들은 척하고 있지만 그녀 역시 그의 말을 듣고 있었음을 알 수 있었다.

「제가 너무나 희한한 꿈을 꾸었지요!」 그가 큰 소리로 말했다. 「그걸 생각할 때마다 폭소를 터뜨리지 않을 수 없어요. 그녀가 우리의 말을 듣고 있어요, 우드하우스 양. 그녀의 뺨에서, 그녀의 미소에서, 얼굴을 찌푸리려고 부질없이 노력하는 표정에서 그걸 알 수 있어요. 그녀를 보세요. 바로 이 순간에, 그것을 적은 편지의 그 문단이 그녀의 눈앞을 스치고, 그 실수가 그녀의 앞에 펼쳐지고, 다른 사람들의 말을 듣고 있는 척하고 있지만 다른 일에 신경 쓸 겨를이 없다는 것이 보이지 않으세요?」

제인은 한순간 활짝 웃지 않을 수 없었다. 그 미소가 다 가시지 않은 얼굴로 그녀는 그를 돌아보며 나지막하면서도 확고한 목소리로 겸연쩍게 말했다.

「당신은 어떻게 그런 기억을 견딜 수 있는지 놀랍기만 해요! 그 기억들이 때로 불쑥 떠오를 수야 있겠죠. 하지만 어떻게 일부러 떠올릴 수 있어요!」

그는 그 대답으로 할 말이 많았고, 매우 재미있게 말했다. 그러나 그 말다툼에서 엠마는 주로 제인의 말에 공감했다. 엠마는 랜달스를 나서면서 자연스럽게 그 두 남자를 비교해 보았다. 프랭크 처칠을 만나서 즐거웠고 그에 대해 예전처럼 호감을 느꼈지만 나이틀리 씨의 탁월한 성품을 그 어느 때보다도 여실히 깨닫게 된 것 같았다. 대단히 행복한 이날 하루는 이런 비교로 말미암아 그의 됨됨이를 활기차게 숙고하는 것으로 완벽하게 마무리되었다.

제19장

엠마가 아직도 해리엇에 대해서 간혹 불안하게 느꼈다면, 해리엇이 나이틀리 씨에 대한 애정을 실로 극복하고 다른 사람을 조금도 사심 없는 애정으로 받아들일 수 있을지를 의심한 순간들이 있었다면, 그런 의혹이 떠올라 고통을 받아야 할 시간은 길지 않았다. 바로 며칠 후에 그 일행이 런던에서 도착한 것이다. 그리고 해리엇과 단둘이 한 시간을 보내자마자, 엠마는 로버트 마틴이 — 도저히 설명할 수 없는 일이기는 했지만! — 나이틀리 씨를 완전히 밀어냈고, 이제 해리엇의 행복한 기대를 이루고 있음을 확신할 수 있었다.

해리엇은 약간 곤혹스러워했고 처음에는 조금 얼이 빠진 듯 보였다. 하지만 일단 자기가 예전에 주제넘고 어리석었으며 자기기만에 빠져 있었음을 고백하고 나자, 그와 더불어 고통스럽고 당황한 기색이 사라졌다. 과거에 대한 관심은 조금도 남지 않았고 오로지 현재와 미래에 대한 환희가 이어졌다. 해리엇은 벗이 그 일을 찬성할 것인지 불안했지만, 엠마는 거리낌 없는 축하 인사로 그녀를 맞이하여 그 두려움을 즉시 없애 주었던 것이다. 해리엇은 무척 기뻐하면서 애스틀리 극장에서 보낸 저녁과 이튿날의 정찬 식사에 대해서 구체적으로 묘사했다. 한없이 기쁜 마음으로 그녀는 그 모든 사건을 자세히 이야기할 수 있었다. 그러나 그런 시시콜콜한 이야기들이 무엇을 드러낸 것일까? 실은, 엠마가 이제야 인정할 수 있었던 바, 해리엇은 늘 로버트 마틴을 좋아했고, 그의 한결같은 사랑은 뿌리칠 수 없이 매혹적이었던 것이다. 그게 아니라면 엠마는 도무지 이해할 수 없을 것이다.

하지만 그것은 더없이 기쁜 사건이었고, 그렇게 생각할 새로운 이유들이 속속 드러나고 있었다. 해리엇의 친부모가 밝혀졌다. 그녀는 어떤 상인의 딸이었다. 그는 그녀의 몫으로 안락한 생활을 제공해 줄 수 있을 정도로 부유했고, 그녀의 존재를 숨기고 싶어 할 만큼 체면을 지키려는 사람이었다. 예전에 엠마가 그렇게나 기꺼이 장담했던 상류층의 혈통이 바로 그것이었다니! 어쩌면 많은 신사들의 혈통이 그렇듯이 그 혈통에 오점이 없을 수도 있겠지만, 자신이 나이틀리 씨에게, 혹은 처칠 집안에, 심지어 엘튼 씨에게라도 어떤 인척 관계를 맺어 주려 했던 것일까! 사생아라는 얼룩은 귀족 혈통이나 많은 재산으로 표백되지 않을 때 그야말로 오점일 수밖에 없을 것이다.

해리엇의 부친 쪽에서는 그 혼사에 전혀 반대하지 않았고, 그 젊은이는 인색하지 않게 대우를 받았다. 마땅히 그래야 할 일이었다. 그리고 엠마는 이제 하트필드에 소개된 로버트 마틴을 알게 되면서, 그녀의 작은 벗에게 즐거운 나날을 보장해 줄 그의 분별력과 훌륭해 보이는 성품을 충분히 인정할 수 있었다. 해리엇은 성격이 좋은 사람을 만난다면 누구와도 행복하리라고 엠마는 믿었다. 하지만 마틴이 제공하는 집에서 그와 함께 살아간다면 더 많은 것을 기대할 수 있고, 안정되고 견실하게 살아가면서 더욱 향상될 수 있을 것이다. 그녀는 자기를 사랑하고 자기보다 더 분별력이 있는 사람들 가운데서 살아갈 것이다. 한적한 곳에서 안전하게 살아가며, 기운차게 생활하도록 많은 일에 관심을 쏟을 것이다. 그녀는 결코 유혹에 이끌리지 않을 터이고, 또한 유혹이 그녀를 찾아내도록 방치되지도 않을 것이다. 그녀는 점잖고 행복한 삶을 살아가리라. 그런 남자에게서 한결같고 변함없는 애정을 끌어낼 수 있었다니 해리엇은 세상에서 제일 운이 좋은 아가씨라고 엠마는 인정했다. 아니, 가장 운이 좋은 아가씨가 아니라면, 바로 자기 다음이라고 말이다.

해리엇은 마틴과의 약혼으로 인해 부득이하게도 멀어졌고 하트필드에 오는 일이 점점 더 줄었다. 그것을 유감스럽게 여길 수는 없었다. 그녀와의 친밀한 관계는 이제 소원해질 수밖에 없었다. 그들의 우정은 더 차분한 호감 같은 것으로 바뀌어야 한다. 다행스럽게도 마땅히 일어나야 할 일이 벌써 시작된 듯했고, 그것도 서서히, 자연스럽게 진행되는 것 같았다.

9월 말이 되기 전에 엠마는 해리엇의 결혼식에 참석했다. 해리엇의 손을 로버트 마틴에게 건네주는 모습을 보면서 너무나 흐뭇했던 나머지, 신랑 신부 앞에 서 있던 엘튼 씨와 관련된 기억조차 그 만족스러운 기분을 훼손할 수 없었다. 사실 이때 엠마는 엘튼 씨를 다음번에 제단에서 자기에게 축복을 내려 줄 목사로만 여겼을 것이다. 세 커플 중에서 가장 늦게 약혼한 로버트 마틴과 해리엇 스미스가 제일 먼저 결혼한 것이다.

제인 페어팩스는 이미 하이버리를 떠났고, 사랑하는 집의 안락한 생활로 되돌아가서 캠프벨 부부와 함께 지내고 있었다. 처칠 씨 가족도 런던에 머물고 있었으며 11월이 되기를 기다리고 있었다.

엠마와 나이틀리 씨는 감히 그 중간에 있는 달로 날을 잡았다. 그들은 존과 이사벨라가 하트필드에 있는 동안 결혼식을 치러야 한다고 결정했다. 그래야 그들이 원래 계획대로 2주일간 바닷가로 여행하도록 해줄 수 있었다. 존과 이사벨라, 그리고 다른 벗들도 모두 그 계획에 동의했다. 하지만 우드하우스 씨, 우드하우스 씨의 동의를 어떻게 끌어낼 수 있을까? 그들의 결혼을 아직도 머나먼 미래의 일로만 암시하는 사람에게!

처음 그 계획에 대해서 얘기를 꺼냈을 때 우드하우스 씨가 너무나 괴로워했기에 그들은 거의 절망했다. 두 번째로 언급했을 때 고통이 약간 덜한 것은 사실이었다. 그는 그 일이 일어날 수밖에 없고 자신이 막을 수 없다고 생각하게 되었다. 마음이 체념으로 이르는 데 있어서 매우 고무적인 단계였다. 하지만, 그래도 그는 행복하지 않았다. 아니, 아버지가 너무나 불행하게 보였기에 그 딸의 용기가 꺾이고 말았다. 아버지가 고통스러워하는 모습을 볼 수 없었고, 그가 무시당하고 있다고 생각하는 것을 알고 있었기에 견딜 수 없었다. 일단 결혼식이 끝나면 그의 괴로움이 곧 사라질 거라는 나이틀리 형제의 설득에 동의하기는 했지만 그녀는 망설였고, 더 이상 진척시킬 수 없었다.

이처럼 어중간한 상태에서 그들을 도와줄 일이 일어났는데, 우드하우스 씨의 마음이 갑자기 교화되었거나 혹은 그의 신경 조직이 놀랍게 달라졌기 때문이 아니라, 그 신경 조직이 다른 방식으로 작동하게 되었기 때문이다. 어느 날 밤 웨스턴 부인의 닭장에 도둑이 들어와서 칠면조를 모조리 훔쳐 가버렸다. 재간이 있는 사람의 짓이 분명했다. 인근의 다른 닭장들에서도 똑같은 일이 벌어졌다. 좀도둑질이 우드하우스 씨의 불안한 신경에는 가택 침입이나 다름없었기에 그는 몹시 불안해했다. 사위가 보호해 주고 있다는 생각만 아니었더라면 그는 평생 밤마다 극심한 공포에 떨었을 것이다. 그는 나이틀리 형제의 강인하고 단호하며 침착한 마음에 완전히 의지했다. 그 형제 중 한 사람이 그와 그의 재산을 보호해 주는 한, 하트필드는 안전했다. 하지만 존 나이틀리 씨는 11월 첫째 주말까지는 런던에 돌아가야 한다.

이런 재앙의 결과로 그의 딸은 당시 감히 바랄 수 없었던 자발적이고도 흔쾌한 동의를 얻어서 결혼식 날짜를 잡을 수 있었다. 그래서 로버트 마틴 부부가 결혼한 지 한 달도 채 지나지 않았을 때 엘튼 씨는 나이틀리 씨와 우드하우스 양의 손을 맞잡게 해달라는 요청을 받았다.

그 결혼식은 화려한 장식이나 과시적인 차림새에 취미가 없는 사람들의 결혼식들과 별반 다르지 않았다. 엘튼 부인은 남편에게서 자세한 이야기를 전해 듣고 나서 그 결혼식이 무척 초라하고, 자기 결혼식보다 훨씬 못하다고 생각했다. 「흰 공단도 없고 레이스 면사포도 없었다는 말이죠. 정말이지 형편없는 결혼식이군. 셀리나가 그 이야기를 들으면 어이없어 할 거예요.」 하지만 이런 결핍에도 불구하고, 결혼식에 참석한 몇몇 진정한 벗들의 바람과 희망, 신뢰와 예측은 그 혼인의 완벽한 행복에서 충실히 이루어졌다.

엠마 — 상큼한 자기 발견의 드라마

『정글북*The Jungle Book*』과 『킴*Kim*』 등의 모험담으로 유명한 영국의 작가 루디야드 키플링Rudyard Kipling은 그의 단편 소설 「제이나이트The Janeites」(1923)에서 제1차 세계 대전 중에 프랑스의 전선에서 취사병으로 일하던 한 군인이 제인 오스틴의 소설을 탐독하는 장교들의 비밀 서클에 끼고 싶어서 그녀의 소설을 열심히 읽다가 〈제인 오스틴의 열광적인 독자〉(제이나이트*janeite*)가 된 일화를 들려준다. 부대가 폭격을 당하는 바람에 동료들이 모두 사망하고 그는 부상당한 채 홀로 남아서 후송되어야 하지만 병원 열차가 만원이라 타지 못하고 짐짝 취급을 당하며 기약 없이 기다려야 하는 신세가 된다. 그때 간호하던 수녀들 중에서 쉴 새 없이 수다를 떠는 수녀를 보고 〈저기 베이츠 양에게 입 좀 다물라고 해줘요. 괴로워 죽을 지경이니〉라고 불평하자 그 말을 알아들은 간호 장교가 억지로 자리를 내서 그를 열차에 태워 주고 담요도 갖다 주어서 목숨을 건지게 되었다는 내용이다.

〈제이나이트〉라는 말을 유명하게 만든 이 단편 소설에서 키플링은 영국인들에게 제인 오스틴의 소설이 얼마나 많은 사랑을 받고 있는지를 단적으로 보여 줄 뿐 아니라 오스틴 소설의 호소력과 치유력을 역설하기도 한다. 전후에 전쟁의 상흔으로 고통받던 군인들에게 제인 오스틴의 작품을 읽도록 권장되었던 사실을 언급하면서 키플링은 〈곤경에 빠져 있을 때 제인을 능가할 사람이 없다〉고 말한다. 안부 방문이나 산책, 카드놀이나 정찬 파티 등 일상적인 생활을 그려 내는 오스틴의 소설은 급박한 전시 상황의 군인들에게 일상의 세계에 대한 그리움과 그곳으로 돌아갈 수 있으리라는 희망으로 참담한 현실을 버틸 수 있게 해주었을 것이다. 키플링의 단편 소설에서 특히 『엠마Emma』(1815)가 많이 언급된 것은 우연이 아닐 것이다. 입을 열었다 하면 머릿속에 스치는 생각들을 죄다 쏟아 내야 하는 베이츠 양처럼 도저히 잊을 수 없는 인물들을 가볍고 경쾌한 터치로 그려 내면서 『엠마』는 오스틴의 어느 작품보다도 유쾌하고 밝은 분위기 속에서 웃음을 선사하기 때문이다.

『엠마』는 화창한 초여름 날 벌어지는 상큼한 드라마 같은 소설이다. 제인 오스틴의 완성된 소설 여섯 편 가운데 다섯 번째 작품으로, 작품 두 편이 출간되면서 오스틴이 본격적으로 창작에 몰입한 시기에 집필되었고 그만큼 자신감 있는 터치를 보여 준다. 첫 문장부터 〈예쁘고, 영리하고, 부유한〉 아가씨 엠마 우드하우스를 스타카토 식으로 똑똑 끊어 경쾌하게 제시하면서 이 소설은 이전 소설들과는 다른 주인공을 설정하고 있음을 드러낸다. 엠마는 세상에 부러울 것이 없는 유복한 아가씨로, 생활 터전에 있어서 위협받고 있는 패니 프라이스(『맨스필드 파크Mansfield Park』)나 경제적인 위협에서 자유롭지 못한 대시우드 집안의 딸들(『이성과 감성Sense *and Sensibility*』) 및 베넷 집안의 딸들(『오만과 편견*Pride and Prejudice*』)과 달리, 3만 파운드의 지참금이 있을 뿐 아니라 존경받는 가문 출신이며 오스틴의 여주인공들 가운데 유일하게 결혼 시장의 매력적인 상품으로 보일 만한 인물이다.

하지만 오스틴은 『엠마』를 집필하면서 〈나 이외에는 누구도 그리 좋아하지 않을 여주인공〉에 대해 쓰고 있다고 말한 적이 있고, 그녀의 예상은 틀리지 않아서 엠마를 오스틴의 여주인공들 가운데 가장 매력 없는 인물로 생각한 독자들도 적지 않다. 엠마는 고작해야 무료하고 권태로운 시간을 어떻게 보낼지를 고민하는 데다, 남들의 결혼을 주선하는 것을 제일 재미있는 일로 생각하는 철없는 아가씨이다. 게다가 사회적인 지위나 재산, 미모, 지적 능력, 매너에 있어서도 부족함이 없는 인물인 만큼 일반 독자들이 쉽게 공감을 느끼거나 동일시하기 어려운 것이 사실이다. 엠마가 농부인 마틴 씨에 대한 뿌리 깊은 편견을 갖고 있고, 계층적인 우월감을 거리낌 없이 표방하는 등 계층 의식에 철저하다는 점도 현대 독자들의 공감을 사기 어려운 한 요인이다(케이트 베킨세일 주연의 1996년판 영화와 귀네스 팰트로 주연의 2003년판 영화에서 엠마가 농부와 결혼하는 해리엇과 친한 관계를 이어 가는 내용으로 처리한 것은 엠마의 계층 의식에 대한 현대 독자들의 반감을 반영하고 있다고 볼 수 있다).

그러나 이 소설의 묘미는 〈스스로를 너무 좋게 생각하는 경향〉이 있는 이 아가씨의 착각과 자기기만, 혹은 허위의식이 경쾌하게 폭로되는 과정에서 찾을 수 있고, 바로 이 부분에서 이 소설의 뛰어난 성취를 발견할 수 있다. 이 소설은 첫 줄부터 거의 끝까지 〈온갖 결함에도 불구하고 결함이 없는〉 아가씨 엠마의 갖가지 결함을 폭로하고 있다고 해도 과언이 아니다. 오스틴은 엠마의 시각으로 사건을 서술하면서도 구조적 아이러니를 통해 엠마의 자기중심적인 사고방식과 자기기만을 가차 없이 드러낸다. 19세기의 영국 소설가 앤서니 트롤럽 Anthony Trollope(1815~1882)은 오스틴이 엠마를 그려 낸 방식에 대해서 이렇게 말한다. 〈주인공 엠마는 거의 무자비하게 다뤄진다. 그녀는 어리석음과 허영심, 무지로 인해 혹은 다소 치졸하기 때문에 도처에서 실수를 저지른다…… . 요즘 우리는 여주인공을 감히 이렇게까지 시시하게 만들지 못한다.〉

하지만 엠마가 그저 시시한 인물이기만 한 것은 아니다. 오스틴은 엠마의 결함을 폭로하면서도 그녀의 섬세하고 다감한 심성과 발랄한 상상력, 예리한 지적 능력을 찬탄하며 매력적으로 제시한다. 엠마는 『오만과 편견』의 엘리자베스 베넷 못지않게 영리하고 재기가 번뜩이는 대화를 구사하며 강한 의지를 가지고 있을 뿐 아니라, 올바른 행위나 도리에 대한 감수성에 있어서는 엘리자베스보다 더욱 섬세하고 예리한 면모를 보인다. 가령 해리엇이 나이틀리 씨에 대한 애정을 밝히는 장면은 엠마의 타고난 자질을 유감없이 드러낸다.

그 몇 분 사이에 자신의 심정뿐 아니라 자신의 행위가 눈앞에 훤히 펼쳐졌다. 그녀는 전에 없이 명료하게 그 모든 것을 보았다. 해리엇에 대한 자신의 행위가 얼마나 부적절했던가! 자신의 행위가 얼마나 몰이해하고, 얼마나 둔감하고, 얼마나 불합리하고, 얼마나 무정했던가! 자신이 얼마나 맹목적이고, 광기 어린 충동에 이끌렸던가! (……) 하지만 이 온갖 과실에도 불구하고 자신에 대한 일말의 존중과 체면을 지켜야 한다는 우려, 그리고 해리엇을 공정하게 대해야 한다는 확고한 의식으로(자기가 나이틀리 씨의 사랑을 받고 있다고 믿는 아가씨에게 동정심을 느낄 필요는 없을 것이다. 하지만 공정하게 행동하려면, 지금 그녀를 차갑게 대함으로써 불행하게 만들어서는 안 된다.) 엠마는 가만히 앉아서 차분하게, 심지어 친절하게 보이는 태도로 더 견뎌 내겠다고 결심했다. (559면)

이 소설의 클라이맥스라고 할 만한 이 장면에서 엄청난 충격을 받은 엠마는 해리엇에게 동정심을 느낄 필요가 없다는 말로 불편한 심정을 드러내면서도 자신의 내면을 성찰하고 해리엇을 공정하게 대하려는 노력을 아끼지 않는다. 그녀는 또한 박스 힐에서 베이츠 양에게 면박을 준 사건에서도 진심으로 반성하는 모습을 보여 준다. 이처럼 진정한 감정을 느끼고 존중할 줄 아는 아가씨라는 점에서 엠마는, 스스로를 성찰할 줄 모르고 그저 오만하고 허영심이 강하며 속물적인 엘튼 부인과 대조된다. 저명한 비평가 해럴드 블룸Harold Bloom은 엠마를 오스틴의 주인공들 가운데 가장 복잡한 인물이라고 평가하는데, 엠마에게는 크고 작은 착각들이나 자기기만과 대조되는 명료한 현실 인식, 계층적 선입견과 대조되는 주위 사람들에 대한 충실한 애정, 유아론적 편견과 대조되는 자기 성찰력 등 상충하는 요소들이 공존하고 있으며 이런 점에서 더욱 복합적이고 사실적인 인물로 드러난다고 볼 수 있다.
　사실 오스틴은 이 작품에서 유복한 처지의 아가씨를 주인공으로 삼아, 어떤 점에서는 주인공의 유복한 상황 덕분에 더욱 자유롭게, 자기 인식의 어려움이라는 보편적인 주제를 탐

구하고 있다고 볼 수 있다. 크라운 인에서 열린 무도회와 박스 힐 나들이 외에는 별다른 사건 없이 단조롭게 이어지는 이 소설은 해리엇을 처음에는 엘튼 목사와, 다음에는 프랭크 처칠과 맺어 주려는 시도가 어긋나면서 결국 엠마가 자기기만과 착각을 깨닫고 자신의 진정한 감정을 깨닫게 되는 과정을 그리고 있다. 그녀의 착각은 바로 다른 자아들의 실체를 제대로 인식하지 못하는 그녀의 발랄하고 무절제한 상상력에서 빚어지고 이 자기중심적 상상력은 결국 다른 사람들에게 해를 입힐 뿐 아니라 스스로에게도 심각한 고통을 가져오는데, 엠마는 이런 과정을 통해 유아론적, 자기중심적, 독단적 사고에서 벗어나 다른 감정과 생각을 가진 타인들을 인정하고 받아들이게 된다.

이런 점에서 굳이 분류하자면 『엠마』를 성장 소설이나 교양 소설이라고 부를 수 있겠지만, 이 소설은 인간의 의식에서 어쩌면 불가피한 자기기만과 미혹을 문제 삼고 있고 자신의 감정에서조차 진실을 아는 것이 얼마나 어려운 일인가에 초점을 맞추면서 보다 철학적인 문제를 제기한다. 엠마가 매력적인 젊은이 프랭크 처칠을 사랑한다고 생각했지만 그 감정이 사랑이 아니라 허영심의 충족이었음을 깨닫게 되는 것이나, 우아한 매너와 교양을 갖춘 아가씨 제인 페어팩스를 싫어했던 심리의 이면에 인정하고 싶지 않은 질투심이 도사리고 있었음을 깨닫는 것도 그러한 자기 인식의 어려움을 보여 주는 단면들이다.

오스틴은 엠마의 자기기만과 자기 인식에 이르는 과정을 이 소설 특유의 희극적 터치로 경쾌하고 신속하게 그려 낸다. 이 소설의 경쾌한 터치는 셰익스피어의 희극들 가운데 특히 미혹에 빠진 젊은 연인 두 쌍의 연애 행각을 그린 「한여름 밤의 꿈A Midsummer Night's Dream」을 연상시키는데, 자기기만과 착각이라는 소재를 다루고 있다는 점에서도 그렇지만, 주인공의 자기기만을 조롱하면서도 그런 의식의 결함으로부터 누구도 자유로울 수 없다는 점을 시사함으로써 인간의 결함을 너그럽게 감싸 안는 작가 정신 때문에도 그러하다.

오스틴이 39세의 나이에 이 소설을 집필할 때 작중 인물인 베이츠 양과 비슷한 처지로서 목사인 부친이 사망한 후 경제적 곤경을 겪으며 오빠들의 도움으로 살고 있었음을 생각하면, 〈세상의 축복을 모두 누리고〉 있는 아가씨 엠마 우드하우스를 이렇게나 공감적으로 그려 내고 있다는 것은 놀라운 일이다. 평생 자기만의 방을 가진 적도 없었고 경제적 어려움에서 벗어나지 못했던 제인 오스틴에 대해 버지니아 울프는 〈1800년경 증오나 쓰라림, 두려움을 느끼지 않고 항의하거나 설교하지 않으면서 글을 쓴 여성이 있었다〉고 말하며, 이처럼 오스틴이 사적인 감정이라는 방해물을 태워 버리고 창조에 매진할 수 있었다는 것은 기적적인 일이고 이런 점에서 셰익스피어와 비교될 수 있다고 지적한다. 그 어느 작품에서보다도 『엠마』에서 오스틴은 사적인 감정을 벗어나 인물들에 대한 심미적 거리와 공감을 유지하면서 삶의 근본적인 한 단면을 관조적인 마음으로 제시하고 있고, 이런 점에서 이 작품은 독보적이다.

현대의 많은 독자들에게 『엠마』는 오스틴의 가장 훌륭한 대표작으로 평가되고 있지만, 당대의 일부 독자들은 이 소설에 스토리가 없다든지 엠마의 아버지가 묽은 죽이 건강에 좋다고 생각한다는 것 외에 기억나는 것이 없다며 불평하기도

했다. 실제로 극적인 사건 없이 비교적 단조롭게 진행되는 이 소설은 외적 사건이 아니라 주인공 엠마의 마음에서 일어나는 심리 변화와 사고의 연상 작용을 주된 플롯으로 삼고 있고, 그것을 표출하는 대화들이 이 소설의 장면들을 이루고 있다. 오스틴의 주된 관심사는 사람들의 심리와 기질을 밝히려는 것이고, 이런 점에서 『엠마』는 오스틴의 소설들 중에서 인간의 심리와 사고 과정을 가장 정교하게 다루고 있는 작품으로 평가된다. 그러므로 제인 오스틴이 20년만 더 살았더라면 헨리 제임스와 마르셀 프루스트의 선구자가 되었으리라는 버지니아 울프의 평가는 이 작품에서 특히 타당하다고 볼 수 있다.

이처럼 인간의 심리와 그 과정에 초점을 맞추고 있으면서도 이 소설은 오스틴의 소설 여섯 편 가운데 풍부한 사회적 묘사로 당대의 풍습을 가장 생생하게 보여 주는 작품이다. 하이버리라는 마을은 포드네 가게라는 잡화점과 크라운 인 같은 주막에 사람들이 모여들고 장을 보며 카드놀이 모임을 갖거나 때로 무도회를 여는 등 구체적인 삶의 공간으로 형상화되어 있고, 목사인 엘튼 씨, 의사 페리 씨(그의 이름은 숱하게 등장하지만 단 한 번도 직접 말을 하지 않는 인물로 유명하다), 농부 로버트 마틴, 여학교 교장인 고다드 부인, 콜 씨네 가족과 같은 신흥 부르주아 등 비교적 다양한 계층의 인물들이 어우러져 관계를 맺고 있다. 젠트리gentry 계층 출신이지만 물적 기반이 없는 미혼 여성의 불안정한 삶과 불안한 감수성을 단적으로 예시하는 제인 페어팩스, 친척의 유산 상속을 기대하면서 종속적인 삶을 영위하는 인물로 당대에 유행하던 멋쟁이dandy를 예시하는 프랭크 처칠, 노블레스 오블리주를 실천하는 이성적이고 도덕적인 농장 경영자*gentleman-farmer* 나이틀리 씨도 그 사회의 중요한 단면들을 구성한다.

전체적으로 보아 하이버리는 나이틀리 씨의 도덕적인 가치가 지배하는 안정된 사회이고 변화가 일어나지 않는 곳이라는 인상을 준다. 주인공 엠마가 한 번도 여행을 떠나지 않고 결말에서 이 사회에 더욱 확고하게 정착하기 때문에 그런 인상이 강화되기도 한다. 하지만 이처럼 정체되어 보이는 소공동체에서도 일련의 변화를 감지할 수 없는 것은 아니다. 엠마가 포드네 가게에서 밖을 내다보며 관조하는 장면은 예전 소설에서 보지 못한 여성의 새로운 경험 영역을 암시하고, 그녀가 콜 씨의 정찬 파티에 참석하는 것은 새로운 중산 계층의 부상에 따라 관계의 변화가 이루어지고 있음을 시사한다. 비교적 계층적 편견이 없는 나이틀리 씨가 농장 개량 사업이나 하이버리 사회의 점진적인 개선에 관심을 두고 있으며 그를 위해 노력하리라는 암시도 변화를 짐작하게 한다. 나이틀리 씨는 농장 경영자로서 『오만과 편견』의 다시 씨보다 더 성숙한 인물로 이상화되어 있는 면이 없지 않지만 그가 대변하는 가치는 도덕적이고 이성적인 사회에 대한 희구 혹은 향수를 드러낸다고 볼 수 있을 것이다.

『엠마』는 예리하고 깊은 심리적 통찰과 묘사, 재치가 번뜩이는 대화, 탐정 소설 못지않게 긴장감과 호기심을 자아내는 구조, 인간 관계와 일상사에 대한 세밀한 관심 등으로 곳곳에서 잔잔한 웃음뿐 아니라 폭소를 자아내게 하면서 자기 성찰을 유도하는, 위대한 소설의 반열에 드는 작품이다. 인간의 약점을 신랄하게 풍자하면서도 결코 냉소적이거나 가혹하지 않은 따뜻한 마음, 불합리하거나 부조리한 것들을 폭로하면서도 한바탕 웃어넘길 수 있는 해학적 정신과 유머, 섬세하면서도 다감한 분별력과 빛나는 기지, 균형 잡힌 시각 등 오스틴 소설의 매력이 유감없이 발휘되고 있는 이 소설은 〈온갖 결함에도 불구하고 결함이 없는〉 아가씨 엠마의 자기 발견의 드라마를 통해서 독자에게 큰 위안과 즐거움을 주리라고 믿는다.

이미애

제인 오스틴 연보

1775년 출생 12월 16일 조지 오스틴George Austen(1731~1805) 목사와 커샌드라 오스틴Cassandra Austen(1739~1827, 결혼 전의 성은 리Leigh)의 8남매 중 일곱 번째로 햄프셔 주 스티븐턴Steventon에서 태어남. 부모 모두 신사 계층 출신으로, 부친은 9세에 고아가 된 후 부유한 변호사인 프랜시스Francis 삼촌에게 입양되었음. 그는 장학생으로 옥스퍼드의 세인트존스 칼리지에서 수학했고 고전학자이자 문법학자로 모교인 톤브리지 스쿨에서 가르쳤으며 1759년에 세인트존스의 특별 연구원이 됨. 1760년에 그는 성직을 받고 1761년에 친척인 토머스 나이트Thomas Knight의 도움으로 스티븐턴의 성직록을 얻음. 1773년 프랜시스 삼촌이 스티븐턴 근방 딘Deane의 성직록을 구입해주었으나, 두 교구를 합쳐도 그 인구가 3백 명을 넘지 않았음. 그는 신사이자 학자로서 많은 시간을 독서에 할애했으며 가계에 보탬이 되도록 기숙 학생들을 받아 가르쳤고 목사관에 딸린 농장을 운영하기도 했으며 다정한 아버지로서 자녀들을 직접 가르침. 어머니 커샌드라 리의 집안은 런던 시장을 지냈거나 세인트존스 대학을 설립한 조상 등 저명한 인물들이 더욱 많았으며, 그 부친인 토머스 리Thomas Leigh는 일찍이 옥스퍼드의 올 소울즈 칼리지의 특별 연구원으로 선출되었고 합스덴의 목사였음. 그녀의 백부로 옥스퍼드 베일리얼 대학에서 50년 이상 가르친 테오필러스 리Theophilus Leigh 박사는 날카로운 재담가로 유명했음. 오스틴의 모친은 분별력이 있고 진지하며 신심이 있는 여성으로 풍자적인 표현을 즐겼으며 만년에는 우울증을 앓았다고 여겨짐.

1779년 4세 막내 동생 찰스Charles(1779~1852) 출생. 큰오빠인 제임스James(1765~1819)가 옥스퍼드의 세인트존스 칼리지 입학.

1782년 7세 오스틴 남매들이 처음으로 아마추어 연극을 상연함.

1783년 8세 제인은 언니 커샌드라(1773~1845), 사촌 제인 쿠퍼Jane Cooper와 함께 크롤리Croly 부인의 집에서 교육을 받도록 옥스퍼드로 이주함. 크롤리 부인은 학생들을 엄격하고 딱딱하게 대한 선생이었으며, 장티푸스가 돌아서 제인은 죽을 고비를 넘기고 집으로 돌아옴(1784). 오빠 에드워드Edward가 친척인 나이트 집안에 정식으로 입양됨.

1784년 9세 집에서 셰리든Sheridan의 연극 「경쟁자The Rivals」를 공연함.

1785년 10세 커샌드라와 함께 레딩Reading에 있는 애비 스쿨Abbey School에 입학. 아름답고 고풍스러운 정원이 있는 학교로, 매일 몇 시간씩 수업을 하기는 했으나 잡담과 요리, 바느질 등 안이한 방식으로 운영된 곳이었음.

1786년 11세 오빠 프랜시스Francis(1774~1865)가 왕립 해군 사관학교 입학. 12월에 학교를 그만두고 커샌드라와 함께 집으로 돌아옴. 이로써 공적 교육은 끝났고 부친의 서재에서 책을 읽으며 진정한 교육이 시작됨. 오스틴은 셰익스피어, 밀턴, 포프, 그레이, 셰리던 등을 읽었으며 그녀가 좋아한 당대의 작가들은 새뮤얼 존슨, 카우퍼, 크랩, 골드스미스 등이었고 필딩, 리처드슨, 스턴 등의 18세기 작가들과 이후 앤 래드클리프, 패니 버니, 마리아 에지워스, 스콧 등의 작품들을 대단히 많이 읽었음.

1787년 12세 〈습작Juvenilia〉 시리즈를 쓰기 시작함(1793년까지). 수잔나 센트리버Susanna Centlivre의 「불가사의The Wonder」를 공연함.

1788년 13세 오빠 헨리Henry(1771~1850)가 옥스퍼드의 세인트존스 칼리지 입학. 프랜시스는 동인도를 항해함.

1789년 14세 마르타 로이드Martha Lloyd 및 그 여동생 메리Mary와 평생에 걸친 우정이 시작됨.

1790년 15세 6월 습작 중 한 편인 「사랑과 우정Love and Friendship」 완성.

1791년 16세 동생 찰스가 왕립 해군 사관 학교 입학. 오빠 에드워드 는 엘리자베스 브리지스Elizabeth Bridges와 결혼하여 켄트의 로울링 에 정착.

1792년 17세 「레슬리 캐슬Lesley Castle」, 「이블린Evelyn」을 쓰고 「캐서린 혹은 암자Catharine, or The Bower」를 시작함. 언니 커샌드라 가 톰 파울Tom Fowl 목사와 약혼.

1793년 18세 〈습작〉을 완성함. 에드워드와 제임스 오빠의 딸 패니 Fanny와 안나Anna 출생. 이 둘은 후에 제인 오스틴과 친구처럼 가깝 게 지낸 조카딸들이었음.

1794년 19세 단편소설 「레이디 수전Lady Susan」을 집필했으리라 추 정됨.

1795년 20세 「엘리너와 마리앤Elinor and Marianne」(『이성과 감성 *Sense and Sensibility*』의 초고)을 집필함. 톰 르프로이Tom Lefroy와 잠 시 연애함.

1796년 21세 에드워드 오빠를 방문함. 『첫인상*First Impressions*』 집 필 시작.

1797년 22세 『첫인상』 완성. 부친이 이 작품을 케이델 출판사에 제공 했으나 출판을 거절당함. 커샌드라의 약혼자가 산토도밍고에서 열병 으로 사망. 「엘리너와 마리앤」을 『이성과 감성』으로 개작하기 시작함.

1798년 23세 「수전Susan」(후에 『노생거 사원*Northanger Abbey*』) 집 필 시작. 에드워드 오빠가 물려받은 장원 가드머섬을 방문.

1799년 24세 바스를 방문함. 「수전」을 완성했으리라고 추정됨.

1801년 26세 부친이 은퇴하면서 오스틴 가족은 바스로 이주했고, 오빠 제임스가 스티븐턴의 목사직을 물려받음. 서부 지역으로의 일련의 여행이 시작되었고(1804년까지) 이중 어느 여행에서 어떤 남자와의 낭만적 관계가 잠시 지속되었으며 후에 그 남자가 죽은 것으로 추정됨.

1802년 27세 해리스 비그위더Harris Bigg-Wither의 청혼을 받아들이고 그다음 날로 취소함. 「수전」을 개작함.

1803년 28세 헨리 오빠의 도움으로 「수전」을 10파운드의 저작권료를 받고 크로스비 출판사에 넘겨줌.

1804년 29세 『왓슨 가족The Watsons』을 집필하기 시작함.

1805년 30세 부친 사망. 『왓슨 가족』 집필 중단.

1806년 31세 오스틴 가족은 바스를 떠나서 애들스트롭과 스톤레이의 친지들을 방문함. 이후 초턴에 정착할 때까지 3년간 친지들의 집을 전전함.

1807년 32세 어머니, 언니와 함께 사우샘프턴에 있는 프랭크의 집에서 거주.

1808년 33세 오빠 에드워드의 집을 방문. 그의 아내는 열한 번째 아이를 출산한 후 사망.

1809년 34세 크로스비 출판사에 「수전」을 출판하도록 종용했으나 실패함. 언니와 어머니, 친구인 마르타와 함께 햄프셔 주 초턴에 있는 에드워드 소유의 집으로 이사함.

1810년 35세 에거튼 출판사에서 『이성과 감성』을 받아들임.

1811년 36세 런던에서 오빠 헨리의 집에 머물며 『이성과 감성』의 교정쇄를 정정함. 10월에 『이성과 감성』이 출간되었고 오스틴은 그 인세로 160파운드를 받음. 『맨스필드 파크Mansfield Park』를 집필하기 시작하고, 「첫인상」을 『오만과 편견Pride and Prejudice』으로 개작함.

1812년 ³⁷세 『오만과 편견』의 판권으로 110파운드를 받고 에거튼 출판사에 넘겨줌.

1813년 ³⁸세 1월 『오만과 편견』이 출판되어 상당한 찬사를 받음. 런던에 머물면서 올케인 엘리자Eliza를 간호함. 엘리자 사망. 『맨스필드 파크』 완성. 『이성과 감성』 및 『오만과 편견』 재판 발행.

1814년 ³⁹세 『엠마Emma』 집필 시작. 에거튼 출판사에서 『맨스필드 파크』를 위탁 판매 형식으로 출간. 6개월 만에 매절됨.

1815년 ⁴⁰세 『엠마』 완성. 『설득Persuasion』 집필 시작. 『엠마』를 섭정 왕자에게 헌정하라는 권유를 받음. 12월 머레이 출판사에서 『엠마』 출간.

1816년 ⁴¹세 크로스비 출판사에서 「레이디 수전」의 판권을 되사들였고 「캐서린Catherine」으로 개작함. 헨리 오빠의 은행이 도산함. 『맨스필드 파크』 재판 발행. 『설득』 완성. 건강이 악화되기 시작함.

1817년 ⁴²세 『샌디턴Sanditon』을 집필하기 시작함. 치료를 받기 위해서 커샌드라와 함께 윈체스터로 이주. 부신 결핵으로 추정되는 질병으로 7월 18일 사망. 윈체스터 성당에 매장됨. 사후 12월에 『노생거 사원』과 『설득』이 출간됨.

열린책들 세계문학 180 엠마 하

옮긴이 이미애 현대 영미 소설로 서울대학교 영어영문학과에서 박사 학위를 받았고, 동 대학교에서 강사 및 연구원으로 가르쳤다. 조지프 콘래드, 제인 오스틴, 존 파울즈, 카리브 지역의 영어권 작가들에 대한 논문을 썼고, 역서로는 버지니아 울프의 『자기만의 방』, 조지 엘리엇의 『아담 비드』, J. R. R. 톨킨의 『호빗』, 『반지의 제왕』(공역), 제인 오스틴의 『설득』 등이 있다.

지은이 제인 오스틴 **옮긴이** 이미애 **발행인** 홍예빈
발행처 주식회사 열린책들 **주소** 경기도 파주시 문발로 253 파주출판도시
전화 031-955-4000 **팩스** 031-955-4004
홈페이지 www.openbooks.co.kr **이메일** literature@openbooks.co.kr
Copyright (C) 주식회사 열린책들, 2011, *Printed in Korea.*
ISBN 978-89-329-1180-9 04840 **ISBN** 978-89-329-1499-2 (세트)
발행일 2011년 7월 15일 세계문학판 1쇄 2025년 4월 30일 세계문학판 6쇄

이 도서의 국립중앙도서관 출판예정도서목록(CIP)은 서지정보유통지원시스템 홈페이지(http://seoji.nl.go.kr)와 국가자료공동목록시스템(http://www.nl.go.kr/kolisnet)에서 이용하실 수 있습니다.(CIP제어번호: CIP2011002737)

열린책들 세계문학
Open Books World Literature